Über die Autorin:
Ira Laudin, geboren 1976 in Braunschweig und aufgewachsen in Wuppertal, beschäftigt sich seit früher Jugend mit der Mode und dem Leben vergangener Epochen. Nach Stationen im Musikverlag, bei Film und Fernsehen sowie als Organisatorin von Veranstaltungen führte sie zwanzig Jahre lang ein Atelier für historische Mode. Heute schreibt sie hauptberuflich Kurzgeschichten und Romane und lebt mit Mann, Tochter und den Familienkatzen im idyllischen Lennep.
Erfahren Sie noch mehr über die Autorin unter www.ira-laudin.de

Ira Laudin

DER HIMMEL AM NÄCHSTEN MORGEN

ROMAN

Besuchen Sie uns im Internet:
www.droemer.de

Aus Verantwortung für die Umwelt hat sich die Verlagsgruppe
Droemer Knaur zu einer nachhaltigen Buchproduktion verpflichtet.
Der bewusste Umgang mit unseren Ressourcen, der Schutz unseres Klimas
und der Natur gehören zu unseren obersten Unternehmenszielen.
Gemeinsam mit unseren Partnern und Lieferanten setzen wir
uns für eine klimaneutrale Buchproduktion ein, die den Erwerb von
Klimazertifikaten zur Kompensation des CO_2-Ausstoßes einschließt.
Weitere Informationen finden Sie unter: www.klimaneutralerverlag.de

Originalausgabe Juli 2023
Droemer Taschenbuch
Ein Imprint der Verlagsgruppe
Droemer Knaur GmbH & Co. KG, München
Alle Rechte vorbehalten. Das Werk darf – auch teilweise – nur
mit Genehmigung des Verlags wiedergegeben werden.
Redaktion: Antje Steinhäuser
Covergestaltung: Zero Media
Coverabbildung: Joanna Czogala/trevillion.com, Tobias Bhmer/
EyeEm/GettyImages.com und FinePic®, München
Satz: Adobe InDesign im Verlag
Druck und Bindung: GGP Media GmbH, Pößneck
ISBN 978-3-426-30928-5

2 4 5 3 1

PERSONENVERZEICHNIS

1945–1950

Lissi Schneider – Hauptfigur
Helene Wilke – Lissis (Paten-)Tante
Paul Wilke – Helenes Sohn, Lissis Vetter
Ursula Wilke – Helenes Tochter, Lissis Cousine
Fritz Wilke – Helenes Mann
Anna Rösler – Lissis beste Freundin
Johann Sander – Bewohner der Dachkammer
Frau Meckenstock – Nachbarin aus dem 3. Stock
Frau Dreyer – Nachbarin aus dem 1. Stock
Ewald Dreyer – ihr Sohn
Familie Finke & Oma Metz, Eheleute Huppert, Familie Halbach, Frau Wulff – Nachbarn
Herr Reinhardt – Textilfabrikant und Tante Helenes Arbeitgeber
Frau Rösler – Annas Mutter
Fräulein Ackermann – Lissis Lehrerin
Oskar Schultheis – Johanns Kollege und Nachbar aus dem 3. Stock
Hilde Schultheis – Oskars Frau
Max – Pauls bester Freund
Herr und Frau Gräbe – Tanzlehrer
Jürgen Dietrich, Hermann Schmidtke, Rosemarie Keck, Ingeborg, Kurt und Manfred – Tanzschüler
Irmgard Sander – Johanns Mutter

1979–1982

Lissi Sander (geb. Schneider) – Hauptfigur
Miriam Sander – Lissis Tochter
Georg Freese – Johanns Jugendfreund aus Hamburg
Anna Dietrich (geb. Rösler) – Lissis beste Freundin
Jürgen Dietrich – Annas Ehemann
Felix, Franziska, Frederick, Frieda – ihre vier Kinder
Herr Borchmann – Inhaber der Buchhandlung und Lissis Chef
Frau Busch – Lissis Kollegin
Michael – Ursulas Mann
Evi – Pauls zweite Frau
Holger – Miriams Freund
Herr Bern – Lissis Fahrlehrer
Reinhold, Annette und Dieter – Georgs Mitbewohner in der WG
Albert und Mathilde Freese – Georgs Eltern
Edi – Angestellte im Hause Freese

1

MÄRZ 1945

Opas Apfelbaum stand kahl und knorrig auf der Wiese hinter dem Haus. Die Rinde zerfurcht wie die Haut der Elefanten, die Lissi einmal im Zoologischen Garten gesehen hatte. Sie kannte jeden Klettergriff, wusste im Schlaf, an welcher Astgabel sie sich festhalten und wie sie ihre Füße setzen musste. Der Baum war ihr Schiff, das sie in ferne Länder trug.

Den linken Arm schlang sie um den Stamm und hielt sich daran fest. Mit den Fingern der freien Hand formte sie ein Fernglas, durch das sie blinzelnd den Horizont nach weiteren Schiffen absuchte.

Ingrid hatte sich ihre Puppe unter den Arm geklemmt und mühte sich ab, zu ihr auf den Baum zu klettern. Mit dem Nachbarskind spielte sie bei jedem Wetter im Garten hinter dem Haus. Kinder bräuchten Bewegung an der frischen Luft, behaupteten die Großen.

»Gib mir deine Annegret hoch, ich halte sie«, sagte Lissi und streckte ihre Hand nach der Puppe aus.

»Aber lass sie nicht fallen.« Ingrid reichte sie hinauf, kletterte hinterher und setzte sich auf den dicken Ast ihr gegenüber. Sie ließen die Beine baumeln. Im Gras unter ihnen wuchsen Schneeglöckchen und Krokusse.

Ingrid war zehn und damit zwei Jahre jünger als sie. Schon am ersten Tag hatte das Mädchen vor der Tür gestanden, nachdem Lissi mit ihrer Mutter in Großvaters weißes Häuschen in Wuppertal-Langerfeld eingezogen war. *Kommst du raus zum Spie-*

len?, hatte sie gefragt, und zusammen waren sie wie übermütige Fohlen hinausgelaufen.

Das war nach dem Tod des Vaters gewesen, der vor zwei Jahren in Stalingrad gefallen war. Lissi hatte nicht begreifen können, warum er nicht einfach wieder aufgestanden war. Sie hatte ihn sich vorgestellt mit aufgeschürften Knien, sie kannte das vom Stolpern draußen auf dem Asphalt. Erst später hatte sie es verstanden. Gefallene Soldaten blieben liegen und standen nie wieder auf.

Der kühle Märzwind zog auf und strich über ihre Wangen.

»Bald kommt der Osterhase«, sagte Ingrid und streichelte die strohblonden Zöpfe ihrer Annegret.

»Glaubst du noch an den Osterhasen?«

»Wie meinst du das?«

»Den gibt es nicht, die Erwachsenen verstecken die Eier.«

»Stimmt nicht, ich habe ihn selber gesehen. Hinten auf der Wiese bei Lehmanns.«

»Das war ein gewöhnliches Karnickel.« Lissi hatte letztes Jahr vom Fenster aus beobachtet, wie ihr Opa das Osternest für sie im Garten versteckt hatte. Ein gekochtes Ei hatte darin gelegen.

Ingrid zog die Stirn in Falten und warf ihr einen finsteren Blick zu. In diesem Moment heulten die Sirenen auf. Schon wieder Fliegeralarm. Lissi sprang vom Baum, und ihre Freundin tat es ihr nach. Wie die Hasen rannten beide zu ihren jeweiligen Häusern.

»Ich hab uns Butterbrote gemacht«, rief ihre Mutter gegen den Lärm an. Sie packte hastig ein paar Dinge in einen Korb. »Nimm rasch deine Sachen und ab in den Keller.«

Die Luftangriffe kamen jetzt immer öfter auch am Tage. Doch nachts war es besonders schlimm, da musste man aus dem kuscheligen Bett durch das eisige Haus. Licht durfte man nicht anmachen wegen der Verdunklungspflicht. Also am Geländer festklammern, damit man im Dunkeln nicht die Treppen hinunterfiel.

Die Sirene pausierte kurz und hob zu neuem Geheul an. Lissi ergriff ihren kleinen roten Koffer mit Kleidung und ein paar Habseligkeiten. Sie stieg die steile Holztreppe in den Waschkeller hinunter, wickelte sich in eine dicke Decke und setzte sich auf eine der zwei Holzbänke, die Opa aufgestellt hatte. Wassereimer und ein Sandhaufen standen im Keller zum Löschen bereit. Sollten sie Phosphorbomben abwerfen, half nur Sand. Hoffentlich war es schnell wieder vorbei. Unzählige Male hatten sie bereits zu dritt hier unten stundenlang ausgeharrt, bis endlich das lange Signal der Entwarnung ertönte.

Ihre Mutter und der Großvater mit seinem lahmen Bein stolperten die Treppenstufen hinab. Es blieb ihnen nur, hier zu sitzen und auszuharren. Zu warten, bis es vorbei war. Mutti betete. Opa starrte stumm vor sich hin und sah immer wieder nach oben. Die Sirene wechselte in die kurzen Heultöne der akuten Luftgefahr.

Das Dröhnen der Jagdbomber war zu erahnen, wurde lauter, steigerte sich zu einem tiefen Brummen, das die Mauern um sie herum zittern ließ. Ein Schauer rann Lissi über den Rücken, sie hielt ihren Koffer fest an sich gepresst. Man hörte das grässliche Pfeifen vor dem Einschlag der Brandbomben. Erst waren es Treffer in der Ferne, sie klangen dumpf. Dann wurden sie lauter, kamen immer näher. Lissi hielt den Atem an. Über ihnen erbebte das Haus, es klirrten und zerbarsten Fenster. Türen schlugen auf und zu.

Das Heulen der Bomben war unerträglich. Der Raum schwankte wie ein Schiff in stürmischer See. Von den Wänden bröckelte der Putz. Sie hielten sich nasse Lappen vor das Gesicht. Staub und Ruß fegten um sie herum. Lissi war aufgesprungen, die Hände ihrer Mutter tasteten nach ihr, schoben sie in die Ecke des Raumes. Die einzige Glühbirne an der Wand flackerte und erlosch. In diesem Augenblick stürzte vor ihr die Kellerdecke herunter.

2

MAI 1979

Am Morgen brach Johann zu einer Bekleidungsmesse nach Frankfurt auf. Er verabschiedete sich mit einem Kuss und lief mit seinem Handkoffer leichtfüßig die Treppe hinunter.

Vom weit geöffneten Fenster aus überblickte Lissi die ganze Straße. Sie blinzelte in die grelle Morgensonne, die sich in einer Fensterscheibe gegenüber spiegelte. Er winkte ihr, und sie hob die Hand. Ein letzter Blick von ihm zu ihr hoch, dann stieg er in seinen hellblauen Opel und fuhr los. Das gleiche helle Blau lag über den Häusern, dieser Himmel ließ den Sommer erahnen. Es war ein perfekter Tag, um später mit Miriam hinunter in die Stadt zu spazieren. Ihre Tochter war achtzehn und besuchte das nahe gelegene Gymnasium. Sie würden einige Besorgungen machen, Kaffee trinken, ein Eis essen. Für Johann würde sie nach einem ledernen Uhrenarmband schauen, das alte müsste dringend ausgetauscht werden.

Lissi räumte den Tisch ab und spülte das Geschirr vom Frühstück, im Radio lief Blondies *Heart Of Glass*. Sie summte mit und stapelte Teller und Tassen auf dem Abtropfgestell.

Die Vorfreude auf Italien stieg erneut in Lissi auf. Sie erinnerte sich an das Gefühl nackter Füße im sonnenwarmen Sand. An enge Gassen, durch die der Duft von Olivenöl und Fisch zog. Beim Frühstück hatte sie im Katalog des Reisebüros geblättert. Vor lauter Fernweh hätte sie am liebsten gleich die Koffer gepackt.

Die Nudelsuppe für den Abend könnte sie vorbereiten, bis Miriam aus der Schule nach Hause kam. Sie setzte einen Topf mit Wasser auf, schnippelte Gemüse und ließ es zugedeckt köcheln.

Zeit für eine Kaffeepause. Mit dem heißen Becher in der Hand, schlenderte sie zum Sofa, ließ sich im Schneidersitz nieder, nahm das Telefon auf den Schoß und wählte die Nummer ihrer Freundin Anna. Eine halbe Stunde lang plauderten sie ungestört über Kindersorgen und Arzttermine.

Am Mittag klingelte es an der Haustür. Zwei Polizisten schleppten sich die knarrenden Stufen des Treppenhauses zu ihr in den zweiten Stock hinauf. Der eine hager mit Schnurrbart, der andere schnaufend mit fülliger Körpermitte. Lissi stand in der Tür, ihre heitere Stimmung gefror augenblicklich. Sie sah die ernsten Mienen und straffte sich innerlich.

»Guten Tag, sind Sie Frau Sander? Die Ehefrau von Johann Sander? Dürfen wir eintreten?«, fragte der Dünne.

Sie nickte stumm und bat beide ins Wohnzimmer.

Der rundliche Beamte wandte sich ihr zu und sagte kurzatmig: »Es tut uns leid, Ihnen mitteilen zu müssen, dass Ihr Mann mit seinem Auto tödlich verunglückt ist.«

Watte, in ihrem Kopf nur Watte, die Stimmen wie aus weiter Ferne.

»Setzen Sie sich … etwas Wasser … frische Luft … jemanden anrufen?« Man griff nach ihrem Arm, sie ließ sich auf einem Stuhl am Esstisch nieder.

Das konnte nicht sein, sie sprachen von einem anderen Mann. Ihrer war vorhin gut gelaunt in sein Auto gestiegen. Sie würden in den Urlaub fahren. Hinter ihren Schläfen pochte es, ihr war schwindelig. Der hagere Polizist reichte ihr eines der gespülten Gläser mit Leitungswasser, es war noch feucht. Sie trank einen Schluck, und schon stiegen ihr Tränen in die Augen. Sie tastete auf dem Tisch nach der blau-weißen Packung mit den Taschentüchern und zog an der offenen Seite eines heraus. Das war sicher alles ein Irrtum. Nur langsam begriff Lissi die ungeheure Nachricht, die ihr die Luft abschnürte. Ohne Johann war alles sinnlos, ein Leben ohne ihn – undenkbar.

Die beiden Polizisten redeten beruhigend auf sie ein, berichteten von einem hellblauen Opel, und ihr wurde klar, dass sie von Johanns Wagen sprachen. Doch die Worte ließen sich nicht in einen vernünftigen Zusammenhang bringen. Das wollte sie alles nicht hören, sich keine Bilder dazu im Kopf ausmalen müssen.

Waren Stunden, Minuten oder nur Sekunden vergangen? Vom Flur her hörte sie das vertraute Geräusch des Schlüssels im Türschloss. Miriam. Ihr Gesicht erschien im Türrahmen. Sie erstarrte in der Bewegung, als sie die Beamten bemerkte. »Mama, was ist passiert?«

Lissi schüttelte den Kopf, keine Worte. Die Polizisten wiederholten ihren Text, als hätten sie ihn vorher einstudiert. Wie auf einer Bühne, sie war eine Marionette. Ohne Fäden. Nicht in der Lage, sich zu rühren. Alles vorbei. Eine banale Fahrt zu einer Messe an einem sonnigen Maitag. Lächeln, winken, fahren. Doch er würde nie mehr wiederkommen.

Miriam fiel ihrer Mutter um den Hals und weinte fassungslos. Die beiden Beamten standen eine Weile mit betretenen Gesichtern herum, dann sprachen sie ihnen erneut ihr Beileid aus und verabschiedeten sich endlich.

Mutter und Tochter blieben zurück, hielten sich fest, gaben sich Halt. Weinten stumm. Zwei verlassene Seelen. Zusammen und doch allein.

So saßen sie lange beieinander, wie von dichtem Nebel umgeben. Am Abend kam Anna vorbei, nahm Lissi wortlos in den Arm. Reglos standen sie da, im Türrahmen, halb im Treppenhaus. Es brauchte keine Erklärungen. Ihre Freundin bugsierte sie auf das Sofa und sah kurz nach Miriam, die inzwischen in ihrem Zimmer auf dem Bett lag, Musik hörte und niemanden sehen wollte.

Die Freundinnen saßen nebeneinander, sprachen kaum, aber es war tröstlich, Anna bei sich zu haben. Später gestand sie, dass sie vier zeternde Kinder und einen erstaunten Mann zu Hause am Abendbrottisch zurückgelassen hatte.

»Du musst doch etwas essen.« Anna reichte Lissi einen Teller mit bunter Brühe.

Richtig, der Nudeleintopf vom Mittag. Um zwölf hatte sie es noch nicht gewusst. Da hatte noch nicht alles in Scherben gelegen. Lissi rührte mit dem Löffel in der Suppe, bis sie kalt war, und stellte sie vor sich auf dem Couchtisch ab. Was waren seine letzten Worte an sie gewesen? Hatte sie ihm wie üblich zum Abschied gesagt, dass sie ihn liebte? Sie war sich diesmal nicht sicher.

Es war schon nach Mitternacht, als Anna sich mit einer langen Umarmung und tröstenden Worten verabschiedete. »Du weißt, du brauchst nur anzurufen.«

Wie betäubt blieb Lissi im Wohnzimmer zurück. Es gab in ihr keine Tränen mehr. Sie goss den letzten Rest der dunkelroten Flüssigkeit aus der Flasche in das bauchige Glas und nippte. Es schmeckte fruchtig herb und tröstlich. Sie war unfähig, in das leere Schlafzimmer hinüberzugehen. Eine dumpfe Schwere breitete sich in ihrem Körper aus. Irgendwann in der Nacht erhob sie sich, ohne zu wissen, wie spät es war.

Ein kurzer Blick in Miriams Zimmer, sie schlief, ein zusammengeknülltes Taschentuch in der Hand. Ihr Schmusetier aus Kinderzeiten fest an sich gedrückt. Sie wirkte wieder wie das kleine Mädchen damals, zart und zerbrechlich. Leise schloss Lissi die Tür. Im Bad mied sie den Blick in den Spiegel, wusch sich und putzte die Zähne. Das leere Bett ertrug sie jetzt nicht.

Auf dem Sofa legte sie sich unter die Wolldecke, die Stehlampe ließ sie brennen. Sie fürchtete sich davor, allein in der Dunkelheit zu liegen. Der Kopf schmerzte, ihre Lider wurden schwer, die Müdigkeit erfasste sie wie eine Welle und zog sie hinunter in eine finstere Tiefe.

Als sie in den frühen Morgenstunden erwachte, drang trübes Licht von der Straße durch die hohen Wohnzimmerfenster. Lissi erinnerte sich an keinen einzigen Traum. Benommen knipste sie die Lampe aus und setzte sich auf. Die Schläfen pochten, ihr Mund war wie ausgetrocknet. Dann fiel es ihr wieder ein. Die Erkenntnis traf sie wie ein Schlag ins Gesicht. Johann war fort. Seine Stimme hatte sie im Ohr. Seine Bartstoppeln kratzten sie am Kinn, wenn er sie morgens mit einem Kuss weckte. All das war mit ihm verschwunden. Unvorstellbar. Ein nicht enden wollender Albtraum.

Durst trieb sie in die Küche, sie trank ein Glas Wasser, setzte Kaffee auf, alle Handgriffe liefen ab wie ferngesteuert. Es war völlig unmöglich, einen klaren Gedanken zu fassen.

Ihr Blick fiel auf den Esstisch, auf dem der Reisekatalog lag. Unter der Garderobe im Flur standen seine abgetragenen Hausschuhe, die er nicht mitgenommen hatte. Er lächelte ihr aus dem Bücherregal zu. Den Bilderrahmen für das Familienfoto hatten sie damals zusammen ausgesucht. Miriams breites Kinderlachen gab den Blick auf eine Zahnlücke frei. Wohin Lissi sah, überall strömten Erinnerungen auf sie ein. Die Verzweiflung lag auf ihr wie ein schwerer Stein, der jedes Fünkchen Energie zermalmte. Jegliche Lebensfreude war ausgelöscht. Der Schmerz nahm ihr die Luft zum Atmen. Was war sie denn ohne Johann? Es kamen wieder Tränen, und sie liefen hemmungslos.

Freitag. Drei Tage war es her. Heute wäre er zurückgekommen aus Frankfurt. Pfeifend hätte er den Flur betreten, seine Frau geküsst und seine Tochter in den Arm genommen. Nie wieder würde er das tun. Lissi schlich durch die Wohnung wie ein Geist, blass und körperlos.

Miriams Augen waren rot und verquollen wie zuletzt vor einem halben Jahr, da hatte sich ihr erster Freund von ihr getrennt. Es gab keine Messlatte für Trauer. Doch im Gegensatz zu ihrer Mutter hatte sie sich besser im Griff: »Mama, ich weiß, du willst darüber nicht nachdenken, aber ich kann das nicht allein entscheiden. Welchen sollen wir nehmen?«

Der Prospekt des Beerdigungsinstituts lag aufgeschlagen auf dem Esstisch. Auf Hochglanz polierte Holzkisten. Lissi drehte sich der Magen um. Ein Hotel mit Strand hatte sie aussuchen wollen und keinen widerwärtigen Sarg.

Miriam stand auf und sagte: »Ich mach uns einen Kaffee.« Die alltäglichen Geräusche gaben Sicherheit. Das Sprudeln des Kranwassers in die Kanne mit Plastikdeckel, das Zischen und Gurgeln. Der Duft von Kaffee. Alles war wie immer. *Denke nicht dran, Lissi, alles ist gut.* Die Nächte waren schlimm, die Tage grässlich, denn da musste sie funktionieren und ansprechbar sein.

»Wir müssen am Tag der Beerdigung Tante Helene mit dem Taxi abholen, hörst du, Mama?«

»Ist gut.« Zwei Wörter auf einmal, ein Fortschritt. Diese letzten drei Tage hatte sie erschreckend einsilbig geantwortet. Aber es war unfair gegenüber Miriam, die sich alle Mühe gab, ihrer Mutter zu helfen, obwohl sie selbst Trost brauchte.

»Weiße Lilien oder Rosen«, sagte Lissi, »die hätten ihm gefallen.«

Miriam stellte Tassen auf den Tisch und nickte. »Das glaube ich auch.«

»Und den nehmen wir.« Sie zeigte auf einen beliebigen Sarg und kritzelte mit dem Kugelschreiber ein schiefes Kreuz daneben.

»Die Trauerrede hält Pastor Lorenz?«, fragte ihre Tochter, offenbar froh über das vernünftige Gespräch mit ihr.

Lissi nickte und presste kurz die Lippen aufeinander.

»Musik?«

»Darf er aussuchen, er kannte ja deinen Vater. Und er weiß besser als wir, was angemessen ist.«

Miriam holte die Kaffeekanne, setzte sich und schenkte ein. Schwarz. Passend zur Stimmung.

Ein zu vertrautes Gefühl. Der Verlust war wie ein verhasster Gast, der ungebeten vorbeikam und dem man am liebsten die Tür vor der Nase zugeschlagen hätte. Am Morgen half Kaffee, um aufzustehen, am Abend Rotwein, um einzuschlafen. Vor Lissi erhob sich eine dunkle Steilwand und unter ihr lag eine tiefe Schlucht, die unüberwindbar schien. Sie hing dazwischen hilflos in der Luft, es gab kein Entkommen.

3

MÄRZ 1945

Der Weg nach Elberfeld war nicht einfach zu bewältigen, denn es fuhren keine Straßen- oder Schwebebahnen.

»So viele Brücken und Schienen sind zerstört, Kind, man glaubt es kaum«, berichtete die Tante, als sie Lissi abholte. Helene Wilke war die jüngere Schwester ihres Vaters und Lissis Patentante. Die Familien hatten sich früher in regelmäßigen Abständen gegenseitig besucht, bevor 1943 die ersten Luftangriffe gekommen waren.

Ein Bekannter von Tante Helene nahm sie beide auf seinem Lastwagen mit. Man hätte den sonnigen Märztag genießen können, doch auf der Fahrt starrten sie in den Himmel und lauschten auf das Brummen von Flugzeugmotoren. Jederzeit musste man mit Tieffliegern rechnen, die alles abschossen, was sich bewegte. Auf freiem Feld sah man die Kuhlen der Bombentrichter. Sie waren erst einmal erleichtert, als sie die Stadt erreichten.

Am Döppersberg ließ der Bekannte sie aussteigen, weiter kam sein Laster nicht. Lissi erkannte Elberfeld nicht wieder, der Stadtteil zeigte sein neues schauriges Gesicht. Hohle Fassaden ragten in den Himmel über Wuppertal. Die Häuser dahinter verbrannt und zerfallen. Wenige Gebäude waren heil geblieben, einsam zwischen Schuttbergen. Kaum eine Straße war zu erkennen, vergraben unter losen Steinen und grauem Staub. Notdürftig waren Pfade durch das Pflaster freigeräumt worden. Einmal verliefen sie sich, weil Tante Helene eine Straßenkreuzung nicht gleich wiedererkannte. Menschen hasteten an den

Trümmern vorbei, niemand hielt sich lange auf. Jederzeit war mit Alarm zu rechnen.

In einiger Entfernung stürzte eine Hausfassade ohne jede Vorwarnung krachend um und verschwand in einer Staubwolke. Lissi umklammerte die Hand ihrer Tante. Sie schlugen sich durch, stets bereit, Deckung zu suchen, sobald über ihnen das gefürchtete Dröhnen ertönte.

Das Haus lag in der Nordstadt auf dem Ölberg. Hier oben wirkte alles friedlich. Die Straßen waren unversehrt, einige Gebäude mit den hohen Fenstern zierten prächtige Säulen, Engelsköpfe und Blumenkränze, andere sahen verwittert und schäbig aus. Dazwischen gab es uralte schiefergraue Fassaden, wie man sie im Bergischen oft sah. Vor den Treppenstufen eines Hauses spielten zwei Mädchen und ein Junge Hüpfekästchen. Mit roten Tonscherben malten sie Zahlen auf den Asphalt. Ein Tiefflieger brummte heran, und die Kinder sprangen, ohne zu zögern, die Stufen hoch bis zur Haustür. Lissi und Tante Helene suchten rasch in einem anderen Hauseingang Deckung und warteten, aber der Pilot kehrte zum Glück nicht um. Es wurde still, und sie liefen eilig weiter.

Lissi erkannte die massive Tür mit den Messingbeschlägen wieder. Das Treppenhaus war unverändert, es roch nach Kohlenstaub. Neben Tante Helene stieg sie stumm die Stufen in den zweiten Stock empor. Ihr Brustkorb schmerzte noch immer, und sie war unendlich müde.

Ursula saß am Esstisch in der Mitte des Raumes, als sie die Küche betraten. Lissi schätzte sie auf sechs Jahre. Ihren Pony bändigte eine Haarklemme, sie trug dunkelblonde, ordentlich geflochtene Zöpfe und musterte sie aus großen grauen Augen.

»Nun begrüße deine Cousine, Kind, wo sind denn deine Manieren?« Tante Helene stemmte ihre Fäuste in die schmalen Hüften.

Ursula erhob sich und gab ihr die Hand. Es war seltsam, sie kannten sich kaum. Das verschrammte rote Köfferchen stellte Lissi auf dem Dielenboden ab. Zum ersten Mal war sie allein hier. Die Küche sah aus wie die im Haus ihres Großvaters. Ein Kohleherd stand an der linken Wand. Auf der anderen Seite gab es einen Küchenschrank und daneben einen Spülstein.

»Komm, ich zeige dir deinen Schlafplatz«, sagte ihre Tante und durchschritt die Küche zur hinteren Tür, die in den angrenzenden Raum führte. Dort gab es zwei einzeln stehende Betten und einen Kleiderschrank.

»Du teilst dir dieses Bett mit Ursula. Im anderen schlafen der Paul und ich.« Der Paul war Ursulas älterer Bruder.

»Und was ist mit dem Zimmer?«, fragte Lissi und deutete auf eine weitere Tür, vor der ein Tischchen mit allerlei Krimskrams stand.

»Unsere Stube, aber dahinter wohnen jetzt Ausgebombte, die Küche müssen wir uns mit ihnen teilen. Das stille Örtchen ist auf halber Treppe, erinnerst du dich, Lisbeth?« Tante Helene wartete keine Antwort ab, sondern lief vorweg zurück zum Flur.

»Lissi«, korrigierte Lissi und trottete hinterher.

»Richtig, so hast du dich schon früher selbst genannt.« Sie lachte kurz auf und machte im Gehen eine flatterige Bewegung mit der Hand.

Sie stiegen zum Treppenabsatz hinab. Die dritte Stufe von oben knarzte. Die Tür auf halber Etage war nur angelehnt, dahinter ein Klosett mit Kette, daneben hingen aufgereiht an einer Schnur Zeitungsabschnitte. Über dem Waschbecken war ein kleiner Spiegel.

»Das benutzen alle Bewohner unserer Etage. Mit dir sind wir zu neunt. Für nachts gibt es Töpfe unterm Bett.«

Unten fiel krachend die Haustür ins Schloss, und ein Junge kam die Treppe herauf.

»Erinnerst du dich an Paul?«, fragte Tante Helene.

Er zog die Mundwinkel kaum merklich nach oben und reichte Lissi eine schlaffe Hand. Er war ein halbes Jahr jünger als sie, trug den typischen Seitenscheitel, einen Pullover und kurze Hosen mit langen Strümpfen. Früher hatten sie mit Bauklötzen und Pauls kleinen Soldaten gespielt, die immer umfielen. Hinter jener Tür dort oben, die jetzt verschlossen war, in dem verbotenen Zimmer. Wo die Ausgebombten wohnten. Es klang wie ein fremdes Volk, das grau und staubig den Trümmern entstiegen war. Lissi fröstelte bei dem Gedanken.

Zu dritt nahmen sie die Stufen nach oben, und Tante Helene bereitete in der Küche ein spärliches Abendbrot.

In der ersten Nacht war alles ungewohnt fremd. Wenigstens hatten sie nicht in den Keller gemusst. Ein paar Schüsse hatte man kurz in weiter Ferne knallen hören, dann blieb es still. Eine gespenstische Ruhe lag über der Stadt. Sie waren in ihren Kleidern zu Bett gegangen, Lissi war das gewohnt. Sich nachts bei Fliegeralarm erst anzuziehen, kostete unnötig Zeit.

Sie hatte unruhig geträumt. Vom knorrigen Apfelbaum, in dem lauter Segel hingen. Von verkohlten Häusern mit riesenhaften Schuttbergen, die ihr unheimlich waren und sie erdrückten. Schwer atmend wurde sie wach, um sie herum war es düster. Sie lauschte dem gleichmäßigen Atem der anderen.

Ihre Cousine regte sich erst, als es dämmerte. Sie hielt den Zeigefinger an den Mund und fragte im Flüsterton: »Darf ich dir die Haare flechten?« Sie durfte. Beide setzten sich auf, und Ursula teilte vorsichtig Strähne um Strähne. Kurz darauf erwachte Tante Helene und lächelte ihnen zu. Sie rüttelte an Pauls Schulter und verließ das Schlafzimmer. Er gähnte, stand auf und folgte seiner Mutter in die Küche. Die Mädchen öffneten zaghaft das Fenster und beobachteten die Straße, kein Mensch war unterwegs.

Zum Frühstück gab es einen Rest Brot mit wenig Butter und Tee. Tante Helene besprach mit den Kindern, was zu erledigen war: »Morgens teilen wir uns auf, jeder bekommt ein Geschäft zugeteilt und stellt sich dort an. Finkes, das sind die Nachbarn, die unsere Küche mitbenutzen, kochen ihr Essen um zwölf Uhr, anschließend wir, merke dir das, Lissi. Wir teilen uns die Kohlenrationen. Für den Herd seid ihr Kinder zuständig, ihr könnt euch abwechseln. Ausfegen und die Asche in den Hof hinuntertragen.«

Das kannte sie. Schon in Opas Haus hatte sie diese Aufgabe übernommen.

Tante Helene räumte den Tisch ab und bat Lissi, ihr beim Abwasch zu helfen. Liebevoll strich sie ihr über den Kopf. »Alles wird gut, du wirst sehen. Wir schauen nur nach vorne, nicht mehr zurück. Was vergangen ist, ist vorbei.«

Später nahm sie Maß, denn Lissi brauchte dringend Kleidung. Es existierte nur das wenige, was sich in ihrem roten Koffer fand. »Stell dich mal gerade hin«, sagte ihre Tante, zückte ihr Maßband und notierte lauter Längen, Breiten und Umfänge auf einem Zettel.

»Was für Kleider bekomme ich denn?«, fragte Lissi.

»Leibchen, eine Schürze, Rock und Bluse. Erst einmal beantrage ich schnellstens eine neue Kleiderkarte für dich, Kindchen, du hast ja praktisch nichts mehr am Leib.«

Lissi war enttäuscht.

Tante Helene lächelte. »Du hattest auf ein schönes Kleid gehofft, wie? Na, wird schon werden, aber dazu brauche ich erst einmal Material, und auch das bekommen wir über die Karte.« Sie unterbrach sich. »Wenn es denn Stoffe gibt.«

In den folgenden zwei Tagen ertönte immer wieder der Alarm, und sie hörten die Flugabwehrkanone, kurz Flak genannt, feuern. Alle Bewohner des Hauses hatten sich im Keller dauerhaft eingerichtet. Es wurde eng dort unten mit vierzig Leuten. Nachts bekam Lissi kein Auge zu, sie erwartete stündlich das nächste Sirenengeheul. Wenn sie in den Keller hinunterstolperten, umklammerte sie ein weiteres Mal ihren roten Koffer und schmiegte sich eng an Tante Helene und Ursula. Bei jeder Entwarnung hörte man ein Aufatmen durch die Reihen. Einmal mehr waren sie davongekommen.

Finkes behielten auf der Etage die ehemalige Stube, das größere der beiden Zimmer, und rückten zusammen, denn in das andere zogen die Eheleute Huppert. Von ihrer alten Wohnung war beim letzten Angriff nurmehr ein Staubkorn übrig geblieben, hatten sie mit erstickten Stimmen erzählt. Von den neuen Nachbarn bekam man alles mit, denn er war schwerhörig. Seine Frau weinte ständig um den einzigen Sohn Otto, der sechzehnjährig mit dem dritten Aufgebot des Volkssturms in seinen Tod gezogen war. Mit verquollenen Augen rührte sie in einem Topf mit Brei, den sie ihrem Mann vorsetzte, sie selbst aß nichts. Tante Helene strich ihr tröstend über den Rücken.

Eines Nachmittags spielten alle Kinder aus dem Haus im Keller, und Lissi ging die Stufen hoch, um das WC aufzusuchen, da erkannte sie die Stimme ihrer Tante. Im Treppenhaus sprach sie mit der Nachbarin. Mucksmäuschenstill blieb Lissi auf der Treppe stehen und trat näher ans Geländer heran, um besser zu verstehen, was gesprochen wurde.

»… wenn nicht sofort Helfer gekommen wären, hätte man wohl niemanden mehr retten können. Sie hatte einen Schutzengel, wahrhaftig!«

»Das arme Mädchen«, hörte sie die Nachbarin sagen, die Frau Meckenstock hieß und schon seit dem ersten Krieg Witwe war.

»Es ist tragisch, meine Schwägerin und Lissis Großvater haben es nicht überlebt. In der Straße wurden sieben weitere Häuser dem Erdboden gleichgemacht, stellen Sie sich das vor«, fuhr ihre Tante fort.

Die andere senkte die Stimme: »Gott behüte. Dabei ist der Krieg so gut wie verloren, das munkelt die ganze Nachbarschaft hinter vorgehaltener Hand, wann hören die endlich auf mit dem Bombardieren?«

»Unter uns, das frage ich mich auch. Die Amerikaner marschieren doch schon überall ein«, sagte die Tante ebenfalls leiser. »In Köln sind sie schon. Die werden bald hier sein.«

Frau Meckenstock schnalzte mit der Zunge. »Man weiß nur nicht, ob man sich freuen oder ängstigen soll. Wenn mein seliger Rudolf das miterlebt hätte.«

»Wir warten mal in Ruhe ab«, sagte Tante Helene, da ertönte von unten Getrappel, und die Kinder sprangen die Treppenstufen hinauf.

Wie betäubt stieg Lissi die restlichen Stufen hoch und schloss sich im stillen Örtchen auf halber Etage ein. Sie kämpfte gegen die aufsteigenden Tränen an, doch sie ließen sich nicht aufhalten und rannen ihr über die Wangen. *Wir schauen nur nach vorne, nicht zurück.*

Niemand hatte mit Lissi über den schrecklichen Tag gesprochen, aber sie hatte geahnt, was passiert war, nachdem die Bomben auf das Haus ihres Großvaters niedergesaust waren. Sie waren alle drei verschüttet worden, und nur sie hatte man lebendig aus den Trümmern gerettet. Lissi war in einem fremden Bett aufgewacht, ein Arzt war gekommen. Die Nachbarn sprachen leise mit ihr. Sie erinnerte sich nicht, was geschehen war.

Am nächsten Tag wurde sie von Tante Helene abgeholt und sah es mit eigenen Augen. An der Stelle, an der Opas Haus gestanden hatte, lag ein Haufen loser Steine, Schutt und Asche. Mittendrin schwelten tiefschwarze Balken. Hitze und beißender Rauch lagen über dem, was kurz zuvor noch ihr friedliches Heim gewesen war. Auf der Straße lagen lauter Gegenstände, als hätte sie jemand achtlos weggeworfen.

Wie durch einen staubigen Schleier erkannte sie den Garten, und dort stand unversehrt der alte Apfelbaum. In seinen Zweigen hingen Kleidungsstücke und Stofffetzen. Wie die Segel des Schiffes in ihrer Fantasie. Tante Helene sprach mit den Nachbarn und dem Fahrer des Lastwagens, und Lissi lief derweil ein paar Schritte die Straße entlang. Neben einem verkohlten Lampenschirm und einer zerbrochenen Tasse hatte ein Puppenkopf gelegen, die strohblonden Zöpfe waren verbrannt. Und doch hatte sie das kleine starre Gesicht erkannt. Ohne jeden Zweifel war es Annegret gewesen, Ingrids Puppe.

Lissi schüttelte die Erinnerung ab. Wie betäubt saß sie auf dem schwarzen Klosettdeckel. Sie erledigte, was sie hier vorgehabt hatte. Zog die Kette, trat an den Spülstein, wusch mit eiskaltem Wasser ihr Gesicht und rieb sich die brennenden Augen. Die Kälte brachte sie zur Besinnung.

Draußen jaulte die Sirene auf, Lissi zuckte zusammen. Der Lärm schien durch jede Mauerritze zu dringen. Unmittelbar darauf polterten Schritte durch das Treppenhaus. Sie entriegelte die Tür, und mit hängenden Schultern stieg sie wieder in den Keller hinunter.

Die Versorgung wurde immer schwieriger. Tante Helene bunkerte Lebensmittel für das Osterfest. Mit der Fastenzeit bis Ostern nahm sie es genau. Lissi hatte sie dabei beobachtet, wie sie die wenigen Vorräte auf dem Kleiderschrank im Schlafzimmer versteckt hatte. Das vorösterliche Fasten einzuhalten, war nicht schwer, denn die Geschäfte bekamen kaum noch Ware. Transportmittel und Zufahrtswege in die Städte waren blockiert oder zerstört. Tante Helene und die Kinder klapperten in den frühen

Morgenstunden die Umgebung nach Lebensmitteln ab. Die Schule fiel weiterhin aus. Für Lissi waren diese Wochen seltsam unwirklich, die neue Wohnsituation, die vielen anderen Menschen um sie herum. Dazu die ständige Angst vor den Bomben. Die Nerven aller waren zum Zerreißen gespannt.

Die Zuteilung von Kleidung über die Reichskleiderkarte ließ auf sich warten, überall schien es Engpässe zu geben. Tante Helene hatte Tauschgeschäfte mit Nachbarinnen arrangiert, so war sie an Stoffstücke gekommen. Sie lieh sich von Frau Meckenstock eine alte Nähmaschine mit Tischchen und setzte sich an zwei Sommerkleider, eine Schürze und Wäsche für ihre Nichte.

Endlich wurde es wärmer, und mit dem April kamen die Osterfeiertage. Ihre Freundin Ingrid hatte sich so auf den Osterhasen gefreut. Es gab Lissi einen Stich. In dem roten Köfferchen hatte sie ihr Lieblingsbuch aus unbeschwerten Kindertagen gerettet. Sie setzte sich mit Ursula an den Küchentisch und las ihr aus der *Häschenschule* vor. Die bunten Bilder, die Hasen mit Taschentüchern aus Kohlblättern. Ein Stück Heimat, gedruckt auf Papier.

»Heute machen wir das Beste aus dem, was wir eben haben«, sagte Tante Helene am Ostermorgen und buk Reibekuchen aus Kartoffelschalen. Das Brot wurde zugeteilt, zwei Scheiben pro Tag für jeden. Eier gab es keine. Sie klapperten alle Läden ab, aber es war nicht zu ändern.

»Das sind die Kartoffeln fürs Festessen später«, erklärte Tante Helene. Sie ließ sie einige Minuten auf dem Herd kochen und schleppte den dampfenden Kochtopf ins Schlafzimmer hinüber, steckte ihn unter ihre Bettdecke und legte ein Daunenkissen obendrauf. »Hier garen sie in aller Ruhe, bis sie weich sind, das spart Kohlen.«

So gab es am Abend Kartoffeln mit Fisch, den Lissi nicht sonderlich mochte. Wie vermisste sie das weiße Häuschen mit dem Apfelbaum. Vater, Mutter und den Großvater. Ob sie im Himmel waren? Sie hoffte es.

Am 16. April marschierten die Amerikaner in Wuppertal ein. Tageszeitungen gab es keine mehr, die waren verboten, aber die Nachbarschaft war trotzdem bestens informiert. Sie seien schon in der Südstadt, hieß es, niemand wagte sich auf die Straße. Artilleriefeuer war hin und wieder zu hören. Stumm und blass harrten alle in den Kellern und Bunkern aus und hofften, dass es bald vorbei sein würde. Womöglich ein Ende mit Schrecken, aber ein Ende.

Tante Helene schnappte sich einen weißen Bettbezug und hängte ihn von außen gut sichtbar aus dem Fenster. Das war bei Todesstrafe verboten. Und doch flatterten überall an den Fassaden der Häuserzeile weiße Tücher. Es sah aus, als ob alle die große Wäsche hätten. Lissi bewunderte die Tante für ihren Mut.

»Wozu ist das, Mutti?«, fragte Ursula.

»Das heißt, wir ergeben uns.«

Die Wuppertaler müssten bis auf den letzten Mann ihre Stadt verteidigen, hieß es, doch die deutschen Truppen waren längst auf dem Rückzug. Am Nachmittag fuhr ein Jeep durch die Straße. Zwei Soldaten in fremden ockerfarbenen Uniformen saßen darin. Sie trugen Helme und Sturmgewehre. Paul erfuhr von seinem Freund Max mehr über die Amerikaner.

»Stellt euch bloß vor, den Kindern haben sie Schokolade und Kaugummis von ihren Panzern aus zugeworfen.«

»Papperlapapp.« Tante Helene verschränkte die dürren Arme.

»Doch, das stimmt, er hat es selbst gesehen«, beharrte Paul.

»Jetzt warten wir erst einmal ab«, sagte sie und rannte im

Stechschritt zu Frau Meckenstock hinauf, um nachzufragen, was sie mitbekommen hatte.

»Die kommen in die Häuser und durchsuchen alles«, hörten die Kinder die Nachbarin im Treppenhaus sagen.

Tante Helene betete ständig in diesen Tagen, und offenbar schien es zu wirken, denn die Amerikaner kamen kein einziges Mal. Paul setzte derweil alle Hebel in Bewegung, um schnellstmöglich Englisch zu lernen.

Am 1. Mai verbreitete sich die Nachricht vom Tod des Führers wie ein Lauffeuer.

»Nun zweifelt wohl niemand mehr an der Kapitulation«, sagte Tante Helene. »Hat sich was mit Endsieg.« Sie schickte ein Dankesgebet in den Himmel und tanzte mit den Kindern durch die Küche. Am Abend riss sie die Verdunklungsrollos herunter und erklärte: »Meine Lieben, ab sofort müssen wir nachts nicht mehr in Kleidern schlafen.«

Die Tage darauf blieb es in der Tat still. Paul brachte von einem Ausflug ein *chewing gum* mit nach Hause, das er von einem dunkelhäutigen Amerikaner geschenkt bekommen hatte. Lissi schnupperte am Papier, es duftete frisch und minzig. Sie teilten ihn genau durch drei. Die ungewohnte Süße explodierte förmlich in ihrem Mund.

Eine Woche später war der Krieg vorbei. Sie durften die Wohnung nur stundenweise verlassen, und fließendes Wasser aus der Leitung gab es nicht. Sie feierten dennoch mit trockenem Brot und Muckefuck.

4

MAI 1979

Der Kiesweg des Friedhofs knirschte unter zahlreichen Füßen. In kleinen Gruppen entfernten sie sich von der Grabstätte.

Wir schauen nur nach vorne, nicht zurück. Tante Helenes Devise hatte sich in ihrer Kindheit bewährt, um dem ersten Schmerz zu entkommen. Jetzt war es anders, alles erinnerte sie an Johann. Es war unmöglich, das Leben mit ihm hinter sich zu lassen und neu anzufangen.

Lissi hatte am Grab keine Tränen mehr, war müde und erstarrt. Sie würde die hölzerne Kiste sicher bis zu ihrem Lebensende in Gedanken vor sich sehen, obenauf ein Gebinde aus weißen Lilien und roten Rosen. Ihre Tante und Miriam hatten sie je links und rechts untergehakt. Es war nicht klar, wer hier wen stützte. Aber Helene brauchte seit ihrer Hüftoperation einen Gehstock. Ihre Tochter hatte die ganze Zeit über Lissis Hand gehalten.

»So schöne Worte hat er gefunden, findest du nicht, Kindchen?«, fragte ihre Tante und holte sie damit aus ihren Gedanken.

Lissi gab einen zustimmenden Laut von sich. Mit Miriam und Pastor Lorenz war sie vorher alles durchgegangen, was er sich für die Trauerrede überlegt hatte. Das heißt, genau genommen hatte bei dem Termin nur er die ganze Zeit über gesprochen, zu all seinen Vorschlägen hatten sie beide nur genickt.

»Der Blumenschmuck war eine wahre Pracht«, fuhr die Tante fort. Miriam murmelte etwas und Lissi antwortete einsilbig.

Feiner Nieselregen setzte ein. Wie passend. Eine Beerdigung ohne Regen wäre womöglich gar nicht von oben abgesegnet. Schirme wurden aufgespannt, wer keinen hatte, lief schneller, um die Föhnfrisur oder Seidenbluse ins Trockene zu bringen. In der schwarz gekleideten Kolonne der Trauergäste gab es viele bekannte Gesichter. Sie bewegten sich zügig in Richtung Gaststätte, durch das Friedhofstor und auf die andere Straßenseite. Autos und Fahrräder eilten an ihnen vorbei. Lauter Alltägliches um sie herum, als wäre Lissis Welt nicht aus allen Fugen geraten.

Sie betraten den holzgetäfelten Raum. Der Kaffeeduft war tröstlich. Die Gastwirtin kondolierte und bat mit einladender Geste an die Tische. Ihre Miene war professionell mitfühlend. Auf silbernen Platten mit Tortenspitze lagen Kuchenstücke und belegte Brötchenhälften bereit. Die gedrückte Stimmung der letzten zwei Stunden verschwand, man unterhielt sich gedämpft und langte zu.

Mit Miriam und Lissi sprach man mit sanften Stimmen, als könne dies die Tragik der Umstände mildern. Erst hier zwischen all den teilnahmsvollen Gesichtern wurde ihr bewusst, sie war eine Witwe. Das Wort klang schrecklich.

Einzelne Gerbera in Blassrosa steckten in schmalen Porzellanvasen auf den Tischen. Blass wie die Gäste, denn wem stand schon Schwarz?

Lissi nahm ein Käsebrötchen und teilte sich mit Miriam ein Stück Kuchen. Sie knabberten kurz daran herum und ließen die Reste liegen. Die Tasse Kaffee dagegen wirkte wie ein Lebenselixier. Es erschien ihr, als hätte sie sich seit Tagen nur von aufgebrühten Kaffeebohnen ernährt.

Ihre Freundin Anna unterhielt sich mit Miriam und strich ihr dabei tröstend über die Schulter. Tante Helene mit ihrer pragmatischen Art hielt sich stets würdevoll, das war ihr Naturell. Um sie herum größte Not, aber sie blieb der Fels in der Brandung. Ihre weißen Haare trug sie kinnlang, sorgfältig in Wellen gelegt. Die feinen Gesichtszüge und die schlanke Statur hatte sie sich bewahrt.

Ursula trat an den Tisch und setzte sich neben Lissi. »Es tut mir so leid. Wie werdet ihr denn zurechtkommen? Benötigt ihr etwas? Michael kümmert sich um die Kinder, dann helfe ich euch.«

»Lieb von dir, Urselchen, aber die weite Fahrt zu uns möchte ich dir nicht zumuten.« Sie umarmten sich.

Paul kam dazu und schüttelte Lissis Hand. »Mein Beileid. Evi lässt herzlich grüßen, sie ist mit dem Kleinen in Köln geblieben. Beerdigungen mit Baby im Schlepptau sind doch etwas anstrengend.«

»Danke. Natürlich, das verstehe ich.«

Evi war seine zweite Frau und deutlich jünger als er. Im letzten August hatten sie ein Baby bekommen. Evis erstes, Pauls drittes. Mit Johann hatte Lissi die Taufe besucht. Welch heile Welt damals.

Tante Helene unterhielt sich angeregt mit einer alten Nachbarin vom Nebentisch. Sie kicherten leise. »Wissen Sie noch, Frau Dreyer, als wir direkt nach Kriegsende kein fließendes Wasser mehr hatten? War das ein Geschleppe, immer den Berg rauf.«

Die nickte heftig und schnaufte kurz wie zum Beweis. »Schlimme Zeiten, aber man hat mehr zusammengehalten, nicht wahr, Frau Wilke?«

»Oh ja, jeder kannte jeden, das war nicht so anonym wie heutzutage«, stimmte die Tante zu.

Frau Dreyer seufzte und ließ die Schultern hängen, dabei hatte sie zu allen Nachbarn im Haus regen Kontakt. »Und unsere

Kinder waren damals noch klein, ach ja, an den Kindern merkt man, dass man älter wird.« Sie trank einen Schluck Kaffee und fuhr fort: »Wissen Sie noch, als sie einmal wie die Dreckspatzen heimkamen? Oh, was habe ich geschimpft, ich hatte gerade zuvor die große Wäsche erledigt. Mein Ewald hat so was sonst nie gemacht.«

Lissi schielte zu ihrem Vetter hinüber. Die liebe Frau Dreyer hatte ja keine Ahnung, wie faustdick ihr Söhnchen es hinter seinen Segelohren gehabt hatte.

Paul sah betreten auf die Papierserviette, die er zwischen den Händen drehte und knetete. Sie hatten sich damals geschworen, den Erwachsenen nichts zu erzählen. Und daran hielten sie sich, selbst nach über dreißig Jahren.

Am Nachmittag hatten sie es hinter sich gebracht. Paul fuhr die ganze Familie in seinem Mercedes zum Ölberg hinauf.

Tante Helene mühte sich mit ihrem Gehstock die unzähligen Stufen bis in den zweiten Stock. Früher war sie so flink treppauf und treppab gelaufen. Ursula und Miriam stützten sie. Paul hielt etwas unbeholfen die Handtasche seiner Mutter und trottete hinterher.

»Ihr kommt doch nachher mit zum Essen?« Lissi sah in die Runde. Zustimmendes Nicken und Murmeln. Alle ließen sich ächzend auf Sofa und Sesseln nieder. »Möchtet ihr Kaffee?«, fragte sie weiter.

»Ach Kindchen«, erwiderte Helene, »ich habe schon jetzt so viel Bohnenkaffee intus, ich werde heute Nacht kein Auge zutun. Aber man ist heutzutage ja verwöhnt, früher waren wir froh, wenn wir wenigstens Muckefuck hatten.«

»Was ist denn das?«, wollte Miriam wissen.

»So ein Ersatzkaffee. Aus irgendwelchen Pflanzenteilen oder Getreideresten. Schmeckte furchtbar.« Die Tante verdrehte die

Augen. Dann erzählte sie Anekdoten von ihren *Altenteilen,* wie sie die drei Mitbewohner ihrer Wohngemeinschaft scherzhaft nannte. »Jeder Tag ein neuer Kampf, irgendwer hat immer ein Leiden. Ein Reißen im Rücken, ein Stechen im Knie oder ein Ziehen, was weiß ich wo. Wir schließen jeden Abend Wetten ab, wen es am nächsten Tag trifft.« Tante Helene schaffte es, binnen Sekunden die Stimmung zu heben.

Lissi zog sich in die Küche zurück und kochte Tee. Zwölf Jahre war es her, seit sie die Altbauwohnung von ihrer Tante übernommen hatte. Paul und Ursula wohnten damals mit ihren Partnern in anderen Städten und hatten kein Interesse gezeigt.

Für mich alleine lohnt das nicht, und dann im zweiten Stock, Kind, ihr habt jüngere Beine!, waren Helenes Worte gewesen. Lissi und Johann hatten die Räume renoviert, und das alte Wohnhaus auf dem Ölberg wurde wieder das einst so vertraute Zuhause ihrer Jugend.

Sie hob den Wasserkessel an, um den Tee aufzugießen, und ihr Blick fiel auf ihren Ehering. Seit dem Tag des Unfalls verlor sie regelmäßig die Fassung, sobald sie ihn ansah. Am Tag also Hunderte Male. Sie beschloss, ihn in die Kommode im Schlafzimmer zu legen und ab sofort nicht mehr zu tragen.

Am frühen Abend betraten sie zu fünft das chinesische Lokal am Döppersberg. Nur Anna fehlte. Lissi hätte auf das Essen gern verzichtet, Hunger hatte sie ohnehin keinen. Andererseits war es tröstend, die Familie um sich zu haben.

Der Besitzer mit seinem schütteren Haar begrüßte alle herzlich, nahm Lissis Hände kurz in seine und nickte ihr mit gutmütigem Blick zu. Eine mitfühlende Geste ohne viele Worte. Man kannte sich. Mit seiner zierlichen Statur in schwarzer Hose und Weste mit weißem Hemd schritt er voraus und wies ihnen einen runden Tisch in einer Ecke zu.

Vor zwei Tagen hatte sie vorbeigesehen. Volles Lokal, wenig Zeit. Sie hatte knapp und stockend von Johanns Tod berichtet und für heute reserviert.

Stühle rückten, alle setzten sich und studierten die Speisekarten. Wann hatten sie zuletzt hier gesessen? Im März oder April nach einem Stadtbummel? Geistesabwesend strich Lissi mit den Fingern über das dicke weiße Tischtuch. Die Gespräche um sie herum liefen schleppend an. Ursula erzählte von Mann und Kindern, Paul von seinem Kleinen. Miriam sah mit trübem Blick vor sich hin. Es war schmerzlich, sie so traurig zu sehen.

Lissi ergriff zögernd das Wort: »Ihr Lieben, ich danke euch für den Beistand, ich bin froh, dass ihr alle hier seid.« Sie hielt kurz inne. »Also fast alle.« Sie sah sich um, wo blieb Anna nur?

Tante Helene tastete nach Lissis Hand und drückte sie aufmunternd. »Das wird schon wieder, Kind. Die Zeit heilt die Wunden zwar nicht vollständig, aber sie verblassen zum Glück irgendwann.«

Verblasst waren alte Wunden, das stimmte. Und die Erinnerungen, sie wurden unscharf und dunkler, verschwanden schleichend aus dem Gedächtnis. Ob es ihr mit Johann ebenso erging? Nein, sicher nicht. Wie falsch es sich anfühlte, hier ohne ihn zu sitzen, sie sah ihn genau vor sich. Er hatte immer dasselbe zu dem pappigen Reis bestellt. Rindfleisch mit Zwiebeln.

In diesem Moment betrat Anna das Lokal, orientierte sich kurz und steuerte auf den Tisch zu. »Entschuldigt, ich kam nicht früher weg. Kind Nummer drei ist krank, irgendwas mit dem Magen.« Sie grüßte in die Runde, setzte sich auf den letzten freien Platz neben Paul und überflog die Karte.

»Was hat Frederick denn?«, fragte Lissi. So hieß Kind Nummer drei, benannt nach der grauen Feldmaus in dem Bilderbuch.

»Sicher nur was Falsches gegessen.« Anna verdrehte die Augen und winkte ab. Die Getränke wurden gebracht. Eine zierliche Bedienung hielt den Notizblock bereit, um die Bestellungen zu notieren.

Miriam beugte sich zu ihrer Mutter und fragte leise: »Wollen wir uns ein Gericht teilen?«

»Gern«, antwortete Lissi mit gesenkter Stimme, »ich hoffe nur, ich bekomme überhaupt einen Bissen hinunter.« Nie wieder könnte sie Rindfleisch mit Zwiebeln essen. Sie entschieden sich für Ente süßsauer, das hatten sie bisher nie bestellt.

Zum Glück näherte sich dieser Tag dem Ende. Und doch hatte der gemeinsame Restaurantbesuch eine heilsame Wirkung auf Lissi, sie entspannte sich zunehmend. Die geliebten Menschen, die ihr geblieben waren, gaben ihr den Mut, die nächste Zeit durchzustehen.

Daheim wartete anklagend das Sofa. Im Schlafzimmer zu übernachten, war nach wie vor unmöglich. Nur ihr Bettzeug hatte sie mit hinübergenommen. Auf den abendlichen Rotwein verzichtete sie heute. Schluss mit Alkohol.

»Mama, wie lange willst du noch auf dem unbequemen Sofa schlafen?«, fragte Miriam.

»Ich bekomme im Schlafzimmer keine Luft«, behauptete Lissi und schlüpfte unter die Decke.

»Dann mach halt das Fenster auf, du machst dir den Rücken kaputt. Na ja, musst du wissen, Nachti.« Miriam verschwand im Flur.

»Nachti, mein Schatz.« Vertrautes Abendritual, über die Jahre hinweg eingekürzt. Früher hatte Lissi mit ihrer Tochter abends ein Bilderbuch gelesen. Ein Schluck Fencheltee und ein Gutenachtkuss. Die Tür zum lichtdurchfluteten Flur stets einen Spalt geöffnet, um jeden Zentimeter wurde gefeilscht wie auf einem Basar. *Nur ein Stückchen noch, Mama!*

Wie schnell war ihre Kleine erwachsen geworden. Aber zu jung für ein Leben ohne Vater. Ihr Abitur stand bevor, und jetzt gab es keinen Johann mehr, der Miriam beim Pauken half. Stets hatte er sie unterstützt. Ob Blockflötenunterricht, Eislauf oder Ballettunterricht in der Stadthalle auf dem Johannisberg, alles hatte ihre Tochter nur kurz begeistert. Doch er hatte gemeint, dies gehöre zum Erwachsenwerden dazu. Er hatte darin die Chance gesehen, Miriams wahre Begabungen herauszufinden.

Lissi fragte sich, ob sie womöglich eifersüchtig gewesen war. Sie selbst konnte sich kaum an ihren Vater erinnern. Sie hatte Johann und Miriam um die Zeit zusammen beneidet, das gab sie zu. Sie war außen vor geblieben wie das fünfte Rad am Wagen, hatte die geflügelten Worte nicht verstanden, die sich beide gegenseitig wie beim Pingpong zugespielt hatten. Wie eine Geheimsprache, die Lissi nie gelernt hatte.

Sie rückte sich zurecht, schüttelte das Unbehagen der letzten Gedanken ab. Das Sofa gab nur wenig nach. Sie nahm das Buch in die Hand, das neben ihr auf dem Couchtisch lag, und blätterte darin. Beim Lesen war sie stets schnell eingeschlafen, sanft von der Geschichte in einen Traum hinübergeglitten. Doch jetzt tanzten die Buchstaben vor ihren Augen. Sie las die Sätze erneut, verstand keinen. Ständig kamen neue Gedanken und alte Erinnerungen in ihr hoch und schoben sich vor die gedruckten Zeilen. Die letzten und die kommenden Tage wie im Buch überblättern, wäre das nur möglich. Zu einem späteren Zeitpunkt wieder einsteigen, wenn der Schmerz ein wenig abgeklungen war.

Die Trauer hatte Lissi in meterhohen Wellen und eiskalt erwischt, ihr den Boden unter den Füßen weggezogen. Schon damals als Kind, sie hatte es nur verdrängt. Morgen würde sie Johanns Bettzeug wegräumen und wieder in ihrem Bett schlafen, das nahm sie sich fest vor. Spät in der Nacht hörten die Grübeleien endlich auf, und sie schlief ein.

Am nächsten Tag hatte Lissi Rückenschmerzen. Das Sofa war eben keine Matratze und sie nicht mehr zwanzig, sondern fast siebenundvierzig. Übermorgen. Aber sie würde ihren Geburtstag ausblenden, es gab nichts zu feiern.

»Ich hab es dir ja gesagt«, meinte Miriam knapp und löffelte dabei einen Joghurt. »Brauchst du Hilfe?«

Lissi schüttelte wortlos den Kopf, fasste sich endlich ein Herz, raffte ihr Bettzeug vom Sofa auf und trug es zurück ins Schlafzimmer. Entschlossen zog sie alle Bezüge ab und stopfte sie in die Wäsche. Jedes aufsteigende Gefühl schluckte sie fort, nur jetzt nicht nachdenken. Sie zerrte die kleine Trittleiter aus einer Nische hervor. Polternd klappte sie auseinander, Lissi stieg hinauf, hievte Johanns Bettdecke und sein Kissen in das oberste Fach des Wandschrankes. Schob das weiße dicke Bündel bis nach hinten. Weit weg, als könne sie damit die Erinnerungen von sich fortschieben. Sie stieg wieder herunter, riss das Schlafzimmerfenster auf, schloss die Augen und atmete tief ein wie ein Ertrinkender, der an die Wasseroberfläche gelangt. Im Hof flatterten ein paar Kleidungsstücke auf einer Leine im Wind, der Duft von Waschmittel wehte zu ihr empor. Aus den Fenstern der Hinterhausfassaden hallten Stimmen. Die Tauben gurrten von den Dächern, und eine tiefe Ruhe überkam sie. Sie blinzelte ins Licht, ein Motorrad heulte in einer Nebenstraße auf. Sie empfand kurz einen Funken Freude über den sonnigen Tag, doch unvermittelt stieg ein Gefühl von Verrat in ihr auf.

5

DEZEMBER 1945

»Man nehme drei Eier«, las Ursula stockend aus Tante Helenes altem Kochbuch vor.

Lissis Magen meldete sich. Wie sollte man etwas nehmen, wenn man nichts hatte? Sie saßen zu dritt am Küchentisch. Die Kinder besuchten wieder die Schule. Ein Stück Normalität kehrte zurück. Paul beugte sich über seine Hausaufgaben und schrieb vor sich hin. Die losen Blätter waren einseitig bedruckt, man musste auf die leere Rückseite schreiben, denn es gab zu wenig Papier. Die meisten der Schulbücher waren jetzt verboten.

Ursula versuchte sich weiter an den Wörtern im Kochbuch. »Man schlage die Butter mit feinstem Zucker auf und …«, las sie, schlug das Buch zu und seufzte. »Ich mag nichts vom Essen lesen, ich bekomme immer mehr Hunger. Ich würde lieber mit der *Häschenschule* üben.«

Lissi strich ihr über den Kopf. »Die kannst du mittlerweile auswendig, das zählt nicht. Außerdem ist bald Weihnachten, nicht Ostern.« Ihre Schularbeiten hatte sie erledigt und häkelte an einer Mütze und Handschuhen. Der Wollfaden war störrisch und wellig. Paul hatte in den Ruinen des Theaters am Wall alte Kinderschuhe gegen ein Stück Butter und einen weiten Pullunder eingetauscht. Diesen hatte Lissi kurzerhand aufgeribbelt und die losen Fäden zusammengeknotet. Geglättet und aufgewickelt ließ sich die Wolle erneut verarbeiten.

Paul stand auf und sagte: »So, fertig! Ich treffe mich mit Max.« Er packte die wenigen Schulsachen in seinen Lederranzen.

»Warte mal.« Lissi erhob sich, öffnete die Schublade vom Küchenschrank und schnitt Lebensmittelmarken für Brot ab. Sie sahen ähnlich aus wie vor Kriegsende, nur der Reichsadler mit dem Hakenkreuz fehlte. »Hier, nimm die mit und pass bloß gut drauf auf.«

»Ich weiß«, sagte Paul in genervtem Tonfall, steckte sie in seine Jackentasche und war schon aus der Tür.

Ursula zog auf ihrer Schiefertafel Kringel und Schleifen und bekam vor Anstrengung rote Ohren. Sie übte die Schreibschrift. Lissi sah sich selbst vor Jahren an einem ähnlichen Küchentisch. Sie musste im gleichen Alter gewesen sein. Damals in der Wohnung in Vohwinkel, bevor sie zum Großvater in das Häuschen gezogen waren. Ihre Mutter war wie eine emsige Biene um den Tisch gelaufen. Summend hatte sie in den Töpfen auf den Herdplatten gerührt und Lissi über die Schulter geguckt. Mit dem Zeigefinger mahnend auf die Tafel getippt, wenn sie einen Fehler entdeckt hatte. Die Schiefertafel war zusammen mit der *Häschenschule* in ihrem roten Koffer gewesen, doch sie hatte den Weg nicht überlebt, war in grauen Scherben herausgefallen. Den Holzrahmen hatten sie verheizt.

»Du?«, fragte Ursula in ihre Gedanken.

»Ja?«

»Kannst du mir ein H vormalen?«

»Malen nicht, aber schreiben.«

Von der Straße ertönte ein Pfiff. Ihre Freundin Anna stand unten und wartete. Lissi gab ihr ein Zeichen. Tante Helene war noch nicht vom Metzger zurück, das hieß, sie würden ihr entgegengehen und Ursula mitnehmen müssen. »Komm, zieh dich an, wir gehen deine Mutti ablösen.«

Lissi schlüpfte in ihre neue Jacke, die Tante Helene ihr aus einem alten Mantel genäht hatte. Den zugeschnittenen Wollstoff mit Fischgrätmuster hatte sie auf links gedreht, dadurch wirkte der Stoff sauber und unbenutzt.

Bevor sie die Küche verließen, zog Lissi einen Topf aus dem untersten Fach des Küchenschranks hervor und stopfte ihn in einen Beutel, den sie sich quer über den Oberkörper hängte. Es hatte sich bewährt, immer irgendein Gefäß mitzunehmen.

Anna Rösler balancierte an der Kante des Rinnsteins entlang wie auf einem Drahtseil im Zirkus. In ihrer linken Hand baumelte der Henkelmann, den sie meist mit sich herumschleppte, wenn sie zusammen auf die Pirsch nach Essensrationen gingen. Anna hatte störrische braune Locken, blitzende grüne Augen und war genauso groß wie Lissi, obgleich sie fast ein Jahr jünger war.

Sie hatten sich in der Schule kennengelernt und angefreundet. Anna war eine Freundin zum Pferdestehlen. Vom ersten Tag an waren die beiden Mädchen unzertrennlich gewesen. Klassenräume waren rar, fünfzig Kinder drängten sich in wenigen Schulbänken. Der mickrige Ofen glühte und bekam den Raum dennoch nicht warm. Es fehlte an Büchern und Schreibmaterial, vor allem aber an Lehrern und Mitschülern, wie Anna traurig festgestellt hatte. Andere neue Schüler waren hinzugekommen und stammten aus fremd klingenden Gegenden.

Entschlossen marschierten sie auf dem Kopfsteinpflaster voran, und der Dezemberwind rötete ihre Wangen. Die Luft roch nach Schnee, obwohl bisher keine einzige Flocke zu sehen war. Ursula lief zwischen den Freundinnen, hopste und plapperte wie ein Wasserfall. Sicher hielt man sie für ihre kleine Schwester. Beide hatten sie die dunkelblonden Zöpfe und das schmale Gesicht, etwas blass, aber mit aufgeweckten Augen.

Lissi genoss das neue Gefühl von Freiheit. Der Himmel über ihr war nicht länger bedrohlich. Die Uniformen der Besatzer sahen jetzt anders aus. Die amerikanischen Truppen waren zwei Monate nach Kriegsende abgezogen und von britischen Einheiten abgelöst worden.

Die beiden Türme der Laurentiuskirche sahen aus wie Zinnen einer Burg. *Die hatten vor zwei Jahren spitze Dächer, aber nach dem Bombenangriff sind die eingestürzt!*, hatten ihr die Kinder beim Spielen auf der Straße erklärt. Von hier oben hatte man einen Ausblick über die zerschlagene Stadt. In der Ferne sah Lissi die prächtige Stadthalle, die unbeschadet auf ihrem Hügel zwischen Ruinen und Schutt thronte.

Die drei Mädchen sprangen die unzähligen Stufen des Tippen-Tappen-Tönchens hinunter. Die breite Treppe führte im Zickzack vom Ölberg ins Luisenviertel. Anna hatte Lissi erklärt, weshalb sie so hieß. Früher hatten die hölzernen Schuhsohlen der Arbeiter über die hundert Steinstufen geklappert.

Die Luisenstraße bot einen traurigen Anblick, es standen nur noch wenige Gebäude. Die Wand eines Wohnhauses fehlte. Von der Straße aus waren alle Zimmer zu sehen wie in einer übergroßen Puppenstube. Kinder sammelten mit Schüsseln und Eimern im Schutt Tauschbares und für den eigenen Herd nach Kohleresten und Holzstücken.

»He, wohin geht ihr?«, rief jemand.

Die Mädchen wandten sich um. »Wer ist denn das?«, fragte Anna leise.

»Das ist Ewald, der wohnt bei uns im Haus«, sagte Lissi und ihm zugewandt lauter: »Wir lösen meine Tante beim Metzger ab.« Sie hielt inne, was ging ihn das überhaupt an?

Der Junge stand mit seinem blechernen Eimer auf einem Hügel verstreuter Ziegel. Ewald war so alt wie Lissi, trug ausgebeulte lange Hosen und eine abgetragene Jacke, die ihm nicht passte. Die Ärmel waren zu kurz, über der dürren Brust spannte der Stoff.

»Wo ist dein Bruder?«, fragte er. »Ich hab was für ihn.«

»Mein Vetter«, verbesserte Lissi. »Er ist unterwegs. Was willste denn von ihm?«

»Geht dich nix an, das ist nichts für dumme Gänse wie euch. Das ist Männersache«, rief er feixend zurück. Dann schubste er ein Kind, das ihm im Weg stand, und hockte sich wieder zwischen den Schutt.

Anna stand der Mund offen. »Was für ein frecher Kerl.«

Lissi schnaubte nur und nahm Ursula an die Hand. »Kommt, lasst uns gehen.«

Schon von Weitem erspähten sie Tante Helene, die in der Warteschlange kurz vor der Ladentür stand. »Ihr lieben Kinder, wollt ihr mich ablösen?«, rief sie aus und tätschelte Ursulas Kopf.

Lissi reckte sich, um einen Blick auf die Verkaufsregale hinter dem Schaufenster zu erhaschen, aber es drängten sich zu viele Menschen davor. Sie standen eine Weile mit in der Schlange und lauschten den murmelnden Gesprächen.

Zwei Wartende hinter Lissi unterhielten sich halblaut. Eine ältere Frau mit Kopftuch sagte zu einer Jüngeren: »Na, die Versorgung durch diese Besatzer könnte schlechter kaum sein. Da hat man schon Marken und bekommt nichts dafür.«

Lissi drehte sich um und blickte hinauf in zwei mürrische Frauengesichter.

»Es ist ein Skandal, aber was kümmert es die, wenn wir verhungern?«, erwiderte die andere, rückte die Tasche über ihrem Arm zurecht und zog einen Flunsch.

»Da haben Sie recht, das hat der Adolf vorbildlich geregelt, muss man schon sagen.« Beide nickten einhellig und beäugten die übrigen Wartenden, als ob diese ihnen das letzte Stückchen Speck wegschnappen könnten.

Tante Helene rümpfte die Nase. Sie kamen an die Reihe. Die

Metzgersfrau hatte rote Pausbacken und kräftige Unterarme. Sie langte nach der Kelle in einem Topf, groß wie ein Waschzuber. Dann füllte sie all ihre Gefäße mit dünner Wurstbrühe, obenauf schwammen ein paar Fettaugen.

»Das ist doch wirklich unerhört«, brummte die ältere Frau mit Kopftuch. »Drängeln sich einfach vor, diese Blagen.«

Lissi hätte gern etwas erwidert, aber sie wollte keine Standpauke der Tante riskieren. Die Großen durfte man nicht zurechtweisen. Dabei erlebte sie immer wieder, wie Erwachsene dreist die Kinder in den Warteschlangen übergingen, als wären diese unsichtbar. Die schoben einen zur Seite und standen urplötzlich vor ihnen in der Reihe. Lissi machte das jedes Mal wütend. Allzu oft wartete sie stundenlang und ging leer aus, weil die Lebensmittel schon ausverkauft waren, bevor sie auch nur in die Nähe der Theke kam. Es konnte nur gerecht sein, wenn Lissi sich dieses eine Mal vordrängelte. Sie warf einen vorsichtigen Blick zu Tante Helene, die sagte jedoch nichts, sah nur stur geradeaus. Womöglich dachte sie dasselbe.

Es dämmerte, als sie sich auf den Heimweg machten. Aus den übrig gebliebenen Häusern drang Licht auf die Straßen. Lissi erinnerte sich an die Abende nach Kriegsende. Die Verdunklungspflicht war aufgehoben, und zeitweise gab es Strom. Zum ersten Mal seit Jahren brannten die Straßenlaternen wieder, und die Fenster blieben nicht länger duster.

Auf den endlosen Treppenstufen zurück zum Ölberg hinauf gab es kein Tippen oder Tappen, sie schnauften nur erschöpft. Anna wohnte wenige Straßen weiter und verabschiedete sich winkend. Nur die zwei Stockwerke überwinden, und dann gab es endlich Essen. Hoffentlich hatte Paul etwas für die Marken bekommen, überlegte Lissi. Brühe mit frischem Brot, das wäre fein.

Eine Stunde später dampfte der Topf auf dem Herd, und ihr lief das Wasser im Mund zusammen.

Tante Helene rannte nervös auf und ab. »Wo bleibt der Bengel bloß?«

Lissi machte eine wegwerfende Handbewegung. »Ach, der hat sicher die Zeit vergessen. Aber Ausgehverbot ist ja noch lange nicht«, meinte sie mit Blick zur Uhr. Ab neun war Sperrzeit bis morgens um fünf.

Paul kam bald darauf, legte einen Brotlaib auf den Tisch und zog ächzend einen halb gefüllten Sack herein. Drei weibliche Wesen standen bewundernd um ihn herum. »Die Kohlen haben wir am Bahnhof gefunden, ein paar größere Jungs haben sie von den Kohlezügen geworfen«, verkündete er atemlos.

»Du sollst nicht stehlen, Junge!«, mahnte Tante Helene und drohte mit dem Zeigefinger.

»Ich habe sie bloß gerettet, die lagen am Boden, wäre doch schade drum gewesen.«

Lissi kannte ihren Vetter mittlerweile, er bekam rote Ohren, wenn er flunkerte oder sich aufregte. Sicher war er selbst auf die Güterwaggons gestiegen und hatte die ersehnten Kohlen hinuntergeworfen, die sein Freund Max aufgesammelt hatte. Das war gefährlich, weil dort oft Wachmänner postiert waren. Aber seine Mutter schien nichts zu bemerken und strich ihm eine Haarsträhne aus der rußverschmierten Stirn.

Allmählich wurden die Tage kälter. Nachts ließen sie die Tür zur Küche offen. Die abendliche Glut im Ofen hielt jedoch nicht lange vor. Allzu oft waren am Morgen die Fensterscheiben mit Eisblumen verziert.

Das Weihnachtsfest rückte näher. Das erste friedliche Fest nach sechs Jahren Krieg. Tante Helene erwartete nun täglich ihren Fritz zurück. Ihr Mann war in Kriegsgefangenschaft in einem Lager in Russland, und sie war sich sicher, dass er bald vor der Tür stehen würde.

»Wenn mein Fritz erst wieder hier ist«, sagte sie ein ums andere Mal, während sie Daunendecken und Kissen ausschüttelte oder die nassen Wäschestücke in der Zinkwanne auf dem Waschbrett schrubbte. Gewaschen wurde alle paar Wochen bloß das Nötigste, Soda und Kernseife waren kostbar. Auf dem Herd in der Küche köchelte die Wäsche in einem Kessel vor sich hin. Die Kinder halfen tüchtig mit, spülten und wrangen die Kleidungsstücke, bis ihnen die Arme schmerzten. In dieser Zinkwanne wurde außerdem einmal in der Woche gebadet.

Etliche Tage waren sie notgedrungen hinuntergelaufen zu der öffentlichen Wasserstelle an der ehemaligen Hermann-Göring-Straße, die jetzt wieder Neumarktstraße hieß. In langen Schlangen wartete man, bis man dran war. Mühsam wurden die unzähligen Liter in Eimern und Zinkwanne den Berg hinaufgeschleppt. Sie hatten gejubelt, als das Wasser wieder aus der Leitung kam. Dafür gab es jetzt bisweilen Stromsperre. Die Kohlekraftwerke waren hoffnungslos überlastet. Tante Helene zuckte mit den Schultern: »Hilf dir selbst, dann hilft dir Gott. Da finden wir eine Lösung.« Am Abend legten sie sich früher zu Bett, dazu brauchten sie kein Licht.

Die Tage vor dem Fest waren alle schwer beschäftigt, sogar Ursula. Es wurde organisiert und gehortet. Essensvorräte, aber auch Zündhölzer, die knapp waren. Sie hatten kostbare Wachskerzen und Hindenburglichter aus Pappe und Talg.

Lissi genoss die Vorweihnachtszeit ebenso, wie sie diese fürchtete. An manchen Tagen empfand sie diesen Ort wie eine neue Heimat. Mit Ursula verstand sie sich blendend. Für ihre Cousine nähte sie heimlich an einer Puppe, die sie mit Tante Helenes Hilfe aus Stoffresten zusammenstichelte.

Manchmal aber kamen die Tage, an denen die traurigen Erinnerungen wieder auflöderten. Dann sehnte sie sich schmerzlich zurück. In ihr früheres Leben mit ihrer richtigen Familie.

Ein beklemmendes Heimweh nach den Eltern und dem Zuhause, das unwiederbringlich ausgelöscht war. Die Gesichter vergaß sie täglich ein Stückchen mehr, sie verschwammen einfach. Der Verlust drückte ihr die Kehle zu. Nie wieder ein Weihnachtsfest mit Mutti und Vati und dem Großvater, den sie so gemocht hatte. Er hatte ihr gezeigt, wie man Gemüse zog und Obst erntete. Hier in der Nordstadt gab es kein Grün, nichts Essbares aus dem Garten. Und keinen Apfelbaum.

Das Lied *Stille Nacht* hätte in diesem Jahr passender nicht sein können.

»Endlich wieder ruhige Nächte und Friede auf Erden«, sagte Tante Helene und wischte sich die Träne im Augenwinkel fort. »Wir wollen hoffen, dass es so bleibt. Ach, wenn mein Fritz erst wieder da ist, dann wird es wieder wie früher.«

Paul hatte Tannenzweige organisiert. Er schmückte sie mit silbernen Christbaumkugeln und Lametta aus Vorkriegszeiten. Lissi und Ursula warteten stundenlang vor den Geschäften, um Äpfel und Kartoffeln zu erbeuten. In den Tagen vor dem Fest aßen sie bloß dünne Suppen und trockenes Brot, alles wurde für das Weihnachtsfest gehortet.

Den Heiligen Abend feierten sie zusammen mit den nächsten Nachbarn. Der späte Kirchgang wurde auf den Nachmittag verschoben, der Kinder wegen. Anschließend fanden sich alle in der Wohnküche ein. Finkes, Hupperts und Frau Meckenstock, die ihre Tochter erst am morgigen Weihnachtstag besuchen würde. Dicht gedrängt und mit den aufgesparten Kohlen wurde die Küche wohlig warm. Jeder hatte sich einen Stuhl oder Hocker mitgebracht.

Die zwei Töchter der Familie Finke knicksten brav, die Eltern verhielten sich zurückhaltend still. Im Gegensatz zum lautstarken Ehepaar Huppert waren Finkes ideale Nachbarn, niemand erahnte, worüber und ob sie überhaupt miteinander sprachen. Mit den Mädchen Gisela und Lotte hatte Lissi einige Zeit im Keller verbracht. Die zwei sahen sich zum Verwechseln ähnlich, nur anhand ihrer Größe ließen sie sich unterscheiden. Herr Finke war kriegsversehrt, ein hagerer Mann mit traurigen Augen. Als früher Heimkehrer von der Front musste er feststellen, dass es sein Heim nicht mehr gab. Seine Mutter wohnte mit bei ihnen in der kleinen Stube. Die Mädchen nannten sie Oma Metz. Sie sah abgezehrt und müde aus, niemand wusste, was sie erlebt hatte.

»Man spricht nicht darüber. Jeder hat sein Päckchen zu tragen«, meinte Tante Helene dazu.

»Päckchen? So was wie ein Geschenk?«, fragte Ursula und verstand das Gelächter ihres Bruders nicht. Lissi wandte nur den Blick ab.

Ihre Tante rückte zu ihr, nahm sie in den Arm und flüsterte in ihr Ohr: »Dein Päckchen tragen wir ja mit.«

Alle Nachbarn hatten etwas zu der abendlichen Feier mitgebracht, selbst wenn es nur Holz oder Kohle war. Finkes hatten eingelegte Heringe. Frau Huppert einige Eier, die sie kochten und zum Kartoffelsalat aufschnitten. Und es gab platte harte Kekse, die man in heißen Tee stippen musste, um sie kauen zu können.

Zum Nachtisch gab es die Äpfel, die bald im Bratrohr vor sich hin brutzelten. Ihr fruchtiger Duft erfüllte die gesamte Küche. Tante Helene holte die Backform heraus und verteilte die süßen Früchte auf Tellern. Die glänzende Schale schimmerte im Licht der zwei Kerzen auf dem Küchentisch, und insbesondere die Kinder löffelten mit großem Appetit. Jemand stimmte ein Weihnachtslied an, und alle sangen mit. Nicht nur Frau Huppert tupfte sich mit einem Taschentuch die feuchten Augen.

Die Gäste verabschiedeten sich mit herzlichen Dankesbekundungen. Dann endlich folgte die Bescherung. Mit Geschenken rechneten die Kinder nicht, aber Tante Helene hatte ein Märchenbuch der Gebrüder Grimm und eine neue Schiefertafel aufgetrieben.

Ursula freute sich vor allem über das Buch: »Nun können wir die Hasenschule bis Ostern aufheben.«

Lissi übergab ihr lächelnd ein Päckchen aus Zeitungspapier. »Für dich.«

Ihre Cousine wickelte es aus. »Die hast du genäht?« Ehrfürchtig strich sie dem Püppchen übers wollene Haar.

»Mit Hilfe deiner Mutti«, gab Lissi zu. Erst am Abend zuvor war sie fertig geworden. In hellem Blau waren die Puppenaugen gestickt, aus kirschrotem Garn der winzige Mund. Auf dem Kopf zwei geflochtene Zöpfchen aus Resten der braunen Wollfäden.

Ursula fiel ihr um den Hals. Sie baute gleich ein Bettchen aus Bauklötzen und Stoffresten. Später bestaunte sie das neue Buch und fragte: »Liest du uns daraus vor, Lissi?«

Sie nickte lächelnd. »Und danach bist du dran, du musst üben.«

Tante Helene nahm ihre Bibel zur Hand. »Aber zuerst lese ich euch die Weihnachtsgeschichte vor. Auch der kleinen Puppenmutti.« Sie hob Ursula auf ihren Schoß, und alle lauschten. So neigte sich dieses bittere und zugleich hoffnungsvolle Jahr dem Ende entgegen. Die Zukunft würde weiterhin ungewiss bleiben.

6

DEZEMBER 1979

Bepackt mit allerlei Tüten trat Lissi aus dem Kaufhausdunst auf den Wall. Die belebte Einkaufsstraße erstreckte sich von der Wupper bis zum Rathaus am Neumarkt. Es dämmerte, und die Weihnachtsbeleuchtung erhellte die Fußgängerzone der Elberfelder Innenstadt.

Menschen hasteten an Lissi vorbei, jeder schien es eilig zu haben. Sie schlenderte den Wall entlang und bog nach links in die Herzogstraße ab. Der Duft von Glühwein und gebrannten Mandeln stieg ihr in die Nase. Die weißen Buden des Weihnachtsmarktes sahen aus wie Fachwerkhäuschen. Ein weihnachtliches Dorf auf dem Von-der-Heydt-Platz, umringt von Warenhäusern. An einem Schmuckstand blieb Lissi stehen und konnte sich lange nicht entscheiden. Schließlich kaufte sie eine mit Rosen bemalte Brosche für ihre Tante und ein paar silberne Ohrringe für Miriam.

Das Gedränge wurde dichter, und Lissi bahnte sich einen Weg zum Kaufhof. Die Weihnachtseinkäufe hatte sie in all den Jahren nie allein bewältigen müssen. Johann hatte sich dafür stets im Dezember einen Tag freigenommen. Sie waren Hand in Hand vom Ölberg in die Innenstadt hinabgelaufen, hatten die Läden nach Geschenken für die ganze Familie abgeklappert und waren zum Abschluss über den Weihnachtsmarkt gebummelt.

Lissi seufzte und verdrängte den Gedanken. Sie betrat den Kaufhof durch den Eckeingang an der Ostseite. Die alte Jugendstilfassade aus Sandstein sah man nur noch an der Längsseite des Gebäudes entlang der Neumarktstraße. Am Marktplatz war sie einer modernen Konstruktion aus Stahl und Glas gewichen.

Lissi wanderte durch die weitläufigen Verkaufsräume und besah mit wachsender Unruhe die ausgestellten Waren. In dem gut geheizten Gebäude wurde es ihr im Wintermantel allmählich zu warm. Für Tante Helene fand sie eine sonnengelbe Bluse, die ihr nicht nur hervorragend stehen würde, sondern auch zu ihrem heiteren Gemüt passte.

Lissi atmete auf, endlich hatte sie es geschafft, alle Geschenke waren gefunden. Mit Anna hatte sie schon vor Jahren die Abmachung getroffen, sich gegenseitig nichts mehr zu kaufen. Es wurde einfach zu viel, und ihre Freundin hatte für ihre vier Kinder genug zu schleppen.

Schnell bezahlen, dann würde sie den Heimweg antreten, entschied Lissi, als sie wenig später in der Schlange an der Kasse stand. Sie stellte die schweren Tüten ab, schob sie mit dem Fuß bei jedem Schritt ein Stück weiter vor. Ihr fielen beinahe die Augen zu, und die Arme schmerzten.

Das erste Weihnachtsfest ohne Johann. Sie wollte sich gar nicht ausmalen, wie es werden würde, doch für Miriam würde sie sich zusammenreißen. Einen kleinen Tannenbaum besorgen, ihn schmücken mit Kugeln und Strohsternen und echten Kerzen wie früher, die ganze Familie sollte zusammenkommen. Es würde Fondue geben, alles wie gewohnt. Die alten Traditionen, die sich in den Jahren eingebürgert hatten und an denen sie sich beide festhalten konnten.

Lissi sehnte sich unvermittelt nach Glühwein und Maronen. Sie würde gleich zu den Buden zurücklaufen und sich eine Belohnung gönnen. Endlich kam sie an die Reihe und zahlte mit einem Fünfzigmarkschein. Sie nahm das Wechselgeld entgegen und verstaute die Bluse in einer der Tüten. Nur raus aus der stickigen Luft, ihr wurde schon schwindelig.

Vor der Tür atmete sie tief durch. Mittlerweile hatte sich der Himmel verdunkelt, und die großen Glasfenster der Geschäfte waren ausgeleuchtet wie im Theater. Lissi wanderte zurück zum Platz mit den Buden. Schaufensterpuppen starrten aus leblosen Augen auf sie herab. Gehüllt in glitzernde Abendmode wirkten sie wie Filmstars auf dem roten Teppich.

Den kleinen Verkaufsstand mit heißen Maronen fand Lissi etwas abseits. Sie musste lächeln, ihr fiel die Geschichte vom Maronimann in dem Kinderbuch ein. Miriam hatte *Die kleine Hexe* von Ottfried Preußler geliebt, Lissi hatte sie ihr wieder und wieder vorlesen müssen.

»Wie viel darf es sein?«, fragte sie der Maronimann.

»Eine kleine Tüte bitte«, antwortete sie, gab ihm die abgezählten Münzen und nahm die warme Papiertüte entgegen. Eine Stärkung nach dem anstrengenden Streifzug durch die Geschäfte würde guttun. Das Aroma der gerösteten Maronen stieg ihr in die Nase. Sie erinnerte sich, als sie die unscheinbaren Esskastanien mit der glatten dunklen Hülle zum ersten Mal gekostet hatte. Die Schale, die sich nur mit Mühe hatte entfernen lassen, eine süßlich sättigende Köstlichkeit, die im Winter den Bauch wärmte.

Zwei aß sie gleich frisch aus der Tüte, die anderen würde sie mit nach Hause nehmen und später essen. Lissi schlenderte einige Buden weiter zum Glühweinstand. Der dampfende Alkohol biss ihr beim ersten Schluck in die Augen, sie blinzelte. Überall um sie herum glückliche Familien mit roten Wangen. Händchen haltende Paare bummelten an ihr vorbei. Sie vermisste Johann in diesem Augenblick so heftig, dass sie kurz keine Luft mehr bekam. Erneut nippte sie am Glühwein, er war zu heiß, um ihn in einem Zug hinunterzustürzen. In ihren Augenwinkeln sammelten sich Tränen, und sie redete sich ein, schuld sei der Alkohol. Aus Lautsprechern hörte sie Weihnachtslieder, das Stimmengewirr um sie herum wurde lauter. Sie wollte nur nach Hause, trank hastig in kleinen Schlucken, ließ einen Rest im Becher zurück und lief die Herzogstraße weiter. Der Weg durch die Fußgängerzone zog sich endlos, am Ende bog sie auf die Kasinostraße ab Richtung Luisenviertel.

Die Tüten wurden bleischwer. Johann hatte sie immer geduldig getragen und sich nie mit einem Wort beschwert. Der Bürgersteig verschwamm vor ihren Augen. Lissi ließ sich japsend auf den untersten Stufen des Tippen-Tappen-Tönchens nieder.

»Alles in Ordnung?«, fragte ein Passant. Sie nickte nur stumm, schluchzte kurz, kramte ein Papiertaschentuch aus ihrer Handtasche und putzte sich die Nase. Blieb ein Weilchen sitzen, bis sie wieder Luft bekam, riss sich zusammen und erhob sich zum mühsamen Aufstieg.

»Soll ich nur die Kugeln holen?«, fragte Miriam mit lauter Stimme. Sie stand in der Abstellkammer am Ende des Flurs auf einer Leiter.

»Nein, alles natürlich«, antworte Lissi, die ächzend die Tanne in den Christbaumständer wuchtete. »Du musst mir hier mal helfen, das Ding ist zu schwer.«

Miriam kam mit einigen Schachteln ins Wohnzimmer, legte sie auf dem Couchtisch ab und fasste in die Zweige. »Autsch, die Nadeln piksen ja, was ist denn das für eine Tanne?«

»Eine Fichte. Das war der kleinste Baum, den sie hatten.« Lissi wies mit einer Kopfbewegung auf den Boden, auf dem Johanns lederne Arbeitshandschuhe lagen.

»Aha, dann will ich aber die großen sehen, der ist alles andere als klein«, sagte Miriam.

Sie zog naserümpfend die Handschuhe über. Der strenge Geruch nach Tier war durchdringend, dagegen kam nicht einmal der harzige Fichtenduft an.

»Sei froh, dass Anna mich gefragt hat, ob sie mir einen Baum mitbringen soll, sonst hätten wir jetzt gar keinen, ich hätte den unmöglich allein vom Marktplatz hier hochschleppen können.«

»Du hättest mich fragen können, ich hätte dir geholfen.«

Lissi winkte ab. »Schon gut, bereite du dich auf dein Abitur vor, ich bin ja heilfroh, dass du so fleißig lernst.«

Endlich stand der Baum an seinem üblichen Platz neben dem Fenster. Seine untersten Zweige streckten sich in den Raum und reichten fast bis zum Sofa. Lissi lief mit prüfendem Blick drum herum.

Miriam hob beide Daumen. »Sieht gut aus, Mama, steht gerade. Nehmen wir die Lichterkette mit den künstlichen Kerzen?«

»Ich hatte eigentlich an echte gedacht, der Stimmung wegen«, sagte Lissi.

»Schön wäre das, aber ist das nicht zu gefährlich? Der Baum sieht schon so trocken aus.« Miriam deutete auf die Tannennadeln, die verstreut auf dem Teppich lagen.

Lissi zuckte mit den Schultern. »Dann müssen wir halt aufpassen. Die Glühbirnchen können von mir aus zusätzlich rein, dann strahlt er heller.«

Schweigend hängten sie die Lichterkette, Kugeln und Strohsterne in den Baum und klipsten die kleinen Kerzenhalter aus Blech an die Zweige.

Miriam zündete alle vier Kerzen des Adventskranzes an, der auf dem Esstisch stand. Rot auf Grün. Johann hatte diese klassischen Farben zu Weihnachten so gern gemocht. Ebenso das gemeinsame Ritual. Kaffee trinken, selbst gebackene Plätzchen essen und den Baum bewundern. Heute war alles anders. Ohne ihn. Gekaufte Kekse aus dem Supermarkt in einer Klarsichttüte lagen in der Küche. Zum Backen hatte sich keine von ihnen beiden aufraffen können. Lissi räumte die Schachteln weg, setzte Kaffee auf und ging zum Fenster. Der letzte Adventssonntag mit grauen Wolken und Schneeregen. Drinnen müsste es gemütlich sein, aber das war es nicht. Johann fehlte so sehr, dass es wehtat.

»Aber Tantchen! Das ist zu viel«, rief sie aus, nachdem sie einen Blick in den Umschlag geworfen und den blauen Schein darin entdeckt hatte.

»Ach was, Kind, was soll ich mit dem Geld? Ich gebe doch nichts aus, wofür auch?« Tante Helene biss in einen Zimtstern und kaute bedächtig.

»Aber du hast mir zu meinem Geburtstag schon einen Hunderter geschenkt, obwohl ich ihn nicht einmal gefeiert habe.«

»Ich weiß doch, du kannst das Geld gut gebrauchen, allein die hohen Kosten für die Beerdigung. Sie nehmen es aber auch von den Lebendigen. Entschuldige den schlechten Wortwitz, Kindchen.« Helene grinste schief.

»Ich hatte noch etwas auf dem Sparbuch«, murmelte Lissi. Das Geld hatten sie für den Urlaub beiseitegelegt, der nach Johanns Tod ins Wasser gefallen war. Mit der Witwenrente ließen sich keine allzu großen Sprünge machen. »Danke schön, Tantchen, das ist lieb von dir.« Lissi drückte ihr einen Kuss auf die Wange.

Den Heiligabend verbrachten sie zu dritt. Helene war am Mittag mit dem Taxi vorgefahren und hatte den Fahrer ihre Tüten hochtragen lassen. Mit ihren Mitbewohnern hatte sie drei Sorten Weihnachtsplätzchen gebacken. Eine Dose randvoll gefüllt mit Lebkuchen, Zimtsternen und Spritzgebäck stand jetzt auf dem Couchtisch. Man brauchte nur zuzugreifen.

»Die sehen aus wie das teure Zeug aus dem Supermarkt«, sagte Miriam begeistert und nahm sich einen Lebkuchen.

»Ich muss doch sehr bitten.« Helene hob eine Augenbraue.

»Sie meint, sie sehen so vorzüglich aus wie aus dem Feinkostladen, Tantchen«, sagte Lissi beschwichtigend und nahm ebenfalls einen Keks, obwohl sie gar keinen Appetit hatte.

Helene nickte zufrieden. »Dann will ich nichts gesagt haben. Welch stimmungsvolle Musik ihr aufgelegt habt, so behaglich.« Ein Knabenchor sang im Hintergrund von einer Schallplatte. Sie hob die Bluse in die Höhe, die sie eben ausgepackt hatte. »Wirklich zu hübsch, Kindchen, welch schöne Farbe! Und diese bezaubernde Brosche, wie gut sie dazu passt. Aber das hätte nicht sein müssen. Ihr müsst mir gar nichts schenken, mir genügt es, bei euch zu sein.«

Jedes Jahr gab es die immer gleiche Diskussion, und dann freute sie sich doch.

Lissi strich mit dem Zeigefinger über das silberne Medaillon.

»Gefällt es dir?«, fragte Helene, beugte sich zu ihr vor und fügte leise hinzu: »Du kannst ein Foto von ihm darin aufbewahren, dann hast du ihn immer bei dir.«

»Danke, es ist wundervoll«, flüsterte Lissi und küsste ihre Tante auf die Wange.

Miriam packte Ohrringe, Schallplatten, Bücher und ein Brettspiel aus. Sie lächelte und bedankte sich, doch so fröhlich wie sonst war sie nicht.

Es half nichts, sie mussten sich zusammenreißen.

»Wie schön du alles hergerichtet hast, liebes Kind«, sagte Tante Helene und strich Lissi über den Kopf, wie sie es früher oft getan hatte. Sie besah den Adventskranz und die bunten Teller auf dem Couchtisch. Pappschalen mit Weihnachtsmotiven, darauf lagen Nüsse, Mandarinen und Süßigkeiten. Alles so, wie sie es gewohnt waren.

Später stand Lissi in der Küche und sah nach dem Fisch im Ofen. Sie ließ sich dafür immer noch nicht begeistern, aber Helene bestand darauf. An Heiligabend gab es kein Fleisch. Basta. Die Stimmen von ihr und Miriam drangen gedämpft herüber.

Mit Johann hatte Lissi oft gekocht, dabei Rotwein getrunken, gelacht, diskutiert und gestritten. Die Stille in der Küche war trostlos, seit er fort war. Nach all den gemeinsamen Jahren hatten sie sich noch immer jeden Abend stundenlang unterhalten können. Über Vergangenes, Ziele für die Zukunft oder Aktuelles, das die Welt bewegte. Das war es sicher, was Lissi am meisten fehlte. Die angeregten Gespräche mit ihm. Sie wischte die Tränen mit der Schürze fort und lief ins Bad hinüber, um sich das Gesicht zu waschen.

Nach dem Essen fuhren sie mit dem Taxi zur Kirche, die proppenvoll war bis auf den letzten Stehplatz, wie immer an Weihnachten. Tante Helene schnaubte über diesen Umstand, wie immer an Weihnachten.

»Morgen holt mich Ursula mit dem Auto ab«, sagte sie hinterher. »Wann sollen wir denn da sein?« Sie hatte Lissis Arm genommen, als die drei den Parkplatz vor der Kirche überquerten, um ein Taxi für sie zu organisieren, das sie zurück in ihre Wohngemeinschaft kutschierte.

»Um vier, dann machen wir noch mal eine kleine Bescherung, und anschließend gibt es Fondue.«

»Hast du für alle Geschenke gekauft?« Helenes Augen weiteten sich.

Lissi schüttelte den Kopf. »Nur für die Kinder habe ich etwas besorgt, das haben wir so abgesprochen. Sonst wären sie doch traurig.«

»Die Jugend von heute ist zu verwöhnt«, sagte ihre Tante in Miriams Richtung. »Unsere Weihnachten nach dem Krieg, das waren Zeiten. Weißt du noch, Kind?« Sie standen mittlerweile vor dem ersten Taxi in der Reihe. Sie klopfte an die Scheibe und bedeutete dem Fahrer, ihr zu helfen.

»Aber ja, wie könnte ich die jemals vergessen? Komm gut heim.« Lissi drückte sie zum Abschied. »Tschö, Tantchen!«

Helene gab der verdutzten Miriam Gehstock und Handtasche zu halten und ließ sich auf den Rücksitz plumpsen. »Macht es gut, Kinder, bis morgen in alter Frische!« Sie nahm Stock und Tasche entgegen und legte beides neben sich. Der Fahrer schloss die Tür, rannte um den Wagen herum, stieg ein, und das Taxi fuhr los.

»Ewig dieses Gelaber vom Krieg.« Miriam verdrehte die Augen.

»Du hast es nicht erlebt, also halt dazu besser den Mund«, sagte Lissi strenger als beabsichtigt.

»Irgendwann müsst ihr das doch mal vergessen.«

»Das vergisst man niemals. Das bleibt ein ganzes Leben.«

Am ersten Weihnachtstag fand bei Lissi das gewohnte Familientreffen statt. Jedes Jahr waren sie näher zusammengerückt. Ursula hatte ihren Michael und die zwei Jungs mitgebracht. Paul kam mit seiner neuen Frau Evi und dem Baby. Auch die Zwillingsmädchen aus seiner ersten Ehe waren dabei. Sie verbrachten die Ferien bei ihrem Vater und wohnten den Rest des Jahres bei der Mutter. Mittlerweile waren die vier älteren Kinder im Grundschulalter. Lissi erklärte den niedrigen Couchtisch kurzerhand zum *Katzentisch*. Kichernd knieten die Jungs und die zwei Mädchen auf dem Teppich vor dem Sofa. Sie tunkten Würstchen und Baguette in Tomatenketchup, knufften sich gegenseitig in die Seiten und lachten dabei.

Plaudernd saßen die Erwachsenen um den langen Esstisch. Mittig stand der brodelnde Topf, in den sie die Fonduegabeln tauchten. Schon allein dieser Geruch nach siedendem Öl und Spiritus verströmte eine feierliche Stimmung, fand Lissi.

Evi hatte den kleinen Björn auf dem Schoß, der tüchtig mit

den kurzen Beinchen strampelte, um auf den Boden zu kommen. Er war mittlerweile dreizehn Monate alt und rannte wie ein Weltmeister. Tante Helene schäkerte über den Tisch hinweg mit ihm. Pauls Söhnchen gackerte und quietschte vergnügt.

»Kinder, seid nicht so laut!«, ermahnte Ursula ihre johlenden Jungs und meinte damit genauso die Mädchen, die in der Wohnung herumtobten und eine Kissenschlacht anzettelten. Maulend ließen sie die Sofakissen sinken. »Es ist so langweilig, was sollen wir denn sonst spielen?«, fragten die Zwillinge im Chor.

»Ihr könnt euch doch eins der Puzzles vornehmen, die Tante Lissi euch geschenkt hat.« Ursula griff nach den beiden Kartons und stellte sie auf den Couchtisch. »Sucht euch eins aus, und dann macht ihr das zuerst.«

Die Kinder stritten sich darüber, ob sie erst das Katzenpuzzle der Mädchen oder das der Jungen mit den Hunden nehmen sollten.

Ursula setzte sich wieder auf ihren Platz und schimpfte über das Stückchen Holzkohle, in das sich ihr Stück Fleisch in der Zwischenzeit verwandelt hatte. Vorwurfsvoll sah sie ihren Mann an. »Hättest du nicht aufpassen können?«

»Davon hast du mir nichts gesagt«, sagte Michael und verschränkte die Arme.

Die Kinder hatten mittlerweile beide Kartons geöffnet, und Puzzleteile flogen im ganzen Wohnzimmer herum. Irgendwer stieß an den Weihnachtsbaum, und ein Zweig fing Feuer. Alle Erwachsenen sprangen gleichzeitig auf. Tante Helene blieb sitzen. Jedoch nur wegen ihrer Hüfte.

Mit einigen Gläsern Wasser war die Flamme schnell gelöscht, die Eltern riefen durcheinander, den Kindern drohte Stubenarrest bis Silvester. Miriam schimpfte mit ihrer Mutter, die partout echte Kerzen hatte haben wollen, und Baby Björn begann zu weinen. An ein entspanntes Familienessen war nicht mehr zu denken. »Ich hatte sie doch vorhin ausgepustet«, jammerte Lissi und ließ sich erschöpft auf ihren Stuhl sinken.

»Da hast du offenbar die eine übersehen«, sagte Helene.

Aus unerfindlichen Gründen verlief es jedes Jahr ähnlich chaotisch. Aber Johann hätte nach diesem Malheur gelacht, aufmunternd ihre Hand getätschelt, und alles wäre wieder in Ordnung gewesen. Wie sollte es ohne ihn je wieder gut werden?

7

MAI 1946

Verschwommen nahm sie das Gemäuer des Kellers wahr und Menschen, dicht aneinandergedrängt. Die blassen Gesichter vor Angst verzerrt. Niemand durfte hinaus. Jemand rief nach ihr, die Stimme klang wie die ihrer Mutter. Der Großvater stand an der Kellertreppe, er stützte sich auf seinen Gehstock. Dann hörte sie den hohen Pfeifton vor dem Bombeneinschlag.

Lissi riss die Augen auf. Ihr Herz stolperte, so heftig schlug es. Ihr Kopf dröhnte. Sie wunderte sich über das Nachthemd, das ihr am Körper klebte, und ihre nackten Füße unter der Bettdecke. Da erst begriff sie – der Krieg war vorbei. Ihr Blick wanderte zum Fenster am Ende des Bettes. Ein schummriges Blau fiel durch den Schlitz der Vorhänge. Die Albträume plagten sie regelmäßig. Lissi lag eine Zeit lang wach, hörte das Ticken des Weckers auf der anderen Zimmerseite. Ursula atmete gleichmäßig neben ihr. Das pfeifende Schnarchen von Herrn Finke drang durch die zugestellte Tür. Irgendwann fielen ihr vor Müdigkeit die Augen zu, und sie schlief wieder ein.

Sie erwachte erst, nachdem unsanft ein Ellbogen in ihre Rippen stieß. Das Bett mit der durchgelegenen Matratze knarrte bei jeder Bewegung. Ursula streckte sich und gähnte. Ihr Pony rutschte ihr ins Gesicht, mit der Hand strich sie ihn beiseite. »Ich hab Hunger«, flüsterte sie.

»Ich auch.« In Lissis Kopf tanzten Lieblingsgerichte aus längst vergangenen Tagen. Echte Apfelpfannkuchen, Kalbsbraten am Sonntag, Kirschkuchen mit Schlagsahne. Oft gingen sie ohne Abendbrot zu Bett. Der erste Winter in Friedenszeiten war mit

Eiseskälte über sie hergefallen. Dabei hausten viele Wuppertaler in Baracken und halben Ruinen. Alles, was brennbar war, wurde eingesammelt. Sogar Holzlatten verschwanden von den Gartenzäunen.

Nie zuvor hatte Lissi den Frühling so herbeigesehnt wie in diesem Jahr. Die ersten wärmenden Sonnenstrahlen hatten sich angefühlt wie eine heiße Suppe im Bauch. Schon wieder dachte sie ans Essen.

»Du meine Güte, wie spät ist es?« Tante Helene sah zum Wecker und sprang aus dem Bett. Paul drehte sich noch einmal um. Sie rüttelte an seiner Schulter. »Aufstehen, Kinder, ich muss zur Arbeit.« In Sekundenschnelle schlüpfte sie in Rock und Bluse, band sich ein Tuch um den Kopf und knotete es auf ihrem Mittelscheitel.

Lissi gähnte herzhaft, stand auf, zog rasch Kleid und Schürze an und darüber eine Strickjacke. Sie kämmte sich und flocht ihre Haare zu zwei Zöpfen, deren Enden sie hinter den Ohren mit Haarklemmen feststeckte.

»Machst du mir auch Affenschaukeln, Lissi?«

»Aber sicher, komm nur her, du niedliches Äffchen.«

Ursula kugelte sich vor Lachen und zeigte ihre breite Zahnlücke. Sie rollte sich aus dem Bett, und während sie herumalberten, half Lissi ihr beim Anziehen. In Urselchens Zöpfe band sie weiße Schleifen.

»Alberne Schnattergänse«, murrte Paul mit finsterem Blick. Er erhob sich erst, als die zwei fertig waren.

»So ist es recht, meine Mädchen.« Tante Helene nickte zufrieden. Sie legte Wert auf ordentliche Frisuren und gepflegte Kleidung. Lissi war die gleichen Regeln von zu Hause gewohnt. Hilfe in der Küche, Einkaufen, das Beten vor dem Essen und Zubettgehen. All das tat sie, und doch zweifelte sie an Gott. Wie hatte er zulassen können, was geschehen war? Zu viele Menschen waren aus dem Leben gerissen worden. War all das seine Strafe? Was hatten ihre Eltern und der Großvater getan? Und ihre Freundin Ingrid. Warum musste ein unschuldiges Kind sterben? Es passte alles nicht zusammen. Ob es Gott überhaupt gab? Niemals jedoch hätte Lissi gewagt, mit jemandem darüber zu sprechen.

Tante Helene arbeitete mittlerweile als Hausgehilfin in einem vornehmen Haus im angrenzenden Stadtviertel Brill. Wie durch ein Wunder war auch dieses von den Bomben verschont geblieben. Die weiße Villa gehörte dem Textilfabrikanten Reinhardt. An drei Tagen pro Woche half sie im Haushalt. Die sechsköpfige Familie hatte bisher Glück gehabt und durfte dort wohnen bleiben. Das britische Militär hatte viele Villen zur Unterbringung seiner Offiziere beschlagnahmt.

Um wieder arbeiten zu dürfen, füllte Tante Helene einen zwölfseitigen Fragebogen aus. Ihr Pfarrer schrieb ihr ein Entlastungsschreiben, man nannte das salopp *Persilschein* und sprach von Entnazifizierung.

»Eine gute Idee«, lobte die Tante den Vorgang. »Ich fürchte aber, da rutschen zu viele schwarze Schafe durchs Raster.«

Zusätzlich zu der Arbeit im Hause Reinhardt erhielt sie als gelernte Schneiderin oft Näh- und Flickarbeiten für Nachbarn, Freunde und Bekannte. Die gaben ihr Geld oder Nahrungsmittel, die sie gern nahm, immerhin warteten drei hungrige Mäuler daheim.

Mit leeren Bäuchen verließen an diesem Morgen alle vier das Haus. Es hatte nur Tee gegen den ärgsten Hunger gegeben. Das Brot war am Abend zuvor ausgegangen. Tante Helene verabschiedete sich winkend Richtung Briller Straße, und die Kinder machten sich auf den Weg zum Bäcker. Noch vor der Schule wollten sie sich Brötchen kaufen oder was es sonst gab. Anna wartete an der Straßenecke und schloss sich ihnen an.

»Was wünschst du dir nächste Woche zu deinem Geburtstag, Lissi?«, fragte sie.

»Am liebsten hätte ich eine Sahnetorte!«

»Dann werde ich aber hoffentlich eingeladen.« Ihre Freundin lachte.

»Es gibt Torte? Wirklich?« Ursula strahlte.

Paul schnaubte verächtlich.

Lissi seufzte und strich ihr übers Haar. »Nein, ich fürchte nicht, aber wenn ich mir irgendetwas wünschen dürfte, wäre es auf jeden Fall Sahnetorte.«

Mit leeren Bäuchen stapften sie weiter.

»Warum heißt es eigentlich Ölberg?«, fragte Ursula unvermittelt. Seit Lissi hier wohnte, hatte sie sich keine Gedanken darüber gemacht, sie zuckte mit den Schultern.

»Weißt du, Urselchen«, antwortete Anna an ihrer Stelle, »hier oben auf dem Berg gab es noch lange die ollen Petroleumlampen.«

»Öllampen halt, darum heißt es *Ölberg!*« Paul rollte mit den Augen.

Ursula störte der genervte Ton ihres Bruders nicht sonderlich. »Und wann wurden die elektrisch?«

Anna griff nach Ursulas Hand und erklärte: »Meine Mutti hat mir erzählt, erst kamen Gasleitungen und Strom kurz vor dem Krieg.«

Paul drehte sich zu ihnen um und zog eine grausige Grimasse. »Davor war es hier oben auf dem Berge finster und schaurig«, sagte er mit Grabesstimme. Ursula schüttelte sich und gab dem Bruder einen Klaps.

Die Mädchen plauderten weiter. Paul lief mit schnellen Schritten vor ihnen her. Sie konnten kaum mithalten, es war beinahe, als wolle er sie abhängen. Seit er das Gymnasium besuchte, hatte er sich verändert. Das Schulgeld betrug ganze zwanzig Reichsmark im Monat, aber Tante Helene wollte ihm eine vernünftige Ausbildung ermöglichen, denn er war ehrgeizig und schrieb hervorragende Noten.

Als sie bei der Bäckerei ankamen, war Lissi schwindelig, und Ursula hängte sich erschöpft an Annas Arm. Eine Reihe Kundinnen stand wartend vor dem Laden, einige unterhielten sich. Die Kinder stellten sich hinten an.

Kurz darauf steckte der Bäcker den Kopf aus der Ladentür und rief knapp in die Menge: »Brot ist aus!« Die Frauen zerstreuten sich, und die Kinder liefen mit knurrenden Mägen zum Unterricht.

In den ersten zwei Schulstunden konnte Lissi sich kaum konzentrieren. Der Hunger kniff in die Eingeweide, und sie dachte nur an die große Pause mit der Schulspeisung.

Heute hatten Anna und sie Glück, sie standen weit vorn in der Schlange. Ursula war ein kleines Stück hinter ihnen und plauderte ausgelassen mit ihren Freundinnen.

In einem Kübel, groß wie ein Bierfass, wurde das dampfende Essen für die Kinder herbeigeschleppt, dann ging es zügig voran. Lissi hatte einen handlichen Milchtopf dabei, Anna ihren Henkelmann. Ein paar Mitschüler hielten blecherne Schüsseln bereit. Manche hatten bloß alte Konservendosen mit einem Haltegriff aus gebogenem Draht oder einem Bindfaden. Mit den Fäusten umklammerten sie ihre Löffel und traten voller Ungeduld von einem Fuß auf den anderen.

Im milden Mai liefen die meisten barfuß. Schuhe wuchsen nicht mit und waren kaum in der richtigen Größe zu bekommen.

Heute gab es eine Suppe aus Erbsmehl, die verführerisch duftete. Manchmal war es eine Nudelsuppe oder ein seltsamer Brei aus zerbröselten Keksen. Ein Festessen war der Milchbrei mit

Schokolade, den hätte Lissi endlos in sich hineinschaufeln können.

Mit einer großen Schöpfkelle klatschte die Lehrerin die Portionen in die mitgebrachten Gefäße. Für jeden gab es heute zusätzlich eine halbe Scheibe Brot in die Hand. Endlich war sie an der Reihe. Sie wartete auf Anna, und dann suchten sie sich eilig ein ruhiges Plätzchen. Sie fanden es an der mannshohen, mit Efeu bewucherten Mauer, die den Schulhof von der Straße trennte. Dort hockten sie sich auf den Mauervorsprung des Schulhauses und löffelten voller Wonne die Suppe.

Die Warteschlange schrumpfte in sich zusammen, bis die letzten Schüler ihre Rationen erhalten hatten, daraufhin teilten sich die Lehrer die Reste. Lissi und Anna hatten nur Augen für das Essen und waren nicht in der Lage, sich nebenher zu unterhalten. Nachdem der erste Heißhunger gestillt war, aßen sie so bedächtig weiter, wie es nur ging. Zum Schluss tunkten sie das Brot in ihre Töpfe und wischten die Böden damit blitzblank aus. Zufrieden lehnten sie sich zurück, und Lissi genoss die wohlige Wärme, die sich in ihr ausbreitete. Die Portion war zu mager, um sie gänzlich zu sättigen, aber zumindest für eine kurze Zeit vertrieb sie das quälende Hungergefühl.

Lissi sah sich um und beobachtete die anderen. Alle wirkten ganz versunken. Nur hin und wieder stieß eines der Kinder seinen Nachbarn an, sagte etwas, lachte auf und löffelte weiter. Sie sah hinunter auf ihre blaue Schürze, die im letzten Jahr geschrumpft zu sein schien. Ihre dürren Beine lugten darunter hervor. Sie steckten in groben Schnürschuhen, in die sie erst noch hineinwachsen musste. Niemand sah es, aber vorn an der Spitze waren sie mit Zeitung ausgestopft.

»Ich sage dir, das war die beste Suppe aller Zeiten«, sagte Anna, und ihre grünen Augen strahlten mit der Sonne um die Wette.

»Kommst du nachher mit auf die Pirsch?«, fragte Lissi.

»Geht leider nicht, ich muss auf die Zwillinge aufpassen.« Ihre Freundin hatte zwei kleine Brüder, die sie hüten musste, wenn ihre Mutter zur Arbeit ging.

Gleich nach der Schule machte sie sich auf den Weg, um die Lebensmittelläden der Nachbarschaft abzuklappern. Sie ging an den üblichen Geschäften vorbei, aber keines schien mehr Ware zu haben, die Theken und Verkaufsregale im Innern waren wie leer gefegt. Ob Paul unten an der Aue vor einem Laden in der Warteschlange stand? Auf dem Heimweg ging er vom Gymnasium in der Bayreuther Straße oft den Schlenker hinunter ins Tal und brachte Brot mit, oder was es sonst im Angebot gab. Lissi könnte ihn ablösen, denn oft wartete man stundenlang.

Sie genoss die Ruhe. Es kam nicht oft vor, dass sie für sich sein und ihre Gedanken wie früher fliegen lassen konnte. *Das Kind hat eine blühende Fantasie!*, hatte ihr Großvater immer schmunzelnd gesagt, und Lissi hatte sich einen Garten vorgestellt, in dem die Fantasie üppig und bunt in Blumenbeeten wuchs.

Die Luft war mild, schon konnte man den Sommer erahnen. Sie atmete tief ein und freute sich auf die warmen Monate, die vor ihnen lagen. Ihr kam die erste Strophe des Liedes in den Sinn, welches ihre Mutter früher oft mit ihr gesungen hatte: »Komm, lieber Mai und mache die Bäume wieder grün, und lass mir an dem Bache die kleinen Veilchen blühen!« Der Rest des Textes war ihr entfallen, also summte sie weiter. Ein Schmetterling flatterte an ihr vorbei und verschwand auf dem angrenzenden Grundstück. Sie reckte sich, um über die Mauer zu blicken, und sah ihn durch eine leere Fensteröffnung verschwinden. Die Sonne schien mitten hindurch, denn das Haus dahinter stand nicht mehr. Von der Fassade, verziert mit steinernen Blumenranken, war nur eine Hälfte übrig, als habe ein Riese sich ein Stück davon abgebrochen. Eine Treppe führte ins Nichts. Im Garten hing eine Leine mit flatternder Wäsche inmitten der Trümmer.

Die Straßen waren weitgehend geräumt, nur an den Rändern türmte sich noch der Schutt. In einiger Entfernung tauchte die Schwebebahn zwischen den Häusern auf. Dröhnend überquerte sie die Tannenbergstraße und verschwand hinter einem Gebäude. Seit Ostern fuhr sie wieder durch das ganze Tal. Sogar die neue *Wochenschau* hatte darüber berichtet in den Kinos, die allmählich wieder öffneten.

Parallel zur Hauptstraße verlief die Wupper mit dem Stahlgerüst, an dem die Schwebebahn hing. Lissi war vor Jahren damit gefahren und hatte Angst vor diesem lärmenden Ungetüm gehabt, schaukelnd und quietschend. Dabei war die Bahn eine echte Sehenswürdigkeit. Der letzte Kaiser Deutschlands, Wilhelm der II., hatte sie um die Jahrhundertwende höchstpersönlich eingeweiht. Ihr Großvater hatte das historische Ereignis selbst miterlebt und ihr oft davon erzählt. Seine Majestät war mit seiner Gemahlin, der Kaiserin Auguste Viktoria, über die Wupper geschwebt. Lissi malte sich aus, wie wundersam das ausgesehen haben musste. Der Kaiser hatte jedoch keine Krone getragen, sondern nur einen Helm. Wie ein Soldat, dachte sie bitter.

Ein Mann mit verhärmtem Gesicht kam ihr auf Krücken entgegen, das rechte Hosenbein war fast bis zur Hüfte hinauf gekürzt und umgeschlagen worden. Lissi nickte ihm kurz zu, als sie ein Stück zur Seite trat, um ihn vorbeizulassen. Ein alltäglicher Anblick. Ständig wurde man an diesen sinnlosen Krieg erinnert.

Der Laden an der Briller Straße war leider schon geschlossen, sie ging weiter. Als sie die Kreuzung überquerte, musste sie achtgeben, denn allerlei Menschen waren mit verschiedensten Fahrzeugen unterwegs. Handwagen und Karren jeglicher Größe. Dazwischen hupende Autos, die offenbar nicht eilig genug vorankamen. Als sie in Elberfeld angekommen war, hatte man die Hauptstraße, die sich mitten durch die Ruinenstadt zog, noch Straße der SA genannt. Kurz nach dem Einmarsch der Amerikaner war sie wieder in Königstraße umbenannt worden, wie vor dem Krieg. Nun hieß sie Friedrich-Ebert-Straße. Für Lissi war es schwierig, sich die ständig wechselnden Bezeichnungen zu merken.

Ein Junge mit Schiebermütze zog einen Leiterwagen hinter sich her und lächelte Lissi verschmitzt zu. Das Blut schoss ihr in die Wangen, und sie blickte rasch zu Boden, der war doch höchstens ein Jahr älter als sie. Unverschämter Kerl. Er drehte sich nochmals zu ihr um und grinste. Sie biss sich auf die Lippen und guckte schnell weg.

Schließlich stand sie vor dem Lebensmittelgeschäft an der Aue. Weit und breit keine Spur von Paul. Ob er bereits auf dem Heimweg war? Aber sie hätte ihm doch begegnen müssen. Die Warteschlange war kurz, darum stellte sie sich an. Die zwei Kundinnen vor ihr bekamen die letzten Maisbrote. Die Ladentür wurde vor ihrer Nase zugeschlossen, heute war es wie verhext. Nun musste sie mit leeren Händen zurück, der ganze Weg umsonst. Aufmerksam musterte sie alle Passanten im Umkreis, doch kein Paul war darunter. Seufzend machte sie sich auf den Rückweg.

Als sie eben die Straße überqueren wollte, erspähte sie ihn mit drei anderen Jungen auf einem Trümmergrundstück. Sie rief seinen Namen, verdutzt drehte er sich zu ihr um.

»Was macht ihr?«, fragte Lissi, trat durch das schmiedeeiserne Gartentor, das schief in seinen Angeln hing, und beeilte sich, über das Geröll und den Schutt zu balancieren.

Paul schwieg, sein Gesicht zeigte keine Regung. Er tauschte Blicke mit den anderen. Sein Freund Max war dabei, ein Junge namens Gerhard und der Sohn von Frau Dreyer, dessen abstehende Ohren im Sonnenlicht leuchteten. »Was willst du denn hier? Mach, dass du weiterkommst«, rief Ewald.

»Ich werde wohl noch mit meinem Vetter sprechen dürfen.« Sie wandte sich an Paul: »Hast du Brot gekauft?«

»Siehst du hier irgendwo welches? Lass mich in Ruhe.« Sein Blick war zornig.

»Warst du nun im Laden oder nicht?«

»Nee, war ich nicht, hatte keine Zeit«, erwiderte er und zuckte gleichgültig mit den Schultern. Den frechen Ton kannte sie von Ewald, der färbte wohl ab.

Max schaltete sich ein und klang versöhnlicher: »Wir haben was Wichtiges zu erledigen, geh besser nach Hause, Lissi. Das ist nichts für Mädchen.«

»Kommt nicht infrage. Nicht ohne Paul.« Sie würde sich nicht einschüchtern lassen.

»Lasst uns gehen. Die kann warten, bis sie schwarz wird«, sagte Ewald mit einer wegwerfenden Handbewegung und marschierte in anderer Richtung davon, Gerhard folgte ihm. Max und Paul sahen sich unschlüssig an, dann liefen sie den beiden hinterher.

Sie ließen sie einfach stehen und schlossen sie aus. Lissi kniff die Augen zusammen. Wäre Tante Helene hier, würde sie ihrem Sohn ordentlich die Leviten lesen und Ewald die Segelohren lang ziehen.

Für einen Moment stand sie wie erstarrt da, als die vier außer Sichtweite waren, packte sie die Abenteuerlust, und sie schlich ihnen nach. Die heckten sicher irgendwas aus. Mit Ewald sollte man sich nicht abgeben, das sagte auch Tante Helene. Der Bursche war kein Umgang für Paul, der oft jeden Unsinn mitmachte, um dazuzugehören. Lissi erinnerte sich, wie Ewald sie damals im Keller gehänselt hatte. Während über ihnen die Bomben fielen, war sie stockstarr vor Angst gewesen, und der Bengel hatte nichts Besseres zu tun gehabt, als sie zu verspotten. *Lisbeth macht ins Bett, Lisbeth macht ins Bett!*, hatte er gegrölt, und sie hatte ihn abgrundtief gehasst.

Die Jungen waren hinter der Mauer des Grundstücks verschwunden. Sie konnte nicht anders, sie musste ihnen folgen. Lissis Schuhsohlen waren glatt, sie rutschte auf dem losen Gestein immer wieder ab. An der Mauer angekommen, spähte sie durch das Loch und beobachtete, wie die vier in einiger Entfernung zu einem stillgelegten Fabrikgelände marschierten.

Lissi reckte sich, sah sie zwischen Mauerresten und Schutthaufen stehen und die Köpfe zusammenstecken. Sie betraten die alte Fabrik. Es war wie beim Spiel *Räuber und Gendarm*. Sie wartete eine Weile ab und lauschte, schlich langsam näher. Das Glas der hohen Fenster war zerborsten, durch die Mauern des Gebäudes zogen sich lange Risse. Sie lugte ins Innere der Halle. Das Dach war eingestürzt. Kreuz und quer verstreut lagen Scherben, Rohre und Träger aus Eisen. Die Jungen schienen Lissi nicht bemerkt zu haben, sie kletterten mit gesenktem Blick durch das Chaos und suchten scheinbar nach etwas. Sicherlich Altmetall und andere begehrte Gegenstände, für die sie Geld bekamen oder die sie tauschen konnten. So machten es viele Kinder in den Trümmern.

Lissi wartete, wollte schon wieder umdrehen und zurück zur Straße, als Ewald rief: »Ich hab eine gefunden!«

Jetzt war ihre Neugierde geweckt, was meinte er? Sie drehte um und spähte erneut durch das Fenster. Max und Paul bahnten sich einen Weg zu Ewald, der triumphierend eine staubige Schachtel in die Höhe hielt.

»Sind noch alle drin?«, fragte Gerhard.

»Sieht so aus.« Er rieb mit seinem Ärmel an einer Seite, nickte kurz wie zur Bestätigung, dann öffnete er sie. »Noch alle vollzählig.«

Die vier Jungen stiegen über das Geröll und verschwanden auf der anderen Seite der Halle. Lissi war unschlüssig, einerseits hätte sie gern weiter spioniert, andererseits hatte sie ein mulmiges Gefühl und wäre lieber zur Straße zurückgegangen. Aber ohne Paul? Sie war verantwortlich, selbst wenn sie nur ein halbes Jahr älter war als er. Sie schlich um das Gebäude herum.

»Alles fertig?«

»Jawoll.«

»Hast du die Zündhölzer dabei, Gerhard?«

»Hab ich.«

»Und es ist auch wirklich nicht gefährlich?« Das war Pauls Stimme.

»Bist du ein Mann oder eine Maus?«, erwiderte Ewald in verächtlichem Tonfall. »Ein Soldat kennt keine Angst! Der stellt sich dem Feind bei jeder Gefahr. Willst du nun bei uns mitmachen oder nicht?«

Lissi hielt unwillkürlich den Atem an. Sie lugte um die Ecke. Da standen sie auf freiem Gelände hinter der Fabrik. Disteln wuchsen aus dem sandig kargen Erdboden. Sie trugen alte Stahlhelme, zu weit für die Köpfe der Jungen. Sicherlich hatten sie die gefunden. Vor allem an den Waldrändern lagen Teile der Ausrüstung, die Soldaten der Wehrmacht beim Einmarsch der Amerikaner achtlos zurückgelassen hatten. Mit ein wenig Geduld konnte man sich eine ganze Militärausrüstung zusammensammeln.

»In Reih und Glied, Männer. Stillgestanden!«, schrie Ewald.

Die drei Jungen standen automatisch stramm, die Arme seitlich an den Oberkörper gepresst. Beim Jungvolk hatten sie das unentwegt geübt. Sie spielten noch immer Soldat, inmitten von Trümmern, die der Krieg hinterlassen hatte.

Lissi erinnerte sich wieder an die Aufmärsche der Pimpfe und Hitlerjungen in ihren braunen Hemden. An die Treffen bei den Jungmädeln. Sie hatte nie hingehen wollen, hatte in der kostbaren Freizeit neben der Schule und dem Helfen im Haushalt lieber ihre Bücher lesen wollen. Aber 1942 war es schon Pflicht gewesen, in den Jungmädelbund einzutreten. Im Gleichschritt waren sie marschiert, und allwöchentlich hatte Lissi zum gemeinnützigen Dienst erscheinen müssen. Halbwegs erträglich fand sie nur Lagerfeuer, Gesang und Volkstanz. Sie hatte die erzwungene Geselligkeit nicht leiden können. Die Wettkämpfe und den Drill verabscheut und die ständigen Hassreden auf Juden.

»Die feindlichen Truppen müssen zurückgeschlagen werden«, hörte sie Ewald in feierlichem Ton sagen. Er überreichte Paul mit ernster Miene die Zündhölzer. Dieser zögerte einen Moment, nahm das Schächtelchen entgegen und lief zu dem trockenen Laubhaufen, den die Jungen in einiger Entfernung angesammelt hatten. Er riss das Zündholz an.

Lissi trat vor und rief: »Nein, Paul!«

Zu spät. Er warf das brennende Hölzchen in den Laubhaufen. Es begann zu qualmen. Er starrte Lissi mehr zornig als überrascht an. »Hast du uns nachspioniert?«

»Nun wirf sie schon rein«, schrie Ewald ihm zu.

Max trat neben Lissi und rief in Pauls Richtung: »Vielleicht ist das doch keine so gute Idee. Wenn da was passiert.« Der Riemen des Helms baumelte unter seinem Kinn.

»Was will er reinwerfen?« Sie starrte Max an.

»Mach schon!«, rief Gerhard.

»Na los!« Ewald feixte. »Oder biste zu feige?«

In Pauls Hand glänzte etwas auf. Er warf es in den Laubhaufen und rannte schleunigst zu den Jungen zurück. Sie warteten. Es knallte kurz und laut.

Ewald grinste. »Na, siehst du. Was regst du dich so auf? Ist doch gar nichts passiert ...« Weiter kam er nicht. Es gab eine Explosion, die Lissi durch Mark und Bein ging. Sie warf sich auf den Boden. Womöglich war es auch eine Druckwelle, die sie umgeworfen hatte, sie konnte es nicht sagen. Eine Staubwolke nahm ihr die Sicht. Ihr Herz raste, sie bekam keine Luft. Bilder vom schwankenden Keller stiegen in ihr hoch.

»Was ist passiert? Wo seid ihr?« Das war Pauls Stimme.

Jemand neben ihr hustete. Ein anderer stöhnte. Es klang dumpf. In die Wolke kam Leben, graue Gestalten rappelten sich ächzend auf. Lissi versuchte, einen klaren Gedanken zu fassen, sie stand auf und prüfte, ob sie alle Glieder bewegen konnte. Sie war staubig von oben bis unten, hatte erdige Schmutzflecken überall auf ihren Kleidern. Arme und Knie waren vom Sturz angeschrammt.

»Heiliges Kanonenrohr, das war ein Wumms!«, rief Ewald, lachte und hob den Helm auf, den er verloren hatte.

»Max? Hörst du mich?« Paul hockte auf dem Erdboden, durch sein staubiges Gesicht liefen zwei senkrechte Linien. Lissi blinzelte, um besser sehen zu können, und erstarrte. Max lag auf dem Boden und rührte sich nicht.

8

MAI 1980

In den frühen Morgenstunden wurde bei Baggerarbeiten auf einem Baugrundstück ein Blindgänger aus dem Zweiten Weltkrieg entdeckt. Ein Räumkommando wurde zur Entschärfung der Vier-Zentner-Bombe ...«

»Mama, haben wir Büroklammern?« Miriam kam auf Socken in die Küche.

»Psst.« Lissi legte den Zeigefinger an die Lippen. Sie drehte das Radio lauter und lauschte, während sie das gespülte Geschirr abtrocknete. Der Radiosprecher erwähnte die mögliche Evakuierung von Anwohnern und fuhr mit dem Wetterbericht fort.

»Was ist denn passiert?«, fragte Miriam.

»Die haben eine Fliegerbombe aus dem letzten Weltkrieg gefunden.«

»Ach, du Sch-«

»Also wirklich!«, unterbrach Lissi empört.

»Schreck!«, beendete Miriam. »Ist das nicht gefährlich? Kann die hochgehen?«

»Könnte passieren. Immer wieder finden sie Blindgänger im Boden, die im Krieg nicht detoniert sind. Das gab es damals schon. Die Sprengbomben mit Langzeitzündern, die erst nach Stunden oder Tagen explodierten.«

Miriams Augen weiteten sich. »Ach, du Schande! Das wusste ich gar nicht, wie gruselig.«

Lissi stellte eine Tasse in den Küchenschrank. Dieser verdammte Krieg, er ließ sie nicht los. Es klingelte an der Tür.

»Haben wir nun Büroklammern?«

»Nein, glaube nicht. Das wird Anna sein, öffnest du mal bitte?« Sie trocknete das Besteck ab und legte es in die Schublade an seinen Platz.

Miriam ging in den Flur, und Lissi hörte die beiden kurz miteinander sprechen.

»Grüß dich, meine Liebe.« Ihre Freundin kam herein, gab ihr schwungvoll einen Kuss auf die Wange und drückte ihr eine Pralinenschachtel in die Hand.

»Nanu, hab ich schon Geburtstag?«, fragte Lissi grinsend.

»Die hab ich von meiner Schwiegermutter bekommen, dabei weiß sie genau, dass ich noch immer mit den Schwangerschaftspolstern kämpfe.«

»Ist deine letzte Schwangerschaft nicht schon sechs Jahre her?«

Anna feixte. »Weißt du, da dachte ich mir, geteiltes Fett ist halbes Fett. Machst du uns einen Kaffee dazu?«

»Bekommst du, könnte ich jetzt auch gebrauchen«, sagte Lissi und setzte welchen auf. »Hast du das mit dem Blindgänger mitbekommen?«

Anna, die sich gerade hinsetzen wollte, hielt erschrocken mitten in der Bewegung inne. »Was? Hier in Wuppertal?«

»Nein, im Ruhrgebiet. Aber ich musste wieder an früher denken. Ich habe immer noch Albträume.«

»Ich auch, schlimm, dabei ist es so lange her.«

Lissi nickte. »Ob das jemals aufhört?« Dann wechselte sie mit gleichem Unbehagen das Thema: »Gestern vor einem Jahr war Johanns Unfall.«

Anna, die sich gerade hingesetzt hatte, stand sofort wieder auf und nahm sie in den Arm. »Entschuldige, das hab ich ganz vergessen.«

»Schon gut, was hättest du tun sollen? Herkommen, meine

Hand halten und mit mir trauern? Seinen fünfzigsten Geburtstag hat er nicht mehr erlebt.« Lissi schüttelte traurig den Kopf. »Das Jahr ohne ihn war eine Qual. Ich kann mich von nichts trennen. Es fühlt sich auch nach all der Zeit an, als wäre er nur auf Geschäftsreise und käme bald zurück.«

Anna sah irritiert aus. »Du meinst, du hast noch all seine Sachen hier?«

Lissi nickte. Das Kaffeewasser gurgelte in der Maschine. Ihre Freundin wandte sich zum Flur und ging schnurstracks hinüber ins Schlafzimmer, trat an den breiten Kleiderschrank und öffnete alle Türen. Links hingen Röcke, Kleider, Hosen und Blusen. Auf der rechten Seite Johanns Anzüge, Hemden und passende Krawatten. In den Fächern seine Wäsche, Schlafanzüge, Polohemden und Pullover.

Lissi lugte um die Ecke. »Was machst du?«

»Du hast rein gar nichts davon aussortiert?«, fragte Anna und starrte sie mit großen Augen an. »Was hast du damit denn vor? Glaubst du allen Ernstes, dir läuft demnächst ein anderer Mann über den Weg, der da zufällig reinpasst?«

»Anna!« Lissi schnappte nach Luft.

»Entschuldige, aber warum sonst hebst du das alles auf? Den Platz im Schrank könntest du gut selbst gebrauchen.« Sie deutete auf die linke Seite. Die Kleider hingen so dicht, dass unmöglich noch ein weiterer Kleiderbügel dazwischenpasste.

Lissi seufzte und ließ sich auf dem Bett nieder. »Du hast ja recht.«

Anna setzte sich neben sie und griff nach ihrer Hand. »Ich will dich wirklich nicht drängen, aber vielleicht musst du endlich damit abschließen, auch wenn es dir schwerfällt. Verkaufe oder verschenke alles. Du wirst doch immer wieder daran erinnert, wenn du das weiterhin aufhebst.«

»Das sagst du so leicht«, murmelte Lissi.

»Ich helfe dir, wenn du das möchtest. Wir besorgen Kartons, und die kannst du erst einmal auf den Dachboden stellen.«

Lissi straffte den Rücken und presste die Lippen fest aufeinander. Auf den Dachboden? Keinesfalls.

Zwei Tage später legte Lissi gerade die letzten Kleidungsstücke aus Johanns Schrank in einen Umzugskarton, da klingelte im Wohnzimmer das Telefon. Miriam war an Samstagen stets mit Freundinnen unterwegs, darum lief Lissi eilig hinüber und hob den Hörer ab. »Sander?«

»Hier ist Georg«, ertönte es blechern.

Lissi stutzte, welcher Georg? Deutlicher sagte sie: »Hier ist Lissi Sander.«

»Ah, Lissi, du bist das, schön, dass ich jemanden erreiche. Erinnerst du dich an mich? Georg aus Hamburg.« Ein Bekannter aus Hamburg? Dann lichtete es sich allmählich in ihrem Gedächtnis.

Als sie nichts erwiderte, setzte er heiter hinzu: »Georg Freese, der alte Jugendfreund von Johann. Ich bin gerade in der Nähe und dachte, ich könnte auf einen Sprung vorbeikommen, wenn ich schon mal alle Jubeljahre in Wuppertal bin. Ist er da?«

Lissis Knie wurden zu Wackelpudding, sie ließ sich auf die Couch sinken. Was sollte sie sagen? Sie merkte, wie ihre Stimme zitterte, als sie stammelnd zu einer Erklärung ansetzte: »Ach ja, ich erinnere mich. Es tut mir so leid, Georg, aber ... Johann ist nicht ...« Sie räusperte sich und bemühte sich um Fassung. »Er ist vor einem Jahr verstorben.«

Am anderen Ende der Leitung blieb es still, im Hintergrund rauschte und hupte es. Offenbar stand er in einer Telefonzelle. Seine Stimme klang rau: »Mein herzliches Beileid, Lissi. Das ... das tut mir so leid, davon habe ich nichts gewusst. Was ist denn passiert?«

Ihr war nicht wohl. Sie konnte es ihm nicht am Telefon erzählen. Schon hörte sie sich weitersprechen: »Wir könnten uns auf einen Kaffee in Elberfeld treffen.«

Sie erkannte ihn nicht gleich, als sie das Eiscafé an der Ecke am Wall erreichte. Ein schlanker Mann erhob sich von einem der Tische, noch während sie sich suchend umsah.

»Lissi?« Er war es tatsächlich. Einen Kopf größer als sie, sein welliges dunkles Haar durchzogen von silbrigen Fäden.

Sie hielt ihm die Hand hin, obwohl ihr dies in demselben Moment zu steif vorkam. Er bot ihr den Platz neben sich an, und sie setzte sich zu ihm an den kleinen runden Tisch.

Er lächelte und sah sie an. »Danke, dass du dir die Zeit nimmst, möchtest du Kaffee oder einen Eisbecher? Oder beides?«

»Gern einen Kaffee.« Sie musterte ihn von der Seite. Er war ihr fremd und vertraut zugleich. Die Erinnerung kam nur langsam zurück.

Er orderte einen Kaffee für Lissi und Tee für sich. Dann sah er sie abwartend an und nickte ihr ermutigend zu.

Sie atmete tief durch. Es war tatsächlich nicht leicht, über Johann zu sprechen. Sie begann von der Bekleidungsmesse zu erzählen, zu der er hatte fahren wollen. Von dem warmen Maitag, den beiden Polizisten. Mehrmals hielt sie inne und rang um Worte.

Georg blickte sie dabei ernst an, unterbrach sie jedoch nicht. Eine kleine Falte bildete sich zwischen seinen Augenbrauen. Hier saßen sie, zwei Menschen, die sich im Grunde fremd waren und getroffen hatten, um gemeinsam über schmerzliche Dinge zu reden.

Sie beendete ihren Bericht mit der Beerdigung, ihre Hände zitterten. Sie trank ihren lauwarmen Kaffee in einem Zug aus. Es wühlte sie noch immer auf.

Seine warme Hand berührte kurz ihren Unterarm. »Danke, dass du mir alles erzählt hast. Das ist sehr tragisch. Ich muss das erst einmal verdauen.«

»Ja, natürlich«, sagte Lissi und starrte in ihre leere Tasse. Ein Jahr lang hatte er es nicht gewusst. Unvorstellbar. Sie hatte nicht daran gedacht, ihn zu informieren. Wusste nicht einmal, ob sie irgendwo seine Adresse hatte.

Beide schwiegen. Um sie herum plapperten Menschen, alles ging seinen gewohnten Gang. Drei Jugendliche schlenderten vorbei, knufften sich in die Seiten und neckten sich gegenseitig. Zwei alte Damen schlürften genüsslich ihren Kaffee. Ein blond gelocktes kleines Mädchen und ein Herr mit Pomade im ergrauten Haar saßen am Nebentisch. Sie lachten und löffelten dabei ihre Kugeln Eis mit Sahnehaube.

Lissi gab es einen Stich. Früher hatte sie mit Johann gescherzt, wie es werden würde, wenn sie beide einmal Großeltern wären. Er würde es nicht mehr erleben.

»Alles in Ordnung?« Georg sah sie mit besorgter Miene an.

»Aber ja.« Sie machte eine kurze Pause und fragte dann: »Wie lange bleibst du in Wuppertal?«

»Nur bis morgen früh, dann fahre ich nach Hamburg zurück.«

»Verstehe, in welchem Hotel wohnst du?«

»In gar keinem«, sagte er und trank den letzten Schluck seines Tees, »ich übernachte in meinem VW-Bus.«

»Na so was, wie in einem Wohnwagen? Hast du karierte Gardinchen und eine Einbauküche?«

»Ganz so luxuriös ist es nicht. Ich bin genügsam. Ich würde gern darin wohnen, wenn es im Winter nicht zu kalt wäre. Aber ich habe eh selten Platz darin, der Bus ist und bleibt ein Transportwagen.«

»Und für was?«

»Für Trödel.«

Sie wollte gerade nachfragen, da trat der Kellner an den Tisch, räumte die leeren Tassen ab, fragte, ob es noch etwas sein dürfe. Georg und Lissi sahen sich an, schüttelten gleichzeitig den Kopf und mussten lachen. Die Erleichterung war ihnen beiden anzumerken. Es war befreiend gewesen, darüber zu sprechen. Sie hatte sich buchstäblich alles von der Seele geredet.

Sie bezahlten, jeder für sich, obwohl er sie hatte einladen wollen. Dankend hatte sie abgelehnt. Es wäre ihr unangenehm gewesen.

Minuten später schlenderten sie zum Von-der-Heydt-Platz. Es war ein milder Maitag. Wie vor einem Jahr. Ein harmloser sonniger Tag. Und dann der Unfall, der Lissis Leben auf den Kopf gestellt hatte.

Kinder tobten an dem Brunnenbecken mit den Wasserspielen und quietschten vergnügt. Eine Taube trippelte mit wippendem Köpfchen vor ihnen her.

»Du sammelst also Trödel?«, fragte Lissi und nahm damit den Gesprächsfaden wieder auf.

»Ich sammle ihn nur ein und verkaufe ihn dann auf Flohmärkten. Es gibt viele Leute, die nicht wissen, wohin mit dem ganzen Hausrat der verblichenen Erbtante.«

»Und davon lebst du?« Lissi konnte es sich vorstellen, aber unkonventionell war es schon.

»Ich verdiene mir etwas dazu. Eigentlich bin ich Künstler. Aber wer kann sich davon zu Lebzeiten schon ernähren? Wenn ich tot bin, werde ich reich und berühmt, das habe ich mir fest vorgenommen.«

Lissi sah ihn mitleidig an und musste lachen. »Brotlose Kunst, ich verstehe. Aber dann kann ich in Jahrzehnten immerhin stolz sagen, dass ich dich großen Meister persönlich gekannt habe.«

»Ja, dann kannst du mit mir angeben. Ich mag dieses freie Leben wirklich sehr.« Er grinste schelmisch. »Und was machst du beruflich?«

»Ich habe früher in einer Buchhandlung gearbeitet. Aber als Miriam kam, bin ich natürlich zu Hause geblieben. Du erinnerst dich an unsere Tochter?«

»Du meinst die Kleine mit der Zahnlücke und den Rattenschwänzen?« Er lachte.

»Sag bloß, so lange haben wir uns nicht gesehen?« Lissi staunte.

»So lange habe ich dich und Miriam nicht gesehen«, verbesserte Georg. »Johann habe ich zwischenzeitlich öfter mal getroffen.«

»Unsere Tochter hat mittlerweile wieder Schneidezähne und außerdem gerade ihr Abitur bestanden«, sagte Lissi lächelnd. Dann bemerkte sie, dass sie es so formuliert hatte, als sei Johann noch am Leben.

Georg schien zu verstehen und nickte. Sie gingen langsam an C&A vorbei. Eine Frau mit einem nörgelnden Kind an der Hand schleppte eine pralle Plastiktüte.

»Wir haben hier in Wuppertal übrigens einen der größten Flohmärkte in ganz Deutschland«, sagte Lissi stolz.

»Tatsächlich?«

»Aber ja, Ende September kommen mehrere Hunderttausend Besucher. Ich überlege, ob ich dort einen Stand anmelden soll. Ich muss nämlich dringend ausmisten. Vielleicht wäre das auch was für dich, so viel Kundschaft hast du sonst nirgendwo. Überlege es dir gut.« Sie grinste ihm aufmunternd zu. Die Idee war ihr spontan gekommen.

»Du bist sicher eine der weltbesten Verkäuferinnen, und da wäre es mir eine Ehre, den Stand neben dir zu besetzen. Ich hoffe nur, ich nehme dir nicht die ganzen Kunden weg mit meinen unzähligen Kisten.«

»Das werden wir ja sehen, ich bin eine gute Verkäuferin, darin wurde ich schließlich ausgebildet«, sagte Lissi keck, aber mit flauem Gefühl im Magen. Jetzt gab es kein Zurück, sie würde gründlich aussortieren müssen. Notgedrungen. Immerhin würde Anna stolz auf sie sein.

»Wo steht dein Bus eigentlich?«, fragte Lissi.

»Gleich da vorn auf dem Parkplatz an diesem Hochhaus.« Georg deutete auf das Glanzstoff-Gebäude an der Kasinostraße. Es war in den Fünfzigerjahren eines der ersten Hochhäuser der Nachkriegszeit gewesen und trug jetzt den Schriftzug *Enka*.

Lissi würde sich eine Lösung einfallen lassen müssen, um die Kartons zum Flohmarkt nach Vohwinkel zu transportieren. Ob sie Georg bitten könnte? Aber nein, er würde den Platz im Bus selbst brauchen. Wie praktisch wäre es doch, wenn Lissi den Führerschein machen und sich ein kleines Auto zulegen würde. Sie konnte schließlich nicht ständig Anna bitten, sie in der Gegend herumzufahren, in diesem einen Jahr hatte sie sie ihr schon so oft geholfen. Aber dafür würde Lissi sparen müssen.

Georg schrieb seine Adresse und Telefonnummer auf einen Zettel. »Ich weiß nicht, ob du meine Anschrift hast.« Er reichte ihn ihr, und sie verabschiedeten sich. Sollte sie ihn umarmen? Sie traute sich nicht. Er zögerte einen Moment, strich über Lissis Schulter, sie berührte seinen Unterarm, dann bog er nach links in Richtung Parkplatz. Kurz drehte er sich noch einmal zu ihr um, lächelte ihr aufmunternd zu und hob die Hand. Sie tat dasselbe und erwiderte das Lächeln.

9

JULI 1946

Dunst erfüllte die Küche wie in einer Badeanstalt. Der Waschkessel stand auf den Herdplatten und dampfte. Lissi klebten feuchte Haarsträhnen im Gesicht. Die große Wäsche war anstrengend, und an diesem Sommertag brachten die weit geöffneten Fenster keine Abkühlung. Kinderstimmen schallten zu ihnen herauf.

Ursula sah auf die Straße. »Kann ich raus zum Spielen, Mutti?«, fragte sie mit geröteten Wangen.

»Eins, zwei, drei, vier, Eckstein, alles muss versteckt sein«, kam es von unten in einem Singsang.

»Aber ja, geh nur, Kind. Den Rest schaffen Lissi und ich allein«, erwiderte Tante Helene, wischte mit dem Handrücken über ihre Stirn und fächelte sich Luft zu.

»Meine Hände sind wie Reibeisen, sieh dir das an«, jammerte die Tante und betrachtete ihre Handflächen. Es stimmte. Von der Hausarbeit und dem Nähen waren sie spröde und rau geworden wie eine Kartoffelreibe. Lissi besah ihre eigenen Handflächen, verschrumpelt von der Seifenlauge.

Tante Helene lachte bei diesem Anblick, sie war heute ausnehmend gut gelaunt. Kein Wunder, denn gestern war das lang ersehnte Lebenszeichen seit Kriegsende von Onkel Fritz gekommen. Eine handgeschriebene Postkarte aus dem Lager in Russland. Er sei wohlauf, schrieb er, zumindest gehe es ihm den Umständen entsprechend, und er hoffe, bald entlassen zu werden. Lissi hatte versucht, sich mitzufreuen, als Ursula und Paul vor Freude ausgelassen durch die Küche gesprungen waren und die Tante die Karte wieder und wieder geküsst und an ihre flache Brust gedrückt hatte.

»Ich habe gewusst, er kommt zu uns zurück«, sagte sie seitdem stündlich vor sich hin und lächelte zufrieden.

Sie warfen die letzten ausgewrungenen Kleidungsstücke in den Weidenkorb auf dem Dielenboden. Die Küchentür fiel krachend ins Schloss, denn im Treppenhaus herrschte Durchzug. Zusammen schleppten sie den Wäschekorb in den dritten Stock hinauf.

In der obersten Etage gab es drei Türen. Eine schmale Holzstiege führte steil zum Dachboden empor. Lissi nahm die ersten Stufen und ignorierte mit zusammengebissenen Zähnen ihre schmerzenden Arme. Der Korb ächzte. Die Tante und sie ebenso. Vor Anstrengung.

Oben angekommen, schlug ihnen die drückende Hitze des Bodens entgegen, und sie öffneten schleunigst die Dachluken. Die Glasscheiben waren trüb, und ein Fensterchen klemmte. Lissi drückte fest gegen das aufgeheizte Blech des Rahmens. Mit einem Quietschen gab er schließlich nach, und ein Windstoß streifte ihr Gesicht. Erinnerungen an den Apfelbaum kamen ihr in den Sinn, wenn der Sommerwind das Blätterdach über ihr zum Rascheln gebracht hatte.

Tante Helene riss sie aus ihren Gedanken: »Nun träum nicht, Kind, reich mir die Wäsche an.«

Lissi ergriff die nassen Stoffbündel und gab sie ihr nacheinander. Die Tante hängte die Schürzen, Blusen und Laken auf die Leinen, die zwischen den Holzbalken gespannt waren. Der zarte Duft von Kernseife verteilte sich im Raum und überdeckte den muffigen Geruch nach altem Putz und wurmstichigem Holz.

»Die trocknet heute sicher rasch«, sagte Lissi und sah im Geiste wieder die flatternde Wäsche im Garten ihres Großvaters vor sich.

Seufzend wandte sie sich um. Grelles Sonnenlicht fiel durch die Dachfenster in den lang gestreckten Raum. Auf dem Dielenboden lagen Staub und tote Fliegen.

Tante Helene summte vor sich hin, nahm die Klammern aus ihrer Schürzentasche und steckte sie auf die Wäsche. Als Kind hatte Lissi gern mit solchen Wäscheklammern gespielt, die aussahen wie drollige Holzmännchen.

»Wenn mein Fritz zurück ist, wird alles gut. Dann sind wir wieder eine richtige Familie, sollst mal sehen. Erinnerst du dich überhaupt noch an deinen Onkel?«

Lissi schüttelte knapp den Kopf, sie hatte nicht einmal eine vage Vorstellung von ihm.

Die Tante sah zufrieden in den leeren Korb. »Das hätten wir geschafft, den Rest erledigt die Hitze. Na komm, lass uns wieder runtergehen, es ist kaum auszuhalten hier oben.«

Einen Augenblick später hielt sie sich am Geländer fest und stieg die Treppe hinunter. Lissi folgte ihr zögernd, sie drehte sich nochmals um. Die Wäsche bewegte sich im Luftzug hin und her. Ihr Blick wanderte weiter. Am Ende des lang gezogenen Speichers, im Dunkel unter den Dachschrägen, erspähte Lissi etwas, was sie nicht erwartet hätte. Dort hinten, wo eigentlich Mauerwerk hätte sein müssen, sah sie eine unscheinbare Tür.

Den Nachmittag verbrachten sie in der Küche. Paul kam ohne Brot und mit mürrischer Miene nach Hause. Wie so oft, wenn er Max einen Besuch abgestattet hatte.

Tante Helene saß an der schnarrenden Nähmaschine, die längst einen festen Platz nahe am Küchenfenster hatte. Rhythmisch hüpfte die Nadel durch den Stoff. Von ihrem Arbeitgeber, dem Textilfabrikanten Reinhardt, erhielt sie dann und wann Reststücke aus Vorkriegszeiten, die sie verarbeiten konnte. Die

Näharbeiten stapelten sich, es hatte sich herumgesprochen, dass sie flink und sorgfältig arbeitete. Der Schriftzug *Singer* prangte in goldenen Lettern auf der schwarzen Dauerleihgabe von Frau Meckenstock. Da die Nachbarin über siebzig war und ihre Sehkraft nachließ, konnte sie das gute Stück selbst nicht mehr benutzen. Dafür saß sie an den Nachmittagen gern mit in der Küche und unterhielt die fleißigen Näherinnen. Die Kinder verdrehten die Augen, wenn sie wieder stundenlang einen der Küchenstühle besetzte.

Heute wischte sich Frau Meckenstock mit ihrem Taschentuch den Schweiß von Stirn und Oberlippe und ließ sich ächzend auf dem Stuhl nieder. »Stellen Sie sich vor, da gab es vorhin eine Lieferung in der Marienstraße! Das hat Frau Dreyer von unten erzählt, hält immer Ohren und Augen offen, nicht wahr?« Sie schmunzelte.

»Paul, lauf schnell rüber und sieh zu, dass du was abbekommst«, rief Tante Helene.

»Und bei welchem Geschäft in der Marienstraße?«, fragte der.

Frau Meckenstock gluckste. »Das kann ich dir nicht sagen, mein Junge. Aber an der Menschenschlange wirst du es sicher von Weitem sehen.«

Paul zögerte nicht lange, schnappte sich Portemonnaie und Lebensmittelkarte und rannte los.

»Biete unserer Nachbarin von den Kirschen an, Urselchen.« Tante Helene deutete mit dem Ellbogen zum Küchenschrank.

Ursula erhob sich widerwillig. Ein Körbchen voll reifer Kirschen hatten sie aus dem Garten der Reinhardts bekommen. Die Kinder hätten die prallen roten Früchte am liebsten alle auf einmal gegessen, doch die Tante warnte vor Bauchweh. Für jeden hatte sie genau vier Stück abgezählt. Ehrfürchtig hatten sie das Fruchtfleisch von den Steinen gelutscht.

Ursula brachte zwei Kirschenpaare mit Stielen und legte sie vor die Nachbarin auf den Küchentisch. Tante Helenes Mund wurde zu einem Strich, sie sagte aber nichts.

»Das ist sehr liebenswürdig, ach ja, der Sommer mit seinen reifen Früchten, welche Wonne.« Die Nachbarin kaute bedächtig. Ursula verfolgte aufmerksam jede Kirsche, die in Frau Meckenstocks breitem Mund verschwand.

Mit der *Rheinischen Post*, die sie mitgebracht hatte, fächelte sie sich Luft zu. »Wenn mein seliger Rudolf das noch erlebt hätte, diese Not überall. Meine Beine machen das Anstehen vor den Läden nicht lange mit. Noch dazu bei dieser Hitze. Wenn ich meine Tochter nicht hätte, das gute Mädel ...«

Das Mädel hieß Käthe, war nur wenig jünger als Tante Helene und wohnte mit ihrer Familie am anderen Ende des Viertels. Frau Meckenstock berichtete vom neuesten Klatsch und bat eins der Mädchen, ihr aus der Zeitung vorzulesen. Sie hielt ihnen die *Rheinische Post* hin.

Lissi hätte gern vorgelesen, aber sie half Tante Helene fleißig beim Nähen.

Ursula zog die Zeitung zu sich herüber, las stockend und buchstabierte an einzelnen Wörtern herum. Frau Meckenstock seufzte, tätschelte Urselchen milde lächelnd den Kopf und sagte: »Nun ja, das wird schon noch. Übung macht irgendwann den Meister, nicht wahr?«

Lissi umstickte von Hand Knopflöcher, wie es ihr die Tante gezeigt hatte, und sie nähte die Knöpfe an, die sie zuvor von zerschlissener Kleidung abgetrennt hatte.

»So ein tüchtiges Mädchen«, lobte Frau Meckenstock mit Blick auf Lissis Näharbeit.

Tante Helene drehte sich um, lächelte und nickte. »Ohne meine brave Nichte könnte ich das alles gar nicht schaffen. Es gibt so viel zu tun.« Das stimmte. In jeder freien Minute nähten sie. Zusätzlich zu den Auftragsarbeiten fertigten sie Schürzen und Kindersachen. Da Stoffe als Meterware in größeren Mengen noch immer schwer zu bekommen waren, verwendeten sie Fallschirmseide und alte Fahnen. Die neu genähten Stücke tauschten sie gegen Lebensmittel ein. Mit dem Zug fuhren Tante Helene und Ursula in ländliche Regionen und versuchten dort ihr Glück. Vor allem die Bäuerinnen waren bei Urselchens Anblick milder gestimmt und gaben ihnen etwas mehr.

Am Nachmittag las Lissi in einem Buch, das sie sich von Anna geliehen hatte. Paul war die ganze Marienstraße mehrmals auf und ab gelaufen, ohne Erfolg. Sein Haar klebte ihm an der Stirn, und das Hemd war nass geschwitzt. Er schimpfte und begann lauthals einen Streit mit Ursula. Tante Helene redete mahnend auf die beiden ein. Frau Finke betrat die Küche und beklagte sich über den trockenen Sommer und die leeren Geschäfte.

Lissi floh ins Schlafzimmer und legte sich dort aufs Bett, um in Ruhe weiterzulesen. Durch die zugestellte Tür hörte sie die Kinder von Finkes kichern und tuscheln. Sie versuchte mühsam, sich wieder in die Geschichte zu vertiefen.

Auch im Buch hatte jemand Hunger. Ein ulkiger Schelm namens Till Eulenspiegel. In Braunschweig fing er als Bäckerknecht an, buk statt Semmeln und Wecken kurzerhand Eulen und Meerkatzen und verkaufte sie erfolgreich an die staunende Bevölkerung zum Osterfest. Sie hatte keine Ahnung, was Meerkatzen waren, lachte aber herzlich über seine Streiche.

Ursula stand urplötzlich neben dem Bett und zog an Lissis Arm.

»Hast du mich erschreckt, was ist denn schon wieder?«

»Mutti sagt, du sollst zum Essen rüberkommen.«

»Sag das doch gleich«, rief Lissi und sprang auf, sie hatte einen Bärenhunger.

Durch das geöffnete Fenster hörten sie von der Straße ein Radio dudeln. Blechern sang eine hohe Frauenstimme, begleitet von einem Orchester.

»Wenn wir kein Brot haben, gibt es halt nur Suppe«, verkündete Tante Helene. Der Topf stand seit dem Morgen auf der hinteren Herdplatte bereit.

Paul leierte das Tischgebet herunter. Lissi wippte voller Ungeduld unter dem Tisch mit den Füßen. Seit den Kirschen am Mittag hatte sie nichts gegessen.

»Langsam und gut kauen«, sagte Tante Helene. Ihr täglicher Spruch zu jeder noch so kargen Mahlzeit. An der Suppe gab es allerdings nichts zu kauen. Stückchen von zerkochten Möhren und Frühkartoffeln schwammen in der dünnen Brühe.

»Mein Sommerkleid vom letzten Jahr passt mir nicht mehr. Es kneift unter den Armen«, verkündete Lissi.

»Ich frage mich, wovon du so rasch wächst, Kindchen. Am Essen kann es ja nicht liegen«, erwiderte ihre Tante kopfschüttelnd und hielt plötzlich inne. »Ach je, auf dem Boden hängt ja noch die Wäsche, holt sie doch bitte herunter«, sagte sie zu Paul und Lissi. »Urselchen hilft mir beim Spülen, nicht wahr?«

»Natürlich, Mutti.« Ursula sprang von ihrem Stuhl und stapelte flink die Teller, um sie zum Spülstein zu tragen.

Paul und Lissi erklommen die Stufen nach oben. Auf dem Dachboden war es heiß und stickig wie am Vormittag, und die Wäsche war inzwischen trocken. Beide mussten sich recken, um an die aufgesteckten Wäscheklammern auf der Leine zu gelangen. Sie zogen sie mühsam herunter und warfen die Kleidungsstücke in den Korb.

»Wie geht es Max?«, fragte Lissi behutsam.

Paul reagierte nicht, nach einer Weile erst zuckte er mit den Schultern. »Er kann sich nicht konzentrieren. Meist hat er schlechte Laune und Kopfweh, und ihm ist schwindelig.«

»Ob er bald wieder zur Schule gehen kann?«

»Er hat viel Unterrichtsstoff versäumt, und auf dem Gymnasium muss man doppelt fleißig sein«, sagte Paul mit bitterer Miene. Er holte ein Taschentuch aus seiner Hosentasche und schnäuzte sich.

»Das bessert sich bestimmt bald, und im Handumdrehen ist alles wieder gut«, versuchte sie, ihn zu trösten.

»Nichts ist gut«, fuhr er sie an. »Wir hätten ihn zu einem Arzt oder besser gleich ins Krankenhaus bringen müssen.«

Lissi schwieg betreten. Sie hatte das Bild wieder vor Augen. Der Helm neben dem Jungen auf dem staubigen Boden. Max war irgendwann zu sich gekommen. Unter keinen Umständen hatte er zu einem Arzt gewollt, nur nach Hause. Sie hatten ihm schwören müssen, den Großen nichts über den Vorfall zu erzählen. Wenn der Anstifter Ewald und sein Kumpane Gerhard bestraft worden wären, hätte es Lissi nicht gestört. Aber Paul war Max' bester Freund, ihm wollte er eine Strafe ersparen, das war einleuchtend.

Lissis Blick glitt zu der unscheinbaren Tür am Ende des Raumes.

Stumm nahmen sie die letzten Wäschestücke von der Leine und ergriffen je einen Henkel des Korbs. Auf der schmalen Stiege zurück nach unten stolperte sie um ein Haar, so ruppig zerrte Paul vorneweg auf seiner Seite. Lissi konnte sich in letzter Sekunde am Geländer festklammern. In der Küche angekommen, stellten sie die Wäsche ab.

»Ich muss kurz wohin«, sagte Lissi schnell, machte kehrt und ging in den Flur zurück. Sie schloss die Küchentür, sollten sie ruhig denken, sie wolle auf die Toilette. Barfuß schlich sie die zwei Treppen wieder nach oben.

Sie hatte Herzklopfen, als sie vor dem Verschlag stand. Es gab keine Klinke, bloß ein Scharnier, an dem einmal ein Vorhängeschloss gehangen haben mochte. Sie hielt den Atem an. Die Tür quietschte, und ein stickiger Geruch schlug ihr entgegen. Lissi betrat einen leeren Raum, beinahe so groß wie das Schlafzimmer unten in der Wohnung. Hier war lange niemand mehr gewesen, da waren Spinnweben in den Ecken, und ihre Fußsohlen hinterließen Spuren auf der Staubschicht. Es war, als habe sie einen geheimen Schatz entdeckt.

Man hatte das Zimmerchen sicher vergessen. Vor Jahren oder gar Jahrzehnten hatte sich jemand die Mühe gemacht, eine Wand zu errichten, die ein Stück des Trockenbodens abteilte. Ob diese Dachkammer in früheren Zeiten bewohnt worden war? Oder hatte derjenige hier etwas versteckt? Lissi konnte sich darauf keinen Reim machen. Zwei Dachfenster sorgten für Tageslicht. In der Abendsonne tanzten Staubkörnchen. Hier oben könnte sie für die Schule lernen oder ungestört ihre Bücher lesen. Das wäre ein passender Rückzugsort.

Als Lissi wieder in die Küche kam, saß Tante Helene über eine Pappschachtel gebeugt. »Ich habe die alten Fotos herausgesucht, sieh nur, Kind. Darauf ist dein Onkel Fritz zu sehen«, sagte sie feierlich und reichte ihr eine Fotografie.

Erst fiel Lissis Blick auf Tante Helene, auf dem Bild lächelte sie, und ihr Gesicht war runder. Ein pausbäckiges Wickelkind saß auf ihrem Schoß. Das musste Ursula sein, die Augen kugelrund, das Mündchen offen. Daneben stand Paul, sie schätzte ihn auf fünf Jahre, er hielt die dralle Hand seiner Schwester. Hinter den dreien ein Mann in Wehrmachtsuniform. Er lehnte halb auf der Armlehne, sein Haar war seitlich gescheitelt und platt an den Kopf gekämmt. Die üppigen Augenbrauen schienen nicht recht in das glatt rasierte Gesicht mit den weichen Zügen zu passen. Doch Onkel Fritz hatte eine gewisse Ähnlichkeit mit Paul. Ursula lachte, als sie sich selbst erkannte.

»Sieh nur, hier ist ein Foto von deinen Eltern!«, rief Tante Helene und strahlte.

Lissi starrte und staunte, tatsächlich, sie mussten es sein. Ihr Vater hielt die Mutter im Arm, sie sahen sich an und lächelten. Sie standen auf einer Wiese in einem Garten, den sie nicht kannte.

»Die meisten Bilder hat ein Freund gemacht, das Fotografieren war seine Leidenschaft. Er ist ebenfalls im Krieg geblieben, der Ärmste. Wie jung deine Eltern damals waren. Frisch verlobt.« Sie drehte das Foto um. »Hier steht es ja, April 1931. Kurz darauf haben sie geheiratet, im Juni war das.«

Lissi rechnete, elf Monate später war sie geboren worden. »Hast du ein Hochzeitsfoto von meinen Eltern?«, fragte sie aufgeregt.

»Leider nicht, nur von Fritz und mir.« Ihre Tante kramte eine Weile in der Schachtel und legte die Fotografie auf den Tisch.

»Warum hast du sie lose in dem Karton?«

»Du hast recht, die müssten sortiert und in ein Album geklebt werden. Es gibt noch mehr Fotos, warte einen Augenblick.« Sie sprang auf und rannte ins Schlafzimmer hinüber.

Lissi nahm das Bild von Tante Helene und Onkel Fritz in die Hand. Ihr Brautkleid bestand aus seidig glänzendem Stoff, das Haar lag in Wellen dicht am Kopf, eingerahmt vom duftigen Schleier. Sie hielt einen Strauß Blumen in der Armbeuge. Der Bräutigam trug Seitenscheitel zum Anzug, keine Uniform.

Tante Helene legte das in Leder gebundene Fotoalbum auf den Tisch und klappte es in der Mitte auf. »Siehst du, es gibt noch freie Seiten. Da können wir sie reinkleben.«

»Darf ich mir die Bilder alle ansehen? Auch die eingeklebten?«

»Selbstverständlich, wir sortieren sie zusammen.«

Den ganzen Abend saßen sie zu viert über den Fotografien,

zu jeder gab es etwas zu erzählen. Die Kinder staunten. Lissi konnte sich nicht erinnern, im Hause der Eltern oder des Großvaters jemals derart viele Fotos gesehen zu haben. Es war, als hätte sie ein Fernglas, durch das sie in längst vergangene Zeiten gucken konnte. Die Augen ihrer Tante leuchteten. Glücklichere Zeiten mussten es gewesen sein.

Das Foto von Mutti und Vati durfte Lissi in ihre *Häschenschule* legen und dort aufbewahren. Ihre Großeltern von Vaters Seite erkannte sie nicht. Tante Helene seufzte, als sie das Bild ihrer eigenen Eltern betrachtete. »Ich bin nur froh, dass sie nicht mehr miterleben mussten, wie ihr Sohn in diesem sinnlosen Krieg umgekommen ist«, murmelte sie.

Es war totenstill in der Küche. Die Uhr tickte. Da erst bemerkten sie, dass Ursula am Tisch eingeschlafen war.

10

JULI 1980

»Mach dir keine Sorgen, Tantchen, das wird schon«, sagte Lissi in den Telefonhörer.

»Ich weiß, der Zahn der Zeit nagt an uns allen. Aber das kann doch nicht das Ende sein!« Helene klang resigniert.

»Wird es nicht, da bin ich sicher, wir finden eine Lösung.« In diesem Moment klingelte es. »Du, ich muss Schluss machen, Anna ist da. Bis bald, Tantchen, ich hab dich lieb.«

»Ich dich auch, Kind, grüß sie schön.«

Lissi legte auf, schnappte sich den Schlüssel und rannte die vier Treppen in den Hausflur hinunter.

»Oh, du öffnest selbst, hat das Personal Ausgang?«, scherzte Anna.

Lissi umarmte ihre Freundin und verdrehte die Augen. »Am frühen Morgen ist die Eingangstür noch abgeschlossen, sind ja alles Rentner im Haus, keiner von denen geht mehr im Morgengrauen zur Arbeit.«

»Du zählst dich schon zu den Rentnern?« Ihre Freundin lachte.

»Himmel, nein! Darüber wollte ich eh mit dir sprechen, ich habe mir nämlich was überlegt. Aber komm erst mal rein.«

Im Wohnzimmer war es schummrig. Der Himmel über den Häusern war von düsteren Wolken verhangen. Erste Tropfen pochten ans Fenster.

»Du hast das perfekte Wetter zum Aussortieren mitgebracht.« Lissi knipste die Deckenlampe an.

»Hier sieht es ja wild aus.« Anna stieg über Kartons und Zeitschriftenstapel, nahm ein kleines Heft zur Hand und machte große Augen. »Was ist denn das? *Ratgeber für Haus und Familie?* Oktober 1962?«

»Da sind gute Rezepte drin und sogar Schnittmuster.«

Ihre Freundin lachte laut auf. »Lissi, du nähst doch gar nicht mehr. Schon gar nicht nach Schnitten, die zwanzig Jahre alt sind!«

»Das war ein Abonnement. Da war Miriam noch klein.« Sie bemerkte selbst, wie wehmütig sie gerade klingen musste.

»Dein Wickelkind ist erwachsen, und die Rezepte kocht heute kein Mensch mehr. Dann doch lieber die Brigitte-Diät.« Anna blätterte weiter, schlug Seiten mit schwarz-weißen Abbildungen auf, hob das Heft näher an ihre Augen, kniff sie zusammen. Sie lachte wieder. »Man kann nicht einmal erkennen, was da serviert wird.«

Lissi schenkte Anna Kaffee ein und reichte ihr die Tasse. »Diät, so ein Unsinn. Als Kinder haben wir gehungert, und heute halten wir freiwillig Diät. Willst du Zucker und Milch – oder Sahne?« Sie grinste herausfordernd.

»Danke, nein, aber netter Versuch«, sagte Anna mit süffisantem Lächeln. »Erinnere dich an die Wohlstandsbäuche, als es endlich wieder was zu beißen gab.«

»Stimmt, weißt du noch, dieses ältere Ehepaar? Hupperts? Als sie bei uns auf der Etage einzogen, waren beide zwei Striche in der Landschaft.«

»Und in den 1950ern sind sie aufgegangen wie Hefeklöße«, brachte Anna den Satz zu Ende, und Lissi musste kichern, wurde aber wieder ernst, als Anna weitersprach: »Waren das nicht die mit dem Sohn, der im Volkssturm umgekommen ist?«

»Genau die. Sicher war das Kummerspeck. Wir waren jung und haben uns viel bewegt, da fiel das buchstäblich nicht ins

Gewicht, sonst hätte ich sicher auch zugelegt.« Lissi schaufelte sich noch einen Löffel Zucker in die Tasse und schlürfte genüsslich ihren Kaffee.

Anna hob missbilligend eine Augenbraue. »Aber wir kommen langsam in ein Alter, in dem man wachsam sein muss. Vielleicht kannst du die Ratgeber irgendwem spenden. Einem Antiquariat zum Beispiel?«

»Sehr witzig. Apropos Antiquariat«, sagte Lissi und stellte ihre Tasse ab, »das war es, was ich dir erzählen wollte. Ich habe mir überlegt, ich könnte wieder arbeiten gehen. Meinst du, sie können mich in irgendeiner Buchhandlung gebrauchen?«

»Aber bestimmt! Eine blendende Idee. Sag mal, ist das etwa auch zwanzig Jahre her, seit du zuletzt gearbeitet hast?«

Lissis Mut begann zu bröckeln. »Allerdings. Hoffentlich finde ich mich überhaupt noch zurecht.«

»Warum hast du damals eigentlich nicht wieder angefangen? Buchhandlungen gibt es genug. Ich bin so froh, dass wir Frauen unsere Ehemänner nicht mehr fragen müssen, ob wir arbeiten gehen dürfen.«

»Du hättest das mit vier Kindern doch eh nicht gekonnt.«

»Aber ich hätte dürfen, wenn ich gekonnt hätte.«

Lissi sah in ihre halb leere Tasse und sagte: »Johann meinte immer, es sei nicht nötig, dass ich arbeiten gehe, er verdiene genug.«

Anna nickte. »Verstehe. Komm du mal wieder unter Menschen. Wen siehst du denn außer Miriam und mich?«

Lissi hob die Finger der rechten Hand und zählte auf: »Tante Helene, dann haufenweise Nachbarn. Beim Bäcker, beim Metzger, im Gemüseladen und …«

»Ist schon gut, ich hab verstanden«, sagte Anna und streckte ihr gespielt beleidigt die Zunge heraus. Lissi tat es ihr gleich und lachte.

Ihre Freundin trank in einem Zug die Tasse leer und blickte streng: »So! Schluss mit dem Kaffeeklatsch, jetzt sorgen wir für Ordnung.«

Drei Stunden später standen im Flur aufgereiht mehrere Müllsäcke. Im Wohnzimmer stapelten sich Kartons mit Dingen, die Lissi auf dem Flohmarkt verkaufen wollte. Sie stellte einen Teller mit belegten Schnittchen auf den Esstisch und eine Thermoskanne mit frischem Kaffee daneben.

»Jetzt stärken wir uns erst einmal. Komm, reiß dich los«, sagte sie zu Anna, die vor dem Wohnzimmerregal stand.

»Was ist mit den Tonbandkassetten hier?«

»Welche?« Lissi warf einen Blick in den kleinen Karton, den ihr Anna entgegenhielt, darin lagen zehn unbeschriftete Kassetten der gleichen Marke. »Ach, die sind unbespielt, kannst du stehen lassen. Die sind von Johann, kann Miriam sicher noch gebrauchen, sie nimmt manchmal Musik aus dem Radio auf.«

Anna ließ ihren Blick über die Regale wandern. »Was machst du eigentlich mit seinen Büchern und Schallplatten?«

»Darüber hab ich noch nicht nachgedacht. Nun komm.« Lissi schenkte Kaffee ein und nahm sich ein Häppchen mit Käse.

»Ich an deiner Stelle würde nur behalten, was du wirklich magst. Sonst ist das nur Ballast, meinst du nicht?«

»Mhm«, machte Lissi kauend. »Und wenn mich das Buch oder die Musik traurig machen?«

»Dann schnell raus damit! Immerhin sind sie in gutem Zustand, die lassen sich bestimmt auf deinem Trödelmarkt verkaufen.«

»Du, die erwarten dieses Jahr über eine Viertelmillion Besucher, stell dir das vor!«, sagte Lissi und strahlte.

»Fantastisch! Na, wenn du da nichts verkauft bekommst,

weiß ich auch nicht.« Anna setzte sich endlich und griff nach einem Schnittchen mit Ei.

»Hoffentlich – das Geld kann ich nämlich wirklich gut gebrauchen.« Und damit meinte Lissi nicht nur das Auto, auf das sie so eifrig sparte. Sie sah Anna ernst an und sagte zögernd: »Ich fürchte, ich werde demnächst deutlich mehr Miete zahlen müssen.«

»Wieso denn das? Ich denke, die Wohnung gehört Tante Helene?«

»Zum Glück ist das so, darum zahle ich nur wenig Miete. Aber es kann sein, dass dieses Haus saniert oder sogar abgerissen werden muss«, erklärte Lissi. »Im schlimmsten Fall müsste ich wegziehen.«

»Gibt's ja nicht.« Anna hörte auf zu kauen und machte große Augen.

»Egal, ob ich hierbleiben kann oder wegziehen muss, in jedem Fall werde ich dann mehr zahlen müssen. Ich könnte Tante Helene unmöglich allein die Kosten überlassen. Ich stecke in einer Zwickmühle!«

»Verstehe. Aber eine Sanierung halte ich für das einzig Vernünftige, so schlecht ist die Bausubstanz doch nicht.« Anna besah die Zimmerecken, als könne man es dort sehen. »Dein Bad hat es allerdings nötig, das besteht ja nur aus Badewanne.«

»Immerhin gibt es ein Badezimmer. Gegenüber im Haus haben sie heute noch die Toilette auf halber Etage und heizen mit uralten Kohleöfen.«

»Himmel!« Anna verdrehte die Augen. »Nun ja, eine feine Wohngegend war der Ölberg nie, aber mittlerweile ist alles ziemlich heruntergekommen.«

Das stimmte leider. Der Wuppertaler Stadtrat hatte beschlossen, nicht nur den Ölberg, sondern gleich die ganze Nordstadt als Sanierungsgebiet auszuweisen. Die Zeit war hier oben stehen geblieben, und darüber waren die Gebäude in die Jahre gekommen.

Lissi fuhr mit wachsendem Unbehagen fort: »Das ist leider nicht alles, man hört von Planungen, die das ganze Viertel betreffen, viele der Häuser sollen durch Neubauten ersetzt werden.«

»Was?« Anna schluckte. »All die schönen Altbauten mit den Stuckfassaden?«

»Das Wörtchen *alt* trifft es auf den Punkt«, sagte Lissi und seufzte.

Die prächtigen Hausfassaden waren ein Trick der damaligen Bauherren, so wirkten die Gebäude nach außen hin wertvoller, als sie es im Innern waren. Oftmals befanden sich dahinter schlichte Wohnungen ohne jeden Luxus. Denn schon um 1900 wurde für die Arbeiter dringend preisgünstiger Wohnraum benötigt. Die Werkstätten waren in unmittelbarer Nähe. Oft sogar in den Hinterhöfen. Die Straßennamen der Gegend ließen es erahnen. Es gab eine Sattlerstraße, den Schusterplatz oder die Schreinerstraße. Aber auch Frauennamen fand man in diesem Viertel auf Straßenschildern, benannt etwa nach einer Hedwig, Charlotte oder Gertrude.

Lissi nahm ein weiteres Häppchen und sagte: »Klar, wer es sich leisten kann, saniert oder zieht von hier weg, aber viele können sich weder das eine noch das andere leisten. Eine Schande ist das.« Sie warf das Stückchen Brot mit Camembert auf ihren Teller. Ihr Appetit war schlagartig verschwunden.

Anna sah plötzlich aus, als ob sie Zahnweh hätte. »Darum sind wir ja auch von hier weggezogen in den Sechzigern. Die Wohnung war winzig und ohne richtiges Badezimmer. Mit einem Kind war das schon schwierig, zu sechst wäre es eine echte Zumutung geworden!«

Lissi ließ die Schultern hängen. Genau hier lag das Problem.

In den letzten Jahren waren immer mehr Leute weggezogen. Und mit dem Wegzug derer, die sich bessere Wohnungen leisten konnten, waren solche mit schmalem Geldbeutel hergezogen, für die niemand sanieren würde. Und so verwahrlosten die Häuser zunehmend. Es war ein Teufelskreis, und am Ende gewann womöglich die Abbruchbirne.

Wieder würde es Trümmer geben. Lissi hatte gehofft, sie ein für alle Mal hinter sich gelassen zu haben. Damals nach dem Krieg waren alle zusammengerückt. Wie froh waren sie gewesen, dass ganze Straßenzüge die Bombenangriffe heil überstanden hatten. Und nun sollten sie dem Erdboden gleichgemacht werden, weil neue Häuser mehr Komfort boten? Die Neubauten waren so schmuck- wie seelenlos. Den unvergleichlichen Charme der Altbauten würden sie niemals besitzen. Aber diese Ansicht teilte nicht jeder, das war Lissi klar.

Ein Prasseln durchbrach die Stille. Es goss wie aus Kübeln, und an den Glasscheiben des Wohnzimmerfensters rann das Regenwasser herab.

Am frühen Abend kam Miriam nach Hause. Lissi und Anna hatten es sich auf der Couch gemütlich gemacht. Fotoalben aus verschiedenen Jahrzehnten stapelten sich auf dem Tischchen vor ihnen.

»Die habe ich mit Tante Helene eingeklebt, das weiß ich noch, kurzweilige Abende waren das. Ich habe sämtliche Familiengeheimnisse erfahren«, erzählte Lissi gerade.

»Oh, dann mal raus damit«, erwiderte Anna mit gespanntem Gesichtsausdruck.

»Ich will euch ja nicht stören, aber gibt es was zu essen, Mama? Ich bin ausgehungert«, mischte Miriam sich ein.

»Natürlich, ich hab Nudelsalat vorbereitet, ich könnte uns schnell ein paar Würstchen dazu warm machen, möchtet ihr?«

Miriam und Anna nickten gleichzeitig.

»Prima, bin sofort wieder da.« Lissi stand auf. In der Küche setzte sie einen Topf mit Wasser auf, legte die Bockwürstchen hinein und ging zurück ins Wohnzimmer.

»Sind da etwa Babyfotos von mir dabei?«, fragte Miriam gerade und warf einen skeptischen Blick auf die Alben.

»Aber klar, alles schon ausgiebig bestaunt.« Anna lachte. »Keine Sorge, wir schwelgen bloß in vergangenen Zeiten. Deine Mama hat uralte Fotos in den Tiefen ihrer Schränke aufgetan.«

Miriam gähnte, ob aus Müdigkeit oder Langeweile war ihr nicht anzusehen. Dann ließ sie sich auf den Sessel plumpsen und knautschte ein Kissen vor dem Bauch.

»Wolltest du nicht packen?«, fragte Lissi, während sie den Tisch deckte.

»Erinnere mich nicht daran. Ich glaube, das mache ich erst morgen. Hat noch Zeit.«

»Wann geht es denn los?«, fragte Anna.

»Die Fähre nach Dover geht in drei Tagen. Sind die Würstchen heiß?«

Als sie zu dritt um den Esstisch saßen, erzählte Miriam von ihren Reiseplänen. Sie würde für zwei Wochen ihre Brieffreundin in London besuchen. Lissi fand, ihre Tochter war viel zu gelassen, sie selbst war schon jetzt das reinste Nervenbündel. Würde Miriam das alles hinbekommen? Sie war doch noch nie zuvor allein verreist. Die Fahrt mit der Fähre über den Ärmelkanal, und anschließend musste sie den richtigen Zug nach London nehmen. Miriam war doch gewissermaßen erst gestern in die Schule gekommen, und nun wollte sie allein nach England reisen.

Später am Abend saßen die beiden Freundinnen noch auf der Couch und tranken Rotwein. Lissi gestattete sich nur ein halbes Glas, nicht mehr. Miriam war todmüde ins Bett gefallen, als hätte sie mitgeholfen, die halbe Wohnung auf den Kopf zu stellen.

»Was hält sie eigentlich von der Aufräumaktion?«, fragte Anna und nickte mit dem Kopf in die Richtung, in der Miriams Zimmer lag.

»Gar nichts, es scheint, als wolle sie nichts verändern. Sie hat sich murrend einige Erinnerungsstücke an ihren Vater herausgesucht, den Rest überlässt sie mir. Umso dankbarer bin ich, dass du mir geholfen hast.«

»Für dich bin ich immer zur Stelle«, erwiderte Anna.

»Ich wüsste nicht, was ich ohne dich machen würde.«

Ihre Freundin lächelte und sah sich um. »Wie sich diese Wohnung verändert hat. Ich erinnere mich noch, hier im Wohnzimmer war früher das Schlafzimmer, nicht? Und die Küche drüben habt ihr geteilt, als ihr eingezogen seid.«

»Ja, sonst hätten wir kein Bad gehabt. Gemütlich war die große Wohnküche schon, aber das ewige Anfeuern und der Ruß überall. Ich gebe zu, ich habe mich sehr über meine Küchenzeile und den Elektroherd gefreut. Und weißt du noch, das zugestellte Zimmer, die Stube von Tante Helene?«

»Hier nebenan war das, nicht wahr?« Anna zeigte zur linken Tür am Ende des Wohnzimmers. »Dein heutiges Schlafzimmer.«

»Genau. Man kann sich gar nicht mehr vorstellen, wie eng es für Familie Finke gewesen sein muss. Mit ihrem kleinen Kanonenofen.«

»Man hockte damals ziemlich aufeinander«, stimmte Anna zu und nippte an ihrem Wein. »Meine Mutter hat sich so über ihr erstes Badezimmer gefreut, als sie vor zehn Jahren vom Ölberg weggezogen ist.«

Lissi musste schlucken, alle waren von hier weggezogen. Dann fragte sie betont heiter: »Mit Wanne und so einem unförmigen Badeofen?«

»Genau! Und über der Badewanne hing die Wäscheleine für die Nylons und Schlüpfer.« Sie kicherten wie früher als Schulmädchen. »Ich habe mich nach meiner Heirat am allermeisten gefreut, als ich endlich eine Waschmaschine bekam«, sagte Anna.

»Mehr als über deine Kinder?« Lissi lachte auf.

»Ohne Waschmaschine hätte ich mir nicht einmal vorstellen können, überhaupt vier Kinder zu bekommen. Diese Wäscheberge!« Anna verdrehte die Augen und schenkte sich Wein nach. »Trinken wir auf die Erfindung der Waschmaschine und auf unsere Kinder. Auf meine Rasselbande und auf deine Miriam! Möge sie eine schöne Zeit in England verleben!«

Lissis Rotweinrest im Glas reichte gerade, um damit anzustoßen. Dann drehte sie es in der Hand und sah betreten auf den dunkelroten Punkt in der Mitte.

»Dir fällt es schwer, Miriam ziehen zu lassen, oder?« Anna formulierte es als Frage, aber es war eindeutig eine Feststellung. Diese Frau kannte sie einfach zu gut. Alles hatte sie mit durchgestanden, die endlos langen Jahre, in denen Lissi und Johann sich sehnlichst ein Kind gewünscht und doch nicht bekommen hatten. Hoffnungsvolle zehn Wochen und einen tragischen Verlust im dritten Jahr ihrer Ehe.

Lissi holte tief Luft. »Es kommt mir so vor, als sei sie gestern noch mein kleines Mädchen gewesen, und nun will sie schon in die weite Welt.«

»Nach England ist es keine Weltreise, und für sie ist es gut, das Nest ein Weilchen zu verlassen. Für läppische zwei Wochen.« Anna zwinkerte ihr zu.

»Ich bin gespannt, was du sagst, wenn deine vier Sprösslinge flügge werden.«

»Klar, ich werde zetern und weinen, was sonst? Aber das gehört dazu. Ach, was sind wir doch für anhängliche Muttertiere geworden.«

»Ob wir wieder ein eigenes Leben führen können, wenn unsere Kinder irgendwann aus dem Haus sind?«

Anna leerte ihr Weinglas. »Da bleibt uns wohl nichts anderes übrig. Oder willst du deine Tochter noch bekochen und ihr die Wäsche waschen, wenn du achtzig bist?«

»Wenn ich alt und runzelig bin, bekocht sie wohl eher mich und wäscht meine Wäsche. Und ich liege den ganzen Tag auf dem Sofa und löse Kreuzworträtsel.« Sie brachen in Gelächter aus. Sekunden später hielt Lissi inne und wurde ernst. Sie stellte seufzend ihr Glas auf den Couchtisch. »Wenn deine Kinder aus dem Haus sind, hast du immerhin noch Jürgen. Ich werde allein sein.«

Auf dem Bahnsteig drängten sich Reisende mit Koffern und Rucksäcken. Kinder hüpften aufgeregt um ihre Eltern herum. Zwei Wochen zuvor hatten die Ferien begonnen. Es schien, als wollten alle dem schlechten Wetter entfliehen. Anna war mitgekommen, um Miriam zu verabschieden.

»Hast du den Regenschirm? Pass bloß auf dein Gepäck auf, Kind«, sagte Lissi zu ihrer Tochter, die genervt die Augen verdrehte.

»Du klingst schon wie Tante Helene, Mama!«

»Ich kann sie gerade auch wirklich gut verstehen«, erwiderte Lissi und schniefte.

Ein Pärchen stritt sich darüber, wer die Sonnencreme vergessen hatte. Streitereien mit Johann waren vor Reisen an der Tagesordnung gewesen. Wie schmerzlich man etwas derart Banales vermissen konnte.

»Komm gesund zurück, meine Kleine«, sagte Lissi und verbesserte sich sofort, als sie Miriams hochgezogene Augenbraue bemerkte: »Meine Große!«

»In zwei Wochen bin ich ja wieder da«, sagte Miriam und

strich rasch über Lissis Wange. Sie war Johann so ähnlich. Die hochgewachsene schlanke Gestalt. Ihre Gesichtszüge, selbst die Mimik und die Art, wie sie sprach. Es war nicht verwunderlich, dass Vater und Tochter sich gut verstanden hatten.

Sie umarmten sich, lang und ausgiebig, bis sich Anna mit Blick auf den Schaffner leise räusperte. Sie verabschiedete sich herzlich und sagte heiter: »Hab viel Spaß in London!«

Miriam verschwand im Innern des Zuges. Kurz darauf schob sie eines der Fenster herunter. Ihr Gesicht erschien, sie grinste den beiden Frauen aufmunternd zu. Sie freute sich auf die Reise, das war ihr deutlich anzusehen.

Der Beamte in Uniform stand jetzt in der geöffneten Tür, pfiff und gab gleich darauf das Signal zur Abfahrt. Die Bahn setzte sich in Bewegung, und Miriam wurde kleiner und kleiner und verschwand aus dem Sichtfeld. Zwei lange Wochen würde sie fort sein, und Lissi wäre ganz allein in der Wohnung, der Gedanke daran schnürte ihr die Kehle zu. Wie gern wäre sie stattdessen mit Miriam und Johann in den Süden gefahren, wie sie es all die Jahre getan hatten. Sie musste sich zusammenreißen, um nicht loszuheulen, und war froh, Anna an ihrer Seite zu haben.

Es war nicht so schlimm geworden, wie Lissi befürchtet hatte. Die erste Nacht hatte sich seltsam angefühlt, so allein in der Wohnung. Doch schon nach zwei Tagen genoss sie die Freiheit, für sich selbst zu entscheiden, was und wann sie essen wollte, was sie tat und wohin sie ging. An den Abenden hatte sie die Ruhe, um zu lesen, eine alberne Sendung zu gucken, die Miriam doof gefunden hätte, oder Musik zu hören, ohne ihre Tochter zu stören – anstatt umgekehrt, wie sonst immer.

Lissi blätterte im Telefonbuch und suchte Buchhandlungen heraus. Sie würde sich bei allen nach einer freien Stelle erkundigen.

Noch immer regnete es, als wäre Herbst. Die Temperaturen kletterten kaum über fünfzehn Grad. Mit Schrecken sah sie den Wetterbericht im Fernsehen und hoffte, ihre Tochter würde von ihrer Insel nicht heruntergespült oder weggeweht werden. Das Tief kam nämlich geradewegs von Großbritannien nach Deutschland herüber. Wenigstens war Miriam an Regen gewöhnt. Nicht umsonst gab es den scherzhaften Ausspruch, in Wuppertal kämen die Kinder schon mit einem Regenschirm auf die Welt.

Mit der Aufräumaktion war sie bis ins Schlafzimmer vorgedrungen. Lissi sortierte mittlerweile auch ihre eigenen Sachen gründlich aus. Falls sie doch umziehen müsste, würde es ohnehin auf sie zukommen. Sie hatte bemerkt, wie befreiend es war, sich von Gegenständen zu trennen. Mit nichts als einem kleinen roten Koffer war sie damals auf den Ölberg gekommen. Über die Nachkriegsjahre hatte sie so wenig besessen und dann über die folgenden Jahrzehnte lauter unnützen Kram angehäuft. Es war verrückt.

Die oberste Schublade der alten Kommode klemmte, die würde sie demnächst einmal abschleifen müssen. Vor Jahren hatte sie das gute Stück zusammen mit Johann in einem Antiquitätenladen gefunden. Mit der üblichen Technik, ruckeln und langsam ziehen, ließ sie sich öffnen, und Lissi räumte den gesamten Inhalt aufs Bett. Gürtel und Halstücher, Bürsten und Kämme. Farbige Haarbänder, die sie längst nicht mehr benutzte, weil sie unmodern geworden waren. Auch ihre beiden Schmuckkästen lagen darin. Überzogen mit Samt wirkten sie kostbar, aber wirklich wertvollen Schmuck besaß Lissi nicht. Sie trug gern Ohrringe, wenn sie ausging, aber mittlerweile kam das selten vor. Das Schächtelchen mit ihrem Ehering lag daneben. Sie hatte nicht die Kraft, es zu öffnen und ihn zu betrachten. Sie räumte zurück, was sie behalten wollte. So sah es gleich aufgeräumter und übersichtlicher aus.

Danach nahm sie sich ihren Kleiderschrank vor, warf Blusen und Pullover auf ihr Bett. Altmodische Badeanzüge und Bikinis, wozu brauchte sie die noch? Röcke trug sie kaum mehr, die konnte sie aussortieren. Und das Tweedkostüm war gut und gern so alt wie Miriam.

Ein weiterer Griff in den Schrank, und ihr Atem stockte. Auf einem Kleiderbügel hing es. In ihrer Erinnerung sah sie alles vor sich. Das tiefe Petrolblau der Riviera, den malerischen Hafen mit dem Duft nach Meer und gegrilltem Fisch. Das ärmellose Kleid in Lissis Hand war ein Souvenir aus dem Sommerurlaub am Mittelmeer vor zwei Jahren. Sie hatte es am letzten Tag in dem winzigen Laden mit den weiß getünchten Wänden gefunden. Nah der sattblauen Bucht, in der die Fischerboote schaukelten. Lissi hatte das Kleid gefallen, dessen Farbe sie an das Meer erinnerte. Alles war wieder da. Johann, der hinter ihr stand, den Reißverschluss in ihrem Rücken hochzog und sie auf den gebräunten Nacken küsste. Die Fahrt zurück mit dem hellblauen Opel und dieses Gefühl von Glück und Geborgenheit, das Lissi ganz ausfüllte. Der letzte Urlaub mit Johann. Und dann standen in ihrer Erinnerung die zwei Polizisten vor der Haustür mit der Nachricht, die ihr den Boden unter den Füßen weggezogen hatte. Ohne jede Vorwarnung hatte der Schmerz des Verlustes sie wieder erwischt. Eiskalt.

11

FEBRUAR 1947

»Nun ist sie mit ihrem Rudolf vereint«, schluchzte Tante Helene und knetete ihr Taschentuch. Sie saß am Küchentisch, blass und schmal in ihrem schwarzen Kleid, ihr abgetragener Wintermantel so weit, als gehöre er ihr gar nicht.

»Die arme Frau Meckenstock«, murmelte Ursula und legte tröstend einen Arm um die Schultern ihrer Mutter. Schon im Januar war die gutmütige Nachbarin aus dem dritten Stock verstorben. Nach einer besonders eisigen Nacht war sie nicht mehr aufgewacht. Doch die Erde war so hart gefroren gewesen, dass man sie nicht gleich hatte beerdigen können. Frau Meckenstock hatte das wenige, was sie besaß, ihrer Tochter Käthe vermacht. Das einzige Radio im Haus war fort. Nur die Nähmaschine, die hatte Tante Helene bekommen.

Es war der schlimmste Winter gewesen. Schon im November 1946 gab es die ersten Minusgrade, und Wuppertal versank im Schnee. Zuerst hatten sich die Kinder gefreut, rodelten Straßen hinunter und veranstalteten Schneeballschlachten. Aber dann war es bitterkalt geworden. In kurzen Abständen lösten sich Tante Helene, Lissi und Paul in den Warteschlangen vor den Geschäften ab, der Frost biss einem in Finger und Zehen.

Die Silvesterpredigt vom Kölner Kardinal Frings hatte sich wie ein Lauffeuer herumgesprochen. Aus ärgster Not dürfe man nehmen, wenn es um Leben und Gesundheit ginge, hatte er gesagt, und alle waren erleichtert gewesen.

Nur Tante Helene blieb standhaft. »Auch Kohlenklau ist und

bleibt Diebstahl, *gebt zurück, was nicht rechtmäßig genommen worden ist*, das hat Seine Eminenz gesagt«, mahnte sie, »das siebente Gebot, Kinder! Du sollst nicht stehlen, und dabei bleibt es.«

Erst nach dem tragischen Tod von Frau Meckenstock schwieg sie, wenn Paul mit einem Sack Kohlen aus zweifelhafter Quelle heimkam. Im Januar blieben die Schulen wegen des Kohlemangels zwei Wochen geschlossen.

Eis glitzerte an den Wänden im ungeheizten Schlafzimmer, und die silbrigen Blumen an den Fensterscheiben froren zu einer festen Schicht. Abends gingen sie früh schlafen, um Kohlen zu sparen, wärmten die klammen Bettdecken am glimmenden Ofen, bevor sie sich damit zudeckten. Wie damals in den Bombennächten gingen sie wieder in Kleidern zu Bett. Mit Mänteln und Mützen.

Frau Meckenstock hatte allein in ihrer kleinen Stube gewohnt. Auf einer Bahre, zugedeckt mit einem Laken, hatten zwei kräftige Männer sie aus dem Haus getragen. Eine fünfköpfige Familie wartete unten im Schnee auf dem Bürgersteig und sah zu.

»Wollen die etwa gleich hier einziehen?«, fragte Lissi ungläubig beim Blick aus dem Fenster.

»Da fällt einem nichts ein«, erwiderte Tante Helene kopfschüttelnd.

Sie hatten tatsächlich Quartier bezogen. Die Familie ging am selben Tag im Haus herum, klopfte an alle Türen und stellte sich vor.

»Gestatten, Halbach«, sagte der Familienvater und streckte zackig den Arm zum Händedruck vor. Lissi konnte sich gut vorstellen, wie er im selben Ton mit *Heil Hitler* gegrüßt hatte. Seine Frau stand müde lächelnd im Hintergrund mit schlafendem Baby auf dem Arm. An der Hand ein Mädchen in Ursulas

Alter mit löchriger Strickjacke und einen kleinen Jungen mit braunen Strümpfen. Nun kam noch mehr Leben ins Haus.

Im Februar schmolz der Schnee und wurde vom Regen ins Tal gespült, sodass die Wupper über die Ufer trat und keine Schwebebahn mehr fuhr. Der Monat März begann, und die Temperaturen stiegen gottlob wieder. Und die Zahl der Beerdigungen.

Regen prasselte über Lissis Kopf auf das Glas der Dachluken. In ihrer Fantasie kam das Brausen von einem Wasserfall. Sie las in einem Abenteuerbuch, das sie aus der Stadtbücherei geliehen hatte. Es ging um eine einsame Insel, die weit draußen im tiefblauen Ozean lag. Lissi wurde zwischen den fesselnden Zeilen selbst zur Schiffbrüchigen, die ums Überleben kämpfte.

Im letzten Spätsommer hatte sie hier oben in der kleinen Dachkammer die Dielen gescheuert. Sie hatte das milchige Fensterglas geputzt, bis man wieder hindurchsehen konnte, und sich einen ruhigen Ort zum Lernen und Lesen eingerichtet. Nun lag sie bäuchlings auf einem Kissen, eingewickelt in einen Herrenmantel aus schwerem Wollstoff. Er gehörte Onkel Fritz. Tante Helene hatte sich geweigert, den Mantel zu tauschen oder gar umzuarbeiten. Was würde ihr Fritz dazu sagen, wenn er aus der Gefangenschaft heimkehren und seinen Wintermantel nicht mehr vorfinden würde? Lissi meinte, es würde niemanden stören, wenn sie ihn sich heimlich borgte.

Endlich waren die Temperaturen hier oben erträglich. Lissi hörte durch die Tür Schritte auf der Bodentreppe, ein Schnaufen und ein dumpfes Geräusch. Jemand hatte einen schweren Gegenstand abgestellt. Sie verhielt sich mucksmäuschenstill. Die Dielen gaben nach, das konnte sie unter sich spüren, jemand trippelte hin und her. Sicher hängte eine der Frauen aus dem Haus die Wäsche auf. Das kam oft vor, sonst hielt sich niemand hier oben auf. Minuten später entfernten sich die Schritte.

Lissi atmete auf, doch das nagende Hungergefühl ließ sich auch durch das spannendste Buch nicht vertreiben. Erst kürzlich hatten vor dem Rathaus fünfunddreißigtausend Bürger demonstriert, sie verlangten eine gerechte Zuteilung der Lebensmittel, denn die Rationen reichten kaum zum Überleben. Oberbürgermeister Robert Daum forderte zusätzliche Lieferungen von den Briten. Bisher waren diese ausgeblieben.

Lissi hoffte, dass die Alliierten sich schleunigst darum kümmern würden. Sie hatte beschlossen, im Hinterhof Salat und Möhren heranzuziehen. Paul plante, sich Tabakpflanzen für die Fensterbank zuzulegen, er meinte, die getrockneten Blätter wären das beste Tauschmittel.

»Das ist sagenhaft!«, rief Anna, als Lissi ihr zwei Tage später nach der Schule ihren geheimen Ort zeigte. Sie saßen nebeneinander auf dem Kissen, und Lissi erzählte, wie sie die Dachkammer entdeckt hatte.

»Niemand weiß davon«, sagte Lissi stolz.

»Meinst du wirklich? Ich könnte mir vorstellen, dass irgendjemand aus dem Haus diesen Raum kennt, aber offenbar interessiert sich außer dir niemand dafür.« Anna stand auf und öffnete eine der Dachluken über ihnen. Lissi quetschte sich neben sie, und zusammen sahen sie über die Stadt. Die Sonne schien, und in einiger Entfernung konnte man zwischen den Trümmern die unversehrte Stadthalle auf dem Johannisberg erkennen.

»Was für eine Aussicht, ich glaube, da hinten ist Köln!« Anna grinste.

»Von hier oben wirkt alles so friedlich«, sagte Lissi und kniff die Augen bis auf einen kleinen Schlitz zusammen. »Wenn man nicht so genau hinsieht, scheint es, als wären alle Häuser heil, als hätte es nie Krieg gegeben.«

Anna blinzelte ins Sonnenlicht. »Du hast recht! Ach, ich wünschte, es wäre so. Dann wäre Vati nie von uns weggegangen, und du hättest deine Eltern noch.«

Lissi schwieg, stellte sich vor, wie sie mit Mutti und Vati in der Wohnung in Vohwinkel wohnte. Es gab ihr einen Stich, und sie schluckte. Nach kurzem Grübeln flüsterte sie: »Dann hätten wir beide uns aber nicht kennengelernt, Anna.«

Ihre Freundin sah sie überrascht an, dann lächelte sie und nahm sie in den Arm. So standen sie eine Weile da, bis Lissi fragte: »Habt ihr noch immer keine Nachricht von deinem Vati?«

Sie schüttelte den Kopf und seufzte. Ihr Vater wurde seit Kriegsende vermisst. Ein kühler Wind blies ihnen in die Gesichter. Lissi fröstelte und schloss die Luke wieder.

Annas grüne Augen leuchteten auf. »Komm, ich will gleich auf unserem Dachboden nachsehen, ob es da auch so ein Zimmerchen gibt.«

Die beiden liefen auf Zehenspitzen durch das Treppenhaus hinunter. Im Hausflur hörten sie ein vertrautes Geräusch von der Straße.

»Das ist ein Drehorgelspieler«, rief Lissi aufgeregt.

»Gibt's ja nicht!«, sagte Anna und ergriff ihre Hand. Zusammen rannten sie die Straße entlang, immer der Musik nach. Wo war er? Am Schusterplatz hallte es aus verschiedenen Richtungen, und sie waren einen Moment lang verwirrt. Dann sahen sie am Ende des Platzes mehrere Kinder an der Charlottenstraße vorbei die Marienstraße hinunterlaufen. Sie nahmen die Beine in die Hand.

An der Kreuzung zur Dorotheenstraße stand auf dem Kopfsteinpflaster am Rand des Rinnsteins der Leierkastenmann und drehte gleichmäßig an seiner Kurbel. Er war schon alt, hatte einen weißen Backenbart und tippte sich kurz an den Hut, als die Mädchen näher kamen. Sein Mantel war kurz, seine Schuhe abgetragen, dafür ordentlich geputzt. Um ihn herum hüpften und tanzten vergnügt unzählige Kinder des Ölbergs. Ein Kleinkind mit rotblonden Löckchen lüpfte sein Mäntelchen, drehte sich immerzu im Kreis und strahlte. Wie die Ameisen wuselten Kinder hin und her, lachten und sprangen ausgelassen. Anna ließ sich nicht lange bitten und wirbelte besonders wild herum. Vor zwei Jahren hätte Lissi bestimmt fröhlich mitgemacht, aber nun war sie schon vierzehn, bald fünfzehn. Beinahe erwachsen.

Mütter lehnten mit froher Miene in den Fensteröffnungen über ihnen, wippten im Takt der Musik und ließen Geldstücke fallen. Damit man sie auf dem Pflaster besser sah, waren sie in Zeitungspapier eingewickelt. Lissi bückte sich nach den Münzen und warf sie dem Mann in die Sammelbüchse.

Schließlich zog der Drehorgelspieler weiter. Die Fassaden waren heller, die Sonne wärmer, Hunger und Krieg für einen Moment vergessen.

Es war ein ähnliches Haus wie das, in dem Lissi wohnte. Die Holztreppen knarrten lauter, im Hausflur roch es durchdringend nach Kohl.

Anna drehte sich zu ihr um und legte den Zeigefinger an die Lippen. Geräuschlos schlichen sie durchs Treppenhaus. Zum Spitzboden hinauf führte die steilste Stiege, die Lissi jemals gesehen hatte. Sie liefen den ganzen Raum ab, doch leider gab es dort kein verborgenes Zimmer unter dem Dach.

»Es wäre ja auch zu schön gewesen«, meinte Anna traurig. Sie prüften die Dachluken, doch die erhoffte Aussicht aufs Tal wurde durch ein Haus verdeckt. Von der anderen Dachseite sah man bloß den Schornstein und weitere Häuser vom Ölberg.

Anna seufzte mit tragischer Miene. »Mir ist aber auch nichts vergönnt.«

Lissi legte ihr zum Trost einen Arm um die Schulter. »Dann kommst du eben immer zu mir, wenn du eine geheime Kammer und eine Aussicht brauchst.«

In der Ferne läutete ein Glockenturm, und Anna bekam kugelrunde Augen. »Was? Schon so spät? Mutti ist längst unterwegs zur Arbeit!«

Sie stiegen eilig die Treppen hinunter und betraten die Wohnküche. Zwei Jungen mit dunklen Locken kamen auf sie zugestürmt, sprangen um ihre große Schwester herum und baten, sie solle ihnen Butterbrote machen.

»Erst, wenn Mutti heimkommt, das wisst ihr doch, vorher gibt es kein Abendbrot.« An Lissi gewandt fügte Anna hinzu: »Butter gibt es sowieso nicht, schön wäre es. Die beiden Lausebengel rauben mir noch den letzten Nerv!«

»Wie gesagt, du darfst meine Dachkammer gern mitbenutzen, wenn dir hier die Decke auf den Kopf fällt.«

»Decke! Da hast du mich auf eine Idee gebracht. Wenn es mir zu viel wird, verstecke ich mich im Bett und ziehe mir die Daunendecke über den Kopf.« Anna rannte sofort ins Schlafzimmer und probierte es aus. Sie lachten.

Im Hausflur umarmten sie sich lange, bevor Lissi sich auf den Rückweg machte. Es war gut, eine liebe Freundin zu haben, mit der man sich aussprechen und Geheimnisse haben konnte.

Am nächsten Tag hatte sie gleich nach der Schule Tante Helene in der Warteschlange vor dem Bäcker entdeckt und abgelöst. Schon eine halbe Stunde später war sie glücklich mit einem Maisbrot heimgekommen.

»Bäh«, machte Paul, »gab es nichts anderes? Du weißt genau, davon bekomme ich Bauchschmerzen.«

Lissi zuckte hilflos mit den Schultern. »Ich bin froh, dass ich überhaupt etwas bekommen habe.«

Manchmal war sie sich nicht sicher, ob er noch immer wegen der Geschichte mit Max böse war. Sie hatten nicht wieder darüber gesprochen. Er gab jüngeren Schülern Nachhilfestunden in Englisch und verdiente sich damit zwei Reichsmark pro Stunde. Er lernte Tag und Nacht, besuchte Max häufig, kümmerte sich um ihn und dessen Mutter. Einen Vater gab es nicht mehr, der war im Krieg geblieben.

Am Nachmittag schlich Lissi mit einem Buch unter dem Arm die Stufen ins Dachgeschoss hinauf. Als sie am obersten Treppenabsatz angekommen war, bemerkte sie, dass sich etwas verändert hatte. Dann fiel es ihr auf, der Geruch war anders. Es duftete nach Geräuchertem. Sie öffnete leise die Tür zu ihrer Dachkammer und schnappte nach Luft. Da lag ein Stück Schinken neben einem Knust Brot auf einem kleinen Hocker. Daneben stand eine Pritsche. Ihr wurde heiß und kalt, wer hatte ihr Geheimversteck entdeckt und sich hier häuslich niedergelassen? Es war wie in dem Märchen mit den drei Bären, die in einem Haus im Wald wohnen. Jemand findet ihr Heim, isst ihren Brei, zerbricht einen Stuhl und legt sich in eines der Betten.

»Kann ich Ihnen helfen, junges Fräulein?«

Lissi fuhr herum. Da stand ein Junge vor ihr und sah auf sie herunter. Er war ein gutes Stück größer als sie. Sein Blick fragend. Lissi fand erst keine Worte vor Überraschung, dann vor Empörung.

»Ach, bist du das vielleicht? Ich dachte mir schon, dass jemand hier wohnt«, fuhr er fort und deutete auf den Mantel von Onkel Fritz am Boden, »aber ich hatte eher auf einen Mann getippt, nicht auf ein Mädchen.«

Lissi war einen Moment sprachlos, dann brauste sie auf.

»Was hast du hier zu suchen? Das ist mein Geheimversteck.«
Sie biss sich auf die Lippen, nun hatte sie sich verplappert.

»Ich bitte um Verzeihung, aber mir wurde dieses Quartier zugewiesen.« Er wirkte amüsiert und ließ den Blick durch den Raum wandern. »Ich könnte mir eine bequemere Unterkunft vorstellen.«

Lissi bemerkte, wie gestelzt er sprach, es war albern. »Hier oben kann doch niemand wohnen«, sagte sie empört.

Er zuckte mit den Schultern. »Die Tommys fanden es wohl adäquat.«

»*Adäquat?*« Lissi sah ihn verständnislos an.

»Angemessen«, half er nach. »Immerhin ist es sauber.«

Sie schäumte vor Wut. Für ihn hatte sie die Kammer gewiss nicht so gründlich geputzt. Er wandte sich im Raum um, als prüfe er, ob sich noch irgendwo ein Staubkörnchen fand. Im Nacken trug er seinen blonden Schopf raspelkurz, das Deckhaar war länger. Als er sich bückte und den Mantel aufhob, fiel ihm eine Strähne in die Stirn. Er pustete sie fort.

Lissi beobachtete ihn argwöhnisch, seine schmale Statur, die in einem abgenutzten Hemd und in ausgebeulten Hosen steckte. Auch seine Jacke hatte schon bessere Zeiten gesehen. Warum wurde er ausgerechnet hier untergebracht? Woher wussten die überhaupt von der Kammer?

»Gehört dir der Mantel?«, fragte er jetzt. Seine wachen blauen Augen musterten sie, als wolle er abschätzen, ob sie hineinpasse.

Sie nickte nur und riss ihm das Kleidungsstück aus der Hand.

»Geheimversteck, verstehe. Dann wohnst du hier oben gar nicht.« Er grinste. »Du wärst eh zu jung, um allein auf einem Dachboden zu leben.«

»Als ob du so viel älter wärst«, erwiderte Lissi und verschränkte die Arme. Wenn er sie duzte, tat sie es auch.

»Ich bin immerhin schon siebzehn und du?«

Siebzehn klang im Vergleich zu vierzehn allerdings deutlich älter. Sie presste die Lippen zusammen. Das ging ihn gar nichts an. Stattdessen sagte sie: »Im Sommer ist es hier oben siedend heiß und im Winter bitterkalt, du wirst schmelzen oder erfrieren.«

»Mach dir keine Sorgen, kleines Fräulein, da hab ich schon ganz andere Quartiere überlebt. Das ist eh nur vorübergehend, ich gehe zurück auf unseren Gutshof, sobald die Russen wieder abgezogen sind. Alles nur eine Frage der Zeit.«

Gutshof. Unsinn. Eingebildeter Fatzke, dachte Lissi bei sich.

»Es gibt Fenster zum Lüften«, stellte er fest. »Und da am Kaminschacht kann ich mir im Winter einen Ofen hinstellen.«

Der würde sich hier wahrhaftig häuslich einrichten. Sie konnte es nicht fassen.

»Ich habe mich gar nicht vorgestellt.« Er hielt ihr die Hand hin. »Johann Sander.«

Sie wunderte sich, ein Gutshof, aber kein ›von‹ im Namen? Widerwillig gab sie ihm die Hand. »Lissi Schneider.«

»Lissi?«

»Eigentlich Lisbeth.«

Er grinste, und sie ärgerte sich. Was gab es da zu grinsen? So ein unhöflicher Mensch. Der flunkerte doch. Alle Flüchtlinge waren stets die Gutsbesitzer höchstpersönlich, Knechte oder Mägde traf man seltsamerweise nie.

Missmutig stieg sie die Treppen hinunter, und erst da wurde ihr bewusst, was das bedeutete. Wo sollte sie jetzt ungestört lesen? Sie hatte sich so gefreut, endlich wieder ihr Zimmerchen nutzen zu können, und nun das. Dieser Kerl hatte es ihr einfach weggenommen, niemand sonst hatte sich bisher dafür interessiert. Sie schniefte und wischte sich mit dem Ärmel über Augen und Nase.

Als Lissi auf dem Treppenabsatz in der zweiten Etage ankam, öffnete sie schwungvoll die Tür zur Küche und hielt inne. Ein klapperdürrer Mann saß am Esstisch, sein schütteres Haar war durchzogen von grauen Strähnen. Ein müder Blick aus dunklen Augenhöhlen fiel auf Lissi. Zwischen seinen dichten Brauen bildete sich eine tiefe Falte.

Tante Helene legte ihre Hände auf seine Schultern und lächelte selig: »Lissi, da bist du endlich, sieh nur, wer da ist! Mein Fritz ist wieder zu Hause!«

12

SEPTEMBER 1980

»Ja, die Frau Sander.« Die Stimme kam vom Fenster im ersten Stock.

»Guten Morgen, Frau Dreyer, wie geht es Ihnen?«, fragte Lissi höflich lächelnd nach oben. An diesem Samstagmorgen kam sie erschöpft vom Einkaufen zurück und wollte nichts anderes, als endlich zu frühstücken.

»Ach, ich sage Ihnen, mein Rücken bringt mich noch ins Grab«, jammerte Frau Dreyer und nahm einen Arm vom Fenstersims, um sich an die schmerzende Stelle zu fassen. Zumindest nahm Lissi das an, sehen konnte sie es nicht vom Bürgersteig aus. Dann folgte der übliche Redeschwall zu sämtlichen Krankheiten der Nachbarin, die sich mit den Jahren angehäuft hatten und ständig verschlimmerten.

Lissi stellte die zwei schweren Tüten mit Einkäufen ab und schielte auf ihre Uhr, viel Zeit blieb ihr nicht mehr. Sie hörte lange geduldig zu, und als Frau Dreyer einmal Luft holte, sagte sie schnell: »Sie Ärmste, tut mir leid. Gute Besserung wünsche ich Ihnen. Ich muss dann auch mal ...«

»Sie sehen aber auch nicht gut aus, ich muss es mal sagen, Frau Sander, so blass und übermüdet. Hoffentlich steckt da nichts Schlimmeres dahinter. Sie sollten sich untersuchen lassen, ich kann Ihnen meinen Arzt nur ans Herz legen.«

»Mhm, ja«, machte Lissi vage, hob die Tüten auf und wandte sich zum Gehen, aber Frau Dreyer sprach schon weiter: »Und mein Blutdruck, mein Arzt meint, er kennt niemanden mit so hohem Blutdruck.« Sie lachte schallend.

Lissi nickte und lächelte. »Verzeihen Sie, aber ich habe noch zu tun. Schönes Wochenende!« Schnell ging sie die vier Stufen hoch und verschwand im Innern des Hauses. In Gegenwart dieser Frau fühlte Lissi sich noch immer wie ein Kind, selbst auf die fünfzig zugehend. Ewalds Mutter war mittlerweile vollständig ergraut und in die Breite gegangen. Ihre Haut wirkte fahl, was womöglich den Zigaretten zuzuschreiben war, mit denen man sie stets am Fenster lehnen sah.

Diese Art Gespräch hatte Tradition. Sie selbst blieb höflich, Frau Dreyer nahm kein Blatt vor den Mund. Jedes Mal ärgerte sich Lissi darüber, vor allem aber über ihre eigene Reaktion.

Nach dem Frühstück räumte sie die Wohnung auf. Georg hatte sich telefonisch für Samstagabend angekündigt. Am Vormittag habe er einen wichtigen Termin und könne erst danach von Hamburg aus Richtung Wuppertal aufbrechen. Vorsichtshalber hatte Lissi ein paar Häppchen vorbereitet. Spieße mit Käsewürfeln und Weintrauben, russische Eier, kleine Frikadellen und einen Topf mit Gulaschsuppe. Frisches Brot war auch im Haus. So wäre Miriam ebenfalls versorgt, wenn Lissi den ganzen Sonntag außer Haus war.

Anna kam um elf vorbei, und zusammen verstauten sie sämtliche Kartons, die für den Flohmarktverkauf vorgesehen waren, in Annas rotem Renault R4. Frau Dreyer sah zu und gab von ihrem erhöhten Sichtposten aus Tipps, wie die Kartons am besten passten. Anna verdrehte nur die Augen und lachte.

Lissi freute sich auf ihr eigenes Auto, sie konnte sich nicht ewig von ihrer Freundin herumkutschieren lassen. In all den Jahren hatte Lissi nie einen Führerschein gebraucht, und wenn sie ehrlich war, hatte sie es sich nicht zugetraut. Johann war egal gewesen, ob sie fahren konnte oder nicht. Aber nun war er nicht mehr da, und alles war anders.

Am Samstagabend machte sie es sich mit einem Buch auf dem Sofa bequem und lauschte auf jedes Motorengeräusch unten auf der Straße. Es war halb zehn Uhr abends, als Georg endlich mit seinem VW-Bus um die Straßenecke tuckerte. Um diese Zeit waren Parkplätze rar. Ein ganzes Stück vom Haus entfernt rangierte er, um den Bus in eine freie Lücke zu quetschen. Lissi zog ihre dicke Strickjacke über und hastete nach unten.

Die Abende waren bereits herbstlich kühl, und der rauchige Dunst der Kohleöfen hing in der Luft. Als sie ihm auf der Straße entgegenging, steckte sie ihre Hände in die großen Taschen ihrer Strickjacke und zog unwillkürlich die Schultern hoch. Als Georg schließlich aus seinem Bus stieg und ihr aufmunternd zulächelte, hatte sie ein flaues Gefühl im Magen, obwohl sie sich aufrichtig freute, ihn zu sehen. Sein VW-Bus war ebenfalls bis unter das Dach vollgepackt mit Kartons und Kisten.

»Schön, dass du da bist«, begrüßte sie ihn und setzte schnell hinzu: »Magst du einen Imbiss? Ich hab ein paar Kleinigkeiten vorbereitet. Aber nur, wenn du möchtest.«

»Sehr gern, ich hab einen Bärenhunger«, erwiderte Georg und fügte im gleichen Tonfall wie Lissi an: »Aber nur, wenn es keine Mühe macht.«

Lissi schüttelte grinsend den Kopf.

Er hielt ihr eine Flasche Wein hin. »Ein kleines Mitbringsel. Ich hoffe, du magst ihn rot und trocken?«

»Woher weißt du das?« Sie lachten, dann gingen sie zusammen zum Haus.

»Ach, Sie haben lieben Besuch, Frau Sander?«, ertönte es über ihnen. Lissi sah ein rotes Glimmen und die üppige Silhouette der Nachbarin. Im Hintergrund flackerte bläuliches Licht.

»Guten Abend«, sagte Lissi knapp und an Georg gewandt:

»Komm, wir gehen rein, es ist kühl.« Frau Dreyer würde sich ohnehin ihren Teil denken.

Lissi bat ihn ins Wohnzimmer. Sie stellte in der Küche den Herd an, auf dem die Suppe bereitstand, und holte die vorbereiteten Platten aus dem Kühlschrank.

»Nimm Platz, die Gulaschsuppe kommt gleich«, sagte sie, als sie alles hinstellte und rasch den Tisch für zwei deckte.

»Isst deine Tochter nicht mit uns?«, fragte er.

»Miriam ist gerade mit Freunden in die Disco abgerauscht. Für die fängt der Abend erst an.«

Georg grinste. »Sieht köstlich aus. Man könnte meinen, hier würde gleich eine Party steigen. Lieb von dir, ich bin von Hamburg aus ohne Pause durchgefahren, bis auf den Zwischenstopp in Schwelm natürlich. Da gab es eine Haushaltsauflösung, und ich habe Kartons voller Ware für morgen eingesammelt. Ich glaube, da sind ein paar wertvolle Stücke dabei.« Er lud sich von allem etwas auf den Teller.

Beim Essen unterhielten sie sich über die Bundestagswahl, die in einer Woche anstand. Danach kamen sie auf die neuesten Nachrichten zu sprechen.

»Hast du das von dem Anschlag auf das Münchner Oktoberfest gehört?«, fragte Georg.

»Die Bilder waren grauenvoll«, sagte Lissi schaudernd. Hundertvierzig Besucher waren durch eine Splitterbombe verletzt worden. Zwölf Menschen hatten es nicht überlebt. Der Besucherstrom war dennoch nicht abgerissen.

Georg schüttelte den Kopf und sah bestürzt aus. »Ich kann es nicht begreifen, wer macht so was?«

»Ich frage mich dasselbe. Unter den Toten waren drei Kinder! Warum nur gibt es immer wieder Gewalt und Zerstörung? Terror und Krieg?« Lissi sah betreten auf ihren Teller. »Die Situation im Irak macht mir ebenfalls Sorge.« Der irakische Staatspräsident Saddam Hussein hatte dem Iran vor ein paar Tagen den Krieg erklärt. In der *Tagesschau* hatten sie von Luftangriffen gesprochen.

Sie wechselte das Gesprächsthema: »Du wohnst in einer Wohngemeinschaft, hast du am Telefon erzählt? Wie meine Tante Helene. Für sie war das Alleinsein nichts, sie wollte wieder unter Menschen.«

»Mir ging es ebenso. Seit vier Jahren bin ich Witwer, was sollte ich allein mit einer Dreizimmerwohnung? Da bot sich das schon aus finanziellen Gründen an.« Georg tunkte ein Stück Frikadelle in den Senf auf seinem Teller.

Offenbar war der Themenwechsel doch nicht so erfreulich, wie Lissi sich erhofft hatte. »Hattet ihr keine Kinder, deine Frau und du?«

Georg schüttelte den Kopf. »Es hat sich nicht ergeben, und dann wurde Christa krank.« Er unterbrach sich und schluckte den Bissen hinunter. »Krebs.«

Lissi nickte und sah betreten auf ihr Glas. Sie widerstand der Versuchung, sich Wein nachzuschenken. Sie bot ihn Georg an, aber der winkte ab.

»Danke, ich hab genug.« Er unterdrückte ein Gähnen und grinste entschuldigend. »Es war ein langer Tag.«

»Möchtest du hier auf dem Sofa schlafen? Das wäre kein Problem.«

»Vielen Dank für das Angebot, ich habe im Bus ein Aufstelldach, da ist meine Schlafkoje. Alles eingerichtet. Und Miriam erschrickt nicht, wenn sie nach Hause kommt und einen fremden Mann auf eurem Sofa vorfindet!« Er lachte.

Lissi gluckste. »Das hätte sie gar nicht mitbekommen, ihr Zimmer liegt am anderen Ende des Flurs.«

Georg erhob sich und bedankte sich herzlich für das Essen. »Dann werde ich mich mal in mein Trödelmobil zurückziehen. Wir müssen in wenigen Stunden schon wieder aufstehen.«

Eine Viertelstunde später lag Lissi im Bett und konnte nicht einschlafen. Dabei brauchte sie den Schlaf dringend, schon in der vorigen Nacht hatte sie sich ständig herumgewälzt. Sie gab die Schuld den anstrengenden letzten Wochen, und da war die Aufregung vor dem morgigen Tag. Sie hatte keinerlei Erfahrung mit Flohmärkten.

Lissi hatte Georg vor Augen, wie er an ihrem Tisch gesessen hatte. Die ebenmäßigen Gesichtszüge. Sein Haar trug er länger, so war es modern. Sie lag bis Mitternacht wach, erst danach fielen ihr die Augen zu. Sie träumte von Johann, der mit seinem Jugendfreund zusammensaß, redete und lachte. Miriam krabbelte zu ihren Füßen über den Teppichboden.

Prompt überhörte Lissi am Morgen den Wecker. Sie fluchte und zog sich in Rekordzeit an. Wie verabredet, stand pünktlich um halb sechs Annas vollbepackter R4 vor dem Haus. Mit dem Wetter hatten sie großes Glück nach diesem verregneten Sommer. Es war zwar herbstlich kühl, aber immerhin trocken. Lissi hatte sich vorsichtshalber in mehrere Schichten Kleidung gehüllt und nahm den letzten Karton auf den Schoß.

Nach Vohwinkel fuhr Anna voraus, Georg brauchte ihr mit dem Bus nur zu folgen. Rasch hatte sie geholfen, die Kartons und Tapeziertische auszuladen, und sich zum Sonntagsfrühstück mit ihrer Familie auf den Heimweg gemacht.

Die Verkaufsstände, die man ihnen zugeteilt hatte, befanden sich direkt nebeneinander auf der Kaiserstraße. Sie räumten die Waren aus den Kartons und stellten ihre mitgebrachten Campingstühle auf. Erste Interessenten kamen. Lissi arrangierte die Gegenstände nach Art und Größe und erhielt dafür einen anerkennenden Blick von Georg. Das hatte sie in ihrer

Ausbildung gelernt. Ware musste anschaulich präsentiert werden.

Über ihren Köpfen verlief das Schienengerüst der Schwebebahn die gesamte Hauptstraße entlang. Unzählige Menschen waren um diese Zeit schon im trüben Licht der Straßenlaternen unterwegs. Ab und an traf sie der Lichtkegel einer Taschenlampe, die Kunden richteten sie direkt auf die Tische, um die Waren besser sehen zu können.

»Ich organisiere uns etwas Warmes«, sagte Georg. »Kaffee?«

»Eine glänzende Idee, gern!« Lissi hatte in der Eile am Morgen überhaupt nicht daran gedacht, sich eine Thermoskanne mitzunehmen. Wenigstens an eine Flasche Wasser und zwei Becher hatte sie gedacht, bevor sie schlaftrunken die Wohnung verlassen hatte. Selbst für eine einzelne Tasse Kaffee war die Zeit zu knapp gewesen.

Immer mehr Menschen schlenderten über die nächtliche Straße wie auf einem Rummel. Schon kam Georg zurück und reichte Lissi den Kaffee in einem heißen Plastikbecher. »Zucker und Milch sind schon drin.«

Lissi war erstaunt, er hatte sich tatsächlich gemerkt, wie sie ihren Kaffee trank. »Und du hast wieder Tee?«, fragte sie mit einem Augenzwinkern, woraufhin er nur lächelnd nickte. Ob das in Hamburg dort oben im Norden so üblich war? Lissi dachte an den Tee der Ostfriesen, der mit Kandis und Sahne getrunken wurde, wenn sie sich richtig erinnerte.

Hinter den Häusern erschien am Horizont ein warmer Lichtstreifen, und einzelne Wolken am Himmel zeichneten sich ab. Der neue Tag brach an. Zwei Jungen zogen einen Bollerwagen über die Straße, voll bepackt mit alten Plüschtieren, Puzzleschachteln, Kinderbüchern und Schallplatten. Ein kleinerer Junge lief hinterher und passte auf, dass nichts herunterfiel. Mit einer Decke ließen sie sich neben Lissis Stand an einem Pfeiler des Schwebebahngerüsts nieder und versuchten, mit einer Trillerpfeife auf sich aufmerksam zu machen. Ein älterer Herr mit Hut und Krückstock wies sie in ihre Schranken. Murrend gaben sie nach, winkten nun mit ihren Schallplatten und riefen: »Ganz frisch von unseren Plattenspielern!«

Von den Anwohnern schlief sicher ohnehin niemand mehr bei so viel Trubel auf der Straße. Georg verkaufte von Anfang an sehr gut. Allerdings hatte er auch Interessantes zu bieten. Es schien sich um den Hausrat einer ganzen Wohnung zu handeln. Lissi sah ihm dabei zu, wie er geschickt mit einem Mann verhandelte, der gleich einen ganzen Karton voller Gegenstände kaufen wollte.

»Haben Sie noch mehr von den Pinnchen?«, erkundigte sich eine üppige Frau bei ihr. Auf dem Arm trug sie einen grauen Pudel.

Lissi riss ihren Blick von Georg los und starrte auf das kleine Glas, das die Frau hochhielt. »Aber sicher, acht Stück müssten es sein.« Sie suchte auf dem Tisch, hatte sie die Gläser nicht als Gruppe hingestellt?

Die Frau fand sie und besah jedes Schnapsglas einzeln. »Was möchten Sie denn dafür haben?«

»Ich hatte an zehn Mark gedacht.«

»Fünf Mark?« Die Pudeldame hielt die freie Hand mit allen fünf Fingern hoch.

»Acht.«

»Sechs.«

»Sieben muss ich schon haben. Die sind neu, wir haben sie geschenkt bekommen, aber mein verstorbener Mann vertrug leider keinen Schnaps.« Lissi bemühte sich, möglichst traurig auszusehen.

»Nun gut.« Die Frau hielt den Pudel in der Armbeuge und kramte umständlich in ihrem Portemonnaie. Schließlich reichte sie Lissi einen Zehnmarkschein. Die Schwebebahn ratterte mit einem metallenen Quietschen über sie hinweg, niemand verstand mehr sein eigenes Wort.

Lissi gab ihr drei Markstücke aus der Kasse heraus. »Ich werde sie Ihnen in Zeitungspapier einschlagen, wenn es recht ist.« Gut verpackt wanderten Johanns Schnapsgläser in die Tasche der Dame mit Pudel, die zufrieden nickend von dannen zog.

Kurz darauf verkaufte Lissi einen ganzen Stapel Schallplatten an einen jungen Mann, der offenbar ein großer Fan von Frank Sinatra war. Er ging selig lächelnd weiter.

»Hast du alle Platten von Sinatra verkauft?« Georg warf ihr einen ungläubigen Blick zu.

»Großartig, nicht?« Lissi strahlte. »Johann war ein Fan von ihm. Du etwa auch? Ich mochte ihn nie sonderlich, zu schnulzig für meinen Geschmack«, erklärte sie schulterzuckend. Den Schwung Schallplatten von Dean Martin hatte Anna für ihren Jürgen haben wollen. Lissi hatte sie ihr mit Freuden zum Dank für ihre Hilfe geschenkt.

Georg schmunzelte nur und wandte sich einer jungen Frau zu, die einen Kleiderbügel mit geblümter Kittelschürze in Lila und Grün hochhielt. Lissi bemerkte sein verwundertes Gesicht. »Ist nicht für mich, ist für meine Oma«, erklärte die Interessentin und lächelte ihm zwinkernd zu. Er lachte. Dann zahlte die junge Frau, ging und drehte sich noch einmal lächelnd zu ihm um. Flirtete sie etwa mit Georg? Sie war höchstens halb so alt wie er.

Lissi gefiel sein Lachen mit jedem Mal besser, sogar, wenn es einer anderen galt. Was für ein Gedanke. Lissi riss sich zusammen und wandte sich wieder konzentriert ihren eigenen Kunden zu. Später ertappte sie sich, wie sie mit halbem Ohr immer wieder an seinen Lippen hing, wenn er verhandelte. Es war die Art, wie Georg sprach. Seine Stimme war dunkel und angenehm warm. Ein souveräner Verkäufer, bemüht, aber nie aufdringlich. Lissi beobachtete ihn möglichst unauffällig von der Seite, schaute sich von ihm ab, wie lässig er mit den Leuten sprach. Er hatte Humor und strahlte Selbstsicherheit aus. Das war es sicher, was sie faszinierte.

Das Gedränge wurde dichter, immer mehr Menschen strömten aus allen Richtungen und schoben sich schließlich über die Kaiserstraße. Um die Mittagszeit wurde es sonnig. Lissi zog ihre Jacke aus und genoss die warmen Strahlen. Sie spürte ihre Füße kaum noch.

»Sieh dich ruhig um, ich passe gern auf deinen Stand auf«, bot Georg an.

»Ich werde mal schauen, was die Konkurrenz macht«, antwortete sie mit einem Augenzwinkern. »Soll ich dir irgendwas mitbringen?«

»Och, nur ein paar Kronjuwelen, falls du welche findest.« Wieder sein sympathisches Lachen.

Sie fädelte sich in die Reihe der Besucher ein. Auf Tapezier- und Klapptischen lag ausgebreitet allerlei Krimskrams der letzten Jahrzehnte. Lauter Schätze und Scheußlichkeiten, vermutlich aus Kellern gerettet und von Dachböden geborgen. Ein rostiges Bügeleisen, ein Reitsattel aus glänzend braunem Leder. Telefone aus schwarzem Bakelit. Kristallvasen und Nachttöpfe direkt nebeneinander. Ein altes Waschgeschirr aus Porzellan fand Lissi besonders hübsch. Sogar ein riesiges Wagenrad aus Holz hatte jemand mitgeschleppt. Sie nahm den typischen Geruch nach Staub und modrigen Kartons wahr. Um die Bücherkisten auf dem Asphalt vor den Verkaufstischen machte Lissi einen großen Bogen, die waren gefährlich. Immerhin wollte sie mit Gewinn nach Hause fahren. Am Bierstand drängten sich vorwiegend Männer. Der fettige Dunst von Grillwurst wehte zu ihr herüber.

Lissi hatte gemütlich über den Flohmarkt schlendern wollen, doch mittlerweile wimmelte es nur so von Besuchern. Der Menschenstrom zog sie mit sich. Auf die Stände konnte sie kaum mehr einen Blick werfen, stets versperrten ihr Schultern und Köpfe die Sicht. Der *Kaiserwagen* näherte sich, Lissi erkannte ihn sofort am Geräusch, dem unverkennbar metallenen Dröhnen. So hatte die Schwebebahn ihrer Kindheit geklungen. Hier in Vohwinkel hatte sie mit ihren Eltern gelebt, aber sie konnte sich nicht einmal mehr an den Straßennamen erinnern, so lange war es her.

Ein Mann mit blondem Haarschopf kam ihr entgegen, auf seinen Schultern trug er ein Kleinkind in roter Cordhose. Lissi gab es einen Stich. Johann hatte einst Miriam so getragen. Sie ging ein Stück weiter Richtung Kaiserplatz, dann wurde das Gedränge zu dicht, sodass sie auf den Bürgersteig auswich und hinter den Ständen weiterlief. Das Stimmengewirr war anstrengend, aus Lautsprechern wummerte ein Schlager, Kinder quengelten, und ein Mann rief quer über die Köpfe der Leute hinweg jemandem etwas zu.

Lissi drehte um, wollte zurück zu Georgs Lachen und den vertrauten Dingen ihres Verkaufsstands. Sie beschleunigte ihre Schritte und bahnte sich einen Weg zurück durch die Menschenmenge.

»Ich habe einen Schwung Hemden an einen netten Mann verkauft, die karierten«, begrüßte Georg sie mit breitem Grinsen. Er sah ihren Gesichtsausdruck. »Alles in Ordnung, Lissi?«

Sie nickte und versuchte ein Lächeln.

»Komm, setz dich erst mal hin. Ganz schön voll geworden. Ich hole dir einen Kaffee, wenn du möchtest.«

Sie schüttelte den Kopf. »Danke, mir geht es schon wieder gut.« Es stimmte. Dieser Mann strahlte eine Ruhe aus, die ansteckend wirkte.

Georg sah die verbliebenen Stücke auf Lissis Kleiderstange durch. »Die Lederjacke gefällt mir.«

»Die steht dir bestimmt, probier sie an«, ermunterte sie ihn.

»Ist dir das recht?«

»Natürlich! Johann hätte sich gefreut, da bin ich sicher.«

Als die Sonne allmählich hinter den Häusern verschwand, liefen die Geschäfte schleppender. Eine nicht enden wollende Menschenmenge schob sich an den Verkaufstischen vorbei. Vereinzelt blieb jemand stehen, nahm einen Gegenstand, legte ihn kommentarlos zurück und wurde wieder vom Besucherstrom verschluckt. Dennoch war Lissi zufrieden, die Lücken zwischen den Waren auf ihrem Tisch waren größer geworden, die Kartons zu ihren Füßen fast leer. In der Geldkassette wogen die Groschen und Markstücke schwer über einem Bündel bunter Scheine.

»Alles Sehleute, wollen nur gucken«, flüsterte Georg ihr zu. Laut rief er: »Kauft, Leute! Letzte Chance!« Und tatsächlich funktionierte es.

Am frühen Abend luden sie die wenigen verbliebenen Kartons in seinen VW-Bus, einen beigefarbenen T2. Georg schwang die hintere Schiebetür mit Wucht zu, dann öffnete er Lissi die Beifahrertür und machte eine einladend galante Geste, als wolle er eine Prinzessin auf den Thron geleiten. Lächelnd stieg sie ein.

In Elberfeld angekommen, war es schwierig, einen Parkplatz am Rathaus zu finden. Endlich fand Georg in einer Seitenstraße eine freie Lücke, die groß genug war für seinen Bus. Über die Neumarktstraße am Kaufhof vorbei schlenderten sie zum Rathaus hinüber. Lissi hatte Durst, und ihre Beine taten weh. Sie hatte vorwiegend gestanden, den Klappstuhl hatte sie kaum gebraucht. Sie hatten beschlossen, noch irgendwo einzukehren. Außer einer Bratwurst und Waffeln hatten sie an diesem Tag nichts gegessen.

Der Ratskeller war gut besucht, aber sie bekamen einen letzten freien Tisch für zwei Personen, ein wenig abseits des Trubels. Heute schienen ganze Stammtische das Restaurant zu bevölkern. Drinnen war es warm und gemütlich. Das Gewölbe mit den mächtigen Säulen gab dem weitläufigen Gastraum eine heimelige Atmosphäre.

Lissi war mit Johann wenige Male hier gewesen, erinnerte sich aber kaum mehr daran. Georg zog die Lederjacke aus und hängte sie über die Stuhllehne. Lissi hatte sie ihm als Andenken an seinen Jugendfreund geschenkt, sodass Georg nicht hatte ablehnen können. Ihr schlechtes Gewissen meldete sich wieder, dass sie ausgerechnet ihn nach Johanns Tod nicht benachrichtigt hatte.

»Das war ein erfolgreicher Tag«, sagte Georg. »Darauf stoßen wir an, was meinst du? Ein Gläschen Sekt?«

»Gern! Ich bin gespannt, wie viel wir eingenommen haben, zum Schluss war jedenfalls ein dickes Bündel Scheine in meiner Kasse.«

Sie bestellten, und Lissi bemerkte auf einmal, wie müde sie war. Sie unterdrückte ein Gähnen. »Fährst du morgen zurück nach Hamburg?«

Georg nickte. »Im Dunkeln fahre ich nicht gern, zu anstrengend, wenn man müde ist«, sagte er und zwinkerte ihr zu. Die Lachfältchen um seine Augen gefielen ihr. Gleichzeitig war da ein unbestimmtes Gefühl, als würde sie etwas Verbotenes tun. Dabei saß sie hier mit einem alten Jugendfreund von Johann. Daran war nichts Verwerfliches.

Der Sekt wurde vom Kellner an den Tisch gebracht. Sie bestellten das Essen und stießen auf ihre prächtigen Verkaufskünste an.

»Fühl dich bitte eingeladen, Lissi«, sagte Georg. Als er sah, dass sie widersprechen wollte, fuhr er fort: »Keine Widerrede, ohne dich hätte ich von diesem großartigen Flohmarkt nie erfahren. Meine Einnahmen waren heute höher als bei den letzten drei Märkten im Norden zusammen.«

»Wie oft im Jahr machst du das denn?«

»Im Sommer fast jedes Wochenende, mindestens aber jedes zweite. Du glaubst nicht, was die Leute alles wegwerfen wollen, weil sie selbst keine Lust haben, sich auf einen Trödelmarkt zu stellen. Und jährlich kommen mehr Termine in allen möglichen Städten hinzu.«

»Stimmt, der Andrang ist groß. Es ist für dich bestimmt ein gewisser Aufwand, aber wenn du es gern machst.«

Er nickte. »Es war ein Hobby und hat sich zu einem Nebenberuf entwickelt. Du glaubst nicht, was man da alles findet.«

»Und in der restlichen Zeit der Woche widmest du dich deiner Kunst?«

»Genau das! Und das passt hervorragend, denn unter der Woche habe ich die Wohnung ganz für mich, da sind meine Mitbewohner alle unterwegs. Arbeiten oder studieren, die sind alle jünger als ich.«

»Gibt es da keine Konflikte? Mit der Studentin in meiner Wohnung hab ich manchmal welche.« Lissi lachte.

»Die Gefahr ist bei der eigenen Tochter sicher größer als bei mir. Aber manchmal fühle ich mich wirklich ein bisschen wie der Oberlehrer, obwohl ich eher ein Chaot bin. Allerdings halte ich mich immerhin penibel an den Putzplan in der WG, anders als meine Pappenheimer.«

»Oh, ein Putzplan? Wie ist der geregelt? Lassen sie dich reihum alle Hausarbeit machen?«

Georg schüttelte lachend den Kopf. »Ich nerve sie so lange, bis sie ihre Pflichten erledigt haben, da brauche ich allerdings oft Nerven wie Drahtseile.«

»Aber du kannst dich durchsetzen, ich scheitere daran regelmäßig.«

»Du bist halt eine gute Seele.« Georg zwinkerte ihr zu und nahm einen Schluck Sekt. »Man kann lernen, von anderen etwas einzufordern, sonst bleibt man selbst auf der Strecke.«

Lissi seufzte. »Vielleicht schaffe ich das irgendwann, ich habe oft Sorge, andere zu verletzen oder vor den Kopf zu stoßen.«

»Dann bedenke, dass du womöglich diejenige bist, die es ausbaden muss. Der Preis ist hoch, findest du nicht?« Georg sprach mit der gleichen Selbstsicherheit wie Anna.

Das Essen wurde gebracht. Lissi hatte gar nicht gemerkt, wie groß ihr Hunger war, bis der dampfende Teller vor ihr stand. Das Cordon bleu mit Erbsen und Möhren und Kartoffeln duftete verführerisch, ihr lief das Wasser im Mund zusammen. Georg hatte sich Fisch bestellt und aß ebenfalls mit großem Appetit. Als sie das Essen beendet hatten, war es fast zehn und Lissi unendlich müde.

Georg zahlte, und auf dem Rückweg zum Bus ließen sie den Tag noch einmal Revue passieren.

»Das Gedränge war furchtbar«, sagte Lissi. »Ich glaube, die erwarteten zweihundertfünfzigtausend Besucher waren alle gleichzeitig am Nachmittag da.«

»Es war wirklich voll, ich dachte schon, die trampeln über unsere Stände hinweg wie eine Horde Elefanten.« Er lachte fröhlich.

Lissi grinste bei der Vorstellung. »Ich bin aber froh, dass ich mich dazu durchgerungen habe, auf dem Flohmarkt zu verkaufen.«

»Ich musste oft an Johann denken.«

»Ich auch, erst hatte ich ein schlechtes Gewissen, seine Sachen zu verkaufen.«

»Und jetzt?«, fragte Georg.

»Fühle ich mich wie befreit.«

Sie hatten den VW-Bus erreicht, und er fuhr sie nach Hause.

Sie sprachen nur das Nötigste, Lissi dirigierte ihn durch die verzweigten Straßen des Ölbergs. In seiner Gegenwart entspannte sie sich. Im Dunkeln konnte sie sein Profil im reflektierenden Licht der Scheinwerfer erkennen.

Als er am Ende von Lissis Straße geparkt hatte und sie sich verabschiedeten, gab er ihr ein Küsschen auf die Wange, ganz so, als wären sie die besten Freunde.

13

OKTOBER 1947

Das Feldbett bestand aus einem schlichten Holzgestell mit Stoffbespannung. Paul hatte das Notbett für Lissi organisiert. Es stand hinter dem Esstisch an der Wand und musste tagsüber aus Platzgründen zusammengeklappt werden. Die vormals geräumige Wohnküche wurde nun als Stube, Näh- und Schlafzimmer genutzt.

Onkel Fritz hatte wieder seinen Platz im Bett neben Tante Helene eingenommen. Die drei Kinder hatten zwei lange Monate zu dritt in dem anderen Bett nächtigen müssen. Ursula in der Mitte zwischen Paul und Lissi, wie Sardinen in der Büchse. Sie hatten Mühe gehabt, sich auch nur umzudrehen. Als der Sommer begann, war es unerträglich geworden, so eng beieinanderzuliegen. Das Feldbett in der Küche hatte Lissi nun ganz für sich.

In der ganzen Stadt herrschte Mangel an Wohnraum. Und an Betten erst recht, denn immer mehr Menschen strömten in die Stadt und mussten untergebracht werden. Die Männer kamen nach und nach aus der Kriegsgefangenschaft zurück, und ganze Wellen von Vertriebenen aus dem Osten Deutschlands wurden einquartiert. Manche Familien in den verbliebenen Häusern mussten sogar Zimmer unterteilen und zur Verfügung stellen.

Zu den Vertriebenen gehörte auch dieser Johann, der Junge, der seit März in Lissis Dachkammer hauste. Sie hatte ihn und sein überhebliches Geschwafel erst mit Missachtung gestraft, aber sie musste zugeben, dass er ihr von Monat zu Monat besser gefiel. Sein verschmitztes Lächeln war ansteckend, und Lissi musste sich zurückhalten, nicht darauf einzugehen oder es gar zu erwidern. Keinesfalls wollte sie sich anmerken lassen, dass er ihr gefiel. Dennoch konnte sie ihm nicht verzeihen, dass er ihre Dachkammer besetzte. Johann arbeitete auf einem Trümmergrundstück, klopfte Steine in der Herzogstraße. Auch Oskar Schultheis, der mit seiner frischgebackenen Ehefrau in ein Zimmerchen im dritten Stock über Lissi gezogen war, half dabei, das Grundstück zu räumen und den Wiederaufbau vorzubereiten. Bestimmt hatte er Johann zu dieser Arbeit verholfen. Lissi ging in letzter Zeit öfter dort vorbei. Rein zufällig natürlich.

Nebenan schrillte Tantchens Wecker und riss sie aus ihren Gedanken. So langsam kam Leben ins Haus. Wenn man es genau nahm, waren die Wände nur ein Sichtschutz zu den Nachbarn, hören konnte man sie nämlich außerordentlich gut. So dicht an dicht bekam man allerhand mit, mehr sogar, als Lissi lieb war. Sie dachte wehmütig an ihre stille Dachkammer. Sie vernahm bereits erstes Getrappel im Hausflur.

Lissi erhob sich vorsichtig von ihrem Feldbett, immer besorgt, es könne doch einmal zusammenklappen. Sie warf im Halbdunkel einen Blick zur Küchenuhr. Schon halb sieben.

Lissi zog sich rasch Bluse und Rock über. Ihre Strümpfe hatten neue Löcher, die dringend gestopft werden müssten. Sie kämmte und frisierte ihre Haare, wusch Hände und Gesicht am Spülstein. Noch immer musste sie diese dummen kindlichen Zöpfe tragen. Sie wünschte sich sehnlichst eine Frisur, wie sie alle jungen Frauen trugen. Aber Tante Helene war damit nicht einverstanden. »Dazu bist du noch zu jung, Kind«, hatte sie ihr gesagt. Für sie würde Lissi wohl immer zwölf Jahre alt bleiben und niemals erwachsen werden.

Zusammen mit Anna ging sie seit dem Sommer auf eine Mittelschule. Auch hier musste man Schulgeld zahlen, aber nur zehn Reichsmark, halb so viel wie auf dem Gymnasium. Während der letzten Kriegsmonate und auch danach hatten die Mädchen eine Menge Unterrichtsstoff versäumt und waren, wie viele andere Schüler mit ihnen, zurückgestuft worden.

Durch die Küchenwand konnte man die Toilettenspülung rauschen hören. Wie gewöhnlich war im Hausflur am Morgen Hochbetrieb. Es klopfte, und Frau Finke betrat zögerlich die Küche, um Feuer zu machen. Abwechselnd kümmerten sich alle Bewohner der Etage ums Anfeuern des Küchenherds. Täglich wurde ein großer Topf mit Wasser aufgesetzt und warm gehalten. Jeder bereitete sich das Essen für den Tag aus den eigenen Vorräten zu. Die Nachbarn aßen selten an Tante Helenes Küchentisch, sie hatten sich in ihren eigenen Räumen eingerichtet.

Lissi stellte sich auf halber Treppe an, vor ihr standen Frau Halbach mit zwei Kindern und Herr Finke. Ganz vorn, direkt an der Toilettentür, stand Frau Huppert. Die Spülung und der Wasserhahn rauschten, dann verließ ihr Mann das stille Örtchen. Das würde dauern. Lissi kam es vor, als bestünde ihr Leben nur aus Schlangestehen, sogar, um das Klosett zu benutzen.

Als Lissi wieder die Küche betrat, um ihre Schultasche zu holen, ertönte von der Straße ein Pfiff. Das war Anna.

In diesem Moment schlurfte Onkel Fritz in Pantoffeln aus dem Schlafzimmer und ließ sich schwerfällig am Küchentisch nieder. »Wo bleibt denn mein Muckefuck?«, fragte er in den Raum.

»Verzeih, Onkel, ich muss los, ich bin schon spät dran.«

»Ich will meinen Muckefuck und meine Brotration!« Er starrte sie streng an.

Lissi schluckte und nahm schnell eine Tasse und einen Teller aus dem Küchenschrank. Anna pfiff erneut. Tante Helene nahm Lissi das Geschirr aus der Hand und sagte: »Lass nur, ich mache das. Lauf schon zu, sonst kommst du zu spät zur Schule.«

Onkel Fritz murrte unverständliche Worte und warf Lissi einen missbilligenden Blick zu. Er füllte Hemd und Hose kaum aus, versank regelrecht darin, so mager war er. Seit er aus der Gefangenschaft heimgekommen war, hatte er kein Gramm zugenommen.

Im Hinausgehen hörte Lissi, wie Onkel Fritz in harschem Ton sagte: »Was soll das Mädel in dem Alter noch in der Schule? Arbeiten soll sie. Willst du sie ewig mit durchfüttern?«

Was Tante Helene darauf erwiderte, konnte sie nicht mehr verstehen, aber offenbar sprach sie beruhigend auf ihn ein. Lissi rannte die Treppen hinunter.

Die neue Schule begann früher, und der Weg dorthin war etwas weiter, dafür hatten sie eine sehr nette Lehrerin und nicht mehr den alten Drachen aus der Volksschule.

»Hast du verschlafen?«, fragte Anna.

Lissi schüttelte den Kopf und verdrehte nur die Augen. »Onkel Fritz wollte sein Frühstück.«

»Gibt's nicht! Man könnte meinen, dieser Mann habe beide Beine im Krieg verloren und könne sich nicht mehr rühren. Was sagt deine Tante dazu?«

»Sie will es ihm so angenehm wie möglich machen. Putzt sich raus für ihn, erledigt die Hausarbeit in der Villa und bei uns und näht jede freie Minute. Dabei schläft sie zu wenig. Ich weiß nicht, wie lange sie das durchhalten will. Sie sagt rein gar nichts dazu, beklagt sich nie.«

»Immerhin hilfst du ihr«, sagte Anna schulterzuckend. »Als ob du nicht auch Schlimmes durchgemacht hast. Oder die ganzen Ausgebombten. Und niemand spricht über irgendwas. Meine Mutti auch nicht, sie redet nie über Vati, das mache sie traurig, meint sie.« Ihre Stimme zitterte leicht.

»Ich hoffe, dein Vater kommt bald zurück.«

»Wenn er nur nicht so geworden ist wie dein komischer Onkel.«

Die Mädchen schnatterten alle durcheinander. Fräulein Ackermann betrat das Klassenzimmer und bat sich Ruhe aus. Lissi und Anna stießen sich an und strahlten um die Wette. Ihre neue Lehrerin war jung und hübsch und hellblond. Sie trug ihr schulterlanges Haar in Locken und seitlich gescheitelt. Ihre einfarbigen Kleider waren von schlichtem Schnitt, aber geschmackvoll. Das Fräulein hatte eine gute Figur, und Lissi bewunderte sie grenzenlos. An ihrem eigenen Körper schlotterten Blusen und Röcke nur so. Was würde sie für eine solche Frisur und diese elegante Ausstrahlung geben! Trotz ihrer fünfzehn Jahre hatte Lissi bisher kaum weibliche Rundungen, obwohl sie sich diese sehnlichst wünschte.

»Guten Morgen, Fräulein Ackermann«, skandierte die Klasse. Geräuschvoll rückten die Schülerinnen ihre Stühle zurecht und setzten sich.

»Bevor ich es vergesse«, sagte das Fräulein und überflog eine Liste mit Namen. Mit freundlichem Gesichtsausdruck fuhr sie fort: »Anna Rösler und Lisbeth Schneider, ihr seid die Nächsten auf der Liste. Geht bitte nach dem Unterricht zum Herrn Direktor und sagt, ich hätte euch geschickt.«

Lissi hörte ein leises Raunen durch die Reihen wandern, nickte verwundert und sah zu Anna, die ratlos mit den Schultern zuckte.

»Heute werden wir ein neues Gedicht auswendig lernen«, begann Fräulein Ackermann ohne weitere Erklärung die Unterrichtsstunde. »Ich lese euch die Zeilen vor, und ihr sprecht im Chor nach.«

Die drei Schulstunden schlichen dahin wie Tage. Noch immer fehlten Lehrer. Darum fand der Unterricht in übervollen Klassen wechselweise statt.

Schließlich standen sie vor der Tür des provisorischen Sekretariats. Anna klopfte zögernd.

»Herein!«, tönte es von drinnen.

Der Größe nach zu urteilen, konnte dieser Raum in Vorkriegszeiten nur die Besenkammer gewesen sein. Eine Frau mittleren Alters saß an einem kleinen Tisch an der Wand und tippte auf einer Schreibmaschine.

Der Schulleiter sah von den Papieren auf seinem Schreibtisch auf, nickte ihnen zu und nahm die Lesebrille von der Nase. Er wandte sich an seine Sekretärin und sagte laut: »Fräulein Meier, könnten Sie bitte kurz das Getippe unterbrechen?«

Das Fräulein hielt inne, drehte sich überrascht um, blickte zuerst ihn, dann die beiden Mädchen an. »Aber selbstverständlich, Herr Direktor.«

Er hielt die Hände in einer dankenden Geste vor sein Kinn und neigte den Kopf. »Ich verstehe mein eigenes Wort nicht bei dem Krach, den dieses Gerät macht. Wie froh ich sein werde, wenn wir wieder vernünftige Räumlichkeiten haben.«

Lissi und Anna standen betreten herum und wagten nicht, auch nur einen Mucks zu sagen.

Er fuhr fort: »Aber nun zu euch, ihr kommt von Fräulein Ackermann, nicht wahr?«

Die Mädchen nickten zaghaft.

Direktor Lindner strahlte und sagte feierlich: »Heute ist ein segensreicher Tag für euch. Die Schule erhält regelmäßig Pakete mit Lebensmitteln aus Amerika. Aus jeder Klasse erhalten heute jeweils zwei Schülerinnen ein Paket zusammen.«

Erst jetzt nahm Lissi in der Ecke des Raumes die braunen Kartons wahr, *C.A.R.E* und *U.S.A.* stand darauf, gedruckt in großen Buchstaben. Sie bedankten sich mit einem Knicks und nahmen glücklich, eine rechts, eine links, das Paket in Empfang. Erst als sie die Tür hinter sich geschlossen hatten und wieder auf dem Gang standen, tippte Fräulein Meier drinnen weiter.

Auf dem Heimweg hätte man meinen können, der Inhalt des Kartons habe sich verdoppelt. Die Arme taten ihnen weh, und sie mussten ihn eine Weile absetzen.

»Was ist da bloß alles drin?«, fragte Lissi schnaufend.

»Das frage ich mich auch. Wo wollen wir das Paket denn öffnen? Bei dir oder bei mir?«, fragte Anna.

»Bei dir. Wenn Onkel Fritz da ist, was ich befürchte, wird er alles behalten wollen.«

Lissis Vorfreude auf den Inhalt ließ sie ihre Niederlage in den Sommermonaten vergessen. Die Anzucht von Salat und Möhren im Hinterhof war gründlich schiefgegangen. So eisig der Winter 1946 gewesen war, so heiß wurde der Sommer 1947. Zwischen den aufgeheizten Häusern hatte man buchstäblich zusehen können, wie die kümmerlichen Pflanzen verdorrt waren. Pauls Tabakpflanzen hingegen hatten sich in der Hitze prächtig entwickelt, und die Ernte war entsprechend üppig ausgefallen. Onkel Fritz hatte einige Blätter für seinen eigenen Bedarf eingefordert, den Rest durfte Paul gegen Lebensmittel tauschen.

Anna und Lissi schleppten das Paket die paar Stufen bis zum Eingangsflur hinauf. Drinnen roch es wieder eigentümlich nach Kohl. Am Fuß der Treppe ließen sie den Karton vorsichtig auf den Fliesenboden sinken und setzten sich erschöpft auf die unterste Stufe. Dann sammelten sie noch einmal ihre Kräfte und trugen ihn die Treppen hoch.

»Zum Glück sind alle ausgeflogen«, rief Anna fröhlich, als sie einen Blick ins Schlafzimmer geworfen hatte.

Voller Spannung öffneten sie das Paket und staunten nicht schlecht über den Inhalt.

»Was ist denn das alles?« Lissi sah ratlos drein. »Ob Paul das lesen kann? Mein Englisch ist zu schlecht.«

»R-i-c-e und C-o-r-n-e-d-b-e-e-f.« Anna buchstabierte an den

Schildern herum, dann sagte sie: »Wir teilen einfach auf, und dann sehen wir, was es ist, zur Not tauschen wir. Wir haben leere Einmachgläser.« Wie immer war Anna praktisch veranlagt.

Lissi strahlte. »Sieh mal! Das ist Milchpulver, nicht? Zucker! Und ist das etwa Schokolade? Das sind ja vier Tafeln, die teilen wir ganz gerecht, jede bekommt zwei Stück.«

»*Coffee* heißt Kaffee.« Anna grinste. »Ich sehe schon deine Tante vor mir, sie wird Luftsprünge machen.«

Lissi brach in Gelächter aus bei der Vorstellung, dann hielt sie abrupt inne. »Oh, mein Gott! Anna!«

Ihre Freundin machte große Augen, als sie sah, was Lissi hochhielt. »Sind das etwa …?«

»Nylons! Waschechte Nylonstrümpfe!«

»Die kann man waschen?« Anna lachte. »Die teilen wir uns aber auch, die tragen wir abwechselnd, Hand drauf?« Sie hielt ihr die ausgestreckte Hand entgegen.

Lissi schlug ein. »Abgemacht!« Obwohl sie nicht wusste, was Tante Helene dazu sagen würde. Am besten war es wohl, wenn sie überhaupt nichts von den Strümpfen erfuhr.

Anna stapelte die Päckchen und Dosen auf dem Küchentisch.

»Der Herr Direktor hatte ganz recht«, überlegte Lissi laut und lächelte. »Was für ein segensreicher Tag!«

Eine Woche später lief eine Traube Kinder durch den Herbstwald. Die Sonne schien mild vom strahlend blauen Himmel. Das Laub der Bäume leuchtete in goldenen Farben.

Anna hatte heute ihre Brüder im Schlepptau und ermahnte sie alle paar Meter: »Nun reicht es mit dem Versteckspiel, ihr geht jetzt brav an der Hand wie bei Mutti.« Die sechsjährigen Zwillinge stritten sich, wer auf welcher Seite gehen durfte.

Ursula hatte sich bei Lissi untergehakt, sie kicherten vergnügt.

Anna seufzte. »Erinnere mich daran, dass ich mir später keinesfalls Kinder anschaffe.« Sie warf einen Seitenblick auf die brave Ursula und fügte hinzu: »Zumindest keine Knaben.«

Lissi grinste und atmete tief durch. Der Herbst war die Jahreszeit der Grimm'schen Märchen. Jeden Moment erwartete sie hinter einer Biegung ein Hexenhäuschen, an dem sie knabbern könnten. Leider war der Herbst ein Vorbote des Winters. Mit genügend Kohle und Essen daheim würde sie sich womöglich sogar darauf freuen. Zumindest aber auf Weihnachten.

Die Pirschgänge in den umliegenden Waldgebieten waren für die Mädchen längst zur Gewohnheit geworden. Sie sammelten, was sie ausfindig machen konnten. Pilze, Brennnesseln, Nüsse und Hagebutten. Bucheckern waren zwar mühsam zu sammeln, aber man konnte sie pfundweise gegen Speiseöl tauschen. Aus den anderen Zutaten ließ sich eine leckere, nahrhafte Suppe kochen. Und natürlich Marmelade. Ein Stück unterhalb des Weges, gut versteckt hinter großen Sträuchern, war die geheime Stelle, an der die Wildrosen wuchsen. Im Sommer trugen sie herrlich duftende Blüten und im Herbst die leuchtend roten Früchte. Flink begannen sie mit der Ernte.

»Was macht Onkel Fritze?«

»Psst, nicht so laut.« Lissi sah zu Ursula hinüber, die einige Schritte von ihnen entfernt stand.

Anna senkte ihre Stimme: »Hat er schon Arbeit gefunden?«

»Noch nicht. Tantchen meint, er sei noch zu geschwächt, um wieder zu arbeiten.«

»Er kriegt ja auch nicht viel zu beißen. Und sonst? Ist es besser mit ihm?«

»Meistens ist er schlecht gelaunt, keiner kann es ihm recht machen. Dann wieder schlägt seine Laune um, und er säuselt und sagt, wir seien liebe Kinderchen. Schmiert uns Honig ums Maul.«

»Was für Honig?«, rief Ursula.

»Hört alles mit, die Kleine«, sagte Anna und lachte. Ihr Gesicht wurde ernst, als sie sich wieder Lissi zuwandte. »Aber er schlägt euch doch wohl nicht«, flüsterte sie.

»Nein, da bin ich froh. Am Tag liegt er herum, am Abend geht er aus, trifft alte Kameraden, sagt er.«

»Was ist er eigentlich von Beruf?«

»Handelsvertreter. Tantchen meint, er werde schon wieder auf die Beine kommen. Sie glaubt, ihn hat alles zu sehr mitgenommen.«

Anna runzelte die Stirn. »Was meint sie denn damit?«

»Die Kriegsgefangenschaft.« Lissi sah zu Ursula hinüber und fuhr noch leiser fort: »Was er gesehen hat, sie sagt, das habe sein Gemüt nicht verkraftet.«

»Was hat er denn erzählt?«

»Gar nichts, er redet kein Wort darüber.«

Anna warf sichtlich enttäuscht ihre Locken in den Nacken. »So sind die Erwachsenen, sie reden nie mit uns über die spannenden Dinge. Erklären nichts. Nicht einmal, woher die Babys kommen.«

»Bist du wohl still, wenn die Kinder das hören.« Lissi wisperte nur noch. »Tante Helene hat jedenfalls vollstes Verständnis für ihn.«

»Seltsam, sonst ist sie immer so resolut, aber wenn es um deinen Onkel geht, scheint sie weich wie Wachs zu werden.«

Lissi nickte. »Dabei kommt er erst nachts heim und torkelt durch die Küche.«

Anna riss die Augen auf. »Meinst du, er betrinkt sich?«

»Genau das.«

»Aber wo hat er denn den Alkohol her?«

»Er trifft sich mit Freunden, womöglich brennen sie ihn selbst. Machen viele, sagt Paul.«

Ihre Freundin sah sie verständnislos an. »Meinst du wirklich? Ist das nicht verboten?«

»Allerdings, das ist es.«

Die Zwillinge rupften Blätter ab und warfen sie in die Luft. Anna schimpfte. Eine Viertelstunde später hatten sie alle Hagebutten abgeerntet und kletterten wieder die Böschung hinauf. Am Weg entlang hielten sie nach Buchen Ausschau, um darunter zwischen Moos und Blättern die Bucheckern aufzulesen. Über ihnen hörten sie die entfernten Rufe der Kraniche. Der Winter war nicht mehr weit.

Ewalds Mutter lehnte am offenen Fenster ihrer Wohnung im ersten Stock. Sie grinste Lissi und Ursula zu, als diese mit ihren prall gefüllten Stoffbeuteln vor dem Haus ankamen. Die Mädchen grüßten höflich, Frau Dreyer nickte huldvoll wie eine Königin von oben herab. Sie klebte mit den Ellbogen regelrecht auf ihrem Fensterbrett, um ja keine Neuigkeit zu verpassen. Sobald die Temperaturen über zehn Grad kletterten, sah Lissi sie ständig am geöffneten Fenster.

Sie schwatzte mit Frau Wulff von gegenüber. Eine Witwe, deren blonde Locken bei jedem Nicken wippten. »Ganze Armeen von Flüchtlingen, so liest man in der Zeitung.«

»Gott bewahre«, rief Frau Dreyer, während sie sich weiter aus dem Fenster lehnte, um die Straße besser im Blick zu haben. »Wo soll das noch hinführen?«

»Die fressen uns hier noch die Haare vom Kopf, dabei haben wir doch selber nichts«, sagte Frau Wulff und hielt dabei ihren Dackel, der Gustav hieß, fest an die üppige Brust gedrückt. Er bellte laut und drohend, als er Lissi entdeckte. Die Kinder in der Straße hatten ihm den Spitznamen *Eiserner Gustav* gegeben, und den hatte er mehr als verdient, denn er kläffte eisern alles und jeden an, selbst Fliegen an der Wand. Frau Wulff musste

Nerven wie Drahtseile haben. Lissi wunderte sich, wovon dieser Dackel lebte, die Essensmarken reichten nicht einmal, um davon die Menschen satt zu bekommen.

Frau Dreyer brüllte von oben gegen das Hundegebell an, woraufhin Frau Wulff den Dackel absetzte. Das Bellen schlug in ein empörtes Jaulen um. Die Mädchen flohen ins Haus.

Im Flur stand ein Handkarren, sodass Lissi erst befürchtete, es sei schon wieder jemand eingezogen. Sie hörte, wie sich zwei junge Männer im Treppenhaus über ihnen unterhielten.

»So geht das nicht, wir brauchen einen dritten Mann.«

»Ach was, Oskar, wir haben ihn bis hierhin bekommen, da werden wir auch die restlichen Stufen schaffen.«

Es polterte. Lissi setzte bedacht einen Fuß vor den anderen, und mit Ursula an der Hand ging sie hinauf.

»Tach«, sagte Oskar Schultheis, mit einem Seitenblick auf die beiden. Der andere war Johann. Sie standen auf dem Treppenabsatz der zweiten Etage und sahen ratlos auf den eisernen Gegenstand zwischen ihnen.

»Ist das ein Kanonenofen?«, fragte Lissi und blieb mit Ursula stehen.

»Hast es erraten, Mädel.« Oskar war Mitte zwanzig, klein und drahtig, mit schmuddeliger Schiebermütze. Das dunkle Haar darunter wirkte, als habe er es sich gerauft. Er schnäuzte sich in ein Taschentuch und wischte sich die Stirn. »Und ich sag dir das, Junge, das Ding bekommen wir nie die steile Bodentreppe hoch.«

Johann würdigte die beiden Mädchen keines Blickes. Das Gutsherrensöhnchen wollte sich also tatsächlich dauerhaft in ihrem Versteck einrichten. Zu Lissi und Ursula sagte er: »Geht mal aus dem Weg, Kinder!« Johann umrundete den Ofen. »Sicher schaffen wir das! Na los, fass noch mal an, Oskar. Eins, zwei, drei und hau ruck!« Sie ächzten.

Die Tür zum Flur sprang auf, und Onkel Fritz steckte den Kopf heraus. »Was ist denn das für ein Krach hier? Wie soll man sich da auskurieren?«

»Wir sind schon weg, Herr Wilke«, sagte Johann mit rotem Gesicht. Schnaufend schleppten sie den Ofen zum dritten Stock hinauf. Lissi sah ihm wütend hinterher. Als Kind hatte er sie bezeichnet, dabei war er kaum älter als sie! Sie wünschte ihn dorthin, wo der Pfeffer wächst.

14

NOVEMBER 1980

Anderthalb Jahre war es her. Auf dem Grabstein stand schlicht sein Name. Matt schien das Sonnenlicht durch die Äste der umstehenden Bäume. Ein Windzug fuhr durch das bunte Laub auf den Wegen. Lissi begann, das Gestrüpp der Bepflanzung aus dem Sommer zu entfernen und die Fläche zu harken. Sie warf alles auf den Kompost. Von Weitem sah sie Tante Helene am Grab von Onkel Fritz stehen. In den Wipfeln erklang heiser das Krächzen der Krähen. Lissi arrangierte ihr mitgebrachtes Herbstgesteck und setzte die Töpfe mit Winterheide in die Pflanzschale. Es war anstrengender als früher. Wie leicht war ihr diese Arbeit von der Hand gegangen, damals in Großvaters Garten und im Hof.

Miriam kam nur selten mit zum Friedhof. Lissi dachte an ihren eigenen Vater, der damals nach Jahren der Abwesenheit im Krieg geblieben war. Die Erinnerung an ihn war so schnell verblasst.

In Gedanken verabschiedete sie sich von Johann und ging zum Grab ihres Onkels hinüber. Tante Helene stand mit gefalteten Händen davor und wisperte vor sich hin.

»Hier ist ein hübsches Plätzchen für mich neben meinem Fritz«, sagte sie laut, als sie geendet hatte.

»Damit lässt du dir aber bitte noch Zeit.«

»Keine Angst, so schnell werdet ihr mich nicht los«, erwiderte Helene schmunzelnd.

Lissi legte das Gesteck für Fritz zu ihren Füßen ab und zündete die Grabkerze an. Sie sahen in die Flamme. »Vermisst du ihn sehr, Tantchen?«

»Ich vermisse die Erinnerung an ihn.« Tante Helene nickte und lächelte. »Die gemeinsamen Erlebnisse vergisst man nicht, und weißt du, was das Beste ist? Wir vergessen nur die unschönen Dinge. Erinnerung vergoldet, Kindchen, merke dir das.« Sie legte ihren dürren Arm um die Schultern ihrer Nichte, und so standen sie einige Minuten da, bis Tante Helene nicht mehr stehen konnte. Arm in Arm schlenderten sie über den Kiesweg zum Ausgang des Friedhofs. Die Sonne war bereits verschwunden, es war kühl geworden. Allerheiligen hatte für Lissi nicht die gleiche Bedeutung wie für Tante Helene. Sie brauchte keinen bestimmten Tag oder Ort, um der Toten zu gedenken. Johann, ihre Eltern und der Großvater waren in Gedanken bei ihr. Auch an ihre Freundin Ingrid und die Puppe Annegret dachte sie. Sie sah sich als Mädchen auf dem Apfelbaum sitzen, ihr Opa harkte ein Beet, und die Mutter hängte im Garten die Wäsche auf. Ein friedliches Bild, an das Lissi gern zurückdachte. Es stimmte. Die guten Erinnerungen blieben.

»Machen Sie für heute Schluss, Frau Sander. Ich gehe jetzt«, sagte Frau Busch schroff. Die Kollegin nahm ihre Lesebrille mit den großen Gläsern ab, die nun achtlos an einer Kette vor ihrer Brust baumelte. Ihre Pupillen waren klein wie Stecknadelköpfe und verliehen ihr einen stechenden Blick.

»Ich bin gleich fertig. Schönes Wochenende«, erwiderte Lissi, die den letzten Stapel Bücher in die Verkaufsregale einsortierte. Ohne ein weiteres Wort drehte sich Frau Busch um und ging. Diese Frau legte keinen Wert auf höfliche Umgangsformen. Lissi wurde einfach nicht warm mit ihr. Alle Kollegen duzten sich, nur Frau Busch und der Chef machten da eine Ausnahme. Allerdings waren sie beide auch das Urgestein der Buchhandlung.

Lissi kontrollierte sorgfältig, ob alles korrekt in alphabetischer Reihenfolge im Regal stand. Es tat gut, wieder zu arbeiten, noch dazu in dieser heimeligen Umgebung. Mit nichts hätte sie lieber den langen Arbeitstag verbracht als mit all diesen Büchern um sie herum. Wenn wenig zu tun war, konnte sie in dem einen oder anderen Werk schmökern. Für jede Stimmung und jeden Geschmack war etwas dabei. Außerdem waren ihr die Kunden sympathisch, mit lesebegeisterten Menschen war sie meist auf einer Wellenlänge.

In Hüfthöhe griff Lissi seitlich in eins der Verkaufsregale und drückte auf den unscheinbaren Türöffner. Es summte leise, und sie drückte die Tür zum angrenzenden Mitarbeiterraum und Lager auf. Sie nahm ihren Mantel von der Garderobe und ging zu dem Regal hinüber, in dem jeder Mitarbeiter ein eigenes Fach hatte. Dort bewahrte sie tagsüber ihre Handtasche auf, aber auch kleinere Besorgungen, die sie während ihrer Mittagspause in Elberfeld erledigte.

Gern trödelte Lissi nach Feierabend einige Minuten, denn am Abend war die Atmosphäre in der Buchhandlung magisch. Dieser Geruch nach frisch gedruckten Büchern und die gedämpfte Beleuchtung der Schaufenster. Aller Stress des Arbeitstages fiel von ihr ab, und sie konnte sich entspannt auf den Heimweg machen.

Herr Borchmann, ihr Chef, ein kleiner hagerer Mann mit Halbglatze, schloss Lissi die Ladentür auf und verabschiedete sie deutlich höflicher, als Frau Busch es getan hatte. Nachdem er von innen abgeschlossen hatte, ging er wieder in Richtung Büro. Manchmal erschien es Lissi, als lebe er in der Buchhandlung und habe gar keine eigene Wohnung. Aber das stimmte natürlich nicht. Sie kannte seine Frau, die hin und wieder vorbeikam, um ihrem Mann die Butterbrote hinterherzutragen, die er zu Hause vergessen hatte. Tatsächlich war Herr Borchmann etwas schusselig.

Die Fußgängerzone war selbst nach Ladenschluss noch gut besucht. Die Wuppertaler tätigten bereits erste Weihnachtseinkäufe. Bummelnde Paare schlenderten Arm in Arm an ihr vorbei. Jugendliche standen in Grüppchen herum, rauchten und lachten.

Im letzten Jahr um diese Zeit war es Lissi schlecht gegangen. Johanns Tod war allgegenwärtig gewesen. Doch sie hatte sich aufgerappelt und in ihrem Leben neu eingerichtet. Die Überwindung, alles von Johann auszusortieren, hatte den Stein ins Rollen gebracht. Der erfolgreiche Verkauf auf dem Flohmarkt hatte sie motiviert. Unglaubliche neunhundertdrei Mark und siebenundzwanzig Pfennige hatte sie im September eingenommen und sofort auf ihr Sparbuch gebracht. Lissi hatte sich bei einer Fahrschule angemeldet, vermutlich brauchte sie ein paar Fahrstunden mehr als die Jüngeren, aber das war ihr gleich. Miriam ließ sich dafür nicht begeistern.

»Was sollen die denn denken, wenn wir da im Doppelpack aufschlagen?«, hatte sie ihre Mutter gefragt.

»Das kann uns doch egal sein«, war Lissis Antwort gewesen. Was war denn schon dabei? Aber Miriam meinte, sie brauche keinen Führerschein. In Wuppertal gäbe es nicht nur Busse, sondern drei verschiedene Arten von Bahnen, eine auf der Straße, eine darüber und eine weitere, um ganz aus der Stadt zu kommen. Lissi hingegen freute sich auf jeden weiteren Schritt in Richtung Unabhängigkeit.

Sie betrat die Wohnung und zog die Stiefel aus. »Miriam, bist du da?« Sie war ganz außer Puste, warf ihre Handtasche auf das Tischchen neben der Tür und zog den Mantel aus.

Ihre Tochter öffnete ihre Zimmertür. »Ich treffe mich gleich mit Freunden. In einer Viertelstunde muss ich los.« Ihr linkes Auge war geschminkt, das andere noch nicht.

»Ich dachte, wir essen wenigstens zusammen.«

»Keinen Hunger, ich hole mir später was in der Stadt.«

Lissi verkniff sich einen Kommentar dazu und ging an ihr vorbei in die Küche. Sie schnitt Brot ab und setzte den Wasserkessel auf die Herdplatte. Ein Kräutertee würde ihr jetzt guttun, seit dem Morgen hatte sie ein leichtes Kratzen im Hals.

Als Lissi es sich mit Käsebrot und Tee auf der Couch bequem gemacht hatte, erschien Miriam im Türrahmen.

»Ich bin weg, Mama, bis nachher.«

»Womöglich liege ich dann schon im Bett. Bin hundemüde. Bleib nicht zu lange.«

»Klaro.« Miriam verschwand im Flur, und nur Sekunden später fiel die Haustür ins Schloss.

Lissi schaltete den Fernseher an und sah sich beim Essen die *Tagesschau* im Ersten an. Danach lief eine politische Sendung, sie stand auf und schaltete um. Im ZDF zeigten sie ein langweiliges Fernsehspiel und im Dritten einen amerikanischen Abenteuerfilm aus den Fünfzigern. Nichts, was sie interessierte. Sie wollte sich gerade den Roman aus dem Schlafzimmer holen, den sie aktuell las, um sich damit gemütlich auf die Couch zu legen, als das Telefon läutete. Sie sah zur Uhr, schon Viertel vor neun, wer konnte das sein? Anna rief so spät nicht an und Tante Helene erst recht nicht. Sie setzte sich wieder hin und hob den Telefonhörer ab. »Sander?«

»Hier ist Georg.« Kurze Pause. »Freese. Ich meine, hier ist Georg Freese. Bist du es, Lissi?«

Sie schmunzelte. »Hallo, Georg, schön, dass du anrufst.«

»Störe ich dich gerade?«

»Nein, überhaupt nicht, im Fernsehen läuft eh nur Unsinn.« Sie biss sich auf die Lippen, warum sagte sie denn so einen Quatsch?

Er lachte. »Wenn du das sagst, wird es wohl stimmen, ich habe keinen Fernseher. Es gibt nur einen in der WG-Küche, so ein winziges Schwarz-Weiß-Gerät, bei dem man nie ein klares

Bild hinbekommt. Ich habe schon alles versucht mit dieser Antenne.«

Lissi musste lachen. Sie war erleichtert, dass es keine peinliche Pause gegeben hatte. »Wie geht es dir? Was machen deine Verkäufe?«

»Es lief wirklich gut in diesem Jahr, die Saison der Trödelmärkte ist jetzt natürlich vorbei, aber dafür verkaufe ich bald meine Kunstwerke auf Weihnachtsmärkten.« Im Hintergrund hörte Lissi Gemurmel. Seine Stimme wurde dumpf, offenbar hielt er den Hörer zu. »Was? Nein. Du siehst doch, dass ich gerade telefoniere.«

»Georg? Alles in Ordnung?«

»Entschuldige, das war einer meiner Mitbewohner. Der Apparat steht im Flur, weißt du …« Im Hörer raschelte es, dann wieder dumpf Georgs Stimme: »Mach, dass du in dein Zimmer kommst, Mann!« Es ertönte Gelächter im Hintergrund.

Lissi grinste und fragte: »Ist die Schnur zu kurz, um das Telefon mit in dein Zimmer zu nehmen?«

»Leider ja, gerade so lang, um den Apparat im Flur vor meine Tür zu stellen. Ich könnte mich an der Schwelle auf den Boden setzen, dann klemme ich mir aber mit der Tür das Kabel vom Hörer ab.«

Lissi stellte sich das bildlich vor und lachte. Seit zwei Monaten hatten sie nichts voneinander gehört, und nun hatte er sie einfach angerufen. Sie wickelte die Schnur des Telefonhörers um ihren Zeigefinger und berichtete von ihrer Arbeit. »Dieser Geruch von frisch gedruckten Büchern, der Umgang mit den Kunden, du glaubst nicht, wie mir das gefehlt hat. Es macht Spaß, wieder zu arbeiten. Ich habe sogar schon sechs Bücher verkauft!«

»Ganze sechs Stück? Donnerwetter!«

»Keine Scherze, Herr Freese, ich darf erst seit wenigen Tagen Kundengespräche führen. Das ist ein Erfolg. Manche Werke, nach denen ich gefragt werde, muss ich erst suchen, aber eine Kollegin hat mich gestern gelobt, wie gut ich mich nach so kurzer Zeit in der Buchhandlung schon zurechtfinde.«

»Gib es zu, du warst dort bisher eifrige Kundin, oder?« Georg lachte.

Lissi sah sein Gesicht dabei in Gedanken vor sich, und ein wohliges Gefühl breitete sich in ihrem Magen aus. »Du hast recht. Aber weißt du, es ist beruhigend, ein eigenes Einkommen zu haben und nicht nur auf die Witwenrente angewiesen zu sein.«

Er erzählte von seinen letzten Trödelmärkten, aber keiner war so erfolgreich gewesen wie der in Vohwinkel. »Ich komme also gern wieder, wenn ich darf«, sagte er.

Sie berichtete von ihrer strengen Kollegin Frau Busch: »Die erinnert mich an Fräulein Rottenmeier aus Johanna Spyris Roman *Heidi*. Exakt so habe ich mir die damals vorgestellt, als ich das Buch gelesen habe.«

Sie plauderten vergnügt eine Dreiviertelstunde über alle möglichen Themen. Lissi hatte sich lange nicht so gut mit jemandem unterhalten. Wenn sie ehrlich war, seit dem Flohmarkt nicht mehr, seit sie Georg zum letzten Mal gesehen hatte. Gespräche mit Anna waren familiär, die eine sagte, was die andere dachte, und umgekehrt. Mit ihm glich der Austausch einem Feuerwerk. Mal überraschend, dann vertraut und aufregend neu zugleich.

Er sprach über seine neuen Bilder und die Kerzen, die er für die Weihnachtsmärkte in Heimarbeit selbst zog. »Klingt sicher seltsam, aber das Kerzenziehen entspannt mich und beruhigt meine Nerven.«

Im Flur fiel die Haustür ins Schloss. Miriam. Lissi war mulmig zumute. Sie sprach langsam weiter, wie ferngesteuert sagte sie, es sei schon spät und sie müsse morgen früh aufstehen.

Georg ging sofort darauf ein. »Klar, das verstehe ich.«

Miriam erschien im Türrahmen und warf ihr einen fragenden Blick zu.

Lissi winkte ab und sagte in den Hörer: »Es hat mich wirklich gefreut. War nett. Bis bald mal wieder, ja? Gute Nacht!« Ohne seine Antwort abzuwarten, legte sie auf.

»Wer war das?« Miriam warf sich auf den Sessel und machte es sich im Schneidersitz bequem.

»Och, nur eine alte Freundin.«

»Welche Freundinnen hast du denn noch außer Anna?«

»Eine Schulfreundin«, log Lissi und stand auf, um ihre Tasse und den Teller vom Abendbrot in die Küche zu bringen.

»Kenne ich die?«

»Nein, ich glaube nicht.« Sie wechselte schnell das Thema und fragte nach Miriams Uni. Die Antworten waren einsilbig, ihre Tochter gähnte und verschwand schließlich in ihrem Zimmer.

Lissi dachte über das Gespräch mit Georg nach. Hoffentlich fand er es nicht seltsam, wie unvermittelt sie aufgelegt hatte. Immerhin hatte er sie angerufen, noch dazu von Hamburg aus. Ein Ferngespräch, das er bezahlt hatte. Ihr Gewissen zwickte sie. Für einen Rückruf schien es ihr bereits zu spät, also beschloss sie, ihm zu schreiben.

Im Schlafzimmer setzte sie sich mit Briefpapier, einem Füller und einem Atlas als Schreibunterlage auf ihr Bett. Erst einmal entschuldigte sie sich, dass sie das Telefonat so plötzlich beendet hatte, er sei hoffentlich nicht böse. Ihr Schreibfluss kam ins Stocken, sie verhaspelte sich, strich durch und zerknüllte das Blatt. Einmal tief durchatmen. Jetzt aber. Sie begann erneut, durchdachte sorgfältig jeden Satz, bevor sie ihn niederschrieb, und bemühte sich um ihre schönste Handschrift.

Am darauffolgenden Donnerstag lag eine Antwort von Georg im Briefkasten. Es war ein hellblauer Umschlag, sie besah die leicht nach rechts geneigte Schrift. Großzügige Buchstaben, gut lesbar. Lissi schob den Brief in ihre Handtasche und ging die Treppen hoch. Sie las ihn erst, als Miriam sich zum Zeichnen in ihr Zimmer zurückgezogen hatte.

Im Kuvert lagen zwei Bögen, einseitig beschrieben. Sie begann zu lesen: »Liebe Lissi, du ahnst nicht, wie sehr ich mich über deinen Brief gefreut habe. Gerade im richtigen Augenblick hat er mich erreicht, mein Wochenende war ein Desaster. Der erste Weihnachtsmarkt war schlecht besucht, bei den Leuten herrschte im Übrigen noch keinerlei Weihnachtsstimmung. Dazu eiskalter Schneeregen. Grässlich.« Er berichtete vom haarsträubenden Gespräch mit einem anderen Standbetreiber. Es folgte eine Anekdote aus seiner WG, dann schloss er mit den Worten: »Du siehst, dein lieber Brief hat mich buchstäblich gerettet, haha. Ruf mich an, wann du möchtest, du kannst mir auch jederzeit schreiben. Ich freue mich.«

Sie las den Brief ein zweites Mal und legte ihn lächelnd unter eins ihrer Schmuckkästchen in der Schlafzimmerkommode.

An den folgenden Abenden ging Miriam nicht aus, und Lissi hatte keine Möglichkeit, Georg ungestört zurückzurufen. Sie konnte doch nicht herumsitzen und warten, bis ihre Tochter die Wohnung verließ, um mit ihm zu telefonieren. Eigentlich war nichts dabei. Sie tat es trotzdem nicht.

Erst am Samstag ergab sich eine Gelegenheit, Miriam war mit Freunden verabredet. Lissi fasste sich ein Herz und wählte seine Nummer. Eine fremde Männerstimme meldete sich. »Wen wollen Sie sprechen? Ach, den Georg? Nee, der ist nicht da, kann ich ihm was ausrichten?«

Sie räusperte sich. »Nein, danke, ich melde mich noch einmal. Wiederhören.« Schnell legte sie auf. Was für ein Reinfall. Er verkaufte heute sicher auf dem nächsten Weihnachtsmarkt. Warum hatte sie nicht daran gedacht?

Ihr Blick fiel auf das Bücherregal und den Karton mit den Tonbandkassetten.

»Und wozu ist diese Taste?«, fragte Lissi und betrachtete das Gerät aufmerksam.

»Damit können Sie die Musikkassette abspielen.« Er demonstrierte es ihr, und aus dem kleinen Lautsprecher ertönte ein Schlager. Lissi verzog das Gesicht. Schnell drückte er auf »Stopp«. Der Verkäufer in diesem Elektrogeschäft war vielleicht Ende zwanzig und wirkte sehr kompetent.

»Und wie kann ich eine Kassette neu bespielen?«, fragte sie.

Er legte eine Leerkassette ein. »Das Gerät hat ein eingebautes Mikrofon. Dazu drücken Sie diese beiden Tasten gleichzeitig, hier, sehen Sie?« Er beugte sich zu dem Gerät vor und sprach hinein: »Test, Test. Eins, zwei, drei.« Er drückte die Stopptaste, spulte zurück und drückte wieder auf den Startknopf. »Test, Test. Eins, zwei, drei«, tönte es ein wenig hohl und verzerrt. Er sah sie aufmunternd an und sagte: »Versuchen Sie es ruhig, es ist ganz einfach.«

Lissi winkte verlegen ab. »Danke, ich bekomme das sicher hin.« Sie hastete zur Kasse und bezahlte. Ihre Pause war in fünf Minuten vorbei. Abgehetzt kam sie in der Buchhandlung an und achtete darauf, dass Frau Busch sie nicht sah, als sie kurz im Mitarbeiterzimmer verschwand. Den Kassettenrekorder ließ sie in der Tüte und legte ihn in ihr Fach.

Das Weihnachtsgeschäft hatte Fahrt aufgenommen. Im Laden drängten sich die Kunden. Auf dem Verkaufstresen stand ein Adventskranz mit leuchtend roten Kerzen und Schleifen. Der Anblick ließ in Lissi Vorfreude auf das Weihnachtsfest aufsteigen. So hatte sie es all die Jahre gekannt. Sie dachte an Johann. Jedes Fest ohne ihn war keines.

»Sagen Sie, wo finde ich Jugendbücher?«, riss sie eine Stimme aus den Gedanken. Vor ihr stand Max, Pauls Freund aus Kindertagen. Sein Haar war schütter geworden, einige Falten hatten sich in sein Gesicht gegraben. Sein Lächeln jedoch war freundlich wie früher.

»Max! Schön, dich zu sehen, wie geht es dir?«, brach es aus Lissi heraus.

In seinem Blick lag Unverständnis. Dann sagte er langsam: »Ich heiße Max, richtig. Woher wissen Sie das?«

»Erkennst du mich nicht? Ich bin es, Lissi, Pauls Cousine. Du warst früher oft bei uns zu Hause.«

Er runzelte die Stirn, schüttelte den Kopf.

»Kann ich helfen?« Frau Busch erschien mit strenger Miene und sah von Lissi zu Max.

Er stand noch immer da, als wäre er aus allen Wolken gefallen. Sein Lächeln wirkte distanziert. An Frau Busch gewandt sagte er: »Ich suche ein bestimmtes Jugendbuch. Meine Frau hat es mir aufgeschrieben.«

»Folgen Sie mir bitte.« Sie warf Lissi einen vernichtenden Blick zu, ging voraus und führte Max zur Jugendliteratur. Lissi sah ihnen sprachlos nach, dann fiel es ihr wieder ein. Ein kurzer Augenblick konnte alles verändern. Wie ein kurzer Augenblick vor langer Zeit in einem Keller alles verändert hatte. Und auf einer Autobahn. Und ein Spiel in den Trümmern der Stadt.

Als sie am Abend heimkam, war sie insgeheim froh, als Miriam sagte, ihr neuer Freund würde sie gleich mit dem Auto abholen. Über die Uni hatte sie ihn kennengelernt.

Lissi holte das Tonbandgerät aus der Tüte und stellte es auf den Esstisch im Wohnzimmer. Im Regal suchte sie eine der unbespielten Kassetten heraus, packte sie aus und steckte sie in das Fach, wie der Verkäufer es ihr gezeigt hatte. Einen Moment legte sie sich die Worte zurecht und holte tief Luft, bevor sie die beiden Tasten gleichzeitig herunterdrückte.

15

NOVEMBER 1947

Milchkannen ließen sich hervorragend schleudern. Selbstverständlich nur, solange keine Milch darin war, die war kostbar. Anna und Lissi wirbelten um die Wette und liefen im Hinkeschritt an der Bordsteinkante entlang. So folgten sie den Erwachsenen auf dem Bürgersteig, und wenn die es bemerkten, rannten die beiden Mädchen schnell davon.

Lissi veränderte sich. An manchen Tagen kam sie sich erwachsen vor, wollte gern einmal ins Kino und zum Tanzen gehen. Ihre Fingernägel lackieren und roten Lippenstift tragen, wie sie es auf Plakaten bei Filmschauspielerinnen sah. Dann wieder gab es Momente, da drängelte sich die kleine Lissi hervor und dachte sich allerlei Spiele und Späße aus. Durch den Krieg und die schwere Zeit danach war es ihr vorgekommen, als sei es ihre Pflicht, schnellstmöglich erwachsen zu werden, obwohl sie so gern noch Kind sein wollte. Einige Jahre ihrer Kindheit waren für immer verloren.

Anna war ein Jahr jünger als sie, ob es bei ihr auch länger dauern würde, bis ihre Kinderlaunen aufhörten? Sie lief direkt hinter ihr, stolperte gegen Lissis Rücken, taumelte, fing sich aber im letzten Moment. Annas Milchkanne polterte zu Boden und bekam eine Delle. Sie hob sie auf und besah den Schaden.

»Wenigstens hast du keine Delle abbekommen«, sagte Lissi grinsend.

»Mich wirft so schnell nichts um. Ich bin ein Sonntagskind, ich hab immer Glück!« Anna lachte fröhlich, dann hielt sie inne und starrte auf das Kopfsteinpflaster. Lissi folgte ihrem Blick, dort lag eine graue Münze.

»Sieh mal, ein Pfennig!«, rief Anna.

Lissi staunte. »Tatsächlich! Ein Glückspfennig, wenn das kein gutes Zeichen ist.«

»Ich sage doch, ich bin ein Glückskind!«

Wie sehr Lissi ihre Freundin in solchen Momenten beneidete.

Als sie um die Straßenecke bogen, kam ihnen ein Fuhrwerk entgegen. Hölzerne Speichenräder ruckelten über das Pflaster. Zwei kräftige Pferde trotteten gemächlich vorneweg und störten sich offenbar an nichts und niemandem. Auf der Ladefläche standen Reihen großer Milchkannen. Der Mann mit Schirmmütze auf dem Kutschbock zog an den Zügeln und hielt vor dem Milchgeschäft schräg gegenüber. Die Mädchen strahlten, da hatten sie genau den richtigen Moment abgepasst. Schnell rannten sie über die Straße und stellten sich direkt vor die Ladentür. Im Nu bildete sich hinter ihnen eine Menschenschlange bis um die nächste Ecke. Lissi tastete nach ihrem Portemonnaie mit den Lebensmittelmarken in ihrer Manteltasche. Ständig war sie in Sorge, sie könne die Abschnitte verlieren oder, schlimmer, jemand könnte sie ihr stehlen. Das kam durchaus vor, wenn man nicht aufpasste.

Anna hielt sich triumphierend den Pfennig vor die Nase und schloss fest die Faust darum, als wolle sie ihn nie mehr loslassen. Vielleicht lag es tatsächlich an dem Glückspfennig. Vielleicht musste man einfach nur daran glauben. Das Milchgeschäft war karg eingerichtet, eine schlichte Theke stand in der Mitte des Raumes. Die Regale im Hintergrund waren leider leer. Wie günstig wäre die Gelegenheit gewesen, auch Käse, Sahne oder Eier mitnehmen zu können. Hoffentlich gab es all das bald wieder zu kaufen.

Die Milchfrau hinter dem Tresen befüllte mit einem Messbecher die Kannen. Lissi lief das Wasser im Mund zusammen. Sie hatte den Geschmack der schäumenden Flüssigkeit schon auf der Zunge. Wie würde sich Tante Helene freuen, sie trank gern einen Schuss frischer Milch in ihrer Tasse Kaffee. Sie war außer sich gewesen vor Freude über das halbe Päckchen Bohnenkaffee aus dem CARE-Paket. Die Verkäuferin nahm eine Schere und schnitt zwei Marken von den Lebensmittelkarten ab.

Es wurde nun früh dunkel. Anna sah zum Himmel: »Au weia, ich muss nach Hause, Mutti geht gleich zur Arbeit, dann sind die Jungs allein und machen Unsinn.« Mit vollen Milchkannen liefen sie im Eilschritt heim. Anna verabschiedete sich an der Straßenecke und lief in die andere Richtung davon. Hinter den meisten Fenstern der Häuserzeile sah Lissi trübes Licht. Aus den Schornsteinen quoll Rauch in den dunklen Himmel. Sie schnupperte die kühle Herbstluft. Als sie um die unbeleuchtete Hausecke in ihre Straße abbog, kam ihr jemand entgegen und hätte sie fast umgerannt.

»Passen Sie doch auf«, rief Lissi aus, als ihr die Milchkanne schon aus der Hand glitt. Geistesgegenwärtig griff die Gestalt danach und fing sie kurz vor dem Bürgersteig auf. Unter dem Deckel quoll Milch hervor, ein Rinnsal lief an der Außenseite der Kanne entlang und tropfte auf das steinerne Trottoir. Sie starrte Johann entgeistert an und brachte keinen Ton mehr heraus. Selbst in dem dämmrigen Licht konnte sie seine ebenmäßigen Züge erkennen.

»Tut mir leid, ich habe dich nicht gesehen«, antwortete Johann schulterzuckend. Das passierte ihm öfter, immer übersah er sie, dachte Lissi finster.

Im selben Moment kam ein Auto die Straße entlanggefahren, auf dem Ölberg ein ungewohnter Anblick. Es hielt einige Meter vor der Straßenecke. Stumm beobachteten sie Frau Wulff, die hübsche Nachbarin von gegenüber, wie sie aus dem Wagen stieg, eine gut gefüllte Tasche über dem Arm. Offenbar übersah auch sie Johann und Lissi, die an der düsteren Ecke standen und sich nicht rührten. Die Nachbarin winkte kokett dem Fahrer, einem Mann in britischer Uniform, bog um die Hausecke und näherte sich ihrem Hauseingang. Bis auf die Straße konnte Lissi den Dackel bellen hören. Ob Frau Wulff ihm sein Abendessen mitbrachte?

Das Auto fuhr an und entfernte sich. Lissi öffnete den Mund, um etwas zu sagen, da drückte Johann ihr schlicht die Kanne in die Hand und verschwand im Dunkel der Querstraße. Enttäuscht sah sie ihm hinterher.

Als sie in die Küche kam, saß ihre Tante an der schnurrenden Nähmaschine. Ursula sortierte Knöpfe.

»Ist Urselchens Mantel fertig? Kann ich helfen?«, fragte Lissi und stellte die Milch auf den Küchentisch.

Tante Helene sah auf. »Noch diese Naht hier, dann könnt ihr euch die Knöpfe und Knopflöcher vornehmen.«

Als Onkel Fritz heimgekehrt war, hatte er nur die zerschlissene Uniform der Wehrmacht am Leib gehabt. Mit Lissis Hilfe hatte ihre Tante Feldjacke und Mantel auseinandergenommen. Das Wolltuch sträubte sich gegen das Färben, aber es musste sein, denn das Feldgrau durfte niemand mehr tragen. Paul bekam ein neues Paar Hosen und Ursula einen Mantel. Die matten Knöpfe der Uniform waren abgenutzt und zerkratzt. Man konnte sie aber mit dem Mantelstoff beziehen und weiterverwenden.

Tante Helene und Ursula summten eine Melodie.

»Woher kenne ich das?«, fragte Lissi.

»Es ist das Lied vom Sankt Martin«, erwiderte Ursula und sang weiter: »O helft mir doch in meiner Not, sonst ist der bitt're Frost mein Tod!«

Lissi erinnerte sich, diese Geschichte von dem Soldaten mit

der Mantelteilung. Vor Jahren war sie mit ihrer Mutter bei einem Martinsumzug gewesen. Die Kinder hatten leuchtende Laternen an Stöcken durch die Dunkelheit getragen. Ein Mann mit Helm auf dem Kopf ritt auf seinem Pferd voran. Ein Bettler in Lumpen hockte am Wegrand und hob die Hände in flehender Geste zu ihm empor. Martin zögerte nicht, zerteilte mit dem Schwert seinen Umhang und reichte dem Mann in Lumpen eine Hälfte davon. Lissi war beeindruckt gewesen.

Als sie kurz darauf den Tisch für das Abendbrot deckte, kam Paul hereingepoltert. Sie nahm ihn beiseite: »Ich muss etwas mit euch besprechen, mit dir und Ursula. Ich hab da eine Idee. Aber wir müssen gleich damit anfangen, sonst werden sie nicht mehr rechtzeitig fertig.«

»Was wird nicht fertig?«, fragte Ursula.

»Wir basteln Laternen fürs Mätensingen und klappern die Nachbarschaft ab. Vielleicht können wir ein paar Süßigkeiten sammeln. Oder was die Leute halt haben.«

»Gar keine schlechte Idee«, meinte Paul. »Aber womit sollen wir die Laternen basteln?«

»Wir nehmen die Blechdosen und Verpackungen aus dem CARE-Paket! Und wir haben Butterbrotpapier hier, das könnten wir mit Scherenschnitten bekleben.«

Nachdem sie ihre Suppenteller geleert hatten, setzten sie sich sofort an den Esstisch und bastelten. Onkel Fritz schlurfte durch die Küche, sah verwundert zu, murrte etwas Unverständliches, zog den Mantel über und trat seinen abendlichen Rundgang durch die Straßen an.

Lissi schnitt Figuren aus Pappe aus, einen Mann mit Schwert und Bischofsmütze.

Paul sagte: »Der sieht aus wie ein Bär mit Stock in der Pranke.« Sie knuffte ihn.

Ursula mühte sich mit dem Kleister ab, den Lissi aus Mehl

und lauwarmem Wasser angerührt hatte. Aber von den Scherenschnitten ihres Bruders war sie begeistert: »Das ist das schönste Pferd aus Pappe, das ich je gesehen habe!« Es war tatsächlich besonders gelungen, das musste sie zugeben.

Paul grinste, dann zog er die Stirn kraus. »Aber wenn Mutti bemerkt, dass du das gute Mehl für den Leim genommen hast, gibt es sicher Ärger.«

»Wird alles kompensiert«, sagte Lissi schulterzuckend, »das holen wir mit dem Singen doppelt und dreifach wieder rein.«

Am nächsten Abend dämmerte es früh, und die Laternen waren fertig. Die Hindenburglichter im Innern würden für ein heimeliges Licht sorgen.

»Zieht euch warm an, wir werden sicher einige Stunden unterwegs sein«, sagte Lissi. »Urselchen, probier gleich mal die neue Strickjacke an.« Das erste richtige Kleidungsstück, das Lissi ohne Hilfe gestrickt hatte, noch dazu mit kompliziertem Muster.

Ursula schlüpfte in das Meisterwerk, wand sich, zog die Jacke sofort wieder aus und warf sie auf den Küchentisch. »Die kratzt, die ziehe ich nicht an!« Sie verschränkte die Arme.

»Papperlapapp, du trägst lange Ärmel drunter, dann kratzt nichts mehr«, sagte Lissi im gleichen Ton wie Tante Helene.

Ursula zog widerwillig eine langärmelige Bluse an und versuchte es erneut.

»Wundervoll!«, sagte Lissi und drehte sie an den Schultern einmal im Kreis herum.

Ihre Cousine starrte missmutig vor sich hin. »Die kratzt immer noch, ich spüre es durch den Stoff der Bluse hindurch.«

»Dafür wirst du garantiert nicht frieren«, erwiderte Lissi und trieb zur Eile an. Über ihre langen Strümpfe zogen sie dicke Wollsocken in die ohnehin zu großen Schuhe. Mit Mütze, Schal und Handschuhen waren sie gut gerüstet. Alles selbst gemacht, dachte Lissi stolz.

Sie entzündeten ihre Laternen. Auch Anna und ihre beiden Brüder kamen hinzu. Was für einen Anblick sie boten, die Leute, die auf der Straße an ihnen vorbeiliefen, drehten sich nach ihnen um. In den Häusern der Nachbarschaft klingelten sie zunächst dort, wo Licht brannte. Nach jedem Besuch kamen weitere Kinder hinzu, manche hatten Kerzenstummel oder Fackeln in der Hand. Das Singen, Lachen und Plappern tönte durch die Straßen. Immer mehr Nachbarn öffneten die Fenster und sahen auf sie herunter. Lissi kam sich vor wie der Rattenfänger von Hameln, ihr fehlte nur die Flöte. Oder war es eine Pfeife?

Bei zwei Eheleuten stießen sie auf Unverständnis. Sie murrten, sie würden den Brauch nicht kennen, und schlugen ihnen die Tür vor den Nasen zu.

Erst um halb neun am Abend kamen die drei nach Hause und leerten ihre Beutel auf den Küchentisch. Die Ausbeute war nicht reichlich, konnte sich dennoch sehen lassen. Viele Groschen, Nüsse, ein halbes Dutzend Äpfel, die Hälfte davon kaum verschrumpelt. Harte Kekse in allen möglichen Formen. Doch das Beste war ein Kaugummistreifen in Silberpapier.

Wie segensreich die letzten Wochen gewesen waren. Erst das halbe CARE-Paket, dann Lissis Idee mit dem Mätensingen. Sie war mit sich sehr zufrieden.

»Stell dir das vor, eine richtige Märchenhochzeit!«, schwärmte Anna, die im Kino Filmaufnahmen von der englischen Thronfolgerin Prinzessin Elisabeth gesehen hatte. Lissi hatte nur ein Foto in der Zeitung betrachtet. Die Prinzessin wirkte so anmutig mit ihrer modischen Frisur und dem zarten Schleier. Ein prächtiges Hochzeitskleid und teuren Schmuck trug sie. Der

Prinz hieß Philip, er war groß und schlank und hatte blondes Haar. Wie Johann. Lissi seufzte. Es war so romantisch.

Die drei Mädchen standen am Rand des Grundstücks und sahen zu, wie der Platz an der Herzogstraße von den Trümmern geräumt wurde.

»Sah das nicht vor einer Woche noch genauso aus?«, fragte Anna.

Lissi versuchte, gelangweilt auszusehen, warf aber immer wieder Blicke zu Johann hinüber, der eben in seine Hände blies und dann die Arbeitshandschuhe anzog. Es war eigentlich schon zu kalt, um auf der Baustelle zu arbeiten.

»Der blonde Jüngling da hinten gefällt dir wohl?« Anna warf ihr einen kecken Blick von der Seite zu. Sie war nicht dumm und hatte sicher längst bemerkt, warum sie hier standen. »Deswegen musst du neuerdings so oft zum Kaufhof, ich verstehe.«

»Lissi ist verliebt«, krähte Ursula und gackerte los.

»Bist du wohl still, du freches Ding.« Lissi hielt ihr rasch den Mund zu und zischte: »Ihr redet beide dummes Zeug!«

Johann schien nichts bemerkt zu haben. Er klopfte Ziegelsteine, redete mit Oskar und grinste blöd vor sich hin. Kein Wort hatte er zu ihr gesagt, seit sie hier standen, obwohl er sie erkannt haben musste. Was der sich einbildete. Oskar immerhin hatte sich an seine speckige Mütze getippt, als er die Mädchen erkannt hatte.

»Wenigstens grüßen könnte dieser Kerl, wenn man schon im selben Haus wohnt. Kommt, wir gehen. Es ist eiskalt.« Schnell schob sie Anna und Ursula weiter. »Der kann froh sein, dass ich ihn in meiner Dachkammer wohnen lasse, dabei könnte ich die gerade selbst so gut gebrauchen«, raunte Lissi Anna zu.

»Bei uns ist es auch zu eng. Mit Mutti und den Zwillingen in nur einem Zimmer! Dabei hätte ich lieber so ein niedliches

Urselchen als Schwester.« Anna tanzte mit Ursula an den Händen wild im Kreis, dass es staubte. Sie lachten herzlich.

Seit einem Jahr hatte der Kaufhof im Erdgeschoss wieder seine Tore geöffnet. Und obwohl Lissi dort keine Weihnachtsgeschenke würde kaufen können, die Waren bewunderte sie gern. Was konnte sie dafür, dass der schnellste Weg über die Herzogstraße führte und dieser Johann ausgerechnet dort auf einem Trümmergrundstück arbeitete?

Das Kaufhaus C&A schräg gegenüber war ein trauriges Gerippe, nur das Schild hing unversehrt in einer der Fensterhöhlen. Überall zwischen den Trümmern trug man Schutt ab, der mit Lastwagen abtransportiert wurde, um die zahlreichen Bombentrichter in der Stadt aufzufüllen. Die Ziegel befreite man von alten Mörtelresten, damit man sie für den Wiederaufbau verwenden konnte.

Der Esstisch lag voller Stoffstücke, die Tante hatte neue Aufträge erhalten. Kurzerhand wurde er wieder einmal in einen Zuschneidetisch verwandelt. Ursula saß neben ihr. Das Kinn auf die Hände gestützt, sah sie zu, wie die große Schere mühelos durch das Wolltuch glitt.

Lissi setzte sich dazu und nahm sich endlich die Strümpfe vor. Sie stopfte die Löcher in Ursulas Kniestrümpfen, als die Tür aufflog und Paul atemlos auf der Schwelle stand.

»Im Bahnhof Döppersberg steht ein Kohlenzug, lass uns fringsen, was wir kriegen können, Lissi!«, japste er.

Tante Helene presste die dünnen Lippen aufeinander, polternd fiel die Schere auf den Tisch. Ursula sprang auf und kramte die Kohlensäcke unter dem Schrank hervor.

»Du bleibst hier«, befahl Paul seiner Schwester, die trotzig die Arme vor der Brust verschränkte.

Die beiden rannten los. Ein Menschenauflauf war an den

Gleisen versammelt. Die Erinnerung an den letzten Winter trieb Lissi zur Eile an. Schwarze Gestalten kletterten auf die voll beladenen Güterwaggons und warfen Kohlen herunter. Flink sammelten sie auf, was sie greifen konnten, und stopften es in ihre Säcke. Um sie herum Dutzende Menschen, die sich ebenfalls bückten.

Jemand sprang vom Kohlenzug, strauchelte am Abhang der Gleise und stieß Lissi um.

»Autsch, kannst du nicht aufpassen?«, entfuhr es ihr.

Die Gestalt rappelte sich auf und wisperte: »Ich bitte um Verzeihung!«

Die Stimme und der Ton kamen ihr bekannt vor.

»Das Mädchen mit dem Mantel. Lisbeth, nicht?« Wieder dieser Johann. Er half ihr auf.

»Lissi!«, verbesserte sie ihn.

»Richtig. Hast du mir auch ein paar Kohlen aufgesammelt?«

»Warum sollte ich?«

»Ich habe sie euch immerhin heruntergeworfen, oder nicht?«

»Psst!«, machte jemand gedämpft. »Sollen sie uns erwischen?«

Johann begann, seinen mitgebrachten Sack hastig mit Kohlestücken zu füllen. Lissi beobachtete ihn von der Seite. Sein helles Haar hob sich im Dunkeln deutlich ab. Kurzerhand half sie ihm und warf ein paar Kohlen in seinen Beutel.

»Danke«, flüsterte er. In diesem Moment ertönte ein gellender Pfiff. Die Menschenmenge stob nur so auseinander. Alle suchten Deckung hinter Sträuchern. Kurz darauf hörten sie es in einiger Entfernung knallen. Schleunigst machten sie sich davon.

»Das war nur ein Warnschuss der Bahnpolizei«, erklärte Johann, als sie schweigend den Ölberg hinaufstapften. Er hatte angeboten, auch ihren Sack zu tragen, was sie nach kurzem Zögern angenommen hatte. Der Schreck saß Lissi noch in allen Gliedern. Sie war müde, und die Strecke bergauf kam ihr länger vor als sonst. Paul jedoch ging wie gewöhnlich mit schnellen Schritten voran.

Auf Lissis Wangen schmolzen kleine Eiskristalle zu Wassertröpfchen. »Sieh nur, es schneit«, sagte sie bestürzt. Als Kind hatte sie den ersten Schnee stets herbeigesehnt.

»Da hatten wir Glück mit den Kohlen. Gerade noch rechtzeitig zum Wintereinbruch.« Johann schlug den Mantelkragen hoch.

Im Lichtschein einer Straßenlaterne beobachtete sie ihn verstohlen von der Seite, seine schmalen Hände waren rot vor Kälte. Im Stillen fragte sie sich, wie er das Weihnachtsfest wohl verbringen würde.

Nikolaus fiel in diesem Jahr auf einen Samstag, und Lissi hatte zu diesem Anlass Haferkekse gebacken. Der süßliche Duft erfüllte die ganze Küche. Ohne lange darüber nachzudenken, hatte sie einen davon in ein sauberes Taschentuch eingewickelt. Leise schlich sie die Stiege zum Trockenboden hinauf und klopfte an die Tür der Dachkammer.

Als Johann öffnete, setzte er sein verschmitztes Lächeln auf. »Nur herein, junge Dame.«

Verlegen trat sie ein, klappte das Tüchlein auf und hielt ihm den Keks auf der flachen Hand hin. »Den wollte ich dir nur bringen. Ich muss gleich wieder runter, damit meine Tante nichts merkt.« Sie zögerte. »Hier ist es aber kühl. Funktioniert der Ofen nicht?«

»Doch schon. Aber ich bekomme das Feuer schlecht in Gang, und wenn doch, kann der Rauch nicht richtig abziehen, und es qualmt manchmal mehr, als es brennt.«

»Aber ist das nicht gefährlich?«

»Nun ja, ich muss die Dachluke hin und wieder ein Stückchen öffnen, sonst wache ich morgens nicht mehr auf.« Er lachte und zwinkerte.

»Darüber macht man keine Scherze«, sagte Lissi ernst. Hier konnte er doch nicht wohnen bleiben. Immerhin hatte er ein dickes Federbett.

»Ich höre mich schon nach einer anderen Bleibe um«, sagte er, als habe er ihre Gedanken gelesen. »Oft halte ich mich hier oben ohnehin nicht auf, Oskar und seine Frau kümmern sich ein bisschen um mich. Wenn es zu schlimm wird, kann ich notfalls mein Lager bei ihnen aufschlagen.«

Sein heiteres Gemüt löste in Lissi etwas aus. Schweren Herzens verabschiedete sie sich von ihm, bevor sie unten jemand vermissen würde.

An diesem Abend begann Lissi, ihm heimlich ein Paar Handschuhe zu häkeln. Sie würde sie ihm am Heiligen Abend einfach vor seine Tür legen. Es überraschte sie selbst. Sie wollte nicht, dass er fror.

»Bist du dir wirklich sicher?« Anna presste die Lippen aufeinander. »Deine Tante wird schimpfen.«

Sie hatten sich auf dem stillen Örtchen eingeschlossen. Lissi sah in den kleinen Spiegel über dem Waschbecken. »Ich hab das gehörig satt. Ich sehe aus wie ein Schulmädchen.«

»Aber das bist du doch auch.« Anna kicherte und hielt sich die Hand vor den Mund.

»Du hast leicht lachen mit deinen wundervollen Locken. Du musst keine albernen Zöpfe tragen. Richtig erwachsen wirkst du neben mir.«

»Dann musst du es wohl tun, aber ich kann nicht zusehen.« Ihre Freundin kniff die Augen zu.

Lissi hielt die Luft an, dann hob sie zitternd die große Schere hoch, die Tante Helene zum Zuschneiden der Stoffe benutzte.

»Also gut, ich zähle bis drei. Eins ... zwei ... drei!« Es war schwieriger, als Lissi erwartet hatte. Das Geräusch war unangenehm, als die Schere Stück für Stück die Haare durchtrennte. Es klang wahrhaftig, als wäre verboten, was sie tat. Dann hatte sie erst den einen Zopf in der Hand, kurz darauf den anderen. Anna öffnete vorsichtig beide Augen und sah nun aus, als müsse sie weinen.

Lissi löste mit den Fingern die Reste der geflochtenen Strähnen und schüttelte ihren Kopf. Die Haare hingen ihr fransig über die Schultern.

»Wärst du mal lieber in einen Frisiersalon gegangen. Lass mich mal ran.« Anna ergriff Kamm und Schere und begann, Lissis Spitzen zu begradigen. »Du wirst dir ab sofort die Haare in Locken legen müssen.«

Lissi bis sich auf die Unterlippe. »Ich weiß gar nicht, wie das geht.« Was hatte sie nur getan? An Annas prächtige Naturlocken würde sie ohnehin niemals heranreichen. Sie sah auf die zwei traurigen Zöpfe hinunter, die seltsam fremd im Waschbecken lagen. Sie schniefte, und ihr Spiegelbild verschwamm vor ihren Augen. Was würde Tante Helene sagen? Und all das nur wegen Johann.

Unten ging die Haustür. Schnelle Schritte erklommen die Stufen, über ihnen schlug jemand eine Tür zu. Lissi und Anna starrten sich mit offenen Mündern an. Dann horchten sie auf die Geräusche von oben. Wasserrauschen, das Klappern eines Metalleimers.

»Ich komme mit zu euch hoch und stehe dir bei«, flüsterte Anna und umfasste Lissis Hand. Minuten später stiegen sie sehr langsam die halbe Treppe hinauf, um das Donnerwetter noch ein Weilchen aufzuschieben.

»Bist du noch bei Sinnen?« Tante Helene war außer sich, als sie Lissis Fransen erblickte. »Deine schönen langen Zöpfe! Und du hast sie nicht zurückgehalten, Anna Rösler, das hätte ich nicht von dir gedacht.«

Die Mädchen hielten sich fest an den Händen und sahen betreten auf den blank gescheuerten Dielenboden, dunkler als sonst. Tante Helene hielt den tropfenden Schrubber in der Hand.

Dann erklärte Anna mit fester Stimme: »Lissi ist fünfzehn, Frau Wilke, da tragen viele Mädchen die Haare schulterlang. So ist es doch viel praktischer, man verbraucht nicht so viel Seife. Und die kürzeren Haare trocknen schneller, das spart Kohlen.«

Dankbar drückte Lissi Annas Hand. Tante Helene runzelte die blasse Stirn und seufzte, als trüge sie alle Last der Erde auf ihren Schultern. »Ich glaube, du gehst besser heim, Anna.« Dann wandte sie sich an Lissi: »Und wir beide werden noch ein ernstes Wörtchen miteinander reden.«

16

APRIL 1981

»Auf in die finale Runde«, sagte Herr Bern munter, als sie einstiegen. Lissi war heute der letzte Prüfling. Sie startete mit zittrigen Händen den Motor und manövrierte den Golf aus der Parklücke.

»Biegen Sie bitte an der Kreuzung rechts ab«, wies sie der Prüfer im karierten Sakko auf dem Rücksitz an, dessen Namen sie vor Aufregung direkt wieder vergessen hatte.

Trotz dreißig Fahrstunden hatte Lissi das Gefühl, komplett überfordert zu sein. Wie konnte jemand so verrückt sein und ihr den Führerschein aushändigen? Absurd. Aber sie hatte sich die Suppe selbst eingebrockt. Sie stellte sich vor, wie frei und selbstbestimmt sie mit dem eigenen Auto sein würde. Keine schweren Einkäufe mehr durch die halbe Stadt schleppen. Jederzeit Ursula, ihre Tante oder Georg in Hamburg besuchen. Nur leider hatte sie den Schein noch nicht.

»Vor dem gelben Ford Consul da vorne rechts, da parken Sie bitte ein, Frau Sander.« Ein ernster Blick traf sie durch den Spiegel von der Rückbank.

Lissi wurde heiß, ausgerechnet an der belebten Friedrich-Engels-Allee. Immerhin war die an dieser Stelle zweispurig, sodass andere Autos sie überholen konnten. Sie schickte ein Stoßgebet zum Himmel und setzte den Blinker. Es klappte direkt beim ersten Anlauf. Der Wagen stand vorbildlich in der Parklücke. Ganze Steinbrocken fielen ihr vom Herzen. Das hatte bisher noch nie geklappt. Ihr Fahrlehrer lächelte so stolz, als habe er das Auto selbst in die Lücke gesetzt. Lissis Nervosität ließ ein wenig nach.

Der Prüfer sah in seine Mappe und machte eine Notiz. Er wies sie an, weiter Richtung Barmen zu fahren, und plauderte mit Herrn Bern über den Europapokal. Beide waren die größten Fußballexperten, zumindest dem Gerede nach. Lissi bemühte sich, nicht hinzuhören, und konzentrierte sich auf die anderen Fahrzeuge, die Verkehrsschilder und die Ampeln. Mittendurch ratterte die Straßenbahn über ihre Schienen.

»Jetzt bitte bei der nächsten Gelegenheit links abbiegen.«

Durchfahrt verboten, natürlich, ihr Fahrlehrer hatte sie vorgewarnt. Sie trat sachte aufs Gas und bog erst in die Straße dahinter ab. Ein wohlwollendes Nicken des Prüfers. Lissi atmete tief durch.

Als sie nach gefühlten drei Stunden wieder vorwärts in die Parklücke fuhr, in der sie zu Beginn gestanden hatte, warf sie einen bangen Blick in den Rückspiegel. War es vorbei? Herr Bern strahlte sie an und tätschelte beruhigend Lissis Hand.

»Beachten Sie öfter, dass Sie Seitenspiegel haben, und denken Sie immer an den Schulterblick«, sagte der Prüfer, während er in seiner Mappe herumkritzelte. Daraufhin reichte er ihr ein graues Papier, glatt und fest. Lissi hatte es geschafft. Bestanden! Sie starrte den Führerschein an und konnte es nicht glauben. Herr Bern zückte lächelnd einen Stift und gab ihn ihr mit feierlicher Miene. Zittrig setzte sie ihre Unterschrift unter das Lichtbild. Sie konnte es kaum erwarten, Georg von ihrer erfolgreichen Prüfung zu berichten. Und Miriam und Tante Helene und Anna.

Der Prüfer stieg in sein Auto und fuhr los. Es hätte nicht viel gefehlt, und sie hätte ihm aus Dankbarkeit nachgewunken.

»Na, sehen Sie«, sagte ihr Fahrlehrer, »ich habe Ihnen ja gesagt, Sie schaffen das. Selbst wenn es in Ihrem Alter ein paar Fahrstündchen mehr gebraucht hat.« Er lachte fröhlich.

»Ich hab nicht damit gerechnet, auf Anhieb zu bestehen«, erwiderte sie. »Dabei steht mein Auto längst bereit. Ich freue mich darauf, es gleich abzuholen.« Herr Bern hatte ihr einen befreundeten Autohändler für ihren Gebrauchtwagen empfohlen, der ihn ihr zu einem günstigen Preis angeboten hatte. Jürgen und Anna hatten sie begleitet und ihr beigestanden. Der Wagen wartete seit zwei Tagen beim Händler auf Lissi und ihre Fahrerlaubnis.

Herr Bern verabschiedete sich per Händedruck. »Ich wünsche Ihnen allseits gute Fahrt, und sollte Ihre Tochter demnächst den Führerschein machen wollen, dann denken Sie an mich, ich stehe jederzeit zur Verfügung.«

Lissi bedankte sich, ihm winkte sie zum Abschied und machte sich eilig auf zur Haltestelle der Straßenbahn.

Der stilvolle Altbau in der Pauluskirchstraße war Teil der Bergischen Universität. Gespannt wartete Lissi auf Miriam. Üblicherweise nahm ihre Tochter die Schwebebahn. An manchen Nachmittagen arbeitete sie stundenweise in einem Café in der Elberfelder Innenstadt. Nach der Uni fuhr sie oft direkt dorthin. Aber heute war ein besonderer Tag.

Lissi konnte kaum erwarten, Georg von ihrem Führerschein und dem Auto zu erzählen, er freute sich mit ihr, das wusste sie. Seit Anfang des Jahres schickten sie sich regelmäßig Briefe und besprochene Tonbandkassetten. Eine deutlich kostengünstigere Alternative zu den Ferngesprächen. Der einzige Nachteil war, man bekam nicht sofort eine Antwort. Auf der anderen Seite steigerte das die Vorfreude auf jeden neuen Brief.

Miriam und drei ihrer Kommilitonen verließen das Gebäude. Lissi kam ihr ein paar Schritte entgegen und präsentierte mit ausladender Geste ihr Schmuckstück auf vier Rädern: »Was sagst du? Wie gefällt er dir?«

»Sieht aus wie eine alte Möhre«, sagte ihre Tochter und sah sich um, als erwarte sie eine bessere Mitfahrgelegenheit.

»Also, ich mag Möhren.« Lissi wollte sich die gute Laune nicht verderben lassen. Zugegeben, die orangefarbene Lackierung wies ein paar Kratzer auf, und die hintere Stoßstange hatte eine Delle. Aber wen störte das? Der VW Käfer hatte neun Jahre auf dem runden Buckel. Sie holte den Fotoapparat hervor, den sie am Morgen eilig in ihre Handtasche geworfen hatte. Sie fotografierte ihr Auto. Wie gut das klang. Ihr Auto! Einen Abzug würde sie dem nächsten Brief an Georg beilegen. Der Film in der Kamera war noch nicht voll. Kurzerhand schoss sie ein Bild von der Rückseite und ließ sich in ulkigen Posen mit dem Käfer knipsen.

Miriam gab ihr seufzend den Apparat zurück. »Fahren wir endlich?«

»Klar, hüpf rein.« Lissi saß schon und drehte am Zündschlüssel. Ein knatterndes Geräusch ertönte. Nur mit Mühe bekam sie den ersten Gang eingelegt und hoppelte los. Daran musste sie sich gewöhnen.

»Wie ein Traktor«, kommentierte ihre Tochter.

Lissi überhörte es. »Hast du Lust auf ein Picknick? Wir könnten uns auf eine Parkbank in die Sonne setzen.«

»Brillante Idee, ich habe einen Bärenhunger.«

»Hast du nichts gefrühstückt heute früh?«

»Nö, hab verschlafen.«

Lissi öffnete den Mund, um etwas zu erwidern, und ließ es bleiben. Ihre Tochter war erwachsen.

»Du fährst schon prima, Mama.« Miriam klopfte ihr kumpelhaft auf die Schulter. »Hätte ich dir nicht zugetraut.«

»Ein Kompliment aus deinem Mund, welche Ehre!« Lissi wandte den Blick nicht von der Straße.

»Ich finde nur cool, dass du mich von der Uni abgeholt hast. Nein, Spaß beiseite, du fährst wirklich gut.«

Die Parkanlage Hardt lag oberhalb der Elberfelder Innenstadt und stammte aus dem 19. Jahrhundert. Ein Naherholungsgebiet für die Wuppertaler, wenn sie den Autoabgasen entkommen wollten. Lissi entdeckte einen Parkplatz an der Straße. Es klappte nicht auf Anhieb, sie fuhr nochmals aus der Lücke heraus, rangierte vor und zurück. Der Käfer mit seiner runden Form war so anders als der Golf mit seiner senkrechten Heckscheibe.

»Das Einparken musst du noch üben«, stellte Miriam fest.

»Nun hab ein bisschen Geduld mit mir, das Auto ist schließlich neu für mich. In der Prüfung stand der Golf wie eine Eins in der Parklücke, das hättest du sehen sollen.«

»Warum hast du es nicht geknipst zur Erinnerung?«, fragte Miriam feixend und fing sich von ihrer Mutter einen spielerischen Schlag aufs Knie ein.

Zusammen trugen sie den Picknickkorb, bis sie eine Bank mit Ausblick in der Sonne fanden.

Unter der Woche war der Stadtpark kaum besucht. Auf den Rasenflächen standen gelbe Narzissen und Krokusse in voller Blüte. Lissi atmete tief ein, schloss zufrieden die Augen und genoss einen Moment lang die warmen Strahlen. Endlich war der Frühling eingekehrt. Hinter ihnen krächzte es, und ein schwarzer Schatten flatterte vorbei. In der Ferne konnte man die Hügel rund um das Tal erkennen. Die Stadt war von hier oben kaum mehr zu erahnen.

Auf die Thermoskanne mit Kaffee stürzten sie sich zuerst. Dann aßen sie die Butterbrote, hart gekochte Eier und Apfelspalten.

»Wie früher mit Papa. Da waren wir oft hier, nicht?«

»An den Wochenenden, ja. Auf einer karierten Decke, haben uns gesonnt, während du mit anderen Kindern gespielt hast.«

»Besser als der schönste Garten, denn hier konnte man rennen, Purzelbäume schlagen und Verstecken spielen.« Miriam lächelte versonnen. »Lass uns anstoßen«, sagte sie und hob ihren Kaffeebecher. »Auf dich und deine Möhre! Möge sie immer anspringen.« Sie lachten und prosteten einander zu.

Vergangene Sommertage voller Gelächter und Unbeschwertheit stiegen in Lissi auf. Miriam mit Grasflecken auf den Knien. Johann hellblond und gebräunt, wie er neben ihr in der Sonne lag, nach ihrer Hand tastete und sie küsste, wenn es niemand sah. All das schien Lichtjahre entfernt zu sein. Lissis ganze Welt war auf den Kopf gestellt worden. Sie straffte sich, und Energie durchströmte ihren Körper. In diesem Moment fasste sie den Entschluss, wieder all das zu genießen, was ihr geschenkt wurde. Eine neue Zukunft wartete auf sie. Ein Neuanfang.

Seine Stimme drang weich durch Lissis Kopfhörer: »Johann hat mich vom Bahnhof abgeholt, so haben wir uns kennengelernt. Im Juli 1943 war das, vor den Angriffen auf Hamburg. Da waren wir beide zwölf Jahre alt. Unsere Väter waren befreundet, sie meinten, weit draußen auf dem Lande wäre ich sicherer als in der Großstadt.«

Wenn Georg erzählte, war es, als ob sie direkt neben ihm saß. Er sprach bedächtig, schweifte manchmal ab und musste sich besinnen, was er hatte sagen wollen. Nachdem Alltägliches irgendwann eintönig geworden war, hatten sie im Februar damit begonnen, sich gegenseitig aus ihrem Leben zu erzählen. Stückweise zurück in die Vergangenheit tasteten sie sich vor. Wenn Lissi einen der kompakten Briefumschläge im Briefkasten fand, machte ihr Herz einen Hüpfer. Die Vorfreude erinnerte sie an das Gefühl kurz vor der Bescherung an Weihnachten.

Mit jeder neuen Kassette erfuhr sie mehr über Georg und seine Vergangenheit. Es war, als ob man einen Episodenroman in einer Zeitschrift las oder eine Serie im Fernsehen verfolgte und jede Woche auf eine neue Folge warten musste. Immerhin konnte sie seine Geschichte zurückspulen und sie sich erneut erzählen lassen. Manchmal hätte sie gern gezielter nachgefragt. Vor allem über sein Elternhaus erzählte er so gut wie nichts. Umso häufiger erwähnte er Johann und seine Familie. Dieses Thema verband sie mit ihm, insofern war es verständlich.

Es war sympathisch, wenn er über seine eigenen Witze lachte. Dieses Lachen. Lissi hatte es sich zur Gewohnheit gemacht, abends seiner Stimme zu lauschen, bevor sie einschlief. Es war sicher albern, sie war eine gestandene Frau von achtundvierzig Jahren, aber es beruhigte sie.

»Das Gutshaus lag mitten im Grünen, eine unberührte Landschaft«, fuhr er fort. »Im See konnten Johann und ich baden und Fische fangen, rundherum gab es Felder und Heuwiesen. Sein Vater war Offizier und nur selten auf Fronturlaub. Die Pferde waren sein ganzer Stolz. Wir verbrachten eine unbeschwerte Zeit, halfen bei der Ernte und den übrigen Arbeiten, die anfielen. Johann kümmerte sich gern um die Tiere, und ich war immer dabei. Er war sich für nichts zu schade, er übernahm schon in jungen Jahren die Verantwortung, er war es gewöhnt.«

Lissi drückte die Stopptaste, nahm die Kopfhörer ab und ging in die Küche hinüber, um einen Tee aufzusetzen. Es war fast zehn. Aus Miriams Zimmer ertönten dumpfe Bässe und E-Gitarren. Außer zu den Mahlzeiten sahen sie sich kaum, lebten praktisch nebeneinanderher. Es war wie in Georgs Wohngemeinschaft. Hin und wieder sprach er davon auf den Kassetten, es klang weit lustiger als in Lissis WG.

Mit ihrer Tasse und einem Stück Schokolade machte sie es sich auf dem Sofa bequem, setzte den Kopfhörer auf und drückte die Starttaste.

»Es war unsere eigene Welt, in der alles in Ordnung schien. Der Krieg war weit weg, wir konnten uns unter den Bombardierungen gar nichts vorstellen. Erst im Frühjahr 1945 rückten die russischen Truppen zügig ins Landesinnere vor. Sie kamen immer näher. Jeden Tag hörten wir im Radio von Städten, die von der Roten Armee eingenommen wurden. Wir zögerten, konnte man den Hof unbeaufsichtigt zurücklassen? Johanns Mutter war entschieden dagegen, die Flucht zu ergreifen. Eines Tages im März 1945 hieß es um Mitternacht, die Bevölkerung habe bis zum Morgengrauen die Häuser zu räumen. In aller Hast packten wir die wichtigsten Dinge ...« Georg verstummte mitten im Satz, das Band stoppte. Lissi drehte die Kassette um und drückte wieder auf den Startknopf.

Auf der zweiten Seite berichtete er von der Flucht zusammen mit Johann, dessen Mutter und drei weiblichen Angestellten. Sie waren ein ganzes Stück durch den nächtlichen Wald gegangen und hatten sich dem langen Wagentreck angeschlossen. Alle flohen aus der Gegend, ob alt, ob jung, nur mit dem Nötigsten auf Fuhrwerken, Karren und Leiterwagen. Immer wieder wurden sie beschossen, immer wieder tauchten russische Tiefflieger am Himmel auf und feuerten auf sie. Begleitet wurde der Treck von deutschen Soldaten, was den Flüchtenden nicht recht gewesen war, boten die der Roten Armee doch erst einen triftigen Grund, auf sie zu schießen. Seine Stimme klang rau, als er mit den Worten endete: »Angst war unsere ständige Begleiterin.«

Lissi erinnerte sich an ihre eigene Angst damals. Es war angenehmer, Georgs Bändern zu lauschen, als welche für ihn aufzunehmen. Von ihrer Kindheit zu berichten war ihr schwergefallen. Erst ab dem Zeitpunkt, nachdem Johann in ihr Leben getreten war, fiel ihr das Erzählen leichter.

Rasch zog sie den Kopfhörer von den Ohren, als Miriam ins Wohnzimmer kam.

»Gehst du schon schlafen?«, fragte Lissi.

»Ja, ich muss früh los morgen, wir zeichnen Fachwerkhäuser in der Lenneper Altstadt.«

»Was hältst du davon, wenn wir mal wieder einen Bummel durch Elberfeld machen?« Das war ein gemeinsamer Nenner, da konnten sie reden und lachen.

»Weiß nicht«, brummte Miriam. »Ich habe kaum Zeit gerade.«

»Komm, das wird sicher lustig, wir gehen Eis essen, so wie früher.«

»Du meinst früher, als ich noch ein Kind war? Mama, ich bin doch ständig mit Freundinnen in der Stadt.«

Und mit dem neuen Freund, fügte Lissi in Gedanken hinzu. Sie ließ die Schultern sinken. »Schon gut. Ich dachte, wir könnten als Mutter und Tochter zusammen ...« Sie unterbrach sich.

»Haben wir doch. Erst letzte Woche, als du deinen Führerschein bekommen hast.«

Sie starrte Miriam an. Wieso war es so kompliziert mit ihr? Warum fand sie keinen Zugang zu ihr? Schon früher hatte Johann zwischen ihnen vermitteln müssen. War es ein typisches Problem zwischen Müttern und Töchtern? Nach Johanns Tod hatten sie sich zusammengerauft, und Lissi hatte gehofft, sie könnten nun auf einer anderen Ebene kommunizieren. Wie unter Erwachsenen. Der gewohnte Alltagstrott war wieder eingezogen. Von dem regelmäßigen Kontakt zu Georg würde sie ihr erst einmal nichts sagen.

Miriam wich Lissis Blick aus und sagte zögernd: »Du kannst ja mal bei mir auf der Arbeit im Café vorbeikommen, nächste Woche.«

Das sollte wohl der Trostpreis sein, dachte Lissi und biss unwillkürlich die Zähne aufeinander. Anna hatte zu ihren Kindern sicherlich ein besseres Verhältnis. Obwohl es oft turbulent zuging im Hause Dietrich.

Miriam räusperte sich. »Sag mal, wo ist eigentlich der zweite Schlüssel für den Briefkasten unten im Hausflur?«

»Hängt er nicht am Schlüsselbrett?«

»Eben nicht. Würde ich sonst fragen?«

Lissi zuckte gleichgültig mit den Schultern. »Keine Ahnung, vielleicht ist er beim Aussortieren verloren gegangen.« Noch vor fünf Minuten hätte sie bei dieser Ausrede ein deutlich schlechteres Gewissen gehabt.

17

APRIL 1948

Wochenlang hatte Lissi Johann nicht gesehen. Ihre Nachmittage waren ausgefüllt mit Botengängen, Näh- und Hausarbeit, die sie neben den Schulaufgaben erledigen musste. Tante Helene war seit der Sache mit den abgeschnittenen Zöpfen strenger mit ihr. Lissi durfte nicht mehr beim Aufhängen der Wäsche auf dem Dachboden helfen, seit bekannt war, dass ein alleinstehender junger Mann dort oben wohnte. Manchmal wartete Lissi vor der Toilettentür oder unten im Flur. Ein Moment der Hoffnung, Johann käme zufällig gerade durch das Treppenhaus. Nachbarn aus dem Haus liefen ständig an ihr vorbei, aber niemals war er es. Und wenn er gar nicht mehr in der Dachkammer wohnte, schoss es ihr durch den Kopf. Ob er eine bessere Bleibe gefunden hatte?

Sie war bereits felsenfest davon überzeugt, er müsse ausgezogen sein, da rannte sie ihm geradewegs in die Arme. Sie war spät dran, und Anna wartete an diesem Morgen vor dem Haus. Als Lissi aus der Küche stürmte und am Treppengeländer die Kurve nahm, hätte er sie beinahe umgerannt, als er im Laufschritt die Treppe nach unten hastete. Er bekam sie an den Schultern zu fassen, kurz bevor sie das Gleichgewicht verlor. Erst jetzt sah sie, dass es Johann war. Vor Überraschung gluckste sie unwillkürlich auf, und er grinste. »Verzeihung!«, sagten beide wie aus einem Mund und mussten lachen. Von der Straße pfiff es zweimal.

Sie fand kaum Worte: »Ich ... muss zur Schule!«

»Und ich zur Baustelle.«

Nebeneinander eilten sie die Stufen hinunter.

»Auf bald, wir sehen uns«, sagte er mit gedämpfter Stimme und sah ihr dabei für den Bruchteil einer Sekunde tief in die Augen. Er öffnete ihr die Tür und zwinkerte ihr aufmunternd zu. Sie stand noch auf der Treppe vor dem Haus, da rannte er auch schon die Straße bergab zum Tippen-Tappen-Tönchen.

»Nun komm endlich«, drängelte Anna.

In Lissis Aufregung mischte sich Enttäuschung. Sicher würde es Monate dauern, bis sie ihm zufällig erneut begegnete.

»War das nicht dieser Heini von der Baustelle?« Ihre Freundin warf ihr einen vielsagenden Blick zu, den Lissi ignorierte. Johanns Worte klangen in ihr nach. Wünschte er sich womöglich auch, sie bald wiederzusehen?

An Sonntagen war das Ticken der Küchenuhr lauter als sonst. Tante Helene stopfte Strumpflöcher.

Onkel Fritz blätterte in der Zeitung, brummte, lachte höhnisch auf und schüttelte dabei den Kopf. »Diese Russen«, murmelte er, »die haben ihre eigenen Gesetze, da werdet ihr euch noch wundern.« Tatsächlich gab es wiederholt Unstimmigkeiten unter den Alliierten. Vor allem zwischen den sowjetischen Machthabern in der Ostzone und den drei westlichen Besatzungsmächten.

Lissi gab vor, in ihrem Buch zu lesen. Sich darauf zu konzentrieren war unmöglich. Ihr Blick wanderte zur Uhr, ihre Gedanken zu Johann. Seine himmelblauen Augen kamen ihr in den Sinn, sie seufzte.

Ihre Tante sah auf. »Ist dir nicht gut, Kind?«

»Doch, die Stelle im Buch ist nur so traurig«, sagte sie schnell und blickte angestrengt auf die Seiten.

Der Onkel schien nichts mitbekommen zu haben. Tante Helene presste konzentriert die Lippen aufeinander und spannte das nächste Löchlein über dem hölzernen Stopfei. Ob sie nur miteinander redeten, wenn keines der Kinder dabei war? Da hatte die Familie Wilke das große Glück gehabt, sich gesund und munter wiederzuhaben, doch die Freude darüber schien im Nu wieder verflogen. Lissi kam die Fotografie in den Sinn, auf der sie alle vier glücklich in die Kamera gelächelt hatten. Sie fragte sich, ob es an ihr selbst lag. Ob sie womöglich das Familienglück störte.

Die Stimmung und Enge in der Wohnküche wurde ihr unerträglich. Es war halb vier, sie stand auf. »Ich muss los, bin mit Anna verabredet.«

»An einem Sonntag?« Tante Helene runzelte die Stirn. »Davon hast du gar nichts gesagt.«

»Wir wollen nur etwas besprechen«, sagte Lissi betont beiläufig und nahm ihre Strickjacke vom Haken.

»Ihr seht euch doch morgen in der Schule.« Der fragende Blick bohrte sich ihr buchstäblich in den Rücken.

Sie drehte sich um, sah ihrer Tante fest in die Augen. »Darum geht es ja, um eine Schulaufgabe nämlich.«

»Nun gut, aber komm nicht so spät zurück, Kind.«

In Lissi brodelte es, Paul musste nie Rede und Antwort stehen, er konnte sich völlig frei bewegen.

Die Luft war kühl, als sie auf die Straße trat, aber sie zitterte nicht deswegen. An den letzten Sonntagen hatte sie genau aufgepasst. Bis in die Küche gehört, wie die beiden sich im Treppenhaus unterhalten hatten und danach die Haustür ins Schloss krachte. Vom Fenster aus gesehen, wie sie auf der anderen Straßenseite auftauchten und Richtung Schusterplatz schlenderten. Johann und Oskar. Gegen drei Uhr. So auch heute.

Lissi wanderte an den alten Hausfassaden vorbei. Wie beeindruckt war sie gewesen, damals, als sie auf dem Ölberg angekommen war. Jetzt bemerkte sie verwahrloste Hauseingänge, marode Holzfenster und bröckelnden Putz.

Sie erreichte den Schusterplatz. Ihr wurde mulmig zumute, und sie fragte sich, was sie hier tat. Ob sie tatsächlich noch bei Anna vorbeigehen sollte? Zu spät. Da kamen ihr die beiden jungen Männer schon entgegen und hielten direkt auf sie zu.

»Na so was, bist du ganz allein unterwegs?«, fragte Johann.

»Wieso denn nicht?«, gab sie schnippisch zurück. Warum schien es jeder ungewöhnlich zu finden, wenn sie sonntags ohne Begleitung umherlief?

Oskar hob die Augenbrauen, er grinste belustigt. »Warum auch nicht?« Seine Miene wurde ernst: »Gehen wir weiter? Ich muss heim. Hilde wird schnell ungehalten.«

»Deine wilde Hilde«, witzelte Johann, machte aber keine Anstalten, mit ihm zurückzugehen. Er wandte den Blick nicht von Lissi. »Ich laufe noch ein Stück, die frische Luft tut gut.«

Oskar sah unentschlossen von ihm zu ihr, als wisse er nicht, ob er sie zusammen allein lassen könne. »Also dann, geruhsamen Sonntag allerseits«, sagte er, tippte an seine Schmuddelmütze und ging.

Johann sah zu Boden und zögerte. »Magst du ein Stück mit mir gehen? Ich begleite dich später nach Hause.«

Innerlich vollführte sie einen Luftsprung, aber ihre Kehle war wie zugeschnürt, sie konnte nur nicken. Beinahe andächtig ging sie neben ihm her.

Er wandte sich ihr zu. »Deine Frisur gefällt mir, du siehst damit so ...«, er unterbrach sich, »... erwachsen aus.«

»Danke«, krächzte sie. Ihre Wangen wurden zu glühenden Kohlen. Was sollte er von ihr denken? In seiner Gegenwart war sie ständig stumm wie ein Fisch. Worüber konnte man sich bloß unterhalten? Ein Sonnenstrahl durchbrach die Wolkendecke. Lächelnd sagte sie: »Endlich ist der Frühling da. An Ostern im März hab ich auf dem Weg zur Kirche noch gefroren.«

»Zum Glück, so ist es erträglicher oben unter dem Dach.«

»Das Frühjahr ist mir die liebste Zeit«, brach es euphorisch aus Lissi heraus. Sie musterte Johann verstohlen von der Seite. Seine Haut war blass, fast durchscheinend, und er wirkte schmaler als sonst. Ob er genug zu essen bekam? Er arbeitete immerhin schwer.

»Der Winter war dennoch erstaunlich mild, nicht wahr?« Er sah sie eindringlich an.

»Im Vergleich zu den letzten Jahren auf jeden Fall«, stimmte sie eifrig zu, froh, etwas erwidern zu können.

Er räusperte sich. »Sag mal, das warst nicht zufällig du, die mir zu Weihnachten ein Päckchen mit Handschuhen vor die Tür gelegt hat, oder? Oskar und seine Frau schwören nämlich, dass sie es nicht waren.«

Lissi war zu überrumpelt, um zu verneinen. Sie lächelte und blickte verlegen zu Boden.

»Du glaubst nicht, wie sehr ich mich darüber gefreut habe«, sagte er und schenkte ihr ein breites Grinsen. »Hab vielen Dank.«

»Gern geschehen. Ich habe mir gedacht, du könntest sie gebrauchen.« Lissi konnte ihre Neugier nicht mehr zügeln. »Wo liegt eigentlich der Gutshof, von dem du stammst?«

Er richtete sich merklich auf. »In Pommern, unweit von Stargard. Mein Großvater hat ihn gekauft.«

»War er ein Baron oder Graf?«

Johann schüttelte den Kopf. »Nein, bloß ein geschickter Geschäftsmann, der sich seinen Traum vom abgelegenen Landsitz im Grünen erfüllt hat.«

»Verstehe.« Lissi zupfte an ihrer Unterlippe.

»Mein Vater hat nach dessen Tod das Gut übernommen, leider hatte er von der Landwirtschaft noch weniger Ahnung als mein Großvater. Nur von Pferden, da gerate ich nach ihnen. Es war unerträglich für mich, als die Wehrmacht die Tiere requiriert hat.«

Lissi wagte kaum zu fragen. »Wo ist deine Familie jetzt?«

Er wandte den Blick ab und zögerte. »Mein Bruder hat sich freiwillig an die Front gemeldet, er ist 1944 gefallen. Ebenso mein Vater im Februar 1945.«

Es gab ihr einen Stich, sie wusste zu genau, wie er sich fühlen musste.

»Wo meine Mutter ist, weiß ich nicht. Auf der Flucht aus Pommern wurden wir getrennt. Ich habe beim Deutschen Roten Kreuz nachgefragt, aber bislang ohne Erfolg.« Er sah ihr direkt in die Augen. »Und was ist mit deiner Familie? Warum lebst du bei deiner Tante?«

Sie erzählte in knappen Worten, wie sie kurz vor Kriegsende auf den Ölberg gekommen war. »Außer Tante Helene und ihrer Familie habe ich niemanden mehr. Nur meine Freundin Anna. Sie ist wie eine Schwester.«

»Dasselbe würde ich über meinen Freund Georg aus Hamburg sagen, ein Bruder im Geiste. Zwei Kriegsjahre lang hat er bei uns auf dem Hof gewohnt und ist mit uns geflohen. Ich hoffe, er ist heil in seiner Heimatstadt angekommen. Ich selbst bin in russische Gefangenschaft geraten ...« Er holte Luft, als wolle er weitersprechen, ließ jedoch die Schultern sinken.

Lissi starrte ihn an. Ein Junge in einem Lager? Wie Onkel Fritz? Sie übersprang das Thema geflissentlich: »Und später kamst du nach Elberfeld?«

»Meine Großeltern wohnten hier. Ich hoffte, meine Mutter bei ihnen anzutreffen.« Er sah ihren fragenden Blick und fuhr fort: »Leider haben sie den Krieg nicht überlebt. Sie sind in einem Bunker umgekommen.«

Sie sah ihren Großvater vor sich. Dieser Junge war ihr augenblicklich seltsam nahe. Am liebsten hätte sie seine Hand genommen. Sie waren stehen geblieben, Lissi hatte es nicht einmal bemerkt.

Auf der anderen Straßenseite stand ein altes Fachwerkhaus, schief und krumm wie ein Hexenhaus. Eines der Fensterchen war geöffnet, der Kopf eines hutzeligen Männleins erschien und sah zu ihnen auf die Straße hinunter. Ein Frauengesicht tauchte neben ihm auf, ebenso runzelig wie das des Mannes. Lissi und Johann grüßten höflich, das alte Paar nickte. Das Häuschen stand am Ende einer Reihe von vierstöckigen Häusern mit verzierten Fassaden. Es wirkte ebenso zerbrechlich wie seine Bewohner.

Wie war es wohl, sein ganzes Leben zusammen zu verbringen? Alle Höhen und Tiefen gemeinsam durchzustehen. Sie waren noch jung, hatten ein ganzes Leben vor sich. Aber der Krieg hatte ihnen gezeigt, wie schnell alles vorbei sein konnte.

Am Hoftor ihrer Volksschule blieben sie erneut stehen.

»Das war meine alte Schule«, sagte Lissi und spähte durch den Zaun auf den Hof. Er wirkte vertraut und fremd zugleich. Wie Johann.

»Ich war nie auf einer Schule, ich hatte einen Hauslehrer.«

Lissi sah ihn erstaunt an. »Tatsächlich? Warum denn das?«

»Unser Gutshof lag weit draußen, und mein Vater kannte es nicht anders.«

»So wie in dem Buch *Die Feuerzangenbowle* von Heinrich Spoerl?«

Johann grinste. »Stimmt, klingt ein bisschen nach mir. Der junge Dr. Pfeiffer, der auf dem Gut seines Vaters nur von einem alten Hauslehrer unterrichtet wurde ...«

»... und mit Schülermütze und Nickelbrille in die Rolle eines Pennälers schlüpft«, fuhr sie fort.

»Und dann verliebt er sich prompt in die bildhübsche Tochter seines Schuldirektors.« Lissi nickte lachend, sie hatte das vergnügliche Büchlein aus der Bücherei verschlungen und konnte sich an alles haarklein erinnern.

Er sah sie aufmerksam an, und seine Miene wurde ernst. »Sie ist ja auch bezaubernd«, murmelte er, trat ein Stück näher an sie heran. Lissi spürte seinen Atem dicht an ihrem Gesicht. Langsam hob er die Hand und strich sachte über ihr Haar. Sie war wie erstarrt und nicht sicher, wie sie sich verhalten sollte.

Johann beugte sich vor und küsste sie auf den Mund. So rasch und behutsam war die Berührung, dass Lissi sich fragte, ob sie überhaupt geschehen war. Sie brauchte eine Weile, bis sie ihre Sprache wiedergefunden hatte, ihre Knie wurden weich wie Pudding. Es war nur mehr ein Flüstern, als sie sagte: »Ich muss nach Hause.«

Auf dem Rückweg wagte Lissi nicht, ihn anzusehen, an der Straßenecke verabschiedeten sie sich per Handschlag.

»Ich gehe noch ein Stück«, erklärte er. Sicher wollte Johann vermeiden, dass die neugierige Frau Dreyer sie zusammen sah. Die Treppen in die zweite Etage schwebte Lissi regelrecht empor und summte dabei versonnen vor sich hin.

»Wo bist du die ganze Zeit gewesen?« Tante Helene stand mit verschränkten Armen am Treppenabsatz über ihr.

»Bei Anna, das habe ich dir doch erzählt.«

»So? Dann erkläre mir mal bitte, warum ich sie vorhin mit ihrer Mutter und ihren Brüdern vom Fenster aus auf der Straße gesehen habe? Von dir aber weit und breit keine Spur.«

Lissi schluckte. »Ich wollte ein bisschen freie Zeit für mich haben«, sagte sie zögernd. Im Grunde war das nicht gelogen.

Onkel Fritz stand im Türrahmen und sprach mit gedämpfter Stimme: »Kommt ihr gefälligst rein? Das ganze Haus hört mit!«

Tante Helene schob Lissi in die Küche und schloss die Tür

zum Treppenhaus. Sie hob an, etwas zu sagen, wurde aber von ihrem Mann unterbrochen. Mit bedrohlichem Unterton zischte er: »Eine Woche Hausarrest, Mädel, in meinem Hause wird nicht gelogen.«

Die Erinnerung an Johanns Kuss fühlte sich an wie eingebrannt. Lissi seufzte. Wie er sie angesehen hatte. Diese Augen, seine feinen Gesichtszüge und sein blonder Haarschopf, der in der Sonne glänzte wie ein goldener Helm. Ein Helm? Sie schalt sich selbst für diesen albernen Gedanken. Aber wie war es möglich, an irgendetwas anderes zu denken?

Lissi wünschte sich nichts sehnlicher, als ihn bald wiederzusehen. Vier Tage war es her, und seitdem war sie ihm nicht mehr begegnet. Sie konnte doch nicht einfach zu ihm auf den Dachboden spazieren, was würde er von ihr denken? Sie hoffte nur, dass Johann nicht auf die Idee kam, ihr einen Besuch abzustatten. Sie stellte sich vor, wie er an der Küchentür klopfen, seine Mütze ziehen und zu Tante Helene sagen würde: »Schönen guten Tag, verehrte Frau Wilke. Wäre es wohl möglich, Ihr Fräulein Nichte zu sprechen? Seit Sonntag habe ich von ihr kein Lebenszeichen.«

Lissi unterdrückte ein Kichern bei der Vorstellung, so würde er sich bestimmt ausdrücken. Sie könnte ihm auch ein Zettelchen schreiben und ...

»Kind!« Eine grelle Stimme durchbrach ihre Gedanken. »Die Milch kocht über!« Tante Helene sprang zum Herd und zog mit einem Küchentuch den Topf zur Seite.

»Oje, entschuldige, Tantchen.« Lissi ergriff einen nassen Feudel und versuchte, die Milchreste von der Platte zu wischen. Es zischte, und sofort waberte ein beißender Geruch durch die Küche. Sie beugten sich beide gleichzeitig über den Topf, sodass sie mit den Köpfen zusammenstießen.

Tante Helene rieb sich grummelnd die Stirn. »Was träumst du denn, während du am Herd stehst?«, schimpfte sie, probierte und verzog das Gesicht. Die schaumige Flüssigkeit goss sie in den Spülstein. »Die gute Milch! Du wirst Topf und Ofenringe später mit Natron schrubben. Was ist nur los mit dir? Ich muss mich doch sehr über dich wundern.«

Als Lissi am nächsten Tag aus der Schule kam, hatte sich ein gutes Dutzend Nachbarn unten im Treppenhaus versammelt.

»Was soll das heißen?«, fragte Herr Halbach mit dröhnender Stimme.

»Bitte beruhigen Sie sich.« Der Mann stand mit dem Rücken zu Lissi. In der Hand hielt er eine Arzttasche. »Sie sollten Kontakte auf das Notwendigste beschränken, zumindest bis feststeht, ob Sie sich infiziert haben oder gar erkrankt sind.«

Oskar trat aus der Gruppe heraus auf sie zu. Er war blass und hielt seine Mütze umklammert.

»Was ist passiert?«, fragte Lissi atemlos.

»Johann ist sehr krank, sagt der Doktor. Er hat die weiße Seuche.«

»Die was?«

»Lungentuberkulose.«

Alles drehte sich. Das konnte nicht sein. Der Arzt im Hintergrund sprach mit gewichtiger Miene weiter: »Der junge Herr Sander benötigt Bettruhe und wird umgehend isoliert. Wir wollen eine Übertragung innerhalb des Hauses unverzüglich unterbinden. Ich werde mich darum kümmern, ihn schnellstmöglich in ein Krankenhaus bringen zu lassen. Herr Schultheis? Kommen Sie bitte mal.«

Oskar war gleich zur Stelle. »Wie kann ich helfen?«

»Sie haben schon geholfen, indem Sie mich verständigt haben. Je eher wir von einem Fall wissen, desto rascher können wir die Verbreitung im Keim ersticken. Sie sorgen mir dafür, dass vorerst niemand außer Ihnen das Dachgeschoss betritt, haben Sie verstanden?«

»Jawohl«, sagte Oskar mit einer angedeuteten Verbeugung.

»Achten Sie auf die hygienischen Maßnahmen, wie ich es Ihnen erklärt habe. Reinigen Sie Ihre Hände und lassen Sie Ihre Frau alles, was mit dem Kranken in Berührung gekommen ist, gründlich und mit möglichst kochend heißem Wasser abwaschen. Ich melde mich bei Ihnen. Guten Tag.« Der Arzt tippte zum Abschied an den Rand seines Hutes und ging.

Lissi war wie betäubt. Als sie die Treppenstufen hinaufstolperte, schlang sie die Arme um ihren dürren Leib. Es war schlagartig kälter im Haus.

Johann hatte sie geküsst. Dem schönsten Erlebnis, an das Lissi sich erinnern konnte, haftete nun etwas Unheilvolles an. Sie hatte keine Angst um ihre Gesundheit, das nicht. Aber wenn sie als Einzige im Haus ebenfalls krank werden würde, was mochten sich Tante Helene und Onkel Fritz zusammenreimen? Ihr war mulmig, sie könnte weitere Personen anstecken. Ursula. Oder Anna. Lissis Atem setzte kurz aus vor Schreck. Und dann war da Oskar, auch er hatte mit Johann häufig Kontakt gehabt. Sie schüttelte den Kopf. Es hatte keinen Zweck. Man musste abwarten.

Die Nachricht verbreitete sich in der gesamten Nachbarschaft wie ein Lauffeuer. »Die Schwindsucht! Gott behüte«, war Frau Dreyers Ausruf gewesen, den Lissi bis hinauf in die zweite Etage gehört hatte. Das ganze Haus umgab eine ähnliche Anspannung wie damals in den letzten Kriegstagen, als sie im Keller auf das Ende gewartet hatten.

Lissi beschrieb am selben Tag mit einem Bleistiftstummel den unbedruckten Rand von Onkel Fritz' ausgelesenen Zeitungen, schnitt ihn aus und bekniete Oskar, das Zettelchen zu Johann hinaufzubringen und unter der Tür zur Dachkammer durchzuschieben. Er tat ihr den Gefallen. Nur wenige Worte waren es: »Lieber Johann, bitte werde schnell gesund, es ist mein innigster Wunsch. Gott schütze dich! Lissi.«

Von diesem Tag an musste sie nicht mehr von Tante Helene an ihre Gebete erinnert werden. Sie wollte an eine höhere Macht glauben.

Am folgenden Nachmittag passte Oskar sie heimlich im Hausflur ab. »Hier Lissi, da hast du seine Antwort. Den Johann haben sie am Morgen in ein Krankenhaus gebracht. Er wird mir schreiben.«

Ihr war elend zumute. Mit zitternder Hand nahm sie das Zettelchen. »Sagst du mir Bescheid, sobald er sich meldet?«

Oskar nickte und klopfte ihr auf die Schulter. »Kopf hoch, Mädel, der Johann ist zäh, den wirft so schnell nix aus den Latschen. Der wird wieder, sollst mal sehen.« Er drehte sich um und schlurfte die Stufen in die dritte Etage hinauf.

Sie ließ sich am Treppenabsatz nieder und faltete behutsam den Zettel auseinander, als könne er zerbrechen. Die Wörter in der fein säuberlichen Handschrift verschwammen vor ihren Augen. Sie wischte sich mit dem Handrücken darüber und las die zwei Zeilen wieder und wieder: »Liebe Lissi, du fehlst mir. Ich denke ständig an dich. Bitte bleib gesund. Dein Johann.«

18

JUNI 1981

»Bleibst du das ganze Wochenende weg?«, fragte Lissi ihre Tochter, die T-Shirts und Jeans in einen Rucksack stopfte.

»Bis Sonntagabend. Holger holt mich gleich ab, ich penne bei ihm. Das Konzert wird der Wahnsinn!«

»Nimm eine Jacke mit, abends kann es kühl werden.«

»Ach Mama, ich bin zwanzig, keine fünf.« Sie schnappte sich ein Sweatshirt aus ihrem Schrank. Darauf prangte ein roter Mund mit herausgestreckter Zunge. Miriam faltete das Oberteil eilig zusammen und quetschte es zu den anderen Kleidungsstücken in ihren Rucksack.

Lissi kam sich vor, als sei sie selbst die Tochter, die es kaum erwarten kann, endlich die sturmfreie Bude für sich zu haben.

Gegen zehn hupte es vor dem Haus. Miriams Freund Holger. Hastig drückte sie ihrer Mutter einen Kuss auf die Wange und rannte beschwingt die Treppen hinab. Grund zur Vorfreude hatten sie heute beide, dachte Lissi lächelnd und schloss die Wohnungstür.

Georg hatte sich um die Mittagszeit angekündigt. Es war ein spontaner Einfall gewesen. Warum sollte nur Miriam etwas mit Freunden unternehmen? Es wurde höchste Zeit, dass sie öfter unter Menschen kam und wieder am Leben teilnahm.

Als beide Zeiger der Uhr auf der Zwölf standen, lief sie in der Wohnung hin und her und ließ den Blick schweifen. Alle Oberflächen waren blitzblank und aufgeräumt. Vor dem Spiegel im Schlafzimmer stellte sie zu ihrem Entsetzen fest, dass sie in der Stoffhose und dem geblümten Oberteil zu bieder aussah. Sie kannte doch Georgs lässigen Kleidungsstil. Hastig durchkämmte sie ihren Schrank. Jeans und eine einfarbige Bluse wären passender. Eilig zog sie sich um. Gerade als sie in die Hose schlüpfte, klingelte es.

»Oh nein, ist er das?« Lissis Hände zitterten, als sie die Jeans zuknöpfte.

Sie rannte zur Wohnungstür. Dumpfe Schritte auf der Treppe. Gedanken wirbelten durch ihren Kopf. Sollte sie die Zipfel der Bluse in die Jeans stecken? Nein, besser nicht. Lissi wurde heiß und kalt. Eigentlich kannte sie ihn kaum. Sie knetete ihre Hände und lehnte sich so gelassen wie möglich in den Türrahmen.

Mit breitem Lächeln kam er auf sie zu. Sein Blick warm und weich, wie sie ihn in Erinnerung hatte. Georg hielt ihr eine Sektflasche und einen üppigen Strauß Rosen entgegen. Gelb, nicht etwa rot.

»Nachträglich für dich zum Geburtstag.« Er küsste sie auf die Wange.

»Das ... wäre doch nicht nötig gewesen.« Was für ein abgedroschener Satz. Lissi nahm Blumen und Sekt entgegen und bat ihn herein. Sie lächelte tapfer.

Er folgte ihr ins Wohnzimmer und sah sich um. »Wo ist denn Miriam?« Wie vertraut er ihr war, obwohl sie ihn ein Dreivierteljahr lang nicht gesehen hatte. Vielleicht lag es an seiner Stimme, von der sie jede Nuance kannte.

»Auf einem Konzert, wir werden die Flasche wohl allein köpfen müssen.« Sie grinste und ihr fiel ein, dass sich die beiden bisher noch gar nicht begegnet waren. Das musste allmählich wirken, als hielte sie Miriam absichtlich von ihm fern.

Georg musterte Lissi und sah aus, als müsse er sich ein Lachen verkneifen.

»Was ist denn?« Ihr Lächeln gefror augenblicklich.

Er zögerte. »Dein Oberteil.«

»Was ist damit?« Sie sah an sich herunter. Die Bluse war falsch geknöpft, den obersten Knopf hatte sie in der Eile ausgelassen.

»Oder trägt man das jetzt so?« Georg fasste sich grübelnd ans Kinn.

Nach einer Schrecksekunde, in der Lissi im Erdboden versinken wollte, besann sie sich, stützte betont locker die Hände in die Hüften und sagte ernst: »Genau ... der letzte Schrei in Paris. Todschick, nicht?«

Er runzelte die Stirn, und sie prustete los. Beide lachten, bis ihnen die Tränen kamen. Ab diesem Moment war ihre Aufregung wie weggeblasen. Vorerst.

Lissi saß hinterm Steuer ihres Käfers, als sie mit Georg die Straße hinauftuckerte. Zuerst hatte sie geplant, mit der Schwebebahn bis Zoo/Stadion zu fahren, doch der Tierpark lag weit oben, und sie hätten den Berg zu Fuß hochlaufen müssen. An Strecke bergauf und bergab hatten sie ohnehin genug zurückzulegen, denn das Zoogelände befand sich in Hanglage über dem Tal.

Im Schneckentempo passierten sie das Kassenhäuschen im Eingangsbereich. Die Warteschlange war beachtlich.

Lissi hob entschuldigend die Schultern. »Der Zoo feiert in diesem Jahr sein hundertjähriges Jubiläum«, erklärte sie.

»Das scheinen heute Hunderte Besucher feiern zu wollen«, erwiderte Georg mit Blick auf die Menschenmenge.

»Man kann es sich kaum vorstellen, schon vor einem Jahrhundert sind hier Leute entlangflaniert. Die Damen mit langen Kleidern und Federn auf den Hüten.«

»Und die Herren boten ihnen den Arm an«, sagte Georg und hielt ihr seinen hin.

Sie lachte und hakte sich bei ihm ein. Am Blumenrondell vor dem Zoo-Restaurant zerstreute sich die Menge. Die verzweigten Rundwege und hohen Bäume erinnerten an einen Stadtpark. Es musste Jahre her sein, seit sie mit Miriam zuletzt hier entlangspaziert war.

Sie schlenderten den Weg um die Blumenrabatten herum, dann ging es bergan. Papageien hockten auf kahlen Ästen und putzten sich das blau-gelbe Gefieder. An der Mauer bei den Seelöwen blieben Georg und Lissi stehen. Silhouetten glitten geschmeidig durch das Becken. Im Hintergrund streckte sich ein Nordlandpanorama in den Himmel, künstlich angelegt als Kulisse für die Eisbären. Eines der Tiere trottete davor stetig auf und ab.

Sie wandten sich nach links, und wie selbstverständlich nahm er ihre Hand. Sie beobachteten, wie die Elefanten mit ihren Rüsseln den staubigen Boden untersuchten. An der Brüstung des Geheges standen Georg und Lissi dicht nebeneinander. Sie warf ihm einen Seitenblick zu, und er lächelte ihr verschmitzt zu.

»Als Kind mochte ich die Elefanten am liebsten«, brach er das Schweigen.

»Ging mir genauso.« Lissi hatte einen Frosch im Hals und räusperte sich. Diese seltsam aufgeladene, irgendwie aufregende Stimmung machte sie ganz unruhig, im Flirten mit Blicken fehlte ihr eindeutig die Übung.

Im Innern des Elefantenhauses roch es unangenehm nach Dung. Im separierten Gehege mit Bassin war zunächst nichts zu erkennen. Sie kniff die Augen zusammen, zwei winzige Ohren und Nüstern lugten aus dem trüben Wasser.

»Darf ich vorstellen?« Lissi streckte den Arm aus. »Das ist Lina. Diese allseits beliebte Flusspferddame wohnt seit dreißig Jahren hier im Zoo.« In diesem Moment klappte Lina das rosige

Maul mit den krummen gelben Zähnen auf, und Lissi zog eilig den Arm zurück. Georg brach in Gelächter aus.

Sie stimmte mit ein. »Miriam und ich mussten bei ihrem Anblick immer an die Mumins aus den Büchern von Tove Jansson denken, kennst du die? Die Trolle, die aussehen wie Nilpferde.«

»Die Geschichten sagen mir nichts, aber gesehen habe ich sie auf Abbildungen. Lina würde sich bestimmt geehrt fühlen, wenn sie wüsste, dass sie aussieht wie ein Mumin.« Er zwinkerte, und in Lissis Magen kribbelte es.

Nachdem sie im Aquarium die schillernden Fische in leuchtenden Farben bewundert hatten, schlenderten sie weiter in das Terrarium dahinter. Beim Betreten schlug ihnen eine stickige Wärme entgegen. Lissi hielt sich dicht neben Georg. Echsen mit schuppiger Haut krochen hinter Glas über die künstlich angelegte Steinlandschaft. Eine Schlange hatte sich geschickt getarnt in den Sand geringelt. Unter wuchernden Urwaldpflanzen lag ein Krokodil in einem flachen Wasserbecken und rührte sich nicht.

Als sie das Gebäude verließen, atmeten sie beide tief die frische Luft ein und mussten darüber lachen. Er legte behutsam seinen Arm um ihre Schulter, und sie fasste ihn um die Taille. Arm in Arm gingen sie weiter. Ein ungewohntes Gefühl breitete sich in ihr aus. Sie war geborgen und frei zugleich.

Die beiden kamen zu den Raubkatzen. Ein geschmeidiges schwarzes Tier trottete in seinem Gehege zur einen Seite, machte kehrt und lief zurück. Hin — und wieder zurück. Das Gedicht von Rainer Maria Rilke kam ihr in den Sinn. Ein Panther hinter Gittern. »... und hinter tausend Stäben keine Welt ...« Diese Zeilen hatten sie tief berührt, nachdem sie diese zum ersten Mal gelesen hatte.

Lissi fand die gemeinsame Zeit mit Georg himmlisch, den Zoobesuch ernüchternd. Die Tiere sahen tagein, tagaus dasselbe, jahrelang. Manche, wie das Flusspferd Lina, gar jahrzehntelang. Das war ihr nicht bewusst gewesen.

Der Rundgang durch den Zoo dauerte vier Stunden. Die verschlungenen Wege führten zu immer neuen Stellen, an die Lissi sich kaum erinnern konnte. Den Spielplatz im Wald kannte sie gut. Miriam hatte sie früher, sobald sie die jauchzenden Kinderstimmen hörte, an der Hand den Berg hinaufgezogen, um die längste Rutsche hinunterzusausen, die Lissi je in ihrem Leben gesehen hatte. Manchmal waren sie mit Johann hier gewesen, dann hatte sie sich mit ihm irgendwo niedergelassen, von wo aus sie Miriam beim Spielen zugesehen hatten. Wann waren sie das letzte Mal zusammen hier gewesen? Nun war sein bester Freund an ihrer Seite. Es war verrückt und fabelhaft zugleich.

»Komm, lass uns zum Ausgang gehen, der Zoo macht gleich zu«, sagte Lissi, und ein flaues Gefühl breitete sich in ihrem Magen aus. »Eigentlich hatte ich noch einen Museumsbesuch geplant, aber dafür wird es heute zu spät. Ich weiß nicht, wie es dir geht, aber ich bin erschöpft von diesem langen Marsch die steilen Wege hoch und runter.«

Georg grinste breit. »Frag mich besser nicht, wir haben nichts dergleichen im platten Norden.«

»Ach je, stimmt, entschuldige, daran hatte ich gar nicht gedacht. Ich bin ja keine Sportskanone, aber an diese Steigungen bin ich gewöhnt.«

»Dann müssen wir das Museum auf einen anderen Tag verschieben.« Wieder sein charmantes Zwinkern. Sie schlenderten zu Lissis Käfer, und als sie losfuhr, fiel es ihr schwer, den Blick von Georg zu wenden und auf die Straße zu richten.

Das chinesische Lokal war unverändert. Seit dem Tag der Beerdigung hatte Lissi es nicht mehr betreten. Einige Male war sie mit schlechtem Gewissen daran vorbeigehuscht, wenn sie am Döppersberg etwas zu erledigen hatte.

Der zierliche Besitzer kam auf sie zu und begrüßte sie wie eine lang verschollene Freundin. Wie immer war er tadellos gekleidet in schwarzer Anzughose und Weste mit blütenweißem Hemd. Er führte Georg und sie zu einem Tisch, an dem Lissi bisher noch nie gesessen hatte. Wissend nickte er ihr zu. Sie musste schmunzeln. Sanfte Klaviermusik erfüllte den Raum. *Ballade pour Adeline*. Allzu vertraut.

Sie setzten sich.

Georg lächelte ihr zu und sah kaum in die Karte. »Ich nehme Rindfleisch und Zwiebeln, das esse ich am liebsten.«

Lissi sah ihn überrascht an. »Ist das dein Ernst? Das hat Johann auch immer bestellt.«

»Wundert mich nicht, wir waren uns wirklich in vielem ähnlich, nicht gerade optisch, aber er war wie der Bruder, den ich nie hatte.«

»Ich erinnere mich, dass er das von dir auch gesagt hat.«

»Tatsächlich?« Georg strahlte sie an, dann wurde er ernst. »Ich vermisse ihn.«

Sie nickte, mehr wusste sie nicht zu erwidern.

Lissi sehnte sich nach einem kühlen Bier, Georg liebte Jasmintee zu chinesischem Essen. Die Bedienung nahm die Bestellung entgegen und verschwand. Schweigend sahen sie sich tief in die Augen. Als der zierliche Besitzer höchstpersönlich die Getränke brachte, stellte er Lissi den Tee hin und Georg das Bier. Sie lachten und tauschten heimlich, als er gegangen war. Sie unterhielten sich über ihre Buchhandlung und seine Trödelmärkte, dann über Freizeitaktivitäten.

»Gehst du gern ins Theater?«, fragte er.

»Sehr gern, aber selten. Anna hat abends kaum Zeit und Miriam kein Interesse, mit ihrer Mutter im Schlepptau auch nur im Kino gesehen zu werden. Tante Helene würde gern, aber die Gesundheit macht ihr zu schaffen. Und du?«

»Ebenfalls gern, aber selten bis gar nicht. Mit wem auch? Als Christa noch lebte – aber seitdem.« Er zuckte mit den Schultern.

»Hattest du seit damals keine …« Lissi suchte nach einem passenden Wort. »… Bekanntschaften?«

»Keine zumindest, mit der ich ins Theater hätte gehen können.«

Bevor Lissi näher nachfragen konnte, wurde das Essen gebracht und auf den Warmhalteplatten zwischen ihnen auf dem Tisch platziert. Sie füllten sich Portionen auf die vorgewärmten Teller.

»Magst du probieren?« Er hielt ihr seine Gabel hin. Auch Johann hatte das stets getan. Was würde er sagen, wenn er sie hier zusammensitzen sähe? Ob es ihn freuen würde, dass zwei Menschen zusammengefunden hatten, die er gerngehabt hatte?

Sie nahm den Bissen und hielt ihm ihrerseits einen Happen zum Probieren hin. Er beobachtete sie aufmerksam. Seine Augen wirkten im matten Kerzenschein weitaus dunkler als bei Tageslicht. Lissi verstand jetzt, was gemeint war, wenn es hieß, man könne sich in den Augen eines anderen verlieren.

Als sie Lissis Wohnung betraten, war es schon halb zehn. Im Flur fiel ihr der Schlüssel herunter. Sie hob ihn auf und strich sich fahrig durch die Haare.

»Möchtest du Sekt?«, fragte sie ihn.

»Stimmt, den hatte ich ganz vergessen. Gern.«

»Setz dich aufs Sofa, bin gleich zurück.« Lissi war froh, sich kurz in die Küche zurückziehen zu können, um sich zu sammeln. Nur ruhig, sagte sie sich, wolltest du nicht genau das? In diesem Moment war sie sich nicht mehr sicher. Das war doch albern. Seit Monaten dachte sie nur an ihn. Hatte es nicht erwarten können, ihn zu sehen, und war selig, als er ihre Hand gehalten hatte. Zielstrebig nahm sie zwei Gläser aus dem Schrank über der Spüle und den Sekt aus der Kühlung.

»Öffnest du sie?« Lissi hielt ihm die Flasche hin. Als er sie entgegennahm, berührten sich ihre Hände. Sie drehte sich um und ging durch den Raum zum Plattenspieler. »Soll ich Musik anmachen?«

Er nickte, sagte aber nichts, sah sie nur an. So langsam machten ihr diese Blicke zu schaffen.

»Wonach ist dir denn?«, fragte sie, während sie in den Schallplatten kramte. Als er nicht antwortete, drehte sie sich um. Georg schenkte Sekt ein und zuckte mit den Schultern. Wie ruhig er blieb, sie hätte bestimmt alles verschüttet.

»Wonach mir ist?« Er grinste vielsagend, dann sagte er: »Die Musik vorhin im Restaurant hat mir gefallen, hast du was in der Art?«

Lissi suchte eine LP mit klassischen Klavierstücken heraus. Claude Debussy. Dem leisen Knistern folgten die ersten Klänge von *Clair de Lune*. Sie setzte sich neben Georg und ergriff ihr Glas. Sie prosteten sich zu.

Lissi nahm einen Schluck, erneut breitete sich ein flaues Gefühl in ihrem Magen aus. »Entschuldige mich kurz«, sagte sie und verschwand im Bad. Sie hatte das Essen sonst immer gut vertragen. Was war nur mit ihr los? Sie starrte sich im Spiegel an. Wie sollte sie das bloß durchstehen?

Als sie das Wohnzimmer wieder betrat, hatte sich der Himmel über den Dächern in ein mattes Blau verwandelt, und im Zimmer war es schummrig. Lissi setzte sich, griff nach den Streichhölzern und zündete die Kerzen an, die in den Leuchtern auf dem Couchtisch standen. Seine Hand lag auf ihrem Rücken. Mit der anderen strich er zärtlich über ihre Wange und beugte sich leicht vor. An ihrem Hals spürte sie seine Lippen, warm und weich. Sie schloss die Augen. Gerade in dem Moment, als Lissi sich ihm zuwenden und in seine Arme schmiegen wollte, hörte sie den Schlüssel im Schloss. Nur einen Sekundenbruchteil später stand Miriam in der Wohnzimmertür und starrte sie entgeistert an.

19

JUNI 1948

Tante Helene strahlte. »Seht euch das neue Geld an, Kinder!«

»Wurde auch Zeit, die Reichsmark taugte ja bloß noch als Klopapier«, sagte Ursula kichernd und fing sich einen Knuff von ihrer Mutter.

»Morgen auf jeden Fall, da hat sie endgültig ausgedient«, stimmte Lissi zu.

Auf dem Küchentisch lagen die neuen Geldscheine in bunten Farben, die Onkel Fritz und Tante Helene von der Ausgabestelle mitgebracht hatten. Die Verkündung der Währungsreform war am Freitag aus heiterem Himmel gekommen. Jeder Bürger in den westlichen Besatzungszonen erhielt ein Kopfgeld. Im Tausch gegen sechzig Reichsmark gab es vierzig Deutsche Mark sofort und die restlichen zwanzig einen Monat später. Löhne und Preise, hieß es, sollten gleich bleiben.

»Verflixt und zugenäht«, schimpfte Paul. »Konnte diese blöde D-Mark nicht früher kommen? Was mache ich jetzt mit den ganzen Reichsmarkstücken?« Die Münzen, die er durch die Nachhilfestunden verdient und gespart hatte, konnte er zwar weiterhin ausgeben, aber sie waren nur noch ein Zehntel wert, bis es neues Kleingeld geben würde.

Lissi nahm einen grünen Zwanziger in die Hand. Er sah ähnlich aus wie der Dollarschein, den Paul nach Kriegsende von den GIs mitgebracht hatte. Das war sicher kein Zufall, denn die Amis hatten die neue Währung in den Vereinigten Staaten heimlich gedruckt und dann in streng geheimer Mission über den Atlantik gebracht. Sie fand das aufregend. Kopfgeld. Geheime Mission. Es klang wie in einem ihrer Abenteuerromane. Am heutigen Sonntag konnte man allerdings noch nichts dafür kaufen, damit mussten sie bis zum nächsten Morgen warten.

Ihre Freude wurde kurz darauf nur von der Graupensuppe getrübt, die vor ihr auf dem Tisch stand. Mit dem Löffel rührte sie darin herum und schüttelte sich innerlich. Selbst in diesen Hungerzeiten konnte sie sich kaum überwinden, die hinunterzuwürgen. Auf den harten Spelzen biss sie so lange herum, bis sie sich lösten und mit Daumen und Zeigefinger aus dem Mund gepult werden konnten.

»Es wird gegessen, was auf den Tisch kommt«, sagte Onkel Fritz und pochte so heftig auf ihren Tellerrand, dass die Spelzen in die Suppe rutschten. »Solange der nicht blitzblank ist, bleibst du am Tisch sitzen, Mädel.«

Tante Helene war nachsichtiger: »Nu lass sie. Morgen sehen wir, ob wir für das neue Geld was Besseres bekommen können. Vielleicht Nudeln, Eier und sogar Fleisch! Nicht wahr, Fritz?« Doch der brummte nur.

Nach dem Essen zog er sich ins Schlafzimmer zu einem Nickerchen zurück. Lissi und Ursula spülten das Geschirr. Ihre Tante saß am Küchentisch und besserte Kleidungsstücke aus. Paul wollte sich mit irgendeinem Schulfreund treffen. Das war ungewöhnlich, sonst ging er stets zu Max, auch an Sonntagen. Doch seit der Explosion damals auf dem alten Fabrikgelände war Max nicht mehr derselbe. Er hatte häufig Kopfweh, war schlecht gelaunt, und seine Leistungen in der Schule hatten stark nachgelassen. Paul sprach immer seltener von ihm.

Ursula rieb einen Löffel mit dem Küchenhandtuch trocken, bis er glänzte. »Vielleicht schmieren wir uns schon morgen richtige Butterbrote, die den Namen verdienen.«

Lissi reichte ihr ein tropfendes Glas. »Ob es wieder alles geben wird? Wurst und Käse und Kuchen? Oder gar Torte? Himmlisch wäre das.«

»Könnt ihr denn nur ans Essen denken?«, rief Tante Helene, und beide Mädchen nickten eifrig. Sie verdrehte die Augen und warf einen Blick in die Zeitung, die Onkel Fritz auf dem Küchentisch liegen gelassen hatte. Ihr Gesicht verdunkelte sich. »Hoffentlich bekommen diese Verbrecher, was ihnen zusteht.«

Lissi gab Ursula den letzten Teller zum Abtrocknen und sah ihrer Tante über die Schulter. Sie hatte den Artikel schon gelesen. Es ging um den großen Prozess gegen dreißig ehemalige Aufseher des Konzentrationslagers Kemna. Sie mussten sich wegen Verbrechen gegen die Menschlichkeit vor dem Wuppertaler Landgericht verantworten. In den Jahren 1933 und 1934 waren in dem Lager im Ortsteil Beyenburg politische Häftlinge und Juden gefoltert worden. Ihr hatte sich der Magen umgedreht. Tante Helene erzählte von einem früheren Nachbarn, der an den Folgen der grausamen Misshandlung durch die Wachleute gestorben war. »Das werde ich diesen Unmenschen nie verzeihen, keine zweihundert Meter entfernt von uns hat er gewohnt, in der Wirkerstraße.«

Unter den Bewohnern des Ölbergs waren in der Mehrzahl Sozialdemokraten und Kommunisten. Mit ihnen waren die Nationalsozialisten nicht zimperlicher umgegangen als mit den Juden. Alle Deutschen hatten nach Kriegsende erfahren, was in den Konzentrationslagern für grauenhafte Dinge passiert waren. Mit ihren jüdischen Mitbürgern, die 1941 und im Jahr darauf deportiert worden waren. Man hatte es geahnt und doch nicht glauben können.

Tante Helene schnäuzte sich in ihr Taschentuch. Ihre Stimme klang belegt: »Damals sind diese Unmenschen hier durchmarschiert mit schweren Stiefeln und ihrer Hakenkreuzfahne, geschrien haben sie, man solle vom Fenster verschwinden, sonst würden sie schießen. Und das waren keine leeren Drohungen. Da wusste ich schon, das wird böse enden.« Sie brauchte einen Moment, um sich wieder zu beruhigen. Lissi strich ihr tröstend über den Rücken.

Ursula stellte den Teller in den Schrank, dass es klirrte. »Gottlob haben sie den Krieg verloren, Mutti.«

Tante Helenes Stimme senkte sich zu einem Flüstern, ihr Blick glitt zur Schlafzimmertür. »Ganz Deutschland hat verloren, mein liebes Kind. Uns alle haben sie in den Ruin, das Land in Schutt und Asche getrieben, und der Adolf und seine Maulhelden haben sich feige davongemacht. Aber damit ist es nicht vorbei. Das bekommen die Alliierten so schnell nicht aus den Leuten raus. Wenn sie jeden anklagen würden, der bei denen munter mitgemacht hat, würden sie jahrzehntelang Prozesse führen!«

»Du glaubst, die meisten werden ungestraft davonkommen?«, fragte Ursula mit bangem Blick.

»Dafür würde ich meine *Singer* verwetten, Kind.« Tante Helene deutete auf ihre heilige Nähmaschine und verschränkte trotzig die Arme vor der hageren Brust.

Nicht zu leugnen war, dass erschreckend viele Deutsche die NSDAP nicht nur gewählt hatten, sondern ihr millionenfach beigetreten waren. Nach dem grandios gescheiterten Endsieg wollte niemand in dieser Partei gewesen sein, und sie versuchten jetzt, notfalls durch Bestechung, die begehrten Persilscheine zu ergattern. Immerhin eine Vielzahl der Rädelsführer hatten die Besatzungsmächte festgenommen und vors Kriegsgericht gestellt. Die Nürnberger Prozesse verfolgte Tante Helene seit zwei Jahren aufmerksam. Anfang Juni waren im Zuge der Ärzteprozesse sieben Verurteilte hingerichtet worden. Weitere Tode durch den Strang. Im Vergleich zu den Millionen Todesopfern durch die Nazis war das allerdings nicht einmal ein Tropfen auf die heiße Herdplatte.

Ursula drückte ihre Nase an einem Schaufenster platt. »Wo kommt denn all die Ware her?«

Die ganze Familie staunte über volle Regale und üppige Auslagen in den Geschäften. Es blieben keine Wünsche offen, Kleider, Schuhe, Hüte, Haushaltswaren. Aber wie im Paradies fühlte Lissi sich, als sie die Lebensmittel entdeckte. Gemüse und Obst in jeglichen Formen und Farben. Würste und Brot, Zucker und der ersehnte Bohnenkaffee. Zu Pyramiden aufgestapelte Konservendosen, alles war in Hülle und Fülle erhältlich. Wenn man denn die Preise bezahlen konnte, die auf den Schildchen standen.

Die Reichsmark wurde buchstäblich eingestampft. Aus den alten Scheinen stellte man Packpapier her, in das die Ware eingewickelt werden konnte, die man mit der neuen Währung kaufte. An Papier jedoch fehlte es an allen Ecken und Enden. Die Bevölkerung wurde aufgerufen, Altpapier zu den Sammelstellen zu bringen. In den Fabriken fertigten sie daraus Papierbögen, Tüten und Verpackungen. Es war wie mit der Ausrüstung der Wehrmacht, die zu benötigten Waren für den alltäglichen Gebrauch umfunktioniert wurden. Aus den Stahlhelmen wurde Kochgeschirr, aber auch Nachttöpfe. Lissi hielt es für eine glänzende Idee, aus alten Dingen neue Waren zu machen. Kleinere Betriebe konnten dadurch die Arbeit wieder aufnehmen.

Die Mädchen und Tante Helene schlenderten den Wall entlang. Erwachsene Leute standen wie Kinder vor den neu entstandenen Schaufenstern herum und starrten hinein, als müssten sie erst einmal verdauen, was sie da sahen.

Ein Passant kam vorbei und schimpfte: »Unerhört, die Ladeninhaber haben alles gehortet und nur auf das neue Geld gewartet.« Jemand stimmte ihm zu.

Lissi war dennoch erleichtert, nach so langer Zeit wieder gefüllte Schaufenster zu sehen. Noch musste man sparsam mit der Deutschen Mark umgehen.

Tante Helene konnte nicht widerstehen, kaufte das lang ersehnte Radio und einen ganzen Beutel Zutaten für ein Festmahl. »Wer weiß, ob man weiterhin alles bekommt und was die Sachen kosten.« Immerhin ihr monatlicher Verdienst würde demnächst in der neuen Währung ausgezahlt.

Am Abend gab es Spiegeleier, Blumenkohl und Kartoffeln. Dazu Butterbrote, so viele jeder nur wollte. Zum ersten Mal seit Jahren war Lissi pappsatt und glücklich.

Die neue Währung brachte aber nicht nur Segen. Die Konflikte zwischen der Ostzone und den westlichen Alliierten spitzten sich dadurch weiter zu. Die sowjetischen Behörden hatten angeordnet, dass aus der Westzone keine Lebensmittel mehr nach Westberlin geliefert werden durften. Der gesamte Stadtteil war somit von der Versorgung abgeschnitten. Lissi fand das ungeheuerlich, in der Zeitung und im Radio hatten sie darüber berichtet. Die Sorge, es könne einen weiteren Krieg geben, war allgegenwärtig.

»Die armen Berliner«, stimmte Anna zu, als sie vor Lissis Haus auf der obersten Treppenstufe saßen und darüber sprachen. Es war ein kühler Junitag und regnete wie aus Kübeln. Ein sonderbares Wetter in diesem Sommer.

Anna wechselte das Thema: »Wie war die Röntgenuntersuchung? Tut das weh?«

»Überhaupt nicht, das ist so ein moderner Apparat, vor den man sich dicht mit dem bloßen Oberkörper stellen muss. Sie machen ein Foto vom Inneren des Körpers sozusagen.«

Anna senkte ihre Stimme. »Du meinst, man ist obenherum nackt?« Sie wurde rot und kicherte.

»Es sind ja nur der Arzt und eine Krankenschwester dabei.

Die sehen das jeden Tag hundertfach.« Lissi machte eine wegwerfende Handbewegung.

»Dann stehe ich das auch durch. Ich habe allen bei uns im Haus gesagt, sie sollen hingehen zu dieser Stelle ... wie heißt das?«

»Fürsorgestelle für Tuberkulose. Überall machen sie jetzt diese Reihenuntersuchungen, viele Leute haben die Krankheit schon in der Lunge und wissen es nicht«, erklärte Lissi.

Ein Nachbar kam durch den Regen gerannt und wäre beinahe über die Mädchen auf der Treppe gestürzt. Sie rückten zur Seite, um ihn vorbeizulassen. Kopfschüttelnd und tropfend ging er hinein. Die Tür fiel krachend ins Schloss.

»Wie geht es Johann denn? Und wann kommt er zurück?«

Lissi senkte den Kopf. »Er hat Fieber und Husten und muss sich gründlich auskurieren. So was kann dauern, womöglich ein bis zwei ...«

»Monate?«, fragte Anna.

»Jahre!«

»So lange? Hoffentlich hat sich bei euch im Haus niemand angesteckt.«

»Noch sind alle gesund, aber wir müssen weiter abwarten und aufmerksam sein. Diese Krankheit kann Monate oder Jahre später ausbrechen, sagt der Doktor.«

»Gibt's ja nicht!« Ihre Freundin klappte den Mund zu.

Lissi knetete den Brief an Johann, den sie in der Tasche ihrer Strickjacke festhielt. Der Schauer ließ allmählich nach, und erste Sonnenstrahlen durchbrachen die Wolken am grauen Himmel. Ein Regenbogen leuchtete über den Dächern auf. »Komm«, sagte sie und nahm Annas Hand. »Wir laufen zum Briefkasten.«

Am Abend hockten Lissi und Ursula vor dem Radio, als die Meldung kam. Die Westalliierten versorgten durch eine Luftbrücke die Bewohner Westberlins mit Lebensmitteln. Es blieb abzuwarten, wann die Blockade seitens der Sowjetunion wieder aufgehoben werden würde. Vorerst beruhigt gingen sie an diesem Abend zu Bett. Die Berliner würden so bald nicht verhungern.

»Meine liebe Lissi,
zwei ganze Monate sind vergangen, und ich kann dir nicht sagen, wie oft ich am Tag nach Post frage. Ich glaube, die Schwester hier ahnt, warum, sie zwinkert mir manchmal zu. Aber du brauchst dich nicht zu sorgen, sie erzählt mir oft von ihren Kindern, und die sind bereits älter als ich. Hoffentlich geht es dir gut, kleine Lisbeth. Du ziehst nun sicher deine Stirn in Zornesfalten, und ich amüsiere mich bei der Vorstellung. Seid ihr alle im Haus gesund und munter? Ich habe hier wenig zu tun, um nicht zu sagen, ich langweile mich entsetzlich. Hier ist es wie in einem noblen Hotel, nichts erinnert an eine Heilanstalt für Schwerkranke. Bequeme Betten, nette Patienten, mit denen man Schach und Karten spielen kann. Täglich Liegekuren an der frischen Luft. Dick in Decken eingewickelt, fühle ich mich wie die Made im Speck ...«

Vor Lissis Augen wurde es stockfinster, die Kerze war heruntergebrannt. Seufzend tastete sie nach dem roten Koffer, um Johanns Brief hineinzustecken. Sie kuschelte sich unter ihre Decke. Regentropfen prasselten an die Fensterscheiben.

Drei Wochen hatte er auf den Platz in einer Lungenheilstätte warten müssen. Weit weg in Goslar, mit anderen Worten, er war am Ende der Welt. Ambrock bei Hagen wäre deutlich näher gewesen, aber dort hatte es kein freies Bett gegeben.

Jedem Brief an Oskar legte er einen für Lissi bei. Die Bleistiftworte waren ein minderwertiger Ersatz für den leibhaftigen Johann, und doch waren sie tröstlich, er dachte an sie. Bevor sie einschlief, rief sie sich alles ins Gedächtnis, stellte sich wieder vor, wie er sie geküsst hatte, um es bloß nicht zu vergessen. Ihr fielen die Augen zu.

Lissi erwachte aus dem Halbschlaf, als sie aus dem Treppenhaus ein Knarzen hörte. Sicher die dritte Stufe von oben. Sie wollte sich umdrehen und weiterschlafen, da vernahm sie das Knarren der Türklinke. Die Küchentür ging auf. Ein erschöpftes Schnaufen erklang.

»Onkel Fritz, bist du das?«, flüsterte sie in die Dunkelheit hinein.

»Schlaf weiter, Kind«, sagte er ebenso milde, wie es Tante Helene immer tat. Sie wollte sich schon umdrehen, als sie den seltsamen Geruch wahrnahm. Die ganze Wohnküche roch süßlich – und nach Alkohol. Lissi richtete sich auf und strich ein Zündholz an.

»Mach das Licht aus!«, zischte ihr Onkel.

Sie starrte ihn verwundert an. »Was ist denn mit dir passiert?« Auf seiner Kleidung unter dem Mantel klebten undefinierbare Späne.

»Autsch!« Sie hatte sich an der kleinen Flamme verbrannt.

Im Licht eines weiteren Zündholzes griff sie in die Schublade des Esstisches und nahm eine neue Kerze heraus. Sie deutete auf seine Hose und das Hemd. »Was sind das für Stückchen?«, fragte sie gedämpft.

Onkel Fritz zog den Mantel aus und setzte den Hut ab, beides nass vom Regen. »Das sind Rübenschnitze«, murmelte er. Seufzend ließ er sich auf einem Stuhl nieder.

»Was für Schnitze? Aus Rüben? Wieso?« Sie bemühte sich, zu flüstern, um die anderen im Schlafzimmer nebenan nicht zu wecken.

»Frag nicht so dumm«, wisperte er. »Hochgegangen ist alles. Der Rübenschnaps ist uns um die Ohren geflogen.«

Lissi hob die Hand zum Mund. »Ist jemand verletzt?«

Er schüttelte den Kopf und sah zu Boden. »Nur der schöne Schnaps ist hin.«

»Habt ihr den etwa schwarzgebrannt?«

Onkel Fritz sah auf seine durchweichten Schuhe. »Da ist was schiefgegangen. Der Kessel ist explodiert. Die ganze Arbeit umsonst, der köstliche Schnaps kreuz und quer verteilt auf dem Boden. Überall klebten die Schnitze. Eine Schande. Jetzt brauchen wir einen neuen Behälter.«

Lissi konnte nicht anders, sie verkniff sich ein Lachen und hielt sich die Bettdecke vor den Mund.

Der Onkel sah sie erst bekümmert, dann eindringlich an. »Du sagst mit keinem Wort deiner Tante was davon, hast du verstanden? Schwörst du's?«

Sie zögerte, wohl war ihr nicht dabei. Aber sie nickte, hob die Finger zum Schwur und half ihm aus den klebrig nassen Sachen. »Und den Schnaps habt ihr verkauft?«, fragte sie.

»Nun ja«, druckste der Onkel herum. »Nicht alles.« Und während er sich mit einem Lappen und lauwarmem Wasser vom Herd wusch, schleppte Lissi die Kleider in der Zinkwanne in den Keller hinunter. Am nächsten Tag würde sie die auswaschen, wenn Tante Helene und die Kinder unterwegs waren und es nicht mitbekamen.

20

JULI 1981

Die letzten Arbeitstage waren anstrengend gewesen, denn die Sommerferien standen kurz bevor, und alle Welt kaufte Urlaubslektüre. Lissi gähnte und stellte die Kaffeemaschine an. Sie deckte den Tisch im Wohnzimmer mit dem besten Geschirr. Unter der Woche hatte sie keine Zeit, darum würde sie dieses Frühstück ausgiebig genießen. Sie setzte sich und schlug die Zeitung auf. Die Inserate würden Georg interessieren, es gab gleich zwei Wohnungsauflösungen.

Im Flur öffnete sich eine Tür. Halb elf, für Miriams Verhältnisse war das früh am Sonntag. »Möchtest du Kaffee?«, versuchte Lissi heute ihr Glück.

Ihre Tochter knallte die Badtür zu. Eine deutliche Absage. Die Stimmung zu Hause war wie das Wetter. Unterkühlt und trüb.

Seit dem Vorfall mit Georg vor zwei Wochen sprach Miriam mit ihr kein Wort. Kam in ihrem fleckigen T-Shirt ins Wohnzimmer geschlurft, um sich den Teller mit in ihr Zimmer zu nehmen. Gemeinsame Mahlzeiten fanden nicht mehr statt. Lissi hätte ihr gern erklärt, wie die Waschmaschine funktionierte. Sie durfte die Wäsche ihrer Tochter nicht mehr anrühren, geschweige denn mitwaschen.

»Ist sie da? Hol sie mal an den Hörer«, sagte Anna eine Stunde später am Telefon.

»Nein, sie ist eben abgerauscht. Hat keinen Mucks von sich gegeben und ist ohne Frühstück aus dem Haus.«

»Bei euch hängt der Haussegen erschreckend schief. Wie lange will sie das denn durchziehen?«

Lissi wechselte den Hörer von einem Ohr zum anderen. »Man könnte wirklich meinen, sie sei noch in der Pubertät, ich hatte gehofft, das hätten wir schon vor Jahren hinter uns gebracht. Sie ist erwachsen, meine Güte!«

»Das kann noch dauern, fürchte ich. Der Himmel weiß, wie gut ich das kenne.« Anna seufzte theatralisch. »Ich rede mit ihr, das geht so nicht weiter mit euch.«

»Hätte ich ihr besser von Georg erzählen sollen?«

»Du wusstest doch selbst nicht, wie sich das mit euch entwickeln würde. Obwohl ich gleich die Vermutung hatte, dass sich da eine romantische Beziehung anbahnt.«

Lissi schnappte nach Luft. »Bitte was? Wann denn?«

»Schon letztes Jahr im September.« Ihre Freundin schmunzelte am anderen Ende der Leitung, das hörte man deutlich.

»Ach was, da war rein gar nichts.«

»Aber sicher. Eure Blicke, die Spannung, dieses Knistern zwischen euch beiden, das konnte ich spüren.«

»Du machst Witze!«

»Wie bei Charles und Diana«, sagte Anna im gleichen schwärmerischen Ton wie früher.

»Bei wem? Ach so, du meinst dieses Traumpaar der Regenbogenpresse.« Lissi hatte es im Vorbeigehen am Kiosk gesehen. Die Märchenhochzeit von Prinz Charles mit Lady Diana Spencer würde Ende des Monats stattfinden. Die Boulevardblättchen überboten sich gegenseitig mit Schlagzeilen und Schnappschüssen. Damals in ihrer Jugend hätte Lissi das ebenfalls romantisch gefunden. Aber mittlerweile war sie abgeklärt. Diese Diana mit ihrer Föhnfrisur und dem schüchternen Augenaufschlag. Und ihr Prinz, dieser Charles, war nicht ihr Typ. Immerhin groß und schlank war er. Und dunkelhaarig. Wie Georg.

»Wie wohl ihr Brautkleid aussehen wird? Was glaubst du?«, fragte Anna in Lissis Gedanken hinein.

»Sicher eines aus sündhaft teurer Seide mit überlangem Schleier.« Sie unterdrückte ein Gähnen.

»Oh ja, ein rauschender Traum in Weiß! Und Charles wird Uniform tragen. Diese Hochzeit wird ein Ereignis, ich freue mich so darauf!« Sie sprach, als würde sie den Prinzen persönlich kennen und überlege schon, was sie zur kirchlichen Trauung anziehen könne. Aber natürlich redete sie von der Fernsehübertragung.

Lissi stellte sich Georg in dieser roten englischen Uniform vor, die stünde ihm sicher gut. Sie seufzte unwillkürlich. Was hatte dieser Mann an sich, dass ihre Gedanken ständig zu ihm wanderten? Eine lustige Postkarte hatte er der letzten Kassette beigelegt. Sie hatte herzlich gelacht über den Comic von Mordillo, der darauf abgebildet war. Die rundlichen Figuren mit Knollennasen als niedliches Brautpaar. Und in dem Moment fiel es ihr ein. Sie waren auf Georgs Hochzeit gewesen. Die Bilder stiegen in ihr auf wie Seifenblasen. Diesen Tag in Hamburg hatte sie völlig vergessen. Miriam war fünf oder sechs mit der typischen Zahnlücke eines i-Dötzchens. Sie hatte in dieser Zeit die Rattenschwänze getragen, an die er sich erinnert hatte. Georg im dunklen Anzug, daneben Christa im bodenlangen Brautkleid, den Schleier drapiert auf der adretten Hochsteckfrisur im Stil von Brigitte Bardot. Ein hübsches Paar, hatte Lissi nur gedacht. Es war regelrecht verrückt, wie sehr sich ihre Gefühle für Georg seit damals verändert hatten.

»Hörst du mir überhaupt zu?«, fragte Anna am anderen Ende der Leitung. »Sag mir, wann ich kommen soll, dann reden wir mit deinem Fräulein Tochter. Ihr müsst euch endlich aussprechen.«

»Ich weiß ja nicht einmal, wo sie ist«, erwiderte Lissi. »Aber kümmerst du dich heute nicht um euren eigenen Haussegen? War bei euch nicht der Sonntag immer Familientag?«

»Du hast ja keine Ahnung, wie gern ich der Lautstärke hier für ein Weilchen entkomme«, gab Anna seufzend zurück.

Lissi legte auf und sah zum Fenster. Dicke Regentropfen klopften an die Scheibe. Sie beschloss, ihren freien Tag in vollen Zügen zu genießen und sich vom Knatsch mit Miriam nicht die Laune verderben zu lassen. Sie ließ sich ein Schaumbad ein und gönnte sich eine pflegende Gesichtsmaske. Danach holte sie den Kassettenrekorder, den sie im Schlafzimmer in ihrer Kommode aufbewahrte. Mit einer Decke kuschelte sie sich auf die Couch und nahm das Gerät auf den Schoß. Die neueste Tonaufnahme von Georg steckte nach wie vor im Kassettenfach. Sie drückte auf den Startknopf. Seine samtige Stimme hallte durch den Raum, und in ihren Gedanken saß er neben ihr und küsste ihren Nacken.

Sie spulte das Band bis zum Anfang zurück, um es von vorn zu hören. Er erzählte ihr erneut von dem Gemälde, an dem er derzeit arbeitete. Beschrieb die leuchtenden Farben so detailliert, dass es in Lissis Kopf Gestalt annahm. Er kam auf das Wetter zu sprechen, das seine Einkünfte auf den diesjährigen Flohmärkten schmälerte. Sie spulte ein Stück vor und drückte auf die Wiedergabetaste.

In einer schrillen Fistelstimme kamen die Wörter aus dem Lautsprecher geschossen. Erschrocken stoppte sie das Band und öffnete das Kassettenfach. Ein Gewirr von Magnetband quoll ihr entgegen. Bandsalat. Sie stieß einen Fluch aus, wühlte sich aus der Decke und lief zum Regal, in dem ein Mäppchen lag. Mit einem Bleistift müsste es gehen. Sie setzte sich, befreite die Kassette aus dem Fach, steckte den Stift in ein Loch der Spule und drehte vorsichtig das zerknitterte Band auf. Daraufhin ließ sie sie in das Gerät gleiten und spulte einmal komplett zurück. Der Anfang klang normal. Doch als sie zu der Stelle kam, an der es Bandsalat gegeben hatte, hörte sie ein Knistern. Schnell drückte sie auf Stopp. Wieder hingen die Bandfäden aus dem Apparat. Die ganze Prozedur begann erneut. Danach gab Lissi es entnervt auf und nahm ein Buch zur Hand. Verflixte Technik. Viel lieber hätte sie weiterhin die wohligen Schauer genossen, die seine Stimme in ihr auslösten.

Am späten Nachmittag stand Anna auf der Matte.

»Komm rein«, sagte Lissi, »Miriam ist noch unterwegs, langsam treibt sie es wirklich zu weit. Einfach verschwinden, ohne mir irgendwas zu sagen.«

»Gibt's ja nicht!«, antwortete ihre Freundin in gewohnter Manier. »Hast du Lust auf einen Spaziergang? Der Regen hat aufgehört, es geschehen noch Zeichen und Wunder.«

»Sag es nicht zu laut, ich nehme trotzdem einen Schirm mit. Trifft sich aber gut, ich muss zum Briefkasten.« Sie holte den Umschlag mit dem neuesten Brief an Georg und zog ihre Strickjacke über.

Untergehakt stapften sie nebeneinanderher. Seit Jahrzehnten waren sie nicht mehr gemeinsam durch das Viertel spaziert. Auf diesen Straßen hatten sie früher gespielt. Gläserne Murmeln in die Kuhlen im unebenen Kopfsteinpflaster gekickt. Es war unter Asphalt verschwunden, aber die vertrauten Gerüche waren geblieben. Nach Kohleöfen, Essen und Nordstadt. Und die Hausfassaden waren dieselben, grau und alt.

»Das ist ein Wetter wie im Herbst«, sagte Lissi.

Anna sah zum Himmel und schnaubte. »Wir hätten den Familienurlaub dieses Jahr besser für Italien planen sollen.«

»Wieso? Wo fahrt ihr denn hin?«

»Nach Buxtehude.«

Lissi lachte auf. »Das hast du mir gar nicht erzählt, ist das eine Art Kurort?«

»Nein, schön wär's! Jürgen und seine ausgiebigen Fahrradtouren jedes Jahr, du kennst ihn doch. Mit Strandurlaub kann er nichts anfangen.«

»Na ja, die Wahl fällt nicht leicht. Urlaub in Buxtehude oder auf Capri.«

»Hör auf, ich breche gleich in Tränen aus«, rief Anna.

Lissi gluckste. Ihre Laune hob sich merklich. Was Georg wohl zu einem Urlaub in Italien sagen würde? Camping am Strand mit Lagerfeuer und ...

»Schon wieder Bomben auf Elberfeld?« Anna deutete auf ein klaffendes Loch inmitten einer Häuserzeile.

»Nein, Abrissbirne«, erklärte Lissi und seufzte. »Das Haus war baufällig. Letzte Woche haben sie es abgerissen.«

Vergilbte Tapetenreste in altmodischen Mustern und Farben pappten noch an der Hauswand des Nebengebäudes. Stumme Erinnerungen an einstige Zimmerwände. Ein Bagger stand inmitten der Grube mit Erde und Geröll. Was für ein Haus würden sie hier nun bauen? Eine glatte moderne Fassade aus Stahl und Glas? Lissi schüttelte sich bei dem Gedanken. Sie warf den Brief an Georg in den gelben Briefkasten an der Häuserecke.

Anna schmunzelte. »Das kommt mir seltsam bekannt vor. Ein Brief, ein Briefkasten und du davor. Man könnte fast meinen, du würdest Fernbeziehungen mögen.«

»Na ja, was soll ich machen? Immer wenn ich den Männern nahekomme, entfernen sie sich von mir.« Lissi lächelte matt und ließ die Schultern hängen.

»Immerhin musst du auf Georg nicht ewig warten wie damals auf Johann. Apropos, du hast mir gar nicht erzählt, was ihr gemacht habt, als Miriam plötzlich in der Tür stand?«

»Was wohl? Er hat in seinem Bus genächtigt und ich allein in meinem Bett.«

Ihre Freundin zwinkerte. »Willst du ihn nicht mal besuchen in Hamburg?«

»Du hast immer so gute Ideen, Anna Dietrich, geborene Rösler.« Lissi lachte. Es begann zu nieseln, und sie gingen zurück.

»Hast du einmal an Papa gedacht?« Miriam funkelte ihre Mutter an.

»Natürlich habe ich das. Georg war schließlich einer seiner besten Freunde.«

»Das macht es umso schlimmer! Ein noch größerer Verrat.«

Lissi verschränkte die Arme vor ihrer Brust. »Ich weiß nicht, was er davon gehalten hätte, es nützt mir auch nichts. Dein Vater ist nicht mehr bei uns. Er ist fort!« Sie scheute sich, das treffendere Wort mit drei Buchstaben auszusprechen.

Anna saß auf dem Sofa und warf den Kopf wie beim Tennisturnier in Wimbledon von einer zu anderen. Ihr lauernder Blick ließ erahnen, dass sie sich sofort dazwischenwerfen würde, sobald die Situation eskalierte. Es war ihr in nur einer halben Stunde gelungen, Miriam zu einem klärenden Gespräch ins Wohnzimmer zu locken.

»Versteh mich doch«, fuhr Lissi fort, »soll ich für den Rest meines Lebens eine trauernde Witwe sein? Dafür fühle ich mich zu jung.«

»Da hast du es aber verdammt eilig gehabt. Nach zwei Jahren schon hast du Papa vergessen!« Tränen stiegen in Miriams Augen.

Lissi brauste auf. »Wie könnte ich deinen Vater je vergessen? Damit hat das gar nichts zu tun. Georg versteht mich, auch er hat seine Frau verloren.«

»Und da musstet ihr euch schleunigst gegenseitig trösten, was?«

Lissis Wangen brannten. Ob vor Scham oder Wut hätte sie nicht sagen können. »So weit habe ich gar nicht gedacht, wir haben uns zunächst einfach als Freunde gut verstanden und ...«, sie rang nach Worten, »... daraus ist mehr geworden. Wenn du Georg näher kennenlernst, wirst du das verst...«

Miriam unterbrach sie barsch: »Bleib mir weg mit dem! Ich will von diesem Typen nichts wissen. Jemand, der sich an meine Mutter heranmacht, so kurz nachdem ihr Mann gestorben ist, kann keinen guten Charakter haben.«

Anna schaltete sich ein und sagte beschwichtigend: »Ich glaube, wir trinken jetzt alle ein Tässchen Kaffee und kommen wieder runter.«

»Ohne mich, ich hau ab und penne bei Holger.« Miriam stand auf, schlüpfte in ihre Turnschuhe und schnappte sich Jacke und Regenschirm. Krachend fiel die Wohnungstür hinter ihr zu.

Lissi entfuhr ein resignierter Seufzer.

»Lass ihr Zeit«, sagte Anna und legte tröstend den Arm um ihre Schulter. »Trinken wir halt in Ruhe zu zweit ein Käffchen.«

»Ich frage mich, ob ich es ihr eher hätte sagen sollen. Es wäre gar nicht erst zu diesem Versteckspiel gekommen.« Lissi rieb sich die Augen.

»Das hätte rein gar nichts gebracht, sie wäre genauso ausgeflippt wie jetzt. Nur früher. Möchtest du Kaffee?«

»Ich hätte nie damit gerechnet, dass das passiert.«

»Dass du Georg näherkommst oder dass Miriam euch überrascht?«

Lissi schaute zu Boden. »Beides.«

Anna schlug sich mit den Handflächen auf ihre Oberschenkel und stand auf. »So, nun brauche ich aber wirklich einen Kaffee.«

21

SEPTEMBER 1948

»Du glaubst nicht, was für eine grandiose Überraschung ich mir für dich ausgedacht habe!« Anna schüttelte ihren Lockenkopf und strahlte. »Damit du endlich wieder auf andere Gedanken kommst.«

»Was ist es denn?«, fragte Lissi gespannt.

»Das erfährst du morgen.«

»Gehen wir ins Theater oder Kino?«

»Das können wir mal tun, aber das ist nicht die Überraschung«, sagte ihre Freundin mit geheimnisvollem Gesichtsausdruck.

Sie kamen am Postkasten vorbei, Lissi sah sich kurz um, griff in die Tasche ihrer Strickjacke und holte den Umschlag heraus. Rasch warf sie ihn seitlich in den Schlitz. Anna hakte sich bei ihr ein, und sie schlenderten im Gleichschritt über das Kopfsteinpflaster.

Heute war Lissi bester Stimmung. Johann schrieb, er fühle sich deutlich besser. Und alle im Haus waren gesund geblieben. Sie malte sich aus, wie es war, ihn zu umarmen und sich von ihm küssen zu lassen. All das schien endlos weit weg. Es hätte ihr genügt, nur neben ihm zu sitzen. Ihn anzusehen wäre für sie das größte Glück. Die Ungeduld wuchs, die Erinnerung an sein Gesicht drohte zu verblassen, so oft sie sich auch vorstellte, er stünde vor ihr. Wie an jenem Frühlingstag, der Jahre entfernt schien. Sie seufzte.

»Siehst du?« Anna hob eine Augenbraue.

»Was meinst du?«

»Du bist schon wieder in Gedanken bei deinem Johann. Wird höchste Zeit, dass du dich ablenkst.«

»Das tue ich doch«, rief Lissi, knuffte ihre Freundin in die Seite und rannte schnurstracks voraus zur Bäckerei. Anna folgte ihr lachend. Schon an der Straßenecke zog der Duft von frisch Gebackenem zu ihnen herüber. Der Blick in das Ladenfenster begeisterte die beiden. Die Regalfächer und Körbe waren mit Brot und Brötchen gefüllt, sogar Kuchen gab es. Aber diese Preise. Sie stellten sich in die Warteschlange. Sorgsam sparte Lissi die neuen Deutschen Mark, die sie sich mittlerweile mit den Näharbeiten und Botengängen verdiente.

»Ein Vierpfundbrot und ein Brötchen bitte«, sagte Lissi, als sie an die Reihe kam. Sie reichte der Frau hinter der Theke einen Zweimarkschein und die Brotmarken und schielte auf die handgeschriebenen Preisschilder. »Schon wieder teurer als letzte Woche«, murmelte sie.

Die Verkäuferin horchte auf und polterte los: »Na, Fräulein, was erwarten Sie denn? Die Leute rennen uns ja auch den Laden ein. Wir kommen kaum hinterher in der Backstube, da steigen nun mal die Preise, ob es Ihnen passt oder nicht.«

Lissi war um mehrere Zentimeter gewachsen, als sie das Geschäft verließen. *Fräulein* hatte man sie genannt und gesiezt. Der Ton war nicht sonderlich liebenswürdig gewesen, aber die Anrede gefiel ihr. Sie klang ungeheuer erwachsen.

Anna stieg auf eine niedrige Mauer und balancierte darauf entlang. Lissi zögerte kurz, dasselbe zu tun, doch dann kam eine Frau mit Kind an der Hand vorbei. Sie setzte sich stattdessen auf den Mauerpfosten und sagte: »Stell dir vor, in meine Dachkammer haben sie neue Bewohner einquartiert.«

»Du meinst, in Johanns Kammer«, erwiderte Anna, hockte sich neben sie und biss in Lissis Brötchen.

»Ja, nur für den Übergang, heißt es. Ein junges Paar aus Ostpreußen, frisch verheiratet. Tante Helene sagt, die hätten sonst niemals zusammen in das Kämmerchen einziehen dürfen.« Die Mädchen kicherten.

»Hoffentlich steht Johann nicht auf der Straße, wenn er wieder zurückkommt«, gab Anna zu bedenken.

»Stimmt, daran habe ich gar nicht gedacht.«

»Wann hat er dir zuletzt geschrieben?«

»Am Freitag«, antwortete Lissi. »Ich könnte täglich zwei Briefe von ihm bekommen, und es wär nicht genug.«

»Es nimmt ein schlimmes Ende mit dir.« Anna seufzte, dann beugte sie sich vor und flüsterte: »Na gut, ich gebe dir einen klitzekleinen Hinweis zur Überraschung. Es ist etwas, was alle in unserem Alter gern tun.«

»Also doch Kino?« Lissi hatte an ein anderes Wort mit K gedacht, aber das meinte ihre Freundin sicher nicht.

»Nein, nun rate doch mal.«

Lissi hob entschuldigend beide Hände. »Ich weiß es nicht.«

Anna strich sich eine störrische Locke aus der Stirn. »Dann musst du eben bis morgen warten.«

»Paul kommt auch mit?«, zischte sie und starrte ungläubig in den ausrasierten Nacken ihres Vetters, der vor ihnen zur Haltestelle stapfte.

»Herren sind rar beim Tanzunterricht«, antwortete Anna wie selbstverständlich.

Das konnte nicht ihr Ernst sein. Lissi hatte ohnehin keine Lust, zu dieser albernen Tanzstunde zu gehen, und nun hatte sie zu allem Überfluss Paul am Hals. Wie war Anna darauf gekommen, ihr könne ein Tanzkurs gefallen? Ohne Johann.

Es war diesig und ungemütlich draußen. Lissi wäre lieber daheimgeblieben und hätte seine Briefe wiederholt gelesen. Es war mittlerweile ein stattlicher Packen, für den sie ein fantastisches

Versteck gefunden hatte. Auf halber Treppe musste sie auf den Klosettdeckel steigen, dann reichte sie heran, um den Stapel oben auf den Spülkasten zu schieben. Niemand würde die Briefe an diesem geheimen Örtchen finden.

Mit der Straßenbahn ruckelten sie zur Tanzschule Gräbe. Als sie zwei Haltestellen später ausstiegen, mussten sie ein Stück durch den Nieselregen rennen, und Lissi sorgte sich um ihre Frisur. Endlich hatte sie den Dreh raus, wie man die Locken richtig in Form legte und schließlich ausbürstete, sodass sie ihr weit schwingend um die Schultern fielen. Annas Naturlocken hielten jedem Sturm stand, mit den künstlichen Wellen sah das leider anders aus.

Die Tanzschule hatte erst vor kurzer Zeit wieder geöffnet. Das Gebäude, in dem sie untergebracht war, ließ die Kriegsschäden erahnen. Faustgroße Löcher zierten die Fassade. Rasch liefen sie die Treppenstufen zur zweiflügeligen Tür hinauf. Sie waren spät dran, im Eingangsbereich war niemand zu sehen, auch das noch.

Als sie den Saal betraten, bereute Lissi es einmal mehr, Annas Drängen nachgegeben zu haben. Der Tanzlehrer unterbrach seine Ansprache. Mindestens fünfzig Augenpaare starrten sie an. Sie wollte auf der Stelle im Erdboden versinken. Auf der einen Seite saßen die Mädchen auf Bänken und tuschelten. Gegenüber standen in einer Reihe die Jungen in geringerer Zahl. Anna und Lissi wurden unverhohlen gemustert. Das Getuschel hob an.

»Ich bitte um Ruhe«, dröhnte die Stimme des Tanzlehrers durch den Raum. Er sah auf die Wanduhr über den Köpfen der Schülerinnen und stellte fest: »Sie sind zu spät! Pünktlichkeit ist ein entscheidender Bestandteil der kultivierten Lebensart. Das prägen Sie sich besser gleich ein. Stellen Sie sich zu den anderen Herrschaften. Die beiden Damen links und der Herr rechts, bitte schön.«

»Verzeihung«, murmelten Anna und Lissi und schlichen nach links, fanden keinen freien Sitzplatz und blieben stehen. Paul schlenderte mit erhobenem Kopf zur anderen Seite.

Der Tanzlehrer mit seiner aufrechten Haltung und in erstaunlich gepflegtem Anzug fuhr fort: »Sinn und Zweck der Tanzstunde ist es, die Grundschritte der Standardtänze sicher auf dem Parkett zu beherrschen. Sie werden in diesem Kursus zudem die gesellschaftlichen Umgangsformen als Grundpfeiler eines stilvollen Auftretens erlernen. Haltung und Takt werden Ihnen das Zusammenleben mit Ihren Mitmenschen erleichtern, meine Herrschaften.«

Lissi warf Anna einen raschen Seitenblick zu. Diese guckte längst nicht mehr so fröhlich wie vorhin.

Herr Gräbe machte sie mit seiner werten Frau Gemahlin bekannt, einer zierlichen Brünetten in einem modischen Kleid. Sie neigte anmutig den hübschen Kopf.

Er nahm sich die jungen Herren vor: »Wenn ich Sie nun der Reihe nach bitten darf, sich vorzustellen.« Er tippte einem schlaksigen Jüngling sacht auf die Schulter. »Sie machen den Anfang. Treten Sie einen Schritt vor, deuten Sie eine Verbeugung an. Dann sagen Sie Ihren Namen und treten zurück in die Reihe.«

Auch die Mädchen sollten sich vorstellen. Lissi presste die Lippen aufeinander, das war ja entsetzlich. Alle stellten sich einer nach dem anderen vor. Ihr eigener Name klang rau und fremd. Das Ehepaar zeigte ihnen formvollendet elegant die Grundschritte des langsamen Walzers. Die Musik kam vom Plattenspieler.

Mit einladender Geste wies Tanzlehrer Gräbe die Herren an: »Wenn ich Sie nun bitten darf, die Damen aufzufordern. Aufrechte Haltung. Gehen Sie auf das Fräulein Ihrer Wahl zu. Kleine Verbeugung, die Herren, so ist es recht.«

Seine Frau Gemahlin wandte sich in sanftem Ton an die Mädchen: »Die Damen bitte lächeln, nicken und auf die Tanzfläche führen lassen.«

Lissi wünschte sich weit weg, als ein Knabe mit Brille auf sie zusteuerte. Sie ergab sich in ihr Schicksal. Nicken und lächeln. Oder war es umgekehrt? Sie tat es nur Anna zuliebe. Einzelne Mädchen hatten keinen Tanzpartner abbekommen und schmollten auf ihrer Bank.

Die Schritte wollten bei manchen Paaren nicht recht gelingen. Lissi hielt sich leidlich, ihr Partner trat ihr zweimal auf die Füße, weil er die Richtung verwechselt hatte. Sie atmete auf, als der Walzer endete. Die Herren führten die Damen zurück zu ihrem Platz.

Beim nächsten Tanz, dem Foxtrott, machten sie zuerst Trockenübungen. Wieder kam die Aufforderung: »Meine Herren, bitte engagieren Sie sich!«

Lissi machte sich winzig. Und wurde dennoch aufgefordert. Der Dürre mit Mittelscheitel konnte höchstens achtzehn sein und trampelte auf ihren Fußspitzen herum. Sie tanzten etwas abseits, er glaubte sich wohl unbeobachtet und raunte ihr zu: »Darf ich mich Ihnen noch einmal persönlich vorstellen? Mein Name ist Hermann.« Er unterbrach sich. »Schmidtke, also Hermann Schmidtke. Ich glaube, unsere Mütter sind befreundet.«

»Das würde mich wundern«, flüsterte Lissi. »Sie ist tot.«

Ihm entglitten die Gesichtszüge, und er stammelte: »Oh! Mein Beileid, so plötzlich? Wie furchtbar.«

Herr Gräbe rief durch den Saal: »Konzentrieren Sie sich, meine Herren, lenken Sie die hübschen Damen nicht ab.«

Lissi unterdrückte ein Grinsen und schüttelte den Kopf. »Schon seit drei Jahren. Ich lebe bei meiner Tante. Helene Wilke.«

Er atmete auf und wisperte: »Ach, ja natürlich. Die Tante.«

Die Stunde wollte nicht enden. Als sie schließlich gehen durften, war Lissi verstimmt, obwohl Anna es sicher gut gemeint hatte. Wie viel mehr Freude hätte ihr das Tanzen gemacht, wäre Johann da gewesen, um sie aufzufordern.

Am Abend lag Lissi auf ihrem Feldbett und berichtete in einem langen Brief vom heutigen Tag. Von den Läden voller Waren, den steigenden Preisen und den neuen Bewohnern in Johanns Dachkammer. Die leidige Tanzstunde und den ulkigen Hermann erwähnte sie. Und Frau Wulff, die blonde Nachbarin von gegenüber, die seit ihrer Heirat *Mrs James Greenwood* hieß und samt Dackel nach England ziehen würde. Lissi schrieb alles auf, was sie ihm gern persönlich erzählt hätte. Je mehr geschriebene Zeilen sie von Johann erhielt, desto vertrauter wurde er ihr. Weit entfernt und nah zugleich. Die Kerze flackerte, sie steckte die beschriebenen Seiten in ihr rotes Köfferchen unter dem Bett und löschte das Licht.

Es war schwierig, die Briefe vor Tante Helene und den anderen zu verbergen. Einmal hatte Ursula sie beim Schreiben überrascht, und eilig war das Zettelchen in einem Buch verschwunden. Nicht auszudenken, hätte ihre Cousine den Namen oben auf dem Blatt entziffert. Seither schrieb Lissi Johann oft am Abend, wenn alle zu Bett gegangen waren.

Johann schickte seine Briefe weiterhin zu Oskar. Jedoch konnte sie nicht jedes Mal bei ihm klopfen, um nach Post zu fragen. Hilde, seine Frau, hatte schon seltsam misstrauisch geguckt. Ebenso auffällig war es, alle paar Tage zur Baustelle an der Herzogstraße zu marschieren, um sie dort bei ihm zu holen. Und umgekehrt, was hätte Tante Helene gesagt, wenn der Nachbar von oben ständig vor der Tür stand?

Ein Geheimversteck für die Übergabe hatte sie gesucht und schließlich gefunden. In der dritten Etage unter der Stiege zum

Dachboden war eine Diele lose. Dort war es für Oskar ein Leichtes, sich kurz zu bücken und die Briefe im Vorübergehen hineinzuschieben. Wenn Lissi nach dem Abendbrot die Toilette aufsuchte, schlich sie zuerst ein Stockwerk hinauf. Die Aufregung breitete sich in ihrem ganzen Körper aus, sobald sie die Ecke eines Umschlags unter dem Dielenbrett erspähte. Dann zog sie ihn blitzschnell hervor und tappte geräuschlos wieder hinunter. Johanns Zeilen las sie still und heimlich auf dem Örtchen. Seine Worte wärmten sie, sodass sie die Kälte in dem zugigen Raum gar nicht wahrnahm.

Eine Woche später war sie mit Anna unterwegs, um für Tante Helene Nähgarn, Knöpfe und eine zweite Schneiderschere zu kaufen.

»Heute ist Tanzstunde«, sagte ihre Freundin und strahlte bis über beide Ohren.

»Muss ich da mit? Mädchen sind doch ohnehin in der Überzahl, da vermisst mich niemand, im Gegenteil.«

Anna machte ein Gesicht, als hätte man sie geschlagen. »Wir sind doch fest angemeldet. Deine Tante musste ihre Einwilligung geben und hat die Gebühr bezahlt. Das kannst du mir nicht antun, ohne dich gehe ich da nicht hin.«

Lissi bekam augenblicklich Gewissensbisse und gab nach. »Aber wenn mir noch mal einer dieser Knaben auf den Fuß tritt, komme ich nicht mehr mit, das schwöre ich dir.«

Sie warteten auf die Elektrische. Eine Traube von Menschen stand um die beiden herum. Die Straßenbahn zockelte über die Schienen. Als sie an der Haltestelle zum Stehen kam, stieg eine Handvoll Leute aus. Mindestens doppelt so viele wollten jedoch hinein. Der Wagen war um diese Uhrzeit hoffnungslos überfüllt.

Der Schaffner ließ fünf Personen einsteigen und winkte ab.

»Tut mir leid, meine Herrschaften, warten Sie bitte auf die nächste Bahn.«

»Lass mich nur machen, da fahren wir mit«, raunte Anna ihr zu und wartete, bis der Kontrolleur vorn eingestiegen war. Sie schlenderte zur hinteren Tür und stieg flink auf das Trittbrett. In dem Moment fuhr die Elektrische an.

Lissi klammerte sich an den Haltegriff und sprang widerwillig auf. »So eine dumme Idee. Wir hätten warten können.«

»Aber der Schaffner hat doch nichts bemerkt. Bevor wir da lange herumstehen und die nächste Bahn wieder überfüllt ist. Vertrau mir. Ich sage nur Sonntagskind.«

»Ich weiß«, sagte Lissi gedehnt und verdrehte die Augen.

»Was ist denn los? Hab ich dir was getan?« Anna versuchte, eine Hand in die Hüfte zu stemmen, und rempelte dabei einen Mitfahrenden hinter sich an.

»He, pass doch auf, Mädel.« Der Herr rückte seinen Hut zurecht, der ihm verrutscht war. Die Bahn fuhr um eine Kurve, und er kam ins Straucheln. Ein anderer Fahrgast bekam seinen Ellbogen ab, schimpfte und trat einen Schritt zurück. Da alles dicht gedrängt stand, bemühte sich nun jeder, das Gleichgewicht zu halten. Die Menschenmenge schwankte, als die Straßenbahn wieder anhielt. Zwei Leute stiegen vorn aus, aber das brachte hinten gar nichts. Die Bahn fuhr unvermittelt an, und Lissi wäre um ein Haar aus der Tür gekippt.

Ein junger Mann fasste beherzt nach ihrem Oberarm, bekam sie an der Schulter zu fassen und zog sie wieder hinein. »Hoppla, Fräulein, das war knapp. Halten Sie sich nur an mir fest, ich habe nichts dagegen«, sagte er grinsend.

»Nehmen Sie gefälligst Ihre Hände von meiner Freundin«, zischte Anna.

Lissi wandte sich an ihn: »Verzeihung, das meint sie nicht so.«

»Und ob ich das so meine!«

Sie warf Anna einen strengen Blick zu. Ihr war das alles entsetzlich peinlich. Am liebsten wäre Lissi ausgestiegen. Den Rest der Fahrt verbrachten sie schweigend und hielten sich krampfhaft an den Haltegriffen fest.

Als die Mädchen ausstiegen, war die Stimmung zwischen ihnen frostig.

»Hat Johann dir keinen Brief geschickt, oder welche Laus ist dir sonst über die Leber gelaufen?«, fragte Anna mit mürrischem Gesichtsausdruck.

Lissi wartete tatsächlich seit einer Woche auf einen neuen Brief von ihm. »Mach dich nur lustig. Du Küken verstehst halt nicht, was wahre Liebe ist.«

»Du meinst, da wird man so seltsam wie du? Dann spare ich mir das lieber.«

Anna war eben noch ein richtiges Kind.

22

SEPTEMBER 1981

Es fiel schwer, den Streit zu vergessen. Miriam hatte sie angeschrien und ein paar Klamotten in ihren Rucksack geworfen. Wie eine beleidigte Diva war sie zu Holger abgerauscht. Doch es half nichts. Lissi würde sich das bevorstehende Wochenende nicht verderben lassen.

Wie gern wäre sie zu Georg nach Hamburg gefahren, um ihn dort zu treffen und Miriam nicht damit konfrontieren zu müssen. Aber sie hatte sich zwischenzeitlich nicht mehr freinehmen können. Frau Busch legte ihr weiterhin Steine in den Weg. Keine Felsbrocken zwar, dafür tonnenweise kleine spitze Kiesel.

Lissi blendete ihre Kollegin heute aus. Die Vorfreude ließ sich kaum bändigen. An diesem Sonntag fand der Vohwinkeler Flohmarkt statt. Natürlich würde sie sich den Stand mit Georg teilen, das hatte er sich gewünscht. Am frühen Nachmittag tuckerte sein Bus durch Lissis Straße. Hastig räumte sie ein paar herumliegende Gegenstände auf, da stand er bereits im Türrahmen. Sie begrüßten sich mit einem langen Kuss. Als sie sich voneinander lösten, holte er tief Luft.

»Raube ich dir den Atem?«, fragte sie grinsend. Und mit wackeligen Knien.

»Du und die Treppen zu dir in den zweiten Stock, die ich hochgerannt bin«, gab er prustend zurück.

»Mein tapferer Held! Du hast das Treppenhaus bezwungen und bekommst die Prinzessin.« Sie deutete auf sich und lachte fröhlich.

»Das sollten wir gleich feiern.« Georg wirkte selbstzufrieden und hielt ihr eine Flasche Sekt hin.

»Ach, das hab ich dir noch gar nicht erzählt. Unser Trödelmarkt erhält einen Eintrag ins Guinnessbuch der Rekorde! Mit über dreihunderttausend Besuchern ist er der größte Eintagesflohmarkt der Welt, stell dir das vor!« Lissi klatschte kurz in die Hände vor Begeisterung.

Georg strahlte. »Fantastisch! Ich glaube, wir brauchen mehr Sekt. Als ich die Flasche hier gekauft habe, wollte ich eigentlich mit dir darauf anstoßen, dass wir uns nach sage und schreibe drei Monaten endlich wiedertreffen.«

»Waren das drei Monate? Ich habe neun Briefe, fünf Kassetten und drei Postkarten gezählt.«

Er lachte vergnügt. »Ja, das kommt ungefähr hin. Aber so gern ich deine Stimme höre, die ganze Lissi ist mir lieber.«

Sie lächelte kess, nahm ihm die Flasche aus der Hand und stellte sie in den Kühlschrank. »Das wird langsam Tradition mit den alkoholischen Getränken. Ein Schelm, wer Böses dabei denkt.«

»Das ist reine Berechnung, um dich gefügig zu machen.« Georg zwinkerte ihr zu. Lissi bekam eine Gänsehaut. Bisher war es ganz ihrer Fantasie überlassen, was passieren würde, wenn es über Küsse hinausging. Er zog seine Jacke aus, und allein das hatte auf sie eine ähnliche Wirkung, als ob er sich sämtliche Kleidungsstücke vom Leib gerissen hätte. Was war denn bloß mit ihr los? Sie musste sich dringend beherrschen.

»Heute zeige ich dir meine Stadt. Wir machen eine Fahrt quer durch das Tal. Erst die Arbeit …«

»… dann das Vergnügen?« Georg zwinkerte wieder, und sein Kuss ließ sie nach Luft schnappen.

Händchen haltend wie zwei Teenager wanderten sie die Luisenstraße entlang, vorbei an der Laurentiuskirche mit den beiden

Türmen. Lissi erzählte Georg von den Spitzdächern, die damals nach dem Krieg gefehlt hatten und nun längst wieder in den Himmel ragten. Die Sonne schien durch die Häuserzeilen hindurch, und ihr erschien alles so viel freundlicher mit ihm an ihrer Seite.

Sie musterte sein ebenmäßiges Profil und fragte: »Du bist wirklich noch nie mit der Schwebebahn gefahren?«

»Es hat sich bisher nie ergeben.«

»Dann bin ich gespannt, wie es dir gefällt – in unserem stahlharten Drachen.«

Auf Georgs Stirn bildete sich eine kleine Falte. »Drachen? Oh, holde Prinzessin, das ist aber eine ungewöhnliche Bezeichnung.«

Lissi musste grinsen. »Die Dichterin Else Lasker-Schüler hat unsere Schwebebahn so genannt. Sie wuchs in einem Haus ganz in meiner Nähe auf. Verliebt in diese Stadt war sie, das schrieb sie wortwörtlich.«

»Verliebt, so, so.« Er zwinkerte. »So wie du, nicht wahr?«

Lissi grinste. »So wie ich.« Georgs Anwesenheit gab ihr einen ungeahnten Energieschub, und sie musste sich zurückhalten, um nicht vor Freude zu hüpfen wie früher als Kind.

An der Briller Straße angekommen, liefen sie weiter bis zum Robert-Daum-Platz, benannt nach dem Bürgermeister der Nachkriegsjahre. Aus der ehemals engen Kreuzung war die mehrspurige Bundesallee geworden. Ohne Ampel hatte man keine Chance mehr, sie zu überqueren. Die Schwebebahn bog mit ihrem unverkennbaren Quietschen um die Ecke und hielt, wie Georg und Lissi, auf die Haltestelle zu.

»Wir nehmen einfach die nächste Bahn«, sagte sie schulterzuckend. Normalerweise wäre sie schnell die Stufen zur Station hinaufgelaufen, aber die paar Minuten konnten sie warten.

»Da läufst du aber weit, um mit der Schwebebahn zu fahren«, sagte Georg.

»Es wird gerade eine neue Schwebebahnstation gebaut, die etwas näher am Ölberg liegt, doch der Bau zieht sich hin. So lange muss ich eben hierhin oder zum Döppersberg laufen.«

Die Konstruktion des Schwebebahnhofes am Robert-Daum-Platz glich einem Haus mit hohen Fensterflächen. Auf den Treppen kamen ihnen Fahrgäste entgegen. Lissi warf Kleingeld in den Automaten, zog die Fahrkarten und stempelte sie ab. Als sie oben anlangten, waren sie allein. Durch die trüben Scheiben fiel mattes Tageslicht. In luftiger Höhe standen sie über der Wupper, durch ein Gitter sah man das Wasser unter ihnen. Georgs Blick glitt zur massiven Eisenkonstruktion der Schienen über ihren Köpfen. Auf Plakatwänden klebte Reklame neben Konzertankündigungen und dem Programm der Wuppertaler Bühnen.

Der Bahnhof vibrierte, und polternd fuhr die nächste Schwebebahn in die Haltestelle ein. Sie hielt, es öffneten sich die elektrischen Schiebetüren, und Fahrgäste stiegen aus. Wie früher als Kind zögerte Lissi einen Moment, bevor sie in den pendelnden Wagen einstieg. Sie steuerten auf eine der freien Sitzreihen zu und ließen sich auf zwei Plätzen nieder, Georg direkt am Fenster. Es füllte sich um sie herum, die Türen schlossen sich, und die Bahn fuhr an. Sie saßen weit vorn nahe beim Fahrer, der durch die Frontscheibe die Strecke über der Wupper überblickte.

Firmen mit Reihen von Bürofenstern, Fabrikgebäude und Schornsteine zogen vorbei. Die Schwebebahn ließ in einer Kurve ihr Kreischen hören. Nuschelnd kündigte der Fahrer den nächsten Halt per Lautsprecher an. Sie schwebten am Stadion entlang. Schauten auf Sonnborn hinab, von dem ein Stück durch das neu errichtete Autobahnkreuz abgeschnitten worden war, und erreichten schließlich Vohwinkel mit der langen Kaiserstraße, auf der morgen wieder der Flohmarkt veranstaltet werden würde. An der Endhaltestelle mussten sie aussteigen und den Bahnsteig wechseln, um zurück nach Elberfeld zu fahren.

»Mit meinen Eltern wohnte ich in diesem Stadtteil vor und während des Krieges und später noch einmal mit Johann und der kleinen Miriam. Bevor wir in Tante Helenes Wohnung gezogen sind«, sagte Lissi, sie hielt inne und grinste. »Weißt du, wo wir damals gewohnt haben? Im Malerviertel, gar nicht weit von hier.«

»Malerviertel, wie passend! Das musst du mir irgendwann einmal zeigen.«

»Wir haben noch viel zu erkunden«, sagte Lissi voller Vorfreude. Verflixt, heute erschienen ihr die Gespräche ständig zweideutig. Georg lächelte und strich ihr zärtlich über die Wange, als hätte er dasselbe gedacht.

Die Schwebebahn fuhr mit ihrem unverwechselbaren Quietschton um die enge Biegung und stoppte direkt vor ihnen. Sie stiegen wieder ein, und die Fahrt ging zurück nach Elberfeld. Er saß dicht neben ihr, hielt ihre Hand und betrachtete die vorbeifahrenden Gebäude wie ein staunender Junge. Lissi schmunzelte, wann war sie zuletzt zum Vergnügen durch ihr Wuppertal geschwebt? Auf dem Rückweg fuhren sie am Robert-Daum-Platz vorbei. Langsam glitt die Bahn durch das neue stählerne Gerippe der künftigen Schwebebahnstation Ohligsmühle, deren Glasflächen bislang fehlten.

Am Islandufer passierten sie das moderne Hochhaus der Sparkasse mit seinen blauen Fenstern. An dieser Stelle hatte früher das Thalia-Theater gestanden, ein imposanter Bau von 1906 im barocken Stil, der dem Sparkassenturm gewichen war. Lissi fiel es schwer, sich an den futuristischen Anblick des modernen Gebäudes zu gewöhnen.

Die Schwebebahn war ebenfalls mit der Zeit gegangen. Im

wahrsten Sinne, denn die Züge im charakteristischen Rot waren Vergangenheit. Die neue Bahn hatte eine auffällige Lackierung in modischem Orange mit Blau. Den Wagen Nummer 5 aus dem Jahr 1900 hatten die Wuppertaler Stadtwerke umgebaut und restauriert. Mit nostalgischen Fahrten durch das Tal war er als *Kaiserwagen* unterwegs.

Am Döppersberg stiegen sie aus. Mit ihnen strömten die Fahrgäste die steinernen Stufen hinab. Vor der Unterführung zum Bahnhof Wuppertal-Elberfeld blieben sie stehen. Die Schwebebahn ratterte über ihre Köpfe hinweg.

»Sie fährt noch weiter?«, rief er verwundert in Lissis Ohr.

Sie wartete, bis der Lärm nachließ. »Noch ein ganzes Stück, aber Barmen zeige ich dir ein andermal. Ich hab Kaffeedurst und Appetit auf ein Stück Kuchen, du nicht auch?«

»Ein Königreich für Kuchen und Tee!« Er grinste und deutete mit galanter Geste eine Verbeugung an. »Kommt, meine Holde, ich lade Euch ein.«

Lissi lachte und hängte sich an seinen Arm. Sie spazierten durch die Fußgängerzone, an diesem Samstag wimmelte es von Passanten, die ihre Wochenendkäufe tätigten. Die Wasserfontänen des Döppersberger Brunnens plätscherten, und Gruppen von Jugendlichen saßen am Rand, rauchten und hoben ihre Bierflaschen. Im Café Kremer stiegen sie in den ersten Stock und setzten sich an einen der Tische. Von hier aus hatte man einen Panoramablick auf den weitläufigen Platz, die Alte Freiheit. Die Bedienung kam und fragte, was es sein dürfe. Sie bestellten Apfelkuchen mit Sahnehäubchen, dazu Kännchen mit Tee und Kaffee.

»Was hast du für heute noch geplant?« Georg hatte sich zurückgelehnt, sah sie aufmerksam an und ignorierte die Aussicht.

»Gleich besuchen wir das Von-der-Heydt-Museum und bestaunen die Meisterwerke begnadeter Künstler«, antwortete Lissi.

»Du kennst mich gut, das ist genau nach meinem Geschmack«, staunte er.

»Ich muss dir ja was bieten, wenn du alle paar Monate mal hier bist.«

»Das tust du schon durch deine pure Anwesenheit.« Er lächelte spitzbübisch.

Sie fütterten sich gegenseitig mit ihren letzten Kuchenkrümeln und lachten lauter als das Grüppchen Schüler am Nebentisch. Die Bedienung sah zu ihnen herüber und kniff die Lippen zusammen, sagte jedoch nichts. Georg zahlte und rundete etwas großzügiger auf. Zu Fuß gingen sie weiter über den Kirchplatz in Richtung Wall.

Das Von-der-Heydt-Museum war ein stattliches Gebäude mit angesehener Kunstsammlung. Benannt war es nach einer wohlhabenden Bankiersfamilie. Eduard von der Heydt hatte dem Museum eine stattliche Anzahl an kostbaren Werken vermacht. Gemälde vom 16. Jahrhundert bis in die Neuzeit, darunter berühmte Künstler wie Pablo Picasso, Paul Cézanne, Edgar Degas und Wassily Kandinsky. Stundenlang liefen sie durch die Ausstellungsräume und unterhielten sich angeregt. Vor einem Bild von Franz Marc blieben sie länger stehen. Ein blauer Fuchs lag schlafend inmitten einer farbenfrohen Umgebung.

»So ein kleines Werk und doch so ausdrucksstark«, sagte Lissi staunend.

»Und berührend, nicht wahr?«, stimmte Georg zu. Hier konnte er ihr allerlei erklären über Maltechniken, Linienführung und Stilrichtungen. Die Zeit verging wie im Flug.

Sie sah auf die Uhr und rief: »Ach du Schreck, das Museum schließt gleich!«

Die Luft war kühl, und sie atmeten tief durch, als sie zurück zum Wall schlenderten. Nur die Abgase der Autos lagen bleiern über der Stadt.

»Tun dir die Füße auch so weh?«, fragte sie ihn.

»Das scheint normal zu sein, sobald wir uns sehen, daran habe ich mich schon gewöhnt«, sagte Georg und grinste.

Erschöpft kamen sie eine Viertelstunde später in Lissis Wohnung an.

»Ich kann keinen Schritt mehr gehen«, sagte sie und kickte ihre drückenden Schuhe unter die Garderobe. »Hast du Hunger?«

»Und wie«, erwiderte Georg. »Ich trage dich in die Küche, das schaffe ich gerade noch.«

Lissi japste und brach in Gelächter aus, als er sie hochhob und in die Küche hinübertrug. Er erhielt einen innigen Kuss zum Dank. Sie schaltete die Herdplatte an, auf der eine Hühnersuppe bereitstand. Dann öffnete sie den Kühlschrank. Er stand hinter ihr und legte sein Kinn auf ihre Schulter. Dann knabberte er an ihrem Nacken, während sie den Sekt, Brotaufstriche und Butter herausnahm. Lissi bekam Gänsehaut und kicherte. Er lachte, hielt inne und ging mit der Flasche ins Wohnzimmer hinüber. Sie hörte den Korken knallen. Kurz darauf saßen sie mit ihren dampfenden Suppentellern, Schnittchen und Sektgläsern auf dem Sofa. Sie unterhielten sich erst über die Ausstellung und kamen auf Lissis Wohnviertel zu sprechen. Sie erzählte ihm von dem Dilemma der Sanierungspläne für das Viertel. »Es gibt eine Initiative, die sich *Rettet die Nordstadt* nennt. Bezahlbarer Wohnraum soll erhalten bleiben. Das ist ihre Devise. Und ich sehe das ebenso«, erklärte sie und löffelte die heiße Brühe.

»Unsere Devise! Da kann ich mich nur anschließen«, sagte Georg und biss in ein Häppchen mit Salami.

»Eine Gruppe junger Leute hat im vergangenen Jahr ein altes Haus besetzt, das zum Abriss freigegeben worden war.«

»Klingt nach den Studenten in meiner Bude. Die lieben solche Aktionen.«

»Bude?« Lissi lachte.

»Ja, so nennen sie unsere Wohnung. Ich hab das Wort schon übernommen.« Georg grinste.

Lissi wagte sich an ein heikles Thema, bemühte sich jedoch, es belanglos klingen zu lassen: »Was sagen eigentlich deine Eltern zu dieser Bude? Kommen sie dich dort manchmal besuchen?« Sie beobachtete ihn aufmerksam.

Er zögerte und stand auf. »Das interessiert sie nicht. Ich muss mal kurz wohin. Lauf bloß nicht weg.«

»Kann ich ja nicht«, sagte Lissi betont munter und legte demonstrativ ihre schmerzenden Füße hoch. Wie er ihr immer wieder auswich, sobald sie nach seinem Elternhaus fragte. Sie trank ihr Glas aus und verspürte ein Kribbeln im Magen. Nur der Sekt oder Aufregung? Als er zurück ins Wohnzimmer kam, setzte er sich neben sie und sah sie ernst und aufmerksam an.

»Was ist? Habe ich meine Bluse wieder falsch geknöpft?«

Er schüttelte langsam den Kopf, strich ihr sacht eine Haarsträhne aus dem Gesicht. Dann sagte er leise: »Ich staune nur.«

»Worüber?«

»Dass ich das Glück habe, hier bei dir zu sein. Das alles noch einmal erleben zu dürfen.«

Lissi nickte kaum merklich. Schweigend stand sie auf und ergriff seine Hand. Mit langsamen Schritten ging sie voraus und zog ihn mit sich hinüber in ihr Schlafzimmer. Diesmal würde sie ihn nicht im Bus übernachten lassen.

Der Sonntagmorgen war kühl und bewölkt. Die zwei Tischplatten bogen sich unter der Last all der bunten Dinge, die Georg darauf ausbreitete. Lissi hatte weitere Gegenstände in ihrer Wohnung gefunden, bei denen sie erst gezögert hatte. Darunter allerlei Bücher, die sie ohnehin nicht noch einmal lesen würde. Das Alte loslassen und das Neue in ihrem Leben willkommen heißen, die Vorstellung gefiel Lissi. Vor allem, wenn dieses Neue sich direkt neben ihr aufhielt und sie mit leuchtenden Augen ansah. Diesmal saßen sie nicht meterweit auseinander wie im Jahr zuvor, sondern dicht beieinander. Lissis Hand in seiner. Wohlige Wärme ging von ihm aus. Die Besucher kauften eifrig und waren erstaunlich großzügig. Ob es an der Auszeichnung zum größten Flohmarkt der Welt lag? Am Abend feierten sie bei Kerzenschein und genossen jede Minute der Zweisamkeit.

Als er am frühen Montagmorgen seine Tasche schulterte, um zurück nach Hamburg zu fahren, war es, als reise er in eine ferne Galaxie. Lissi vermisste Georg schon, als sie ihn noch im Arm hielt und zum Abschied sachte küsste.

23

NOVEMBER 1948

Lissi saß bereits den ganzen Nachmittag an der Nähmaschine. Tante Helene stand hinter ihr und beobachtete jeden ihrer Handgriffe. »Das sieht vorbildlich aus, Kind, du hast viel bei mir gelernt.«

»Ohne dich hätte ich dieses Kleid niemals nähen können.«

Der Stoff in zartem Rosa war eine großzügige Spende von Herrn Reinhardt, nachdem er von Lissis Abschlussball in der Tanzschule erfahren hatte.

Ihre Tante nickte zufrieden. »Mein liebes Kind, ich habe mir überlegt, was hältst du davon, nach deinem Schulabschluss im nächsten Jahr eine Ausbildung zur Schneiderin zu machen? Es schadet einer Frau nie, einen Beruf zu erlernen, selbst dann, wenn sie später heiratet. Ich habe es jedenfalls nie bereut. Und das Nähen ist für eine Hausfrau eine hilfreiche Tätigkeit. Wie viel Wirtschaftsgeld man dem Ehemann dadurch sparen kann!«

Lissis Naht verrutschte. Sie stoppte die wippende Nadel und hob das Nähfüßchen an. Sie würde das letzte Stück wieder auftrennen müssen.

»Was sagst du? Du könntest mir bei den Aufträgen helfen.«

»Aber Tantchen, das tue ich doch ohnehin.« Lissi sah von ihrer missglückten Naht auf und sprach weiter: »Weißt du, eigentlich hatte ich überlegt, einen Beruf zu erlernen, der mit Büchern zu tun hat, das ist nun einmal meine Leidenschaft. In einer Leihbücherei oder Buchhandlung.«

Tante Helene sah erst überrascht, dann enttäuscht aus. »Nun gut, das musst du selbst entscheiden.«

»Ich habe genug Übung im Nähen, das reicht für den Alltag, aber ich möchte gern einen Beruf haben, der mich ganz ausfüllt.« Lissi durchtrennte den Faden und pulte ihn mit einer Nadel aus dem Stoff. »Wie wäre es, wenn du ein richtiges Geschäft eröffnest, Tantchen?«

»Mit Laufkundschaft, meinst du? Daran habe ich bis jetzt noch gar nicht gedacht. Doch das erlaubt dein Onkel sicher nicht.«

»Frag ihn, womöglich hält er das auch für eine gute Idee, einen treuen Kundenstamm hast du ja. Und die Küche ist auf Dauer nicht der richtige Ort zum Nähen für Kunden, findest du nicht?«

Ihre Tante tippte sich ans Kinn und nickte langsam. »Ich denke darüber nach.« Sie beugte sich über die Schachtel mit den Borten, und zusammen suchten sie eine hübsche Litze aus, die Lissi später an die Ärmel und den Saum setzen würde.

Der Tanzkurs neigte sich dem Ende zu. Zu den letzten Unterrichtsstunden musste jeder Schüler ein Kohlestück mitbringen, im Saal war es zu Beginn der Stunde so frostig, dass Finger und Zehen bei den ersten Bewegungen schmerzten.

Mittlerweile kannte Lissi die meisten der anderen Kursteilnehmer. Erika war ein nettes Mädchen. Sie trug ihr Haar ungewöhnlich kurz und war so schmal und knabenhaft wie eine Zwölfjährige, dabei war sie Lissis Jahrgang. Rosemarie Keck hatte einen zauberhaften Vornamen, ein auffallend hübsches Gesicht, eine wohlgeformte Figur mit all den Rundungen, die sich Lissi und Anna sehnlichst wünschten. Auch mit einer melodischen Stimme war Rosi gesegnet, die man jedoch kaum hörte, weil sie selten den Mund auftat. Und keck war sie nur dem Namen nach. Die Knaben standen dennoch Schlange bei ihr, obwohl man sich nicht mit ihr unterhalten konnte. Sie machte eine Ausbildung zur Stenotypistin zusammen mit ihrer Freundin Jutta, von der Lissi all das erfahren hatte. Jutta, ein unscheinbares blasses Wesen, trug immer dasselbe graue Kleid, aber auch sie war umgänglich.

Da war Ingeborg, die zwei linke Füße hatte und meist gelangweilt vor sich hin starrte. Und die lange Ruth, einen ganzen Kopf größer als Lissi, die sie sicher deswegen übersah und nie eines Blickes würdigte. Die drei Mädchen saßen beim Tanzunterricht öfter auf der Bank. Wäre es erlaubt gewesen, hätte Lissi ihre Tanzpartner mit Vergnügen an Jutta, Ingeborg und sogar Ruth weitergereicht.

Anna hingegen dachte gar nicht daran, ihren Lieblingstänzer zu teilen. Ihre Augen leuchteten, wenn sie ihn nur ansah. In der zweiten Tanzstunde hatten sie zum ersten Mal miteinander getanzt. Er hieß Jürgen Dietrich, sein hellbraunes Haar war glatt und seitlich gescheitelt. Stets trug er den gleichen Anzug, mit reichlich Luft darin. Sicher ein Erbstück. Lissi grübelte bei seinem Anblick ständig, wo man Abnäher machen könnte, um den Sitz zu verbessern.

Mit den meisten Jungen kam sie gut aus. Manfred und Kurt konnten gut führen. Auch Jürgen stellte sich nicht schlecht an. Anna lobte ihn ohne jede Frage in den Himmel. Es gab passable Tänzer, darunter sogar Paul, der sich bei den Drehungen den Hals verrenkte, um Rosi anzuschmachten.

Nur vor zwei Tanzschülern musste man sich in Acht nehmen. Richard konnte nichts dafür, als Luftwaffenhelfer war er kurz vor Kriegsende angeschossen worden. Seine Hüfte wollte manchmal nicht, wie er wollte. Der andere war der berüchtigte Hermann Schmidtke, der keine Ausrede hatte. Er trampelte auf den Füßen seiner Partnerinnen herum, dass es eine Schande war. Daran änderten auch die Rüffel von Herrn Gräbe nichts.

Die Tanzstunden waren erträglicher, seit Lissi sich vorstellte, sie würde mit ihrem Johann durch den Saal schweben. Seine Hand an ihrer Taille. Er würde sie sicher führen, malte sie sich aus. Ihr beim Tanzen tief in die Augen sehen. Bei diesem Gedanken musste sie einen Seufzer unterdrücken. Aber sobald Hermann sie aufforderte, achtete sie nur darauf, ihre Fußspitzen zu retten.

Lange waren sich Anna und Lissi nicht einig geworden, wer an dem Abend des Abschlussballes die Nylons tragen durfte. Schließlich hatten sie eine Münze geworfen, und ihre Freundin war die Siegerin. Das Sonntagskind. Lissi hätte es wissen müssen. Aber sie wollte ohnehin niemanden beeindrucken. Anna hingegen schon. Es war ihr zu gönnen.

Am Abend brachen sie mit der Straßenbahn auf. Das Tanzlokal, in dem der Abschlussball stattfinden sollte, befand sich in einem anderen Stadtteil von Wuppertal. Ein Stück mussten sie von der Haltestelle aus laufen. Das Haus lag außerhalb im Grünen, hatte einen Anbau und war typisch bergisch verschiefert. Sie hängten ihre Mäntel an die überladene Garderobe im Korridor. Anna verschwand auf der Toilette, um ihre Wollstrümpfe gegen die Nylons zu tauschen. Lissi warf einen Blick in den langen Spiegel, der neben den Garderobenhaken hing. Sie war überaus zufrieden mit ihrem Kleid, das Rosa unterstrich ihren zarten Teint, die Frisur saß heute tadellos. Ihre flachen Schuhe waren eine Leihgabe von Tante Helene. Lieber hätte sie richtige Pumps getragen, aber Schuhwerk war rar und ohnehin unbezahlbar.

Anna kam zurück, und Lissi staunte. Mit dem zartgelben Sommerkleid ihrer Mutter wirkte ihre Freundin erwachsener. Es stand ihr ausgezeichnet. Lissi hatte ihr geholfen, das Kleid eigens für diesen Abend abzuändern. In den gebändigten Naturlocken trug sie eine hübsche Spange in Form einer Blume.

Offenbar hatten sie die Begrüßung verpasst. Auf einem Podium saß eine Handvoll Musiker und spielte einen Schlager, den Lissi aus dem Radio kannte. Es war aufregend. Noch nie hatte sie einen Tanzabend besucht, schon gar nicht begleitet von einer Kapelle.

Sie nahmen an einem der Tische Platz, da hallte die Stimme des Tanzlehrers durch den Saal: »Verehrte Herren, wer könnte diesen bezaubernden Damen heute Abend widerstehen? Bitte engagieren Sie sich!«

»Gibt's ja nicht!«, murmelte Anna und schüttelte den Kopf. Sie konnte kaum still sitzen und strahlte bis über beide Ohren, als Jürgen zielsicher auf sie zusteuerte. Die zwei passten gut zusammen, das musste man zugeben.

Kurt war auf Lissi zugelaufen und hatte sie aufgefordert, dem Himmel sei Dank. Sicher führte er sie durch den ersten Walzer. Danach forderte Jürgen sie auf, was Anna mit einem wohlwollenden Blinzeln abnickte. Die beiden duzten sich sogar bereits. Lissi mochte ihn gern, er war unterhaltsam, hatte Humor und wirkte ehrlich interessiert an ihrer Freundin.

Anschließend brauchten nicht nur die Mädchen eine Pause. Der Abend war bislang durchaus vergnüglich. Manfred kam auf Lissi zu, verbeugte sich formvollendet und bat sie grinsend um den nächsten Tanz. Sie stellte belustigt fest, dass ihr die einstudierten Umgangsformen bereits in Fleisch und Blut übergegangen waren. Sie tanzten souverän den Foxtrott und hatten eine Menge Spaß dabei.

Anna schien sich ebenfalls glänzend zu amüsieren, schon zum zweiten Mal an diesem Abend schwebte sie mit Jürgen über den Tanzboden.

Die Stimmung war so aufgeheizt wie der Saal. Die Kapelle machte eine wohlverdiente Pause. Anna und Lissi suchten mit einiger Mühe ihre Mäntel heraus und gingen kurz vor die Tür an die frische Luft. Der Himmel war sternenklar, und ihr Atem verwandelte sich in feine Nebelwölkchen. Eine Gruppe Tanzschüler stand bereits vor dem Haus, sie rauchten und lachten ausgelassen.

»Wann wird Johann denn aus der Kurklinik entlassen?«, fragte Anna unvermittelt.

Lissi machte eine vage Handbewegung. »Das bleibt abzuwarten, die Krankheit muss gut ausgeheilt werden, damit er keinen Rückfall erleidet.«

»Verstehe. Das ist sicher vernünftig.«

»Mein Kopf sagt mir das auch, aber mein Herz findet das ganz und gar nicht in Ordnung.« Lissi seufzte, und Anna schenkte ihr einen liebevollen Seitenblick. Sie sahen in das Nachtblau hinauf und bewunderten das Gefunkel der kleinen Lichtpunkte.

»Wenn du ihn wenigstens besuchen könntest.« Annas Zähne klapperten aufeinander.

Unvermittelt tauchten Hermanns schmierige Haare zwischen ihnen auf. Er hakte sich bei den Mädchen ohne Vorwarnung unter. Anna und Lissi sahen sich entrüstet an. Mit guten Manieren war er ebenso überfordert wie mit den Tanzschritten.

»Was habe ich für bildschöne Damen an meiner Seite«, sagte er und grinste. »Darf ich Sie hineinbegleiten, bevor Sie sich die Schwindsucht holen?«

Das hätte er nicht sagen sollen. Lissi schüttelte vehement den Kopf, obwohl sie bereits merkte, wie ihr der Frost in Hände und Füße kroch. »Nein, vielen Dank. Es ist angenehm hier draußen. Nicht wahr, Anna?«

Ihre Freundin nickte und versuchte sichtlich, ein Bibbern zu unterdrücken.

Hermann überhörte die Abfuhr geflissentlich und wandte sich Lissi zu: »Ich darf Sie doch um den letzten Tanz bitten, Lisb...« Weiter kam er nicht.

»Tut mir leid«, sagte sie rasch und fragte Anna: »Hast du zufällig meinen Vetter gesehen?«

»Gerade stand er bei Rosi«, antwortete die prompt und ließ sich von Lissi wieder ins Haus ziehen. Schnell schälten sie sich aus den Mänteln. Als sie zurück in den Tanzsaal kamen, sahen sie sich um. Paul stand am Tisch der hübschen Rosemarie und versuchte zweifellos, ein Gespräch mit ihr in Gang zu bringen. Rosi trug ein rotes Kleid, das ihre gute Figur bestens zur Geltung brachte. Verziert an den kurzen Ärmeln und am Saum mit einer braunen Zickzacklitze.

Lissi ging mit raschen Schritten auf ihren Vetter zu. »Ich brauche deine Hilfe«, flüsterte sie ihm zu und zog ihn ein Stück von Rosi weg. »Dieser schreckliche Hermann möchte mich allen Ernstes zum letzten Tanz auffordern. Du weißt, was das bedeutet.«

»Er will dich nach Hause bringen?« Paul schien unbeeindruckt, geradewegs belustigt.

»Genau das! Jürgen tanzt sicher mit Anna, und du musst mich auffordern, hörst du?«

»Warum? Ich habe vor, Rosi um den Tanz zu bitten.«

»Du willst also lieber sie als mich nach Hause bringen? Untersteh dich, was soll ich denn deiner Mutter sagen?«

»Dafür wird sie Verständnis haben«, gab er gelassen zurück und grinste. »Das gehört sich nun einmal so.«

Lissi atmete tief durch. »Du willst mir also nicht helfen?«

»Jürgen ist doch dabei, der wird schon aufpassen.« Damit ließ er sie stehen und ging zu Rosi zurück, die Paul wahrhaftig anlächelte.

Innerlich kochte sie. Er war ein ungezogener Bengel, so würde es Annas Mutter ausdrücken.

Der letzte Tanz des Abends war ein Wiener Walzer. »Ich darf doch Lisbeth zu Ihnen sagen?«, fragte Hermann im Pendelschritt. »Sie müssen wissen, ich übernehme nach der Ausbildung das Steuerbüro meines Vaters.« Mit vor Stolz geschwellter Brust trat er ihr direkt vors Schienbein.

Wundervoll, dachte sie missmutig bei sich, dann könnte Rosi als Stenotypistin bei ihm anfangen. Er kam ihr unangenehm nahe, und sie wich einen halben Schritt zurück. Lissis Blick fiel auf Paul und seine Rosemarie. Ob er tatsächlich Chancen bei ihr hatte? Rosis Kleid wirbelte um sie herum, der rote Stoff der alten Hitlerfahne war unverkennbar.

Nachdem die Kapelle geendet hatte, klatschte der ganze Saal tosend Beifall. Letzte Getränke wurden geleert, und rasch leerte sich auch das Lokal. Rosi hakte sich bei Paul unter. Er verließ erhobenen Kopfes den Saal, nicht ohne Lissi zuzuzwinkern. Manchmal hasste sie ihren Vetter. Er führte sich auf wie ein frecher kleiner Bruder. Jürgen half Anna in den Mantel, dann reichte er ihr seinen Arm.

»Sie müssen mich nicht begleiten«, sagte Lissi zu Hermann, der abwartend neben ihr stand und ihr nicht von der Seite wich. »Ich bin ja nicht allein.«

»Ich sehe das als meine Pflicht«, entgegnete Hermann leichthin.

Die Straßenbahn fuhr um diese Zeit nicht mehr, so mussten sie mit müden Füßen und bei eisiger Kälte laufen. Anna und Jürgen gingen untergehakt voraus und tuschelten miteinander. Lissi beneidete die beiden glühend. Hermann hatte ihr den Arm angeboten, und widerwillig hatte sie angenommen. Weshalb blieb sie so höflich? Er war es auch nicht. Sie hielt Abstand, immerhin wärmte er ihren linken Arm, aber es war ihr zuwider, ihm näher als nötig zu kommen. Er sprach von seiner Mutter und der lieben Helene Wilke, die für ihn wie die eigene Tante war. Vom Steuerbüro seines Vaters und seinen Ambitionen. Es war eindeutig, dass er Eindruck schinden wollte und sich bei ihr Chancen erhoffte. Lissi hatte Mühe, ihr wiederkehrendes Gähnen zu unterdrücken. Am liebsten hätte sie ihm von Johann erzählt, aber das war sicher kein guter Einfall. Auch wenn Tante Helene diesen Hermann noch nie erwähnt hatte, konnte man nicht wissen, ob er ihr davon erzählen würde.

Nach einem endlos langen Marsch kamen sie vor Annas Haus an und verabschiedeten sich von ihr, während diese beschwingt im Innern verschwand.

»Ich muss in die gleiche Richtung wie Lissi«, sagte Annas Kavalier, und sie wäre ihm am liebsten vor Dankbarkeit um den Hals gefallen. Hermann sah nicht begeistert aus, plapperte aber munter weiter. Sie tauschte mit Jürgen entnervte Blicke. Sie verstanden sich.

Vor ihrer Haustür redeten sie noch kurz, Lissis unliebsamer Begleiter trat verlegen von einem Bein aufs andere. Jürgen ließ ihn nicht aus den Augen.

»Nun, ich will hoffen, unsere Wege kreuzen sich wieder einmal«, setzte Hermann an. »Bei einem Tanztee vielleicht.« Er strich sich mit der Hand über das ölige Haar.

Sie rang sich zu einer höflichen Abschiedsfloskel durch, die Herrn Gräbe sicher gefallen hätte, dann schloss Lissi die Haustür auf. Gewiss würde sie um jeden künftigen Tanztee einen Bogen machen.

Auf halber Treppe ging sie rasch auf das stille Örtchen. Sie war unendlich müde. Als Lissi leise die Küchentür öffnete, lag alles im Dunkeln. Sie wollte nur in ihr Bett und mit dem Gedanken an Johann einschlafen. Ihr fiel ein, was er in seinem letzten Brief geschrieben hatte, sie kannte ihn auswendig, so oft hatte sie ihn gelesen.

»Ich kann es nicht mehr erwarten, dich wiederzusehen.« Das waren seine Worte gewesen, schwarz auf weiß. Sie seufzte bei dieser Vorstellung. Es war seltsam. Sie kannten einander kaum, hatten kurz miteinander geredet, sich selten gesehen, und doch waren sie sich durch die Briefe so nahegekommen. Er hatte ihr berichtet von seiner sorglosen Kindheit. Von seiner Flucht, dem Flüchtlingslager mit Wanzen und Läusen in Kälte und bitterer Not. Lissi hatte ihm von ihrer Familie und den schlimmen Erlebnissen erzählt. Sie hatte sich überwinden müssen, ihm all das anzuvertrauen, und doch war es befreiend gewesen, sich alles von der Seele zu schreiben.

Im Herd glimmte ein winziger Rest Kohle auf. Wenige Minuten später fielen ihr die Augen zu.

24

DEZEMBER 1981

Die Adventszeit in diesem Jahr brachte Schneeregen und Kälte. Die Tage in der Buchhandlung wurden zunehmend hektischer. Zwei Kollegen hatten sich krankgemeldet. Wenn Lissi bisweilen allein an der Kasse stand, bildete sich rasch eine lange Warteschlange.

»Geht das denn nicht schneller, Fräulein? Ich verpasse noch meinen Bus«, sagte ein älterer Herr und pochte mit der Spitze seines Regenschirms auf den Boden. Die Kundin hinter ihm trat von einem Bein aufs andere. Kassieren, Preisschild entfernen, Geschenkpapier von der Rolle abreißen, Buch einschlagen und mit dem Aufkleber der Buchhandlung versehen. Lissi kam ins Schwitzen, obwohl ein Schwall eisiger Luft hereinwehte, sobald jemand das Geschäft betrat oder verließ.

Frau Busch schob sich durch die Reihe der Wartenden und zischte ihr ins Ohr: »Nun beeilen Sie sich doch, der Herr Dr. Winkelmann wartet nicht gern.«

»Ich könnte Hilfe gebrauchen«, murmelte Lissi und pustete sich eine lästige Haarsträhne aus dem Gesicht. »Kassieren und zusätzlich die Bücher einpacken dauert nun einmal länger, wenn ich allein hier stehe.«

»Werden Sie nicht frech«, zischte Frau Busch, »wenn Sie das nicht beherrschen, sind Sie hier bei uns falsch.« Über dem Nasensteg ihrer Brille hatten sich zwei tiefe senkrechte Falten gebildet. Sie drehte sich um und verschwand im Gedränge des Verkaufsraumes.

Lissi sehnte Weihnachten herbei, ganze zehn Tage am Stück

frei. Als Berufstätige hatte ihr bisher die Zeit gefehlt, alles für das Fest vorzubereiten. Sie müsste sich um die restlichen Geschenke kümmern und um die Besorgungen für die Feiertage. Sie freute sich auf die Freizeit, das leckere Essen und die Familie. Und vor allem auf Georg.

Kurz nach Geschäftsschluss kam Frau Busch auf Lissi zu, baute sich vor ihr auf und erklärte: »Sie wollen tatsächlich einen ganzen Tag vor Heiligabend und die Tage nach Weihnachten freinehmen? Das geht unmöglich.«

»Auf diese Urlaubstage habe ich aber noch Anspruch.«

»So geht das aber nicht, dann hätten Sie den Urlaub eher im Jahr nehmen müssen.« Frau Busch verzog keine Miene.

»Aber der Urlaub ist von Herrn Borchmann längst genehmigt worden.«

»Ich werde das nachprüfen, Sie können hier nicht einfach eigenmächtig mitten im Weihnachtsgeschäft freinehmen.« Damit rauschte das Fräulein Rottenmeier ab. Lissi war sich keiner Schuld bewusst, alles war ordnungsgemäß abgelaufen. Diese Person raubte ihr wirklich den letzten Nerv.

Nach Geschäftsschluss stellte Lissi die Neuerscheinungen ins Schaufenster. Ihr fielen vor Müdigkeit beinahe die Augen zu, und sie schreckte hoch, als die Frau ihres Chefs von außen an die Scheibe klopfte. Lissi hielt sich die Hand ans Herz vor Schreck. Dann stieg sie hastig über die glänzenden Geschenkattrappen mit roten Schleifen, die als Deko im Schaufenster auslagen, und schloss die Ladentür auf.

Frau Borchmann begrüßte sie freundlich: »Guten Abend, Frau Sander, verzeihen Sie, falls ich Sie erschreckt haben sollte. Sie sind noch da? Fleißig wie eine Biene. Ich will nur schnell meinen Mann abholen. Bestimmt hat er es wieder vergessen, wir gehen heute ins Konzert. Er vergisst noch einmal seinen Kopf.« Sie lachte auf und öffnete ihren Pelzmantel, während sie weitersprach, ohne Luft zu holen: »Ist das warm hier drin. Na, draußen ist es aber auch kalt geworden, nicht wahr? Machen Sie nur weiter, ich störe Sie nicht. Ich gehe mal zu ihm.« Sie stiefelte entschlossen zum Büro ihres Mannes.

Lissi wandte sich, verwundert über diesen Redeschwall, wieder der Arbeit zu. Immerhin war sie nun hellwach. Die letzten Bücher des Stapels stellte sie gut sichtbar vor die Geschenkattrappen. Sie fand ihr Schaufenster gelungen.

»Nanu, Sie sind ja noch hier, Frau Sander.« Herr Borchmann sah auf die Uhr. »Sie haben doch längst Feierabend.«

»Frau Busch meinte, das müsse heute dringend erledigt werden, aber ich stand ja den ganzen Tag bis Geschäftsschluss an der Kasse.«

»Es hat Sie niemand abgelöst? Aber die Kollegin hat Ihnen doch an der Kasse geholfen.«

Lissi schüttelte zögernd den Kopf.

Frau Borchmann erschien hinter ihrem Mann und brauste auf: »Sie Ärmste! Diese Person hat sich in all den Jahren kein bisschen geändert, die findet immer jemanden, der ihre Arbeit erledigt. Also wenn du mich fragst ...«

»Schon gut, Renate, rege dich nicht auf«, unterbrach ihr Mann sie. »Gehen Sie heim, Frau Sander. Sie wollen sicher nicht hier übernachten. Ich werde mit der Kollegin sprechen.«

Lissi ahnte nichts Gutes, schwieg jedoch. Ihrem Chef zu widersprechen, lag ihr fern, aber ihr Verhältnis zu Frau Busch würde es bestimmt nicht verbessern. Sie holte ihren Mantel und schlüpfte mit den Borchmanns aus der Ladentür. Von draußen warf sie noch einmal einen Blick auf das erleuchtete Fenster, sie war zufrieden. Es wirkte überaus festlich.

Am nächsten Morgen fiel sie aus allen Wolken, als sie vor der Buchhandlung ankam. Ihr Kollege Bernd stakste im Schaufenster herum. Er stellte jedes einzelne Buch, das Lissi gestern dekoriert hatte, an neue Plätze. Hinter ihm stand Frau Busch und überwachte seine Arbeit mit Argusaugen. Natürlich, wer sonst?

»Ah, Frau Sander, da sind Sie endlich.« Die Kollegin sah auf ihre altmodische Armbanduhr.

Lissi wappnete sich, ihr Blick glitt auf die Wanduhr über der Kasse, sie war keine Sekunde zu spät.

»Sie haben eine einzige Unordnung im Schaufenster hinterlassen, so konnte das unmöglich bleiben.«

»Sind Sie mit meiner Schaufensterdekoration nicht zufrieden?« Lissi hielt sich zurück, innerlich kochte sie.

»Dekoration kann man das kaum nennen.« Frau Busch sah aus, als müsse sie sich ein Lachen verkneifen.

»Herr Borchmann hatte daran nichts auszusetzen, er selbst hat mich am Abend nach Hause geschickt.«

»So?« Ihre Kollegin sah auf sie herab, obwohl sie gleich groß waren.

Lissi sprach mit fester Stimme weiter: »Und meinen Urlaub werde ich keinesfalls verschieben, ich habe Pläne, die ich nicht mehr ändern kann.« Das stimmte zwar nicht ganz, aber es ging Frau Busch gar nichts an, was sie in ihrer Freizeit tat. Sie wartete keine Antwort ab, drehte sich um und verschwand im Mitarbeiterraum.

Bis zu ihrem letzten Arbeitstag würde sie Fräulein Rottenmeier besser aus dem Weg gehen. Für den Fall, dass Herr Borchmann die Kollegin zurechtwies, würde sie sich weitere Schikanen für Lissi ausdenken, das war sicher. Aber die Vergesslichkeit ihres Chefs hatte auch ihr Gutes. Der Urlaub war genehmigt, und mehr Anfeindungen seitens Frau Busch blieben ihr zum Glück erspart.

Anna und Jürgen hatten Lissi am letzten Adventssonntag zu einem gemütlichen Frühstück zu sich eingeladen. Wobei dies im Hause Dietrich eine andere Bedeutung hatte, alle redeten durcheinander.

»Ich werde noch einmal im Irrenhaus landen«, sagte Jürgen lachend. Er schnappte sich das jüngste der Kinder, die kleine Frieda, die lauthals quietschte, während er sie herumwirbelte.

»Ich dachte, in dem sind wir schon«, rief Anna gegen den Lärm an.

Lissi lachte, sie liebte diese Familie. Jürgen hatte sie gleich ins Herz geschlossen, als sie sich kennengelernt hatten. Der älteste Sohn Felix war dreiundzwanzig und stand schon auf eigenen Beinen. Tochter Franziska wurde in Kürze neunzehn Jahre alt, Kind Nummer drei hieß Frederick und war vierzehn. Die kleine Nachzüglerin Frieda hingegen erst sieben, mit ihr hatte damals niemand mehr gerechnet. Die Vornamen der Kinder begannen alle mit dem gleichen Buchstaben, das hatte sich bei Familie Dietrich so eingebürgert.

Nach dem Frühstück an dem großen Tisch aus Kiefernholz verschwanden die Kinder nacheinander in ihren Zimmern. Jürgen, Anna und Lissi atmeten auf. Der Adventskranz war mit selbst gebastelten Engeln aus Filz und Holzperlen verziert. Ein angenehmer Duft nach Bienenwachs erfüllte den Raum.

»Wann zieht Felix denn aus?«, fragte Lissi mit vorsichtigem Seitenblick auf Anna, die neben ihr saß.

»Erinnere mich nicht daran«, winkte diese ab.

Jürgen antwortete stattdessen: »In drei Wochen.« Felix hatte eben davon erzählt. Nach seinem Zivildienst hatte er die Ausbildung in einer Schreinerei absolviert und war übernommen worden. Er zog nun zusammen mit seiner Freundin in eine eigene kleine Wohnung. Für Anna war es so weit, das erste Küken verließ das Nest.

»Damals war ich froh, wenn du uns den Kleinen mal einen Abend lang abgenommen hast.« Anna sah zu Lissi und rollte mit den Augen.

»Und jetzt magst du ihn nicht hergeben, hm? Er ist ja nicht aus der Welt. In Mettmann wohnt er quasi um die Ecke und hat es näher zu seiner Arbeit. Er hätte in ein anderes Land ziehen können, sei froh.« Lissi strich ihrer Freundin aufmunternd über den Rücken und musste schmunzeln. Nun klang sie wahrhaftig wie Anna, als sie ihr vor Miriams Reise nach London Mut gemacht hatte. Das Bild von einem kleinen Jungen stieg in Lissi hoch. Felix, der Glückliche. Damals hatte sie Freude und Trauer zugleich empfunden über das Mutterglück ihrer Freundin. Und wie dankbar war Lissi selbst drei Jahre später gewesen mit ihrer winzigen Miriam im Arm.

Anna machte eine fahrige Handbewegung. »Du hast recht, ich sollte mich nicht so anstellen. Was macht ihr eigentlich an den Feiertagen? Was ist mit Georg?«

»Er kommt über Weihnachten«, sagte Lissi und lächelte beim Gedanken daran.

»Du grinst schon jetzt wie ein Honigkuchenpferd«, stellte Anna fest und blinzelte wissend.

Lissi wurde wieder ernst. »Hoffentlich geht das gut, Miriam war nicht begeistert, als ich es ihr erzählt habe.«

»Da muss sie durch, was erwartet sie denn? Dass du den Rest deines Lebens als Nonne in einem Turm verbringst?« Anna schnaubte. »Du hast es verdient, dich noch einmal zu verlieben und von vorn anzufangen.«

Lissi griff nach Annas Hand und drückte sie. Von ihren leisen Bedenken, was Georg betraf, wollte sie lieber nichts erzählen. Warum redete er so wenig über seine Eltern? Über Johann und dessen Familie hatte er ihr bis ins kleinste Detail alles berichtet, aber vieles davon hatte Lissi eh gewusst.

»Wie steht es mit der Sanierung, gibt es schon Neuigkeiten?«, fragte Jürgen.

»Ein Gutachter soll im neuen Jahr in die Häuser unserer Straße kommen und sich ansehen, was für Maßnahmen erforderlich sind.«

»Das klingt doch gut.«

»Und wenn er sagt, das Haus sei nicht zu retten und müsse abgerissen werden?« Lissi wurde mulmig bei dem Gedanken daran.

Er schüttelte den Kopf. »So schlimm wird es nicht sein. Da kenne ich auf dem Ölberg ganz andere Bruchbuden. Die, in der wir bis 1965 gewohnt haben, zum Beispiel.«

Lissi sah, wie Anna ihm einen warnenden Blick zuwarf. Nun strich sie ihrerseits tröstend über Lissis Rücken. »Mach dir keine Sorgen, du bleibst in deinem Haus wohnen, und die werden es sicher nicht wagen, den Ölberg mit lauter Neubauten zu verschandeln.«

Der Heiligabend war alles andere als beschaulich. Lissi saß Miriam gegenüber und beobachtete sie mit Unbehagen. Die Feindseligkeit, die in der Luft lag, hätte man schneiden können. Georg schien davon nichts zu bemerken, oder er ignorierte es geflissentlich. Lebhaft erzählte er vom letzten Weihnachtsmarkt der Saison und einem Bratwurststand, der beinahe in Flammen aufgegangen wäre. »Alles voller Löschschaum, die ganzen Würstchen mussten sie wegwerfen, das war ein Theater!« Er lachte und schüttelte den Kopf.

Miriam verzog keine Miene.

Lissi schnappte nach Luft. »Es wurde doch niemand verletzt? Nur gut, dass das Feuer nicht in deinem Stand ausgebrochen ist, was wäre aus deinen Kerzen geworden?«

»Die wären im günstigsten Fall zu einem undefinierbaren

Wachsklumpen zusammengeschmolzen. Im schlechtesten mit mir mittendrin«, sagte er grinsend und nippte an seinem Tee.

»Spaßvogel.« Lissi winkte schmunzelnd ab. Sie bewunderte die zwei Kerzen, die er selbst gegossen hatte und die nun vor ihr auf dem Tisch standen und ein gemütliches Licht zauberten. Er hatte außerdem einen Christstollen mitgebracht.

Sie trank ihre Tasse aus und erhob sich dann. »Ich brauche frische Luft! Kommt ihr mit?«

Miriam schüttelte vehement den Kopf.

Georg hingegen strahlte mit seinen Kerzen um die Wette. »Das ist eine großartige Idee, ich habe bisher den ganzen Tag nur gesessen. Ich muss mir dringend die Beine vertreten.« Schwungvoll stand er auf.

Als er vorhin glücklich mit seiner Reisetasche bei ihnen angekommen war, hatte sie nicht einmal gewagt, ihn zur Begrüßung fest zu umarmen und zu küssen. Stattdessen hatte sie ihm verstohlen ein Küsschen auf die Wange gehaucht.

Lissi und Georg zogen sich winterfest an, und sobald sie vor der Haustür im Treppenhaus standen, holten sie Umarmung und Kuss ausgiebig nach. Wie sehr sie sich danach sehnte, im kuscheligen Bett neben ihm zu liegen.

Sie drehten eine Runde durch das Viertel. Arm in Arm. Der Geruch der Kohleöfen war durchdringend. Eine zarte Schneeschicht bedeckte bereits die Straßen und Bürgersteige. Das Weiß des Winters ließ die grauen Häuser des Viertels umso schäbiger erscheinen, aber Georg schien es gar nicht zu sehen. Sein liebevoller Blick wärmte Lissi bis ins Innerste.

»Ich hatte gedacht, du kommst am ersten Weihnachtstag«, sagte sie.

Er wirkte leicht verunsichert. »Hätte ich noch nicht kommen sollen?«

»Aber unbedingt«, widersprach sie heftig. »Ich habe nur

vermutet, du würdest den Heiligabend lieber mit deinen Eltern verbringen.«

Er schwieg und fragte: »Miriam scheint nicht sonderlich begeistert von meinem Besuch zu sein, oder täusche ich mich?«

Lissi druckste herum. »Sie muss sich erst daran gewöhnen, wieder einen Mann an meiner Seite zu sehen. Ich kann sie schon ein bisschen verstehen.«

»Solange sie kein Messer zieht und auf mich losgeht, ist alles gut.« Er grinste.

»Da würde ich mich dazwischenwerfen«, sagte Lissi pathetisch und lachte.

»Du meinst also, das könnte wirklich passieren? Ich glaube, ich fahre doch lieber wieder nach Hause.« Sein Lachen war herzlich.

»Untersteh dich, ich freue mich seit Wochen auf dieses Weihnachtsfest.«

Als sie nach einer halben Stunde wieder vor Lissis Haus ankamen, stand Frau Dreyer wie üblich am geöffneten Fenster und rauchte. Sie musterte Georg von oben bis unten.

»Guten Tag, Frau Sander, wollen Sie mir Ihren lieben Bekannten nicht vorstellen?«

Lissi zögerte kurz. Mit fester Stimme sagte sie: »Frau Dreyer, das ist Georg Freese. Und er ist nicht mein Bekannter, er ist mein Freund. Frohe Weihnachten!«

Als sie die Wohnung betraten, lief der Fernseher, und Miriam saß mit Decke auf der Couch. Alles stand noch so auf dem Tisch, wie sie ihn verlassen hatten. Die Kerzen flackerten munter vor sich hin.

»Hättest du nicht wenigstens abräumen können?«, fragte Lissi.

»Davon hast du nichts gesagt.« Ihre Tochter wandte den Blick nicht von der Mattscheibe.

»Und die Kerzen brennen hier ohne Aufsicht!« Schaudernd dachte Lissi an den brennenden Tannenbaum vor zwei Jahren.

»Die hässlichen Dinger sind nicht ohne Aufsicht, ich sitze ja hier«, gab Miriam patzig zurück.

Auf dem Bildschirm des Fernsehers liefen zwei Kinder durch die tief verschneiten Straßen eines kleinen Städtchens und drückten sich am Schaufenster eines Spielzeugladens die Nasen platt.

Es klingelte. Miriam sprang auf und rannte in den Flur.

»Nanu, wer kann das sein am Heiligabend?« Lissi sah überrascht zu Georg hinüber und kurz darauf zu dem hochgewachsenen jungen Mann im Norwegerpulli. »Holger? Was machst du denn hier?«

»Na, er feiert mit uns Weihnachten.« Miriam stand grinsend mit ihrem Freund im Zimmer. »Gleiches Recht für alle.«

»Bist du nicht bei deinen Eltern?«

Holger zuckte die Achseln. »Nö, die feiern nicht. Sie finden, das sei ein spießiges Relikt und bloß der reine Kommerz.«

Georgs Blick wanderte zwischen ihnen hin und her. Aus dem Fernsehapparat tönte eine Trompete von einem Glockenturm.

Lissi brauste auf: »Jetzt dreh endlich den Ton leiser, Miriam!«

Draußen dämmerte es, und durch die Fenster der anderen Häuser konnte man Kerzen und leuchtende Tannenbäume erahnen. Ein friedliches Weihnachtsfest, war das denn zu viel verlangt? Aber ihre Tochter machte nicht den Eindruck, als würde sie kampflos das Feld räumen. Sie saß mit aufmüpfiger Miene neben ihrem Überraschungsgast auf dem Sofa und hielt mit ihm Händchen.

Von Miriams Geschenkestapel nahm Lissi eine Langspielplatte und versah sie mit einem neuen Schildchen. *Für Holger.* Wenn ihr Fräulein Tochter schon unangekündigt Gäste einlud, konnte sie auch auf eines ihrer Päckchen verzichten. Das Glöckchen klingelte wie in jedem Jahr. Der Baum erstrahlte dank seiner Lichterkette. Ohne echte Kerzen. Dennoch lief die Bescherung ungewohnt steif ab.

Holger freute sich sichtlich. Miriam zischte ihrer Mutter ins Ohr: »Diese LP hatte ich mir gewünscht.«

Lissi zuckte mit den Schultern und hielt Georg sein Geschenk hin. Er bekam von ihr Utensilien für seine Malerei. Dafür hatte sie sich extra in dem Schreibwarengeschäft am Kerstenplatz beraten lassen.

Dann wickelte sie das Päckchen aus, das er ihr feierlich überreicht hatte, und öffnete den Verschluss der kleinen Schatulle. Es war eine antike Brosche, besetzt mit dunkelroten Granatsteinen. Sie schnappte nach Luft und war für einen Moment lang sprachlos. Miriam schnaubte verächtlich, als Lissi ihn zum Dank umarmte und küsste.

Ihre Tochter packte mit missmutigem Gesicht das Geschenk aus, das sie von Georg erhalten hatte. Es war ein Zauberwürfel, der mit einem Sonderpreis für das beste Solitärspiel 1980 ausgezeichnet worden war. Jede Würfelfläche bestand aus neun farbig beklebten Steinen, die jeweils eine Grundfarbe bildeten. Durch das Drehen der verschiedenen Achsen gerieten sie in einen bunten Mix. Nun musste man die Flächen wieder in den ursprünglichen Zustand bringen.

Während Lissi mit Georgs Hilfe das Essen vorbereitete, lief im Zweiten Fernsehprogramm ein Märchenspiel. Hänsel und Gretel wurden singend in den nebeligen Wald geschickt.

Miriam und Holger achteten gar nicht darauf, sondern drehten am Zauberwürfel herum. Es war schwieriger, als es aussah.

Wenn eine Fläche fast fertig war, geriet eine andere durch eine falsche Drehung wieder durcheinander.

Lissi schloss die Küchentür und genoss die Zeit mit Georg allein. Er schnitt das rohe Fleisch in Stückchen, und sie bereitete den Salat zu. Die perfekte Arbeitsteilung. Wie früher mit Johann. Georg strahlte ebenso viel Ruhe aus. Es wirkte ansteckend. Der Abend könnte noch ganz harmonisch verlaufen. Miriam und Holger waren beschäftigt, sie würden gleich zusammen um den festlich gedeckten Esstisch und den Fonduetopf sitzen, wie jedes Jahr.

Als alles für das Essen vorbereitet war, verschwand Georg kurz im Bad. Lissi trug die Schüsseln mit dem Fleisch ins Wohnzimmer hinüber. Statt Hänsel und Gretel schlenderte die junge Elizabeth Taylor über den Bildschirm. Miriam starrte finster auf den Fernseher und grummelte vor sich hin. Holger knobelte konzentriert am Zauberwürfel herum.

»Hilfst du mir mal?« Lissi warf ihr einen Blick zu, der keine Widerrede duldete. Früher hatte das funktioniert.

»Das war das dümmste Geschenk, das ich in meinem ganzen Leben bekommen habe!«, keifte Miriam in der Küche.

»Psst, nicht so laut, Georg kann dich hören«, zischte Lissi, die die fertig gekauften Soßen in die Schüsselchen des Fonduesets umfüllte.

»Soll er halt, was drängelt der sich hier in unsere Familienfeier? Ich wollte ihn nicht dabeihaben.«

»Das sagst ausgerechnet du? Du hast deinen Freund eingeladen und mir nicht einmal vorher Bescheid gesagt! Dass Georg kommt, steht dagegen schon seit Wochen fest.«

»Für dich vielleicht, für mich nicht. Was willst du auch mit diesem Heini? Der ist doch bloß auf dein Geld scharf.«

Lissi verschränkte die Arme und hob eine Augenbraue. »Welches Geld denn?«

»Umso schlimmer. Was will der sonst von dir?«

»Was fällt dir ein? Was geht dich das überhaupt an?« Lissis Stimme überschlug sich fast.

»Alles in Ordnung?« Das war Georg aus dem Wohnzimmer.

»Ja, alles ist bestens«, sagte Miriam mit zusammengebissenen Zähnen. »Wir gehen. Komm, Holger!«

Ihr Freund erschien mit erstauntem Gesicht im Flur, den Zauberwürfel noch in der Hand.

»Wie bitte?« Lissi konnte es nicht fassen. »Wo wollt ihr denn hin am Heiligabend?«

»Ihr fühlt euch doch eh von uns gestört, Mama! Ich bin nicht blind.«

»Unsinn! Weihnachten ist ein Familienfest.«

»Und genau darauf habe ich überhaupt keinen Bock.« Miriam zog sich an, warf Holger seine Jacke zu und zog ihn hinter sich her. Die Wohnungstür fiel mit einem Knall ins Schloss.

Georg wirkte ebenso fassungslos wie sie selbst.

Das war gründlich schiefgegangen. Hatte sie Miriam mit seinem Besuch überfordert? Anna würde jetzt sagen, Lissi solle nicht ständig die Schuld bei sich suchen, und sicher hatte sie damit recht.

Seine Stimme riss sie aus ihren Gedanken. »Es tut mir so leid, vielleicht hätte ich nicht kommen sollen.«

Er hatte also dasselbe gedacht wie sie, aber nun sah Lissi klarer. »Nein, für mich fühlt es sich genau richtig an, dass du hier bist.« Sie nahm seine Hand. Zusammen traten sie ans Fenster und sahen auf die Straße hinunter. Zwei Gestalten stapften durch die dünne Schneeschicht, stiegen in Holgers Auto und fuhren davon. Winzige Flöckchen schwebten im Lichtkegel der Straßenlaterne sacht zu Boden. Wenigstens weiße Weihnachten. Wenigstens das.

Georg fasste sie sacht um die Taille. »Ich liebe dich«, sagte er kaum hörbar in ihr Ohr. Lissi musste lächeln. Weihnachten war das Fest der Liebe. Und darum gehörte er zu ihr. Genau jetzt.

»Ich dich auch«, flüsterte sie, und die weißen Flocken verschwammen vor ihren Augen.

Am Morgen lagen die Straßen unter einer dicken Schneedecke, und es roch in der ganzen Wohnung nach Fonduefett. Sie hatten notgedrungen zu zweit gegessen. Lissi hatte den Ärger mit Miriam ignoriert. Sie konnte nichts tun. Entweder würde ihre Tochter akzeptieren, dass es Georg nun in ihrem Leben gab, oder sie musste weiterhin schmollen wie ein kleines Kind. Sollte sie bei Holger bleiben, solange sie wollte.

Lissi hatte das Gefühl, bis Silvester nichts mehr essen zu können. Heute, am ersten Weihnachtstag, waren sie jedoch bei Ursula zum Gänsebraten eingeladen. Danach wollte Lissi es sich mit Georg gemütlich machen. All die Weihnachtsfilme ansehen, die sie in der Fernsehzeitung schon vorab mit einem Kringel markiert hatte, und sich ausgiebig mit ihm unterhalten.

Um zehn Uhr rief Ursula an und sagte ab. »Wir liegen alle flach. Fieber, Schnupfen und Schüttelfro...« Sie nieste heftig und legte den Hörer beiseite, um sich die Nase zu putzen. Dann sprach sie weiter: »Schüttelfrost, wollte ich sagen. Mutti und Paul habe ich schon abgesagt. Es tut mir so unendlich leid, ich hoffe, ihr habt etwas zu essen über die Feiertage.«

»Mehr als genug«, antwortete Lissi, »mach dir keine Sorgen. Wir hatten nicht vor, das Haus bis Silvester noch einmal zu verlassen. Gute Besserung, Urselchen!«

Als sie aufgelegt hatte, meinte Georg, es sei ohnehin fraglich gewesen, ob sie bei dem Schnee hätten fahren können.

Lissi war froh, dass sie dieses verpatzte Weihnachtsfest nicht allein durchstehen musste. Sie ging zum Plattenspieler. Die ersten Takte eines Kinderchors erklangen. *Süßer die Glocken nie klingen, als zu der Weihnachtszeit.* Sie würden das Beste daraus machen. Georg schaltete die Lichterkette am Baum ein und sah mit Lissi in den Winterhimmel hinaus. Sie atmete tief ein. Gleich würden sie Kaffee und Tee aufsetzen. Er war bei ihr. Alles war gut.

25

DEZEMBER 1948

Die meisten Filmtheater waren im Krieg ausgebombt worden, aber mittlerweile öffneten immer mehr Kinos, denn der Andrang war groß. Das *Apollo-Lichtspieltheater* hatte im Evangelischen Vereinshaus im großen Saal wieder seine Tore geöffnet. Zu Fuß brauchten Lissi und Anna nur wenige Minuten dorthin. Der Dezember war mild im Vergleich zu den Jahren zuvor.

»Dieser Streifen wird dir sicher gefallen. Ich habe ihn schon drei Mal gesehen!« Anna schwärmte seit einer Viertelstunde ununterbrochen von dem Spielfilm, den sie gleich ansehen würden. Sie reichte Lissi das Programmheft. Auf dem Bild war mittig eine junge Frau zu sehen, rechts und links von ihr zwei Jungen, alle trugen schillernde Trikots.

»Aber du kennst ihn doch schon«, erwiderte Lissi.

»Das macht nichts, ich sehe ihn gern noch mal.«

Frau Rösler, Annas Mutter, arbeitete im Kino als Platzanweiserin. Gezeigt werden durften neben den neuen Filmen auch deutsche Streifen, die vor 1945 entstanden waren. Aber selbstverständlich nur solche mit harmloser Handlung ohne nationalsozialistische Propaganda.

Anna fuhr aufgeregt fort: »Ich gehe auch zum Zirkus, wenn ich erwachsen bin, das steht fest. Ich werde um die ganze Welt reisen!«

»Handelt der Film davon?«

»Nicht direkt, aber von einem Zirkusmädchen und Akrobaten. Ich werde auf einem Seil balancieren!« Anna demonstrierte es an der Bordsteinkante, hob die Arme seitlich auf Schulterhöhe und rief: »Sie sehen die Attraktion des Abends! Anna, die weltberühmte Seiltänzerin!«

Lissi prustete los. Ihre Freundin brachte sie immer zum Lachen, obwohl ihr gar nicht danach zumute war. Insgeheim war sie fest davon ausgegangen, Johann werde an Weihnachten aus der Lungenheilstätte entlassen. Doch in seinem letzten Brief hatte er ihr wenig Hoffnung gemacht.

Sie gingen die Stufen des Tippen-Tappen-Tönchens hinunter und mussten nur ein kurzes Stück laufen, dann waren sie auf der Kasinostraße angelangt. Das große Gebäude hatte eine traurige Vorgeschichte als Sitz des früheren Polizeipräsidiums und der Gestapo.

Lissis Bauch kribbelte vor Aufregung, als sie die Eingangshalle betraten. Sie war noch nie in einem Kino gewesen. Tante Helene hielt das für so unnötig wie Puder und Lippenstift und hatte es ihr bisher verboten. Die Vorstellung hatte bereits angefangen. An der Kasse erhielten sie von Annas Mutter Eintrittskarten für das Parkett. Bezahlen mussten sie beide nichts.

»Ich lade euch ein. Ausnahmsweise.« Frau Rösler zwinkerte ihnen zu, schloss die Kasse und ging voraus. Die Mädchen bedankten sich artig und trabten freudig hinterher.

Die Tür zum großen Saal öffnete sich, abgedunkelt lag er vor ihnen. Nur über eine riesige Fläche am Ende des Raumes flimmerte es hell. Die Filmvorführung hatte bereits begonnen. Mit einer Taschenlampe ging Annas Mutter vorweg und leuchtete ihnen den Weg zu ihren Plätzen, drückte ihrer Tochter einen Kuss auf die Wange und wedelte mit der Hand auf und ab.

»Sie hat jetzt Feierabend«, erklärte Anna leise.

Aus dem Lautsprecher dröhnten die Nachrichten wie im Radio, dazu liefen jedoch Filmaufnahmen. Lissi war fasziniert. In London hatte ein Thronerbe das Licht der Welt erblickt, Prinzessin Elisabeth und Prinz Philip waren also Eltern geworden. Was für eine schöne Nachricht. Sie erinnerte sich an die Hochzeit der beiden vor einem Jahr. Wie gern hätte sie die bewegten Bilder dieser Märchenhochzeit gesehen, das wirkte so viel echter als eine Fotografie. Es folgten weihnachtliche Aufnahmen von Spielzeug und einem Weihnachtsmarkt. Eine beschwingte Musik begleitete die leuchtenden Kinderaugen auf der Leinwand.

Ein Bericht über Spenden an Flüchtlingskinder schloss sich an, und Lissi wurde ganz schwer ums Herz, denn sie musste augenblicklich an Johann denken. Dann fing der Film an, und Anna stieß ihr sanft den Ellbogen in die Seite. Das zerstörte Berlin wurde gezeigt. Schwarzhandel mit Zigaretten. Lissi dachte gleich an Paul, er hatte nie was gesagt, aber einmal hatte sie ihn beim Aufsammeln von Zigarettenstummeln gesehen. Er hatte sie in einer alten Zigarrenkiste aufbewahrt. Ob er sie womöglich selbst geraucht hatte? Sie bekam keine Gelegenheit, weiter darüber nachzudenken. Zwei Banden von Jungen prügelten sich um geklaute Kohlen. Das Zirkusmädchen mit dem klangvollen Namen Corona hatte seinen ersten Auftritt. Allerdings nicht in einer Manege. Anna hielt es trotzdem kaum auf ihrem Sitz.

Zwei der älteren Jungen hatten ihre Eltern verloren und schlugen sich nun allein durch. Lissi schnürte es die Kehle zu. Die Kinder studierten Kunststücke ein. Alles in Annas Gesicht strahlte im Schein der flimmernden Leinwand. Aber auch Lissi fand es spannend, es war beinahe so, als sei sie leibhaftig dabei. Der Film endete mit dem Bild, das sie bereits vom Programmheft kannte.

»War das nicht wundervoll? Ich werde ihn mir weitere zehnmal ansehen oder hundertmal!«, rief Anna begeistert, als sie den Saal verließen. »Du kommst doch wieder mit ins Filmtheater?«

»Das kann ich dir versprechen, nur erzähle ich Tante Helene besser nichts davon.« Lissi grinste. Sie war ebenfalls berauscht von den vielen Eindrücken. Nun verstand sie, warum ihre beste Freundin sie wieder und wieder bekniet hatte, mit ihr die Filmvorstellungen zu besuchen.

»Der eine Junge sieht aus wie Jürgen, findest du nicht?« Annas Stimme klang schwärmerisch.

Lissi war sich nicht sicher, welchen der Jungen sie meinte, keiner ähnelte Jürgen sonderlich. Der schmale Blonde allerdings hatte eine vage Ähnlichkeit mit Johann, dachte sie bei sich, sagte es aber nicht laut.

Einige Tage später konnte Lissi kaum an einen erneuten Kinobesuch denken, so sehr brummte ihr Kopf.

»Hoffentlich bist du bis Weihnachten wieder gesund«, sagte Anna. »Deine Nase ist ganz rot.« Sie legte ihr ein Zettelchen hin, auf dem sie fein säuberlich die Hausaufgaben notiert hatte.

»Ich versuche schon alles, damit es besser wird, erdulde Wadenwickel, trinke Kräutertee, mache Dampfbäder mit Kamillenblüten ...« Lissi lag unter drei Decken auf ihrem Feldbett in der Küche, schwitzte und fror im Wechsel.

»Aber Tuberkulose ist es nicht, oder?« Anna rutschte kaum merklich ein Stück von ihr weg.

Lissi schüttelte vorsichtig den Kopf. »Es ist eine ganz normale Erkältung. Au, mein Schädel.«

Ausgerechnet in diesen Tagen vor Weihnachten hatte das kommen müssen, dachte sie. Tante Helene hatte Aufträge satt, und nun konnte sie ihr nicht helfen. Ursula nähte Knöpfe an, aber nur das konnte sie, für Knopflöcher und andere Näharbeiten war sie zu ungeübt. Ihre Cousine klapperte derweil im Hintergrund mit dem Geschirr und summte *O du fröhliche*. Sie war gerade fertig geworden mit dem Abwasch vom Mittagessen.

Lissi hatte ausnahmsweise im Bett ihre Suppe löffeln dürfen, ihr war elend zumute.

In diesem Augenblick klopfte es zaghaft, und eins der Nachbarskinder trat ein. Gisela Finke von nebenan grüßte leise und blieb abwartend im Türrahmen stehen.

Anna warf ihr einen finsteren Blick zu. »Mach doch die Tür zu, es zieht vom Flur. Siehst du nicht, dass Lissi krank ist?«

Ursula verdrehte die Augen. »Beruhige dich gefälligst, wir sind schon weg.« Sie zog ihre Mütze über den Kopf, hinunter bis zu den blonden Zöpfen, schlüpfte in ihren Mantel, und weg waren sie. Hinter ihnen knallte die Küchentür ins Schloss.

»Die Kleine ist ganz schön frech geworden, dabei war sie früher ein so liebes kleines Mädchen.« Anna schüttelte den Kopf.

»Klein schon«, sagte Lissi und grinste matt, bis sie niesen musste.

»O weh, ich gehe lieber, bevor du mich ansteckst.« Ihre Freundin stand auf, hielt inne, dann setzte sie sich wieder auf den Stuhlrand und sagte mit gedämpfter Stimme: »Ach, bevor ich es vergesse, gibst du mir unsere Nylons? Du kannst sie ja gerade ohnehin nicht tragen.«

»Wozu brauchst du sie denn?« Lissi hielt sich den Kopf, griff unter das Feldbett und zog aus ihrem Köfferchen das Halstuch hervor, in das sie die Strümpfe eingewickelt hatte.

Anna hielt den Zeigefinger an die Lippen, als könne sie unmöglich darüber sprechen.

»Aber pass gut drauf auf«, flüsterte Lissi. »Wie gern würde ich sie selbst tragen. Zu einem hübschen Kleid. Mit Johann tanzen oder ins Kino gehen.« Sie seufzte und putzte ihre Nase.

»Ich verstehe dich so gut, seit ich Jürgen kennengelernt habe!« Anna sah verzückt zur Decke. Sie streichelte Lissis Wange wie einem kleinen Kind. »Werde schnell wieder gesund, versprochen?«

Sie versprach es. Das war wieder typisch Anna, wie sollte man etwas versprechen, das man nicht beeinflussen konnte? Als ihre Freundin gegangen war, lehnte Lissi sich erschöpft in ihr Daunenkissen zurück und mummelte sich fest in ihre Decken ein.

Zwei Tage später ging es ihr zum Glück besser, und sie stichelte gleich am frühen Morgen an den Knopflöchern eines Nähauftrags herum. Das Radio spielte blecherne Weihnachtslieder. Der Heilige Abend war nicht mehr fern, Ursula zählte bereits, wie oft sie noch schlafen mussten. An die Küchenfenster wehten Schneeflocken und schmolzen.

Lissi war erleichtert, dass sie das Päckchen an Johann schon vor ihrer Erkältung losgeschickt hatte, damit es ihn rechtzeitig zum Fest erreichte. Einen Schal aus roter Wolle hatte sie ihm gestrickt. Ob bei Oskar ein Brief oder gar Päckchen von Johann angekommen war? Gleich am Nachmittag würde sie im Geheimversteck nachsehen. Onkel Fritz ging zweimal ein und wieder aus, er suchte neue Arbeit, nachdem er die letzte Stelle nach nur wenigen Tagen verloren hatte.

Es wurde Mittag. Ursula kam von der Schule heim und setzte Kartoffeln auf. Im Treppenhaus hörten sie schleppende Schritte, jemand schimpfte und ächzte. Die Küchentür flog auf, und Tante Helene schlurfte herein, gestützt von ihrem Fritz. Sie hielt sich den Arm, ihr Gesicht war schmerzverzerrt.

Die Mädchen waren starr vor Schreck. Lissi rief: »Was ist denn passiert?«

»Sie ist draußen auf der Treppe gestürzt«, erklärte der Onkel achselzuckend. »Die Stufen sind vereist, sie hätte wirklich besser aufpassen müssen.«

»Da fehlt ein Geländer«, sagte Lissi, vor Aufregung begann ihre Nase zu laufen, sie schnäuzte sich.

Ursula fragte mit besorgter Miene: »Tut es sehr weh, Mutti?«

Tante Helene nickte, ihr ohnehin blasses Gesicht wurde noch eine Spur heller.

»Hoffentlich ist der Arm nicht gebrochen, du musst zu einem Arzt«, sagte Lissi und an Ursula gewandt: »Geh schnell hinunter und wirf ein paar Handvoll Asche auf die Stufen vor dem Haus, damit nicht noch jemand ausrutscht!«

Erst am Nachmittag kamen sie zurück. Gottlob war es nur eine Verrenkung des Ellbogengelenks und kein Knochenbruch, aber der Arm musste geschont werden, und mit nur einer Hand ließ sich mindestens eine Woche lang weder nähen noch Hausarbeit verrichten.

»Was sage ich bloß den Reinhardts? So kurz vor dem Fest finden sie doch niemanden, der für mich einspringt«, jammerte Tante Helene und hielt sich den verbundenen Arm in der Schlinge.

Trotz ihrer Erkältung zögerte Lissi nicht: »Ich mache das.«

Paul lief gleich los ins Briller Viertel und benachrichtigte die Familie. Eine Stunde später, es war bereits dunkel, war er zurück und trug ein verschnürtes Paket unter dem Arm. »Frau Reinhardt lässt euch alle herzlichst grüßen und bestellen, ihr beide sollt euch auskurieren, sie kämen schon zurecht.«

Gespannt öffneten sie das Paket. Lauter Vorräte für das Weihnachtsfest waren darin: Apfelsinen, Äpfel, Butter, Schinken, Schokolade und Bohnenkaffee.

Tante Helene brach vor Rührung in Tränen aus. »Diese Familie segne der liebe Gott«, sagte sie und putzte sich die Nase. Mit seligem Gesichtsausdruck schnupperte sie am Kaffee.

Lissi lächelte bei diesem Anblick. Bisher hatte sie noch nie darüber nachgedacht, was ohne ihre gutmütige Tante wohl aus dem zwölfjährigen Waisenkind von damals geworden wäre.

Dann fiel ihr Johann ein. Lissi zog ihren Mantel über und ging auf dicken Wollstrümpfen in den Flur hinaus. Gerade als sie auf dem Treppenabsatz in der dritten Etage angelangt war, öffnete sich die Tür zu Oskars Zimmerchen. Sie erstarrte. Doch er war es selbst, und sie atmete auf. Offensichtlich wollte er das gewisse Örtchen aufsuchen und blieb überrascht stehen, als er sie bemerkte. Schnell schloss er die Tür und hielt sich den Zeigefinger an den Mund. Dann schob er sie Richtung Treppe zurück. Sie eilten die Stufen hinunter.

Auf halber Etage zog er ein flaches Päckchen unter seiner Jacke hervor und flüsterte in ihr Ohr: »Die Postbotin hat das hier von Johann gebracht, aber meine Frau hätte mich vorhin beinahe erwischt, als ich es unter die Diele legen wollte. Ich weiß nicht, wie lange ich das für euch noch machen kann, bis sie mir auf die Schliche kommt.« Sein Blick wanderte mit besorgter Miene nach oben. »Hilde ist die Neugier in Menschengestalt, das hat sie von ihrer Mutter.« Er verdrehte die Augen, und Lissi musste grinsen.

»Ist schon gut«, wisperte sie, »ich bitte ihn in meinem nächsten Brief, von nun an seltener zu schreiben.« Ihr wurde schwer ums Herz, wenn sie nur daran dachte. Selbst wenige Tage auf Post von ihm zu warten, zerrte schon an Lissis Nerven. Sie hielt das Päckchen fest umklammert, als hinge ihr Leben daran.

Oskar nickte und tätschelte aufmunternd ihren Oberarm. »Frohe Weihnachten, Mädel!« Oben knarrte eine Tür, und Lissi sauste auf Strümpfen die Stufen hinunter, ohne sich noch einmal umzusehen.

Die Vorbereitungen waren in vollem Gange. Frau Finke und Frau Huppert halfen beim Zubereiten des Festmahls. Ursula, Lissi und die beiden Mädchen von Finkes ebenfalls. Seit Kriegsende war es zur Tradition geworden, den Weihnachtsabend zusammen mit den Nachbarn ihrer Etage zu feiern. Jeder steuerte etwas bei.

Tante Helene saß mit ihrem Arm in der Schlinge am Küchentisch und gab Anweisungen. Ansonsten konnte sie nichts weiter tun.

»Erholen Sie sich nur, liebe Frau Wilke«, sagte Frau Huppert und klopfte wohlwollend auf den gesunden Arm der Tante. »Wir haben hier helfende Hände genug.«

Sie sprachen von der armen Frau Meckenstock. Tante Helene schnäuzte sich und bekam glasige Augen. Die Töchter der Finkes schmiegten sich an ihre Oma Metz. Als Ursula am Tag zuvor Gisela gefragt hatte, was sie sich zu Weihnachten vom Christkind wünsche, hatte sie geantwortet: »Ein eigenes Bett.«

In diesem Jahr hatten sie einen richtigen kleinen Tannenbaum. Die Schachtel mit Christbaumkugeln und Lametta wurde herausgesucht, und die vier Mädchen schmückten das Bäumchen.

Wie wundervoll es doch gewesen wäre, wenn Johann mit ihnen hätte feiern können. Was er in diesem Augenblick wohl tat? Ob auch er ein gutes Essen bekam? Doch ohne seine Familie war es sicher schwer für ihn. Wenn Lissi wenigstens bei ihm hätte sein können. Sie sehnte sich so sehr nach ihm. Nach seiner Stimme, seinem verschmitzten Lächeln, nach der Art, wie er sie angesehen hatte bei ihrem letzten Treffen. Doch das Bild von ihm verblasste allmählich und wurde undeutlicher mit jedem Tag, seit er von ihr getrennt war.

Gerade als der Trubel in der Küche am größten war, schlich Lissi hinaus. Leise schloss sie die Küchentür und lief zur halben Etage zum stillen Örtchen hinunter, von innen schob sie den Riegel vor. Es war eiskalt, jemand hatte achtlos das Fensterchen offen gelassen. Lissi schloss es, stieg bibbernd auf den Klosettdeckel und zog Johanns Päckchen vom Spülkasten herunter. Es war ein flacher Gegenstand, eingewickelt in Zeitungspapier. Sie las noch einmal seinen Brief, der beigelegen hatte. Dick unterstrichen hatte Johann den Satz: »Das Päckchen ist ein Weihnachtsgeschenk, erst am Heiligen Abend öffnen!«

Sie riss mit zitternden Fingern das Papier auf. Ein blauer Einband mit zartem Muster kam zum Vorschein. *Ausgewählte Gedichte von Rainer Maria Rilke* las sie auf dem Buchdeckel aus festem Karton. Sie schlug das Büchlein auf und las auf der ersten Seite: »Weihnacht 1948. Dein Johann.« Sie strich über die blassen Worte, mit Bleistift geschrieben. Es war das schönste Geschenk, das Lissi sich vorstellen konnte.

Unten im Flur knallte eine Tür, auf der Treppe polterte es, und schnelle Schritte kamen näher. Die Klinke wurde heruntergedrückt, der Riegel klapperte, aber gab nicht nach. Dann klopfte es laut gegen die Tür. Zähneknirschend klappte sie das Buch zu, drückte ihre Lippen auf den hübschen Einband und steckte es unter ihre Strickjacke. Das konnte sie nur heimlich im Bett lesen. Es klopfte wieder, diesmal lauter. Anna hätte sicherlich einen passenden Spruch auf den Lippen gehabt. Lissi zog an der Kette, die Spülung rauschte. Dann öffnete sie die Tür und schob sich ohne ein Wort an einem Nachbarn aus dem ersten Stock vorbei.

»Na endlich«, murrte der nur unfreundlich.

Eilig lief sie die halbe Treppe hinauf. Aus der Küche drang fröhliches Stimmengewirr zu ihr auf den dunklen Hausflur. Sie hielt inne, atmete die kühle Luft und tastete nach dem Büchlein unter ihrer Strickjacke. Er hatte es für sie ausgesucht, gekauft, in der Hand gehalten, ihr zugeschickt. In diesem Moment war sie ihm ganz nah. Lissi würde diesen Gedichtband für immer behalten. Sie griff nach der Türklinke. Von drinnen hörte sie mehrstimmigen Gesang. *O du fröhliche, o du selige, gnadenbringende Weihnachtszeit!*

26

FEBRUAR 1982

Frau Busch schaute Lissi über den Rand ihrer Brille an. Wenn es Fräulein Rottenmeier tatsächlich gegeben hätte, würde sie genau so aussehen. »Sie wollen schon wieder Urlaubstage nehmen? Noch dazu so kurzfristig?«

Lissi schwieg, sie musste nichts erklären oder sich rechtfertigen. Stumm wartete sie, aber ihre Kollegin tat dasselbe.

»Geben Sie mir die freien Tage nun oder nicht?« Lissi bemühte sich gar nicht mehr um einen freundlichen Ton.

Schnippisch gab diese zurück: »Wenn es unbedingt sein muss. Und selbstverständlich nur, wenn Herr Borchmann es erlaubt!«

Lissi nickte knapp, hob das Kinn, machte wortlos kehrt und ging zurück ins Lager, um Pakete auszupacken. Von Fräulein Rottenmeier würde sie sich nicht unterkriegen lassen. Nach Feierabend ging sie zu ihrem Chef, um noch einmal nachzufragen, und bekam die Urlaubstage. Es standen einige Termine an in dieser Woche. Sie wollte vor allem an jenem Tag vor Ort sein, wenn der Gutachter das Haus besichtigte.

In T-Shirt und Latzhose stand sie vor der weißen Wand in ihrem Schlafzimmer. Es war ein trister Tag, eine dichte Wolkendecke hing am Himmel. Für ihr Vorhaben genau das richtige Wetter.

Das Bett abzurücken war ein Kraftakt gewesen. Mithilfe einer Leiter, Pinsel, Malerrolle und einem Eimer Farbe würde sie der tristen Fläche nun zu Leibe rücken. Lissi hatte extra einen

Stapel Zeitungen gesammelt, die sie vor der Wand auf dem Teppich ausbreitete. Sie öffnete den Farbeimer und begutachtete das helle Pfirsichgelb.

Bislang wusste niemand, was mit dem Haus in naher Zukunft geschehen würde, aber die triste weiße Wand hinter ihrem Bett hatte Lissi gehörig satt. Vorsichtig tupfte sie einen Klecks auf die Raufasertapete. Der intensive Geruch schlug ihr entgegen. Dieser warme Farbton erinnerte an Sommertage. Das aufsteigende Gefühl war regelrecht befreiend.

Bis zum Mittag strich sie mit Farbrolle und Pinsel die gesamte Wand, hörte dabei Radio und summte vor sich hin. Zwischendurch machte sie eine Pause, schmierte sich ein Butterbrot, aß einen Apfel und ging ein zweites Mal über die Fläche. Als sie fertig war, bewunderte sie staunend ihr Werk. Das zarte Gelb veränderte den ganzen Raum. Es war, als schiene bereits die Frühlingssonne in ihr Zimmer. Sie war sehr zufrieden.

Gerade überlegte sie, ob es Georg gefallen würde, als sie nebenan das Telefon klingeln hörte.

»Hallo, mein Schatz«, begrüßte sie eine vertraute Stimme. Seine Stimme.

»Das muss Gedankenübertragung gewesen sein, ich habe gerade an dich gedacht.« Sie fügte nicht hinzu, dass sie sich dabei im Schlafzimmer aufgehalten hatte.

»Nur gerade? Ich denke ständig an dich.«

»So soll das sein«, sagte Lissi und merkte, wie ihr Herz hüpfte.

»Aber nur an dich zu denken ist auf Dauer zu wenig«, fuhr er fort, »daher habe ich mir überlegt, dich zu mir nach Hamburg einzuladen.«

Beim Gedanken daran wurde Lissi heiß und kalt. Betont lässig sagte sie: »Das klingt prima, wann passt es dir denn?«

»Das wollte ich dich fragen.«

»Im Moment jederzeit, ich habe Urlaub.«

»Wirklich? Davon hast du mir gar nichts erzählt.«

»Doch, auf der letzten Kassette.«

»Auf der letzten hast du nichts davon gesagt, und ich habe sie dreimal gehört.«

»Dann ist die neueste wohl noch nicht angekommen. Es war ein spontaner Einfall, ich hatte einige Termine.«

»Moment, ich sehe gleich unten im Briefkasten nach.« Sie hörte, wie er den Telefonhörer ablegte, Schritte entfernten sich, und zwei Minuten lang blieb es still.

Lissi schüttelte den Kopf und dachte laut: »Und das bei einem Ferngespräch. Dieser Verrückte.«

Es raschelte im Hörer, und er sagte außer Atem: »Das hab ich gehört! Deine Kassette ist da. Dann werde ich also gleich erfahren, dass du Urlaub hast.« Er lachte fröhlich. »Wann bist du dann hier?« Es klang mehr nach einer Aufforderung als nach einer Frage.

Lissi schmunzelte. »Würde ich mich jetzt ins Auto setzen, wäre ich erst nach Mitternacht bei dir. Mein Käfer fährt höchstens hundert Stundenkilometer, wenn ich das Gaspedal durchtrete.«

»Mitternacht? Das passt perfekt. Dann können wir sofort Arm in Arm einschlafen.«

»Oder ich räume hier erst einmal den Farbeimer weg, packe ein paar Kleidungsstücke und meine Zahnbürste in eine Tasche und fahre ausgeruht morgen in aller Frühe los.«

Georg ließ sein angenehmes Lachen hören. »Also gut, dann kommst du halt zum Frühstück, und solange tröste ich mein einsames Herz mit deiner neuesten Kassette.«

Die Fahrt nach Hamburg zog sich. Eine so lange Strecke war Lissi bisher nie gefahren, und ihre treue Möhre gab ihr Bestes. Der kugelige VW knatterte auf der rechten Spur entlang und tat sich schwer mit Überholmanövern.

Bei jedem Schild achtete sie auf die restlichen Kilometer und genoss umso mehr die Vorfreude auf Georg. Der Elbtunnel war ihr unbekannt. Als sie Hamburg vor fünfzehn Jahren zum letzten Mal besucht hatte, hatte es den noch nicht gegeben. Der Verkehr hatte seit damals zugenommen. Ströme von Autos flossen in die große Hansestadt hinein, und mittendrin tuckerte Lissi. Ganz ruhig bleiben. Mittlerweile hatte sie genügend Übung und sah diese Fahrt als Feuertaufe.

Die Gegend, in der Georg wohnte, war dem Ölberg nicht unähnlich. Lauter alte Häuser aus der Gründerzeit, teilweise gut gepflegt, andere vernachlässigt mit tristen Fassaden. Sie parkte in einer Nebenstraße und ging mit ihrer Tasche zu Fuß zu der Adresse, die sie längst auswendig kannte.

Die Haustür war jedoch nicht angelehnt, wie sie es von ihrem Viertel gewohnt war. Lissi suchte eine Weile nach der richtigen Klingel. Lauter Schildchen, manche mehrfach überklebt in unterschiedlichen Handschriften, die sie kaum entziffern konnte. Dann schließlich fand sie Georgs Nachnamen winzig klein neben einigen anderen und drückte auf den Klingelknopf.

Der Summer ertönte, und sie betrat das Treppenhaus. Vertraute Gerüche nach altem Staub und Kohle. Der gefliste Boden in farbigem Muster. Das Treppengeländer aus dunklem Holz filigran gedrechselt. Sie ging die knarrenden Stufen hinauf, sie waren breiter und tiefer, als sie es von ihrem Treppenhaus gewöhnt war. Im dritten Stock wohne er, hatte er gesagt. Sie ging langsam, um nicht zu sehr außer Atem zu geraten. Ihr Herz hämmerte vor Aufregung. Es war schlimmer als sonst, wenn sie sich trafen. Wie sah wohl sein Zimmer aus? Wie war er eingerichtet?

In der dritten Etage gab es zwei Türen aus dunklem Holz mit fein verzierten Messinggriffen. Lauter Schuhe und Stiefel standen aufgereiht auf dem Treppenabsatz. Die linke Tür ließ hinter dem geriffelten Glas weiße Spitzengardinen erahnen und wirkte ganz gewöhnlich. An der rechten Tür baumelte ein Schild an einer Kordel, darauf standen in unterschiedlichen Handschriften allerlei Namen und Beschreibungen.

Reinhold: hockt lieber bei Sit-ins, statt den Müll runterzubringen.

Birte: hört gern klassische Musik, wäscht nie ab.

Dieter: Dauernd steht dein Fahrrad im Weg rum!

Annette: backt und kocht gern. Bitte mehr davon.

Bei Georg stand: *trödelt zwar, malt und putzt aber gut.* Das Wort *Trödel* war in einer anderen Farbe geschrieben. Lissi schmunzelte, die hatten Humor.

Die Wohnungstür war nur angelehnt.

»Hallo?«, rief Lissi und klopfte zaghaft.

Die Tür sprang auf, und ein junger Mann mit hellblonden schulterlangen Haaren stand in Wollsocken vor ihr. Die kleinen Augen hinter ausladenden Brillengläsern blickten sie fragend an.

»Hallo, ich bin Lissi Sander«, sie streckte ihm die Hand entgegen. »Ich möchte zu Georg.«

»Freut mich! Ich bin der Reinhold.« Er schüttelte ihre Hand und rief in den Flur: »Georg! Deine Kassettenfrau ist hier.«

Lissi schluckte. Eine Tür am Ende des langen Korridors öffnete sich, und sein Kopf erschien. Mit strahlendem Lächeln kam er ihr entgegen: »Entschuldige, ich habe die Klingel gar nicht gehört. Komm rein.«

»Aber erst Schuhe aus«, sagte der Jüngling.

Lissi öffnete die Reißverschlüsse ihrer Stiefel, zog sie aus und stellte sie in die Schuhreihe. Auf Socken lief sie hinter Georg durch den schmalen Gang. Sie kam sich vor wie ein Eindringling, als sie an den geschlossenen Zimmertüren vorbeischlich. Plakate von Che Guevara neben Gandhi und Bhagwan.

An Georgs Zimmertür hing ein Schild mit der Aufschrift *Bit-*

te nicht stören!!!, drei Ausrufezeichen. Als sie sein Zimmer betrat, schloss er die Tür und zog sie an sich.

»Ich freue mich, dass du hier bist. Es wurde wirklich Zeit, dass du meine Bude auch mal kennenlernst.« Er küsste sie innig.

Als er sie losließ, japste sie: »Hui, diesmal bleibt mir die Luft weg. Also von den Treppen natürlich.« Sie lachte.

»Dann lass ich dich kurz durchatmen. Komm, wir machen uns erst einmal Kaffee und Tee«, sagte er und nahm sie an die Hand.

Die gemeinschaftliche Küche lag direkt neben Georgs Zimmer. Mittig stand ein großer Holztisch, übersät von Macken und Kratzern. Drum herum unterschiedliche Stühle, keiner passte zum anderen. Die Raufasertapete war orangefarben gestrichen. Direkt neben der Tür hing ein langer Spiralblock an der Wand, darauf handschriftlich notiert eine lange Liste mit Lebensmitteln.

Lissi fiel das hohe Regal auf, in dem Vorratsgläser mit Schraubdeckeln standen. Hier fand man alles. Kräuter, Gewürze in allen Farben, Reis, Nudeln, Mehl, Erbsen, Linsen und Zucker.

»Hier wird gern frisch gekocht, allerdings gibt es da öfter Zoff«, erklärte Georg, der ihren staunenden Blick bemerkte. »Würde mich wundern, wenn du davon nicht früher oder später etwas mitbekommst.«

Sie grinste. »Machst du da mit?«

»Beim Kochen schon, bei Ärger verdrücke ich mich lieber.« Georg lachte, füllte den Wasserkessel, stellte ihn auf den Gasherd und zündete die bläuliche Flamme darunter an. Er hängte den Teebeutel in einen grünen Becher, der aussah, als gehöre er zu einer Campingausrüstung. Für Lissi nahm er eine orangefarbene Tasse und einen Kaffeefilter aus Porzellan.

»So einen hatte meine Tante Helene«, bemerkte sie erfreut. »Bestimmt benutzt sie ihn immer noch. Und Orange verfolgt mich, das scheint meine Farbe zu werden.« Sie seufzte kurz und lachte.

Georg grinste und füllte Kaffeepulver aus einer Dose hinein. »Orange ist eine frische und fröhliche Farbe, ich verwende die gern in meinen Bildern. Passt doch.«

Beide ließen sich gerade am Tisch mit den Macken nieder, als die Haustür aufgeschlossen wurde.

»Jemand da?«, rief eine weibliche Stimme vom Korridor. Eine schlanke Brünette kam in die Küche und legte zwei Milchtüten neben den Kühlschrank.

Georg sagte: »Lissi, das ist Annette.«

Die beiden Frauen schüttelten Hände. Währenddessen betrat ein blonder Hüne die Küche. Vor sich trug er einen hohen Karton, vollbepackt mit Einkäufen. Möhrengrün und Lauch schienen oben herauszuwachsen. Er stellte den Karton auf der Arbeitsfläche ab, und ein Schwall Milch schoss ihm entgegen.

»Oh nein, Annette! Hast du die Milchtüten nicht in den Kühlschrank gelegt?«

»Wieso stellst du den Karton einfach ab, ohne zu gucken?«, keifte die los.

Der Hüne besah seine nasse Cordhose. »Erst vergisst du den Einkaufszettel, und nun das! Scheiße!« Es tropfte von der Arbeitsplatte. In durchweichten Socken stand er in einer weißen Lache.

»Das ist übrigens Dieter«, sagte Georg und verkniff sich ein Lachen. »Komm, wir gehen rüber.« Er nahm seinen Becher und forderte Lissi mit einem Kopfnicken auf, ihm zu folgen.

Sie setzten sich in seinem Zimmer aufs Bett. Es war wie als Kind, wenn man jemanden bei seinen Eltern besuchte. Jemanden, der kleine ungezogene Geschwister hatte. Lissi hielt sich an ihrer Tasse fest. Sie würde sich erst daran gewöhnen müssen. Ihr kam es vor, als müsse sie ihn hier wieder neu kennenlernen.

»Ich glaube, für mich wäre das Leben in einer Wohngemeinschaft nichts. Immer fremde Leute um mich herum.«

»Daran gewöhnt man sich«, erwiderte Georg so gelassen, wie sie ihn kannte.

Erst jetzt sah Lissi sich um. Seine Einrichtung wirkte zusammengewürfelt. Ein heller flauschiger Flokatiteppich lag vor seinem Bett. Vor einem schmalen Sekretär stand ein Stuhl mit hoher Rückenlehne und Rohrgeflecht, sicher hundert Jahre alt. Nahe am Fenster befand sich eine Staffelei aus Holz, darauf ein Gemälde, an dem er offenbar gerade arbeitete. Tatsächlich hatte er Orange verwendet, sie schmunzelte. In angedeuteten Linien erkannte man die weichen Umrisse einer nackten Frau. Lissi wandte ihm den Kopf zu und hob die Augenbrauen. Sie sprach die Frage nicht aus. Aber er verstand offenbar, lächelte und nickte. Auch an den Wänden standen und hingen einige seiner Werke. Ausdrucksstarke Bilder in fröhlichen, leuchtenden Farben, wie Lissi es sich bei Georg vorgestellt hatte. Nur eines fiel buchstäblich aus dem Rahmen. Eine düstere Fläche in Nachtblau und Schwarz. In der Mitte war ein kleiner heller Kreis. Eine Art Lichtpunkt. Lissi brauchte ihn nicht zu fragen, was es bedeutete, sie konnte es sich denken.

Sie tranken aus, und er sagte: »Komm, wir gehen mal eine Runde.«

Im dunklen Korridor wären sie fast über ein Fahrrad gestolpert. Das gehörte dann wohl Dieter.

Georg und Lissi bummelten durch das neue Hanseviertel, eine moderne Einkaufspassage unter gewölbten Glasdächern. Hier reihte sich ein Geschäft an das nächste. Ganze Tage könnte man hier verbringen, dachte Lissi bei sich.

»Fabelhaft, nicht? Selbst bei nordischem Schmuddelwetter kann man hier entlangspazieren«, sagte Georg.

»So was könnten wir in Wuppertal gebrauchen«, sagte Lissi begeistert, »bei uns regnet es ständig.«

»Wie geht es Miriam? Ist sie immer noch böse wegen Weihnachten?«

»Ich glaube nicht. Sie hat mit Holger getauscht, die Schallplatte gegen den Zauberwürfel, beide sind glücklich damit. Kinder halt!« Lissi verdrehte die Augen.

»Dann ist es ja gut.«

»Sie plant einen Urlaub mit ihm. Es zieht sie wieder nach England, obwohl sie dort vor zwei Jahren den schlimmsten Sommer seit der Sintflut erlebt haben muss.« Sie lachte.

»Wir sollten auch wegfahren«, sagte Georg und zog Lissi näher an sich heran. »Ich habe ein bisschen was gespart, vielleicht nach Frankreich oder weiter nach Spanien runter.«

»Das ist eine glänzende Idee, ich hatte seit Jahren keinen Urlaub mehr.«

Seit dem Sommer vor Johanns Tod, dachte sie still bei sich.

»Heute koche ich für dich«, verkündete er plötzlich. »Was möchtest du essen? Krabbencocktail? Pannfisch? Labskaus?«

Lissi druckste herum. »Du weißt doch, ich mag Fisch nicht sonderlich.«

Er legte den Zeigefinger auf ihre Lippen. »Psst, das kannst du in Hamburg doch nicht laut sagen!« Er lachte, und sie machten sich auf den Weg. Georg kaufte allerlei leckere Zutaten für ein Abendessen ein. Dann schlenderten sie Hand in Hand zurück.

»Das war köstlich«, sagte Lissi, nachdem sie den letzten Löffel der roten Grütze mit Sahne verschlungen hatte.

Georg hatte in sein Zimmer eine gemütliche Stimmung gezaubert. Von einem Mitbewohner hatte er sich einen kleinen

Tisch geliehen, den er für sie beide liebevoll gedeckt hatte. Ein warmes Lichtermeer tauchte alles in eine romantische Atmosphäre. Auf dem Tisch, dem Sekretär und auf dem Fensterbrett hatte er lauter Stumpenkerzen verteilt, die er aus bunten Kerzenresten selbst gegossen hatte.

Nur beim ersten Gang hatte es Krabben gegeben, als Hauptspeise Birnen, Bohnen und Speck. Ein einfaches, aber leckeres Gericht, typisch für Hamburg, wie er betonte. Dazu hatten sie Wein getrunken. Georg mehr als Lissi, sie hielt sich lieber an den Saft, den er ihr angeboten hatte.

»Eine eigene Galerie müsste man haben, das wäre fein.« Seine Augen leuchteten auf.

»Hast du deine Werke schon einmal ausstellen dürfen?«, fragte Lissi.

»Ja, damals vor dem ersten Flohmarkt bei dir, da hatte ich von einem Galeristen ein Angebot bekommen für eine kleine Ausstellung.«

»Wirklich? Wie aufregend. Und was ist daraus geworden?«

»Leider hat der Betreiber der Kunstgalerie kurze Zeit darauf Insolvenz angemeldet.«

»Das ist sehr schade. Läuft es denn auf den Weihnachtsmärkten besser?«

»Nun ja, die Leute kaufen gern meine Kerzen.«

Lissi grinste. »Bald finden ja wieder die Trödelmärkte statt. Bei mir in Wuppertal kommen ständig neue hinzu. Bisher hat es sich nicht ergeben, aber bei mir um die Ecke gibt es zum Beispiel das Luisenfest. Ein Straßenfest mit Flohmarkt.«

»Ein Grund mehr, bald wieder zu dir zu kommen, hm?« Er lächelte ihr zu.

Lissi nickte, wurde für einen Augenblick ganz nachdenklich. Sie überlegte, wie sie das Thema am besten ansprechen sollte. Diesmal wollte sie nicht um den heißen Brei herumreden. Freiheraus. Jetzt oder nie. Sie nahm einen kleinen Schluck Wein und fragte dann: »Weshalb erzählst du mir nie etwas über deine Eltern?«

Georg sah aus, als sei er sich nicht sicher, ob er antworten oder weiter ausweichen solle. Sie hielt seinem Blick stand, ernst und abwartend.

»Ich habe kein gutes Verhältnis zu meinen Eltern«, sagte er leise. »Bis heute nicht.«

»Leben sie hier in Hamburg?«, fragte Lissi mit gesenkter Stimme.

»Ja, sie sitzen in ihrem überdimensional großen Haus an der Elbchaussee und zählen ihr Geld, als ob das alles im Leben wäre.«

Sie sagte nichts, hörte nur zu.

»Mein Vater hat mich nur als Nachfolger in seiner Firma gesehen. Ich aber hatte andere Pläne, ich interessierte mich immer für Kunst. Als ich ihm sagte, ich wolle an die Freie Akademie der Künste, damals gerade neu gegründet, hat er mich ausgelacht.« Georg unterbrach sich und sah betreten in sein Weinglas. Er deutete auf die Flasche, die im Schein der Kerzen dunkelgrün leuchtete. »Entschuldige, möchtest du noch ein Schlückchen?«

Lissi schüttelte den Kopf. »Nein, danke. Hat er dich im Studium also nicht unterstützt?«

»Er hat mich das Studium gar nicht antreten lassen, er wollte, dass ich das Geschäft von der Pike auf lerne.«

»Was für ein Geschäft eigentlich?«

Georg seufzte. »Dir wird das sicher gefallen. Kaffeehandel. Gebrüder Freese. Gegründet von meinem Großvater und seinem Bruder im Jahre 1902. Das Geburtsjahr meines Vaters.« Er zog eine leichte Grimasse.

Lissi konnte ein Lachen nicht unterdrücken und entschuldigte sich sofort dafür. »Ist das der Grund, warum du niemals Kaffee trinkst?«

Er nickte zögernd. »Wenn du in einer Familie groß wirst, in der du den Kaffee mit der Muttermilch serviert bekommst, vergeht dir die Lust darauf.«

»Das kann ich mir nun wirklich nicht vorstellen«, sagte Lissi und grinste. »Mir ist mein Kaffee geradezu heilig.«

»Dann würdest du dich mit meinem Vater bestens verstehen.«

»Und wie ging es dann weiter?«

»Er hat mich auf eine Handelsschule geschickt, aber ich habe es gehasst. Wir haben nur noch gestritten. Irgendwann hat es mir gereicht, ich habe mein Zeug gepackt und den Kontakt abgebrochen. Meine Mutter hat mehrmals versucht, uns wieder zu versöhnen, aber mein Vater ist ein alter Sturkopf.«

»So wie du«, sagte Lissi grinsend, dann wurde sie wieder ernst und fragte leise: »Wie lange hast du deine Eltern nicht mehr gesehen?«

»Meinen Vater seit fünfzehn Jahren nicht mehr, meine Mutter treffe ich selten. Dann verabreden wir uns in der Stadt und essen zusammen oder trinken Tee.«

»Das ist doch kein Zustand, du solltest dich mit ihm aussprechen. Du bist doch der einzige Sohn.«

»Du kennst ihn nicht. In seinen Augen bin ich ein Nichtsnutz, ein armer Künstler. Und er hat ja nicht einmal unrecht.«

Lissi ergriff seine Hand. »Sag so was nicht, das ist nicht wahr. Du hattest bisher einfach nicht die richtige Chance.«

»Wenn ich ihn kontaktiere, wird er glauben, dass ich nur an seinem Geld interessiert bin.«

»Georg, du bist ein gestandener Mann, ein wundervoller Künstler, ein großartiger Verkäufer.«

»Für Trödel!«, brachte er bitter hervor.

»Wer zu Geld machen kann, was andere wegwerfen wollen, ist in meinen Augen der beste Verkäufer!«

Er lächelte. »Ach Lissi, was würde ich ohne dich machen? Ich liebe dich. Und ich liebe dich noch mehr dafür, dass du mich alten Sturkopf liebst.«

Sie warf ihm eine Kusshand über die Kerzen hinweg zu. Schweigend leerten sie die Weinflasche und sahen sich tief in die Augen.

Aber ihr ließ die Sache mit seinen Eltern keine Ruhe. »Ich finde, du solltest dich mit deinem Vater treffen. Glaubst du nicht, er bereut das alles längst? Bestimmt will er sich auch mit dir aussöhnen.«

Er stellte sein Glas ab. »Nein, Lissi. In dieser Sache halte dich bitte raus.«

27

FEBRUAR 1949

Das frischgebackene Ehepaar, das zwischenzeitlich in der Dachkammer einquartiert worden war, hatte gottlob eine komfortablere Unterkunft gefunden. Lissi wollte sich nicht ausmalen, wie man dort oben mit einem Säugling hätte wohnen sollen. Es fügte sich wunderbar, denn Johann sollte endlich heimkommen. Zehn lange Monate war er fort gewesen. Seit sie es aus seinem Brief erfahren hatte, wollten die Stunden nicht vergehen. Ihr Blick flog im Minutentakt zur Uhr, und sie horchte auf die Haustür. Wenn die unten mit einem lauten Rumms ins Schloss fiel, spürte man die Erschütterung bis in den zweiten Stock.

Tante Helene saß konzentriert über ihrer Näharbeit und lauschte der Operette im Radio. Ihr Fuß wippte im Takt. Es war ihr anzusehen, wie froh sie war, ihren Arm wieder bewegen zu können. Dann und wann stand Lissi auf, schlenderte möglichst unauffällig ans Fenster und blickte auf die Straße hinunter. Und dann war er da. Der blonde Haarschopf am Ende der Straße, sein roter Schal leuchtete schon von Weitem. Lissi wollte hüpfen vor Freude. Ihre Hände zitterten, das Herz schlug ihr bis zum Hals. Es hielt sie nicht mehr in der Küche. »Ich muss mal schnell wohin«, sagte sie zu Tante Helene, die nur etwas Unverständliches murmelte.

Sie lief ihm entgegen, auf halber Treppe standen sie sich gegenüber. Keiner sagte ein Wort. Von oben kam ein Geräusch, und Lissi öffnete rasch die Tür in ihrem Rücken und zog Johann samt Koffer in das stille Örtchen. Dicht standen sie einander gegenüber. Dann nahm er sie in den Arm und hielt sie so fest, dass sie glaubte, keine Luft mehr zu bekommen. Unten im Flur krachte die Haustür, und jemand stapfte die Treppe hinauf. Schnell schob Lissi den Riegel vor. Die Klinke wurde heruntergedrückt. Sie sahen sich erschrocken an. Es klopfte eindringlich, und Lissi presste die Lippen aufeinander. Endlose Sekunden lang passierte nichts, dann hörten sie jemanden fluchen, und polternde Schritte entfernten sich. Unmittelbar unter ihnen klappte eine Tür. Wer auch immer das gewesen war, er nahm die Toilette ein Stockwerk tiefer. Beide atmeten auf und lächelten.

»Ich muss dir dringend etwas erzählen«, flüsterte er.

»Später, in Ordnung? Geh schnell hoch, bevor dich jemand sieht«, wisperte sie und öffnete vorsichtig die Tür.

Die folgenden Stunden saß Lissi wie auf heißen Kohlen am Esstisch und tat, als würde sie lesen. Sein Gesicht tanzte vor ihren Augen. Die Vorfreude war überwältigend. Endlich würden sie sich sehen, miteinander reden und Zeit zusammen verbringen. Zumindest, wenn Lissi es fertigbrachte, sich heimlich fortzustehlen.

Erst am Nachmittag bot sich die günstige Gelegenheit. Onkel Fritz schnarchte in seinem Bett. Tante Helene besuchte eine Freundin, Paul einen Freund oder wen auch immer. Ursula spielte mit den Finke-Mädchen.

Lissis Herz pochte schneller, als sie die Stiege zum Dachboden nahm. Johann hatte ihre Schritte gehört und stand in der offenen Tür. Er war von schlanker Statur wie eh und je, aber nicht mehr so mager wie vor der Kur. Sein Gesicht war blass, im Winter allerdings nicht verwunderlich.

»Wie geht es dir?«, fragten sie beide gleichzeitig.

Lissi kicherte. »Also, mir geht es heute blendend. Und dir?«

»Wenn du so vor mir stehst, fühle ich mich bärenstark. Aber

ich muss mich noch schonen, sagen die Ärzte.« Wie fremd seine Stimme klang.

Ihr Blick fiel auf sein Bett, darauf lag eine zusammengerollte Decke. Der Koffer lag geöffnet auf dem Boden. All seine Kleider waren noch darin. Den kleinen Stapel Bücher hatte er mit einer Schnur zusammengebunden.

»Hast du noch nichts ausgepackt?«, fragte Lissi.

Johann zögerte kurz. »Das ist es, was ich dir sagen wollte. Es ist eine gute, aber zugleich schlechte Nachricht.«

Lissi verstand nicht, was sollte gut und gleichzeitig schlecht sein? Er war zurück, nur das zählte.

Er nahm ihre Hand, ließ sich auf seinem Bett nieder und forderte sie auf, sich neben ihn zu setzen. Seine Augen leuchteten, als er sagte: »Meine Mutter, sie ist hier in Wuppertal!«

»Aber das ist ja wunderbar, Johann! Ich freue mich so für dich. Wie hast du sie bloß ausfindig gemacht?«

»Eigentlich hat sie mich gefunden. Sie war in der sowjetischen Besatzungszone gestrandet, und es war schwierig, in eine der drei Westzonen zu gelangen. Aber sie konnte sich denken, dass ich mich zu meinen Großeltern durchschlage. Über Umwege gelangte sie schließlich nach Elberfeld. Sie hat sich umgehört, zeigte überall mein Foto herum und ist schließlich in der Herzogstraße auf Oskar gestoßen.«

»Was für ein Glück – und er hat ihr deine Adresse in der Lungenheilstätte gegeben?«

Er nickte. »Der Brief hat mich gerade noch erreicht vor meiner Rückkehr. Du kannst dir nicht vorstellen, wie glücklich und erleichtert ich war.«

»Und ob ich das kann. Wo ist deine Mutter denn jetzt?«

Johann räusperte sich. »Nun komme ich zu der schlechteren Nachricht. Also eigentlich ist sie gut, aber ich weiß nicht, was du dazu sagen wirst.«

»Nun mach es nicht so spannend. Raus damit.«

»Ich soll zu ihr ziehen. Sie meint, ich darf nicht weiter in diesem zugigen Dachboden hausen und meine Gesundheit ruinieren.«

»Aber wohin denn?«

»Sie hat die Wohnung meiner Großeltern wieder hergerichtet. Es ist alles provisorisch, aber für den Anfang wird es gehen.«

Lissi wusste nicht, was sie sagen sollte. Es war wie damals, als sie ihr Geheimversteck aufgeben musste. Doch nun ging es um Johann, der ihr wichtiger geworden war. Wichtiger als alle Dachkammern der Welt.

Er drückte ihre Hand. »Du wirst sehen, wir können uns weiterhin treffen. Mit der Straßenbahn sind es bloß sechs Stationen.«

»Bloß?«

»Kopf hoch, meine Kleine, wir werden uns gegenseitig besuchen und unsere Familien einander vorstellen. Wie sich das gehört.« Es klang beinahe, als wolle er sich mit ihr verloben. Doch dafür waren sie viel zu jung.

Lissi lächelte, um nicht weinen zu müssen. Dabei hatte sie ihm lange vor seiner Erkrankung eine bessere Unterkunft gewünscht. »Brauchst du Hilfe beim Tragen?«, fragte sie.

»Oskar hilft mir, das geht schnell. Alles, was ich noch besitze, ist in diesem Zimmerchen«, sagte Johann und seufzte. Aber er wirkte zufrieden.

Es dämmerte schon. Lissi stand auf, brachte den Satz kaum heraus: »Ich muss runter, wann sehen wir uns wieder?«

Er erhob sich. »Lass uns einen Treffpunkt ausmachen.«

Zum Abschied standen sie im Türrahmen des Verschlags. Er umarmte sie lange, fuhr mit der Hand durch ihre Locken. Dann beugte er sich zu ihr hinunter und küsste sie. Es hatte wohl nur wenige Sekunden gedauert, angefühlt hatte es sich jedoch wie eine himmlische Ewigkeit.

Aus dem Augenwinkel nahm sie eine Bewegung wahr. Jemand stand am Treppenabsatz, dann rannte derjenige die Stiege hinab. Es polterte, und Johann sprang mit großen Sätzen zum Geländer und lehnte sich vor. Er kam zurück und strich sich die blonden Haare aus der Stirn. »Das war Paul, er ist auf den steilen Stufen gestolpert und unsanft auf seinem Allerwertesten gelandet.« Sie kicherten leise.

Johann fragte mit besorgter Miene: »Meinst du, er wird es deiner Tante sagen?«

»Das sähe ihm ähnlich, aber ich will es für ihn nicht hoffen.« Lissi wandte sich zum Gehen.

Er hielt sie sacht am Arm. »Wann sehe ich dich?«

»Vor der Bücherei? Da bin ich am Donnerstag um vier.«

Paul saß am Küchentisch und tat so, als würde er seit Stunden über seinen Schulaufgaben sitzen. Sie ging zum Schlafzimmer hinüber und spähte hinein, niemand war da. Lissi setzte sich ihm gegenüber an den Tisch. »Wir müssen reden.«

Er sah stur auf seine Blätter und kritzelte etwas Unleserliches darauf.

»Paul, rede mit mir. Warum hast du mir nachspioniert?«

»Das könnte ich dich ebenso fragen, auch du hast uns hinterhergeschnüffelt, weißt du nicht mehr?«

Lissi wusste erst nicht, was er meinte, dann dämmerte es ihr. »Du meinst damals, als ihr mit der Munition gesp...«

»Sei ruhig!«, fuhr er dazwischen. Es war ihm sichtlich unangenehm.

»Ihr habt euch selbst in Lebensgefahr gebracht durch euer dummes Spiel, ich habe nichts falsch gemacht«, brauste sie auf.

»Dafür machst du jetzt alles falsch. Was willst du von diesem Polacken?«

Lissi fehlten die Worte. Sie starrte ihn an.

»Oder soll ich besser fragen, was er von dir will?« Pauls Augen verengten sich zu Schlitzen.

»Was geht dich das an? Du bist nicht mein Vater.«

»Aber ich bin dein Vetter, und wenn einer daherkommt und …«

»Was und?«

»Du bist sechzehn, Himmel Herrgott!« Er funkelte sie an.

»Bald siebzehn. Alt genug.«

»Du bist noch lange nicht volljährig. Wenn meine Mutter das erfährt!«

»Wage es ja nicht, ihr etwas zu erzählen! Ich habe ihr auch nichts von Rosi gesagt.«

»Das ist etwas anderes.«

»Warum? Weil du ein Junge bist und ich ein Mädchen?« Wut stieg in ihr hoch.

»Allerdings«, sagte er mit selbstgefälliger Miene und verschränkte die Arme.

»Weil ihr alles dürft? Hinter jedem Rock herlaufen und Soldat spielen, obwohl die eigene Mutter den Krieg verabscheut wie sonst nichts auf der Welt?« Sie hatte sich in Rage geredet.

Pauls Ohren leuchteten rot, er wirkte nicht mehr so selbstsicher. »Du hast versprochen, ihr nichts von dem Vorfall damals zu erzählen.«

»Du hast doch selbst von der alten Geschichte angefangen. Und ich habe nur Max geschworen, niemandem von dem Unfall zu erzählen. Dir habe ich nicht versprochen, deiner Mutter zu verschweigen, wie gern du Soldat gespielt hast. Noch dazu mit diesem Nichtsnutz Ewald.«

Er rutschte auf dem Stuhl hin und her, wohl auch wegen der unsanften Landung auf der Treppe.

»Überleg es dir gut, Paul. Auge um Auge, Zahn um Zahn.«

Am Donnerstagnachmittag wartete Lissi vor der Bücherei. Mit Anna im Schlepptau. Paul hatte sie so lange bekniet, sich keinesfalls allein mit Johann zu treffen, dass sie schließlich nachgegeben hatte. Es war eine regelrechte Verhandlung gewesen.

Anna war überhaupt nicht böse deswegen, denn sie ihrerseits hatte Jürgen Bescheid gegeben. »Passen wir halt gegenseitig aufeinander auf«, sagte sie zu Lissi und zwinkerte vergnügt. Sie beschlossen, ins Kino zu gehen. Streng getrennt natürlich, die Mädchen und die Jungen. Mit einigen Metern Abstand dazwischen. Ein neuer Streifen namens *Berliner Ballade* wurde gezeigt. Das klang vielversprechend, dachte Lissi. Ob es um Gedichte ging?

Anna raunte ihr zu: »Eigentlich darf man den erst mit sechzehn sehen, aber wozu sonst sitzt meine Mutter an der Kasse?«

Tatsächlich durften sie beide hinein. Frau Rösler wünschte ihnen viel Vergnügen. Die Mädchen taten so, als würden sie Johann und Jürgen nicht kennen. Ein Stück hinter ihnen standen sie in der Schlange und unterhielten sich angeregt. Das Kino war an diesem Nachmittag gut besucht.

Die Jungen setzten sich in die Reihe unmittelbar hinter Anna und Lissi. Hin und wieder warfen die Mädchen leise kichernd Blicke nach hinten. Die Vorstellung begann wie üblich mit der *Wochenschau*. Darauf folgte der Spielfilm. Die Geschichte war eigentümlich, aber amüsant. Es ging um einen Kriegsheimkehrer namens Otto Normalverbraucher, der feststellen muss, dass sich fremde Leute in seiner Wohnung eingerichtet haben. Auch, wenn sie beim Kinobesuch mit den Jungen kaum ein Wort gewechselt hatten, war es doch beinahe so, als wären sie miteinander ausgegangen.

Die beiden Mädchen waren bester Stimmung, als sie zu zweit untergehakt den Bürgersteig entlangschlenderten und plaudernd wieder auf dem Ölberg ankamen.

»Wie gern hätte ich neben Jürgen gesessen!«, sagte Anna und tat einen tiefen Seufzer.

»Und ich neben Johann«, gab Lissi zu und seufzte ebenfalls. »Beide Vornamen beginnen mit einem J, was für ein Zufall. Das ist sicher ein gutes Zeichen.«

Anna nickte eifrig. Ihre grünen Augen blitzten. Sie gingen schweigend weiter und dachten an ihre beiden Kavaliere mit J.

Es kam Lissi vor, als sei es viele Jahre her, seit sie jeden schiefen Stein in diesem Kopfsteinpflaster gekannt hatte. Mit Ursula und Anna hatte sie beinahe täglich Murmeln und Hüpfekästchen gespielt. Ein unterdrücktes Kichern ertönte hinter ihnen. Die beiden drehten sich um und sahen, wie einige Kinder hinter ihnen im Hinkeschritt an der Bordsteinkante entlangliefen. Die Rasselbande flitzte lachend davon. Lissi sah Anna überrascht an, und in diesem Moment wusste sie es. Ihre Kindheit war endgültig vorbei.

»In Köln haben sie in diesem Jahr zum ersten Mal wieder einen Rosenmontagszug«, erklärte Anna begeistert, als sie am nächsten Tag zusammen nach Hause gingen. »Und stell dir vor, unsere Tanzschule veranstaltet eine Karnevalsfeier, man darf kostümiert kommen. Da müssen wir auf jeden Fall hingehen, Lissi, das wird sicher ein großer Spaß!«

»Aber wir haben keine Kostüme.«

»Wir durchforsten gleich unsere Schränke, da wird uns schon was einfallen.«

Lissi ging mit zu ihrer Freundin und stapfte neben ihr die Treppe hinauf in die kleine Wohnung. Das Schlafzimmer von

Röslers war kaum größer als das von Tante Helene und Onkel Fritz, dafür standen hier mehr Kisten und Schränke herum. Als Anna diese nacheinander öffnete, förderte sie allerlei Dinge zutage, die man verwenden konnte. Einen Sommerhut aus Stroh mit breiter Krempe, eine Krawatte, einen leuchtend gelben Schal und ein kariertes viereckiges Tuch.

»Siehst du, das reicht schon für unsere Kostümierung. Ich besorge uns die Eintrittskarten. Also abgemacht?« Anna hielt ihr die Hand hin.

»Abgemacht!«

Auch im Schrank von Tante Helene durfte Lissi stöbern. Sie fand einen karierten Rock, der perfekt zu Annas Tuch passte.

Am Rosenmontag hatten sie schulfrei. Gleich nach dem Mittagessen marschierte Lissi zu Röslers hinüber und zog sich dort um. Zu dem Rock von ihrer Tante trug sie eine schlichte weiße Bluse. Das karierte Tuch band sie auf dem Kopf zu einem Turban. Anna malte ihr rosige Bäckchen und einen Herzmund mit dem roten Lippenstift ihrer Mutter.

»Au weia, wenn meine Tante das sieht!«, sagte Lissi und schlug sich die Hand vor den Mund.

»Vorsicht, der verschmiert«, rief ihre Freundin lachend. »Na, und wenn schon, es ist Karneval, da ist alles erlaubt, man könnte sogar sagen, es ist ein Gebot, sich zu schminken.« Sie wirkte offensichtlich sehr zufrieden mit ihrem Werk und drückte Lissi den Lippenstift in die Hand: »Ich möchte auch einen Kussmund und dazu Herzchen auf den Wangen.«

Lissi malte behutsam auf Annas Gesicht herum und dachte an den missglückten Heimweg vom Abschlussball. »Dieser schmierige Hermann ist bestimmt auch da.«

»Du bist ja nicht allein dort, sondern mit Johann, Jürgen und mir«, sagte Anna bestimmt.

»Und wenn Paul mit Rosi kommt?«

»Dann hast du mich als Aufpasserin dabei, wie abgesprochen.« Anna zwinkerte verschwörerisch. Sie hatte sich den Sommerhut aufgesetzt und die Krawatte umgebunden, dazu trug sie ihr gelbes Kleid.

Ein leichter Schneeregen hatte eingesetzt, als sie aus der Straßenbahn stiegen. Warum musste Karneval bloß im Winter stattfinden? Schlotternd liefen sie zum Tanzlokal weiter. Davor standen Johann und Jürgen und warteten. Rein zufällig natürlich. Die Mädchen hatten sich Mühe gegeben, erwachsener zu wirken. Aber nicht nur sie. Auf Johanns Oberlippe prangte ein aufgemalter geschwungener Schnauzbart. Jürgen hatte seine Augenbrauen dick nachgezogen und sich einen Spitzbart gemalt. Er trug ein gepunktetes Tuch auf dem Kopf, im Nacken zusammengebunden.

»Du siehst ja aus wie ein Pirat«, rief Anna verzückt aus, als sie ihn sah.

Diesmal verschwanden die Mädchen beide im Toilettenraum. Lissis Wellen saßen mittlerweile tadellos und erforderten nur noch wenige routinierte Handgriffe. Sie ging in eine der Kabinen und zog ihre Wollstrümpfe aus, nahm die zarten Nylonstrümpfe aus ihrer Verpackung und schlüpfte vorsichtig hinein. Sie fühlten sich seidig glatt und zugleich fest an. An den Fußgelenken und Knien warfen sie kleine Fältchen.

»Nun komm schon raus und lass mich sehen«, raunte Anna durch die Tür.

Lissi befestigte hastig die Strumpfhalter und trat aus der Kabine. Jeder Schritt erzeugte ein leises Knistern. Sie guckte an sich hinunter. Wie elegant ihre Beine wirken konnten.

Anna zupfte die Nähte an Lissis Waden zurecht und drückte ihr einen Kohlestift in die Hand. »Bis wir ein zweites Paar Fein-

strümpfe haben, kannst du mir die Nähte aufs Bein malen.«
Ihre Schuhe trug sie an den nackten Füßen, auch sie hatte die Wollstrümpfe ausgezogen.

Diesmal waren sie früh dran, der Tanzsaal war mit bunten Girlanden geschmückt. Die meisten Gäste hatten sich Mühe gegeben, kostümiert zu wirken, selbst wenn sie nur eine Kopfbedeckung trugen. Manfred aus der Tanzstunde hatte sich in einen Kartoffelsack gehüllt. Ingeborg kam als Krankenschwester mit rotem Kreuz auf weißem Häubchen. Jemand hatte sich eine Kochmütze aufgesetzt.

Paul konnten sie nirgendwo entdecken, obwohl er in den letzten Monaten einige Male erwähnt hatte, er wolle zum Tanztee gehen. Rosi hingegen war da und trug ein winziges Hütchen auf dem hübschen Kopf. Sie saß, umringt von drei Burschen, an einem der Tische. Unter ihnen war auch Kurt, der erfreut aufstand und ihnen entgegenkam. Lissi freute sich, ihn wiederzusehen. Kurt begrüßte sie wie alte Freunde und gab ihnen nacheinander die Hand.

»Ach ja, darf ich vorstellen?«, begann Jürgen. »Das ist Johann Sander, mein ... Vetter.«

Lissi schluckte, lächelte ihm dankbar zu und flüsterte in Annas Ohr: »Seltsam, dass Rosi ohne Paul hier ist, ich dachte wirklich, er hätte Interesse an ihr.«

»Hast du ihm nicht gesagt, dass du herkommst?«, fragte diese stirnrunzelnd.

»Natürlich nicht. Wir reden eh kaum ein Wort miteinander.«

Sie fanden einen Tisch, an dem noch niemand saß. Jürgen und Johann rückten den Mädchen die Stühle zurecht und setzten sich wie zufällig dazu.

Immer mehr Menschen strömten in den Saal.

Lissi zischte: »Dreht euch nicht um, da ist Hermann Schmidtke.« Auch er trug ein Papphütchen auf seinen speckigen Haaren. Lissi duckte sich, aber als hätte er ihren Blick gespürt, schlenderte er geradewegs auf sie zu.

»Lisbeth, wie ich mich freue, Sie wiederzusehen, darf ich mich zu Ihnen setzen?«, fragte Hermann, zog einen Stuhl heran und ließ sich neben ihr nieder, bevor sie antworten konnte. Den anderen in der Runde nickte er bloß zu. Nicht einmal die Hand reichte er jemandem. So ein Schnösel, dachte Lissi. Sie zweifelte, ob seine Mutter wirklich mit Tante Helene befreundet war. Selbst Jürgen schien irritiert und vergaß, Johann vorzustellen. Anna sah aus, als wolle sie jeden Moment losprusten. Lissi drehte sich demonstrativ Johann zu.

Die Kapelle setzte mit ein paar flotten Tönen ein. Die ersten Paare eroberten die Tanzfläche. Hermann wollte schon nach ihrer Hand greifen, als Johann aufsprang und sich ihr zuwandte: »Möchtest du tanzen, Lissi?« Er hielt ihr seine Hand hin und lächelte sie an.

»Gern!«, sagte sie und war schon auf den Beinen. Er hätte sie nicht zu fragen brauchen, sondern sie einfach hinter sich her auf die Tanzfläche ziehen können. Sie schenkte ihm ein strahlendes Lächeln. Johann führte sie aufs Parkett und flüsterte ihr zu: »Das also ist der Plagegeist deiner Tanzstunden.«

Sie rollte mit den Augen. »Die Bezeichnung könnte treffender nicht sein.« Es wurde eng auf der Tanzfläche, ihnen blieb kaum Platz für eine Drehung. Ellbogen stießen sie in den Rücken, ein Paar rempelte sie an, dann ein weiteres. Von allen Seiten wurden sie um Verzeihung gebeten. So hatte Lissi sich das nicht vorgestellt. Johann schien es nicht zu stören, er bewegte sich geschmeidig im Dreivierteltakt und zog Lissi eng an sich heran. Das wiederum fand sie durchaus angenehm.

»Hast du einen Tanzkurs gemacht in deiner Kurklinik?«, fragte sie ihn und zwinkerte.

Er senkte die Stimme und sprach dicht an ihrem Ohr. »Ich sagte doch, ich hatte einen Privatlehrer. Mein Vater fand, Tanzstunden gehören zu einer soliden Ausbildung.«

»Ich muss sagen, entweder war dein Lehrer eine Koryphäe auf diesem Gebiet oder du warst ein besonders begabter Schüler.« Lissi übte neuerdings Fremdwörter. Natürlich nur, um sich zu bilden, nicht etwa, weil sie Johann beeindrucken wollte. Ganz und gar nicht.

Nun, ein klein bisschen vielleicht.

Er lächelte wissend. »Beides.«

Der Walzer endete, und sie gingen zum Tisch zurück. Lissi beneidete ihn um seine Selbstsicherheit. Was das betraf, war er wie Anna. Die beiden schienen sich gut zu verstehen. Sie unterhielten sich angeregt über den Film, den sie kürzlich gesehen hatten, und lachten herzlich. Jürgen saß lächelnd dabei, und sein jungenhaftes Gesicht leuchtete auf, sobald er Anna ansah.

Hermann unternahm einen weiteren Versuch, Lissi aufzufordern, aber sie ließ ihn abblitzen und sagte, ihr sei schwindelig.

Anna kicherte und raunte ihr zu: »Du schwindelst ja auch.« Sie bekam dafür Lissis Ellbogen in die Seite.

Die kleine Kapelle stimmte einen Schlager an. Der Text des Trizonesien-Songs war sonderbar und frech. Sie sah sich sorgenvoll um, ob jemand daran Anstoß nahm, aber in allen Gesichtern las sie Freude und Ausgelassenheit. Laut hallte es durch den Raum: »Wir sind die Eingeborenen von Trizonesien!«

Als sich der Refrain wiederholte, begriff Lissi erst, dass es von den drei Westzonen Deutschlands handelte. Fröhlich schunkelnd sang der ganze Saal den Schlager mit: »Wir sind zwar keine Menschenfresser, doch wir küssen umso besser.«

Ab der Hälfte ließen sich auch Anna und Lissi mitreißen.

Hermann saß mit verschränkten Armen und ernster Miene auf seinem Stuhl.

Es folgten mehr Schlager, und die Feierlaune im Saal erreichte den Siedepunkt. Hatten sie bei der Ankunft gefroren? Sommerlich heiß war es! Auch getanzt wurde reichlich. Lissi ließ sich von Kurt und Jürgen auffordern. Später versuchte sie mit Johann einen Foxtrott, aber sie trampelten nur ungelenk auf der Stelle herum.

Lissis Wellen klebten ihr an Stirn und Nacken, als sie wieder am Tisch ankam und sich erschöpft auf ihren Stuhl sinken ließ.

Annas Ellbogen knuffte sie leicht in die Seite. »Sieh mal, wer da ist.«

»Oh nein.« Lissi hätte sich am liebsten weit weggewünscht. Paul schlenderte quer durch den Raum auf Rosi zu. Hoffentlich ging sie hier hinten im Gewühl der Gäste unter. An Tanzen war jetzt nicht mehr zu denken, sie musste so schnell wie möglich nach Hause.

Anna deutete mit dem Kopf auf den Rand der Tanzfläche. Hermann Schmidtke tanzte mit Ingeborg, der jungen Dame mit den zwei linken Füßen. Sie beobachteten die beiden ein Weilchen. Die machten ihre Sache gut, sie traten einander nicht ein einziges Mal auf die Füße.

Lissi schmunzelte und sagte: »Also, ich finde, die zwei passen hervorragend zusammen.«

Johann und Jürgen verließen den Saal zuerst und wollten draußen auf die beiden Mädchen warten.

Paul wirbelte Rosi herum, ihre Wangen glühten, und er lachte.

»Komm, lass uns verschwinden«, sagte Lissi zu Anna. Sie schlängelten sich durch die Menschenmenge und suchten ihre Mäntel auf den Garderobenhaken.

Vor dem Lokal atmete Lissi tief durch. Die Mädchen fröstelten und sahen auf ihre Beine hinunter.

»Unsere Wollstrümpfe!«, riefen sie gleichzeitig und machten kehrt.

Paul und Rosi kamen ihnen Arm in Arm aus dem Tanzsaal entgegen. Er starrte Lissi an und nahm langsam die Zigarette aus seinem Mundwinkel.

28

MÄRZ 1982

Schummriges Licht fiel durch die dunkelroten Gardinen. Seit zwei Tagen war sie bei Georg und genoss jede Sekunde in vollen Zügen. Zu Hause in Wuppertal schien alles in Ordnung. Beim vierten Versuch endlich hatte sie Miriam an die Strippe bekommen. Am Telefon klang sie vernünftig, und obwohl Lissi dem Frieden noch nicht recht traute, beschloss sie, es dabei bewenden zu lassen. Ihre Tochter schien sich in den letzten Monaten beruhigt zu haben. Sie half immer öfter freiwillig im Haushalt, und einmal waren sie sogar gemeinsam zu einem Schaufensterbummel in der Stadt gewesen. Mutter und Tochter zusammen. Genau wie früher. Miriam hatte sich sogar bei ihr untergehakt. Vielleicht hatte sie es akzeptiert. Womöglich war dies der Vorteil einer Fernbeziehung. Ganz allmählich konnten sich sowohl Miriam als auch Lissi selbst an den Gedanken gewöhnen. An den neuen Mann in ihrem Leben.

Sie strich über seine glatte warme Brust, lauschte den gleichmäßigen Atemzügen und genoss das Gefühl, sich neben ihm frei und lebendig zu fühlen. Die Nähe zu Georg war überwältigend, und die Sehnsucht nacheinander, wenn Hunderte Kilometer zwischen ihnen waren, verstärkte diesen Effekt noch.

»Wann hast du eigentlich zum ersten Mal gespürt, dass zwischen uns mehr ist als Freundschaft?«, fragte sie aus einem spontanen Impuls heraus.

Georg streichelte sanft ihre Schulter und holte hörbar Luft. »Wo soll ich da anfangen?«

»Von mir aus beim Anfang. Wann hast du begonnen, dich

für mich zu interessieren?« Lissi rückte sich zurecht und kuschelte sich noch näher an ihn.

»Ich habe dich schon immer interessant gefunden, aber da habe ich natürlich überhaupt nicht an Liebe gedacht, immerhin warst du mit einem meiner besten Freunde verheiratet.«

Lissi grinste.

Er fuhr fort: »Und dann, als ich dich damals mit meinem Besuch überfallen habe und du mir von Johanns Tod erzählt hast. Da hast du unendlich verletzlich gewirkt. Am liebsten hätte ich dich in den Arm genommen und dir gesagt, dass alles wieder gut werden wird. Ich hatte all das nach Christas Tod selbst durchgemacht.«

»Ich habe gehofft, dass der Schmerz irgendwann nachlassen würde«, sagte Lissi.

Georg nickte. »Zumindest war es bei mir so. Irgendwann hat man es begriffen und kann loslassen. Vorbei ist der Schmerz niemals, aber er wird schwächer. Und er kann sich wandeln.«

»In was?«

»In Dankbarkeit. Man hat mit diesem Menschen einen wichtigen Teil seines Lebens verbringen dürfen.«

»Ich verstehe genau, was du meinst«, stimmte sie zu. »Auch ich bin dankbar, diese Jahrzehnte mit Johann gehabt zu haben.«

Georg küsste Lissi auf die Stirn.

Sie schloss die Augen. »Von Johanns Tod erzählen zu müssen, hat mich wieder zurückgeworfen in die schwere Zeit kurz nach seinem Unfall. Aber es war gut, darüber zu sprechen. Irgendwie befreiend und die Vorbereitung für einen Neuanfang. Das hätte ich nicht für möglich gehalten.«

»Du bist stark. Du hast dich wieder aufgerappelt, genau wie ich zuvor. Das hat mir imponiert. Erst diese Zerbrechlichkeit, und dann hast du dein Leben in die Hand genommen.«

»Und was war dann?« Lissi fand Gefallen daran, ihrer eigenen Geschichte zu lauschen.

»Du hast dein Leben aufgeräumt und entrümpelt, wozu ich als Trödelexperte nur raten kann.«

Sie grinste und tat, als lese sie eine imaginäre Werbeanzeige vor: »Entrümpeln Sie Ihr Leben, Trödelexperte Freese ist für Sie zur Stelle!«

»Diesen Satz drucke ich auf meine Visitenkarten.« Georg lachte und sprach weiter: »Dann haben wir uns beim ersten Flohmarkt getroffen, und ich gebe zu, ich fand dich ungeheuer attraktiv.«

»Du warst ebenfalls ziemlich anziehend«, unterbrach sie ihn. Sie küsste ihn auf die Nase.

»Ach, tatsächlich?« Er grinste. »Das beruhigt mich aber. Ich wollte mich zurückhalten, aber nach unserem Telefonat hast du den Kontakt aufgenommen mit den Kassetten, und ab da hattest du mich am Haken. Mit deiner melodischen Stimme.«

Lissi musste lachen. »Das war also ein guter Schachzug von mir. Muss ich mir merken, falls ich mir irgendwann noch einmal jemanden angeln will.«

Georg kniff sie spielerisch in den Arm. »Weißt du, mich hat beeindruckt, dass du dich nicht einfach in dein Schicksal ergeben hast. Du hast neue Kraft geschöpft, dich wieder deinem Beruf zugewandt. Es war mutig, nach so langer Zeit wieder darin zu arbeiten. Du hast den Führerschein gemacht und dir sogar ein Auto gekauft.«

Es stimmte, sie hatte sich allen Widrigkeiten gestellt, hatte ihr Ziel nicht aus den Augen gelassen und sich ein neues Leben aufgebaut. Eines, in dem sie allein leben konnte. Aber lächelnd stellte sie fest, es hatte auch ein neuer Mann Platz darin.

Ein Sonnenstrahl fiel auf die Gardinen, und das Zimmer wurde in strahlend rotes Licht getaucht. Lissis Blick wanderte durch den Raum, und sie bemerkte, dass sich etwas verändert hatte. Das düstere Gemälde in Nachtblau und Schwarz mit dem hellen Kreis hing nicht mehr an der Wand. An seiner Stelle hing das neue Bild mit den Umrissen einer Frau in Orange. Lissis Konturen. Er hatte es am Tag zuvor beendet.

»Ein Bild hast du für das neue Gemälde abgenommen, kann das sein?«, fragte sie.

»Du meinst das Düstere mit dem Lichtkreis? Ja, gestern, als du beim Abendessen geholfen hast.«

Lissi grinste schief. Georgs Mitbewohner bezogen auch Gäste in die Hausarbeit ein.

Er sprach weiter: »Es war der richtige Zeitpunkt, es abzunehmen. An seine Stelle ist etwas Neues gerückt.« Er drückte Lissi fester an sich und küsste sie liebevoll auf die Schläfe.

In die Wohngemeinschaft kam allmählich Leben. Eine Zimmertür wurde geöffnet und wieder geschlossen. Dielen knarrten. Irgendwo rauschte ein Wasserhahn, in der Küche pfiff der Wasserkessel. Die hellhörigen Altbauten. Lissi lächelte wohlig in sich hinein.

»Meine Mutter hat morgen Geburtstag«, sagte Georg unvermittelt in die gedämpfte Geräuschkulisse, die durch seine Zimmertür drang. »Sie feiert ihren Siebzigsten.«

Lissi hielt kurz die Luft an. »Wirst du hinfahren?«, fragte sie zögernd.

Er atmete tief ein und wieder aus, dann setzte er sich auf den Bettrand und begann, sich anzuziehen.

»Weißt du, Georg, ich wünschte, ich könnte zu meiner Mutter fahren. Jedes Jahr an ihrem Geburtstag denke ich an sie.«

Er hielt inne, wandte sich jedoch nicht zu ihr um.

»Ich stelle mir vor, wie es sich anfühlt, sie zu treffen. Wie sie heute wohl aussähe. Was sie sagen würde, wenn ich ihr einen Blumenstrauß überreiche. Wie es wäre, mit ihr einen Kaffee zu trinken, ein Stück Torte zu essen und auf sie anzustoßen.« Lissi unterbrach sich und bemühte sich, mit fester Stimme weiterzusprechen: »Und dann wird mir klar, dass das nicht geht. Weil meine Mutter seit siebenunddreißig Jahren nicht mehr lebt.«

Von der Elbchaussee hatte Lissi bisher nur gehört. Georg saß neben ihr auf dem Beifahrersitz, sprach kein Wort und rührte sich nicht. Sie fuhr ihren Käfer vorbei an den zahlreichen Villen, eine prächtiger als die andere. Es gab schlichte Architektur neben schlossähnlichen Bauten mit Türmchen und verzierten Fassaden. Inmitten weitläufiger Rasenflächen und Gärten standen sie zwischen altem Baumbestand, versteckt hinter Hecken und Mauern. Lissi fühlte sich an das Briller Viertel erinnert, und in diesem Moment wurde ihr klar, dass sie jede Umgebung mit ihrem Wuppertal verglich. So wundervoll und aufregend Hamburg auch war, sie hatte Heimweh. Nach ihrer Stadt.

»Da vorn geht es rein«, sagte Georg knapp.

Lissi bog ab und folgte der Auffahrt. Das stattliche Haus war der weißen Jugendstilvilla von Familie Reinhardt nicht unähnlich. Lissi hatte ihre Tante damals oft dort abgeholt. Nun verglich sie schon wieder. Sie verscheuchte den Gedanken.

Er bedeutete ihr, wo sie das Auto parken könne, und Lissi stellte die Möhre ab. Ein mulmiges Gefühl machte sich in ihrem Magen breit, als sie mit dem üppigen Blumenstrauß vor der überdimensionalen Haustür standen. Hoffentlich war es eine gute Idee gewesen, Georg zu diesem Besuch zu überreden.

Eine füllige Frau mit blütenweißer Schürze und Häubchen auf der grauen Föhnfrisur öffnete die Tür.

»Edi, wie schön dich zu sehen!« Georg fiel ihr um den Hals und küsste sie auf die Wange.

»Das ist eine Überraschung«, rief diese und wischte sich eine

Träne aus dem Augenwinkel. »Als ich hörte, dass du kommst, konnte ich es gar nicht glauben.«

Er lachte und nahm Lissis Hand. »Darf ich vorstellen? Das ist die wundervolle Edi. Eigentlich Edith, aber ich habe sie immer Edi genannt, und irgendwann taten es alle.«

In diesem Moment erschien eine elegante Dame auf der breiten Treppe, die in den großzügigen Hausflur hinunterführte. Sie war schlank und trug ein cremefarbenes Chanel-Kostüm. Langsam stieg sie Stufe um Stufe herunter. Ihr Gesicht und die Frisur erinnerten Lissi fatal an eine Schauspielerin aus dieser neuen amerikanischen Fernsehserie, die in Texas spielte, *Dallas*.

Auf Georgs Hochzeit mit Christa hatte Lissi seine Eltern nicht kennengelernt, zumindest konnte sie sich nicht erinnern, ihnen vorgestellt worden zu sein.

»Mein Lieber, ich kann dir gar nicht sagen, wie glücklich ich bin, dich zu sehen!« Seine Mutter ging auf ihn zu und ergriff seine Hände.

»Alles Gute zum Geburtstag, Mama«, sagte Georg, gab ihr einen raschen Kuss auf die Wange und drehte sich um. »Das ist meine Freundin Lissi Sander.«

»Meinen herzlichen Glückwunsch, Frau Freese.« Mit einem Lächeln überreichte Lissi ihr die Blumen.

Wie eine Operndiva nahm sie den Strauß mit weit ausgebreiteten Armen entgegen. »Bitte nennen Sie mich einfach Mathilde. Darf ich Lissi sagen? Heißen Sie wirklich so, oder ist es eine Abkürzung?«

»Eigentlich Lisbeth, aber ich mochte den Namen nie.«

»Meine Großmutter nannte sich Lisbeth, als sie nach Deutschland zog«, sagte Mathilde und gab die Blumen an Edi weiter. »Die Kurzform von Elizabeth. Sie war Engländerin, eine liebevolle und intelligente Geschäftsfrau mit starkem Willen, auf diesen Namen können Sie also stolz sein.«

Lissi lächelte überrascht und erfreut zugleich. Georg nickte ihr beeindruckt zu. Frau Freese ging voraus ins Speisezimmer, der lange Tisch war einladend für vier Personen gedeckt. Tee und Kaffee, Kuchen und Torte standen bereit. Ein Blumenarrangement aus weißen und pfirsichfarbenen Freesien stand in der Mitte. Lissi schmunzelte. Ob die Wahl der Blumen Zufall oder Absicht war? Der leicht süßliche Duft stieg ihr in die Nase. Die Möbel waren aus dunklem Holz und auf Hochglanz poliert. Die Tapete dezent gemustert in Weinrot.

Am Kopfende des Tisches thronte ein alter Herr in samtener Hausjacke passend zur Wandfarbe. »So, da hast du also nach anderthalb Jahrzehnten auch mal wieder zu uns gefunden«, sagte er mit mürrischem Gesichtsausdruck.

Georg ging auf ihn zu, gab ihm förmlich die Hand und stellte Lissi vor. Als Begrüßung erhielt sie ein Brummen und ein angedeutetes Kopfnicken. Sie setzten sich an eine Längsseite des Tisches. Lissi wich Georg nicht von der Seite.

Mathilde versuchte, die Situation aufzulockern, und fragte in ihre Richtung: »Sander, hmm, mir ist so, als hätte ich diesen Namen schon einmal gehört.«

Herr Freese erhob die Stimme. »Aber natürlich hast du das. Mein alter Studienfreund hieß Sander, prachtvolle Pferde, Gutshof bei Stargard.«

»Lissi ist die Witwe seines Sohnes Johann«, erklärte Georg und drückte ihre Hand unter dem Tisch.

Mathilde lächelte. »Ach, sieh mal an, das ist aber ein Zufall. Nehmen Sie Kaffee?«

»Gern!« Lissi nickte erfreut und reichte ihr die Tasse an.

»Ich nehme Tee«, sagte Georg und tat dasselbe. »Das ist kein Zufall. Ich war mit Johann über all die Jahre gut befreundet, und nach seinem Tod …«, er schien nach den richtigen Worten zu suchen, »… sind Lissi und ich uns wiederbegegnet.«

Herr Freese senkte die Augenbrauen. »Und jetzt wollt ihr heiraten, und ich soll die Hochzeit ausrichten, wie?«

»Albert!« Mathilde sah ihn streng an. »Nun lass es gut sein. Diese ewigen Anfeindungen. Noch dazu vor Frau Sander.«

Georg warf Lissi einen Blick zu, der zu bedeuten schien: *Ich habe dir gesagt, das ist keine gute Idee.*

Lissi sah ihn eindringlich an und ließ ihren Blick dann zu Frau Freese hinüberwandern.

»Aber nun erzähl mal, wie geht es dir, Mama?«, fragte Georg quer über den Tisch und ignorierte seinen Vater demonstrativ.

»Seit du gestern angerufen und dich für heute angekündigt hast, geht es mir blendend, mein Junge. Damit machst du mir das schönste Geburtstagsgeschenk!« Mathilde nickte ihm aufmunternd zu. Dann sagte sie an Lissi gewandt: »Ich feiere meine Geburtstage normalerweise nicht, müssen Sie wissen.«

Herr Freese schwieg beharrlich, bis Lissi ihn auf sein Geschäft ansprach und betonte, dass Kaffee ihre große Leidenschaft war, seit sie ihn nach dem Krieg zum ersten Mal probiert hatte. Von diesem Moment an taute der alte Herr auf.

»Gegründet 1902 von meinem Vater Edmund und seinem Bruder Ludwig Freese. Im selben Jahr wurde ich geboren. Mein ganzes Leben habe ich mit Kaffeebohnen verbracht. Können Sie sich das vorstellen?« Er lachte fröhlich, und seine Augen leuchteten. Lissi löcherte ihn mit Fragen, und er erklärte ihr, was man über die Anbaugebiete, die Kaffeeplantagen, das Rösten und die Zubereitung wissen musste.

Georg und seine Mutter unterhielten sich über seine Kunstwerke und ihre Operation im vergangenen Jahr. Der Nachmittag verging im Nu. Es gab zum Glück keinen Anlass mehr für einen Streit. Georg hatte sich zurückgehalten, wie er es zuvor mit Lissi besprochen hatte.

Am frühen Abend verabschiedeten sie sich deutlich herzlicher, als Lissi es nach Herrn Freeses frostiger Begrüßung erwartet hatte. Mathilde hingegen schien überglücklich und schloss ihren Sohn zum Abschied in die Arme. Georg und sein Vater waren noch weit davon entfernt, sich wieder zu versöhnen, doch der erste Schritt war getan.

Am nächsten Morgen fuhr Lissi nach Wuppertal zurück. Es nieselte, und die Scheibenwischer des Käfers machten ein eigenwilliges Geräusch. Lissi begann laut zu singen, um es zu übertönen. Schließlich schaltete sie das Radio an. Sie hatte ihren kleinen VW gut im Griff. Dass er manchmal nicht sofort ansprang, hatte sie akzeptiert. Man brauchte Geduld, er war eben eine kleine Diva.

Die Strecke zog sich. Eine Fernbeziehung hatte zwar einige Sonnenseiten, aber der Schatten überwog. Sie sehnte sich schon wieder nach Georg. Nach seiner Berührung, nach seinen Küssen. Ihr wurde ganz warm. Die ersten Tage ohne ihn waren immer die schwersten.

Je weiter sie in Richtung Westen kam, umso mehr lichtete sich der Himmel. Aus dem Radio erklangen Klaviertöne. Lissi verstand Teile des englischen Textes. *Love of my life.* Liebe meines Lebens. War es möglich, mehr als eine große Liebe im Leben zu haben? Konnten es zwei sein? Sie stellte sich vor, wie es wäre, mit Georg zu leben. Ihn an ihrem Leben teilhaben zu lassen. Ohne die rosarote Brille, ganz nüchtern. Wieder mit einem Mann zusammenleben und die neu gewonnene Unabhängigkeit aufgeben. Aber halt, wieso aufgeben? Das war doch Unsinn. Was gab sie denn auf? Nur den Platz allein in ihrem großen Bett. Sie würde alles behalten. Ihre Arbeit, ihr Auto, ihre Freiheit, das zu tun, was sie gern tun wollte. Die Zeiten der Heimchen am Herd waren vorbei. Sie würde sich diese Unabhängigkeit bewahren. War es nicht genau das, was ihn an ihr fasziniert hatte?

Als sie am Nachmittag auf den Ölberg tuckerte und in ihrer Straße parkte, schien die Sonne vom Märzhimmel. Lissi lächelte. Alles hier war mit Erinnerungen verbunden. Gedämpftes Gelächter war zu hören, und vertraut gurrten die Tauben vom Dach.

29

MAI 1949

Irmgard Sander war Anfang vierzig, hochgewachsen wie ihr Sohn und ebenso blond wie er. Auch ihren Umgangsformen merkte man die Herkunft an. Das improvisierte Zimmer in der beschädigten Wohnung ihrer verstorbenen Eltern, deren hochwertige Ausstattung zum größten Teil zerstört war, konnte darüber nicht hinwegtäuschen. Lissis Aufregung vor der Begegnung war im Nu wie weggefegt. Frau Sander hieß sie willkommen, als gehöre sie bereits zur Familie. Im Blick der Mutter lagen Stolz und Bewunderung für ihren Sohn.

Sie trug die Entbehrungen durch den Krieg mit ebensolcher Würde, wie sie Johann zu eigen war. Das wiederum schien ein unsichtbares Band zwischen den dreien zu knüpfen. Die Trauer um geliebte Menschen und das gewohnte Zuhause, all das hatten sie gemein.

»Wie ich mich freue, nach so langer Zeit einen lieben Gast zu begrüßen«, sagte Frau Sander und bat mit einladender Geste herein.

Angerichtet waren Tee und Kekse auf einem Tischchen mit blütenweißer Spitzendecke. Das Porzellanservice hatte den Einschlag der Granate überlebt, an Johanns Tasse fehlte bloß der Henkel.

Er grinste, als er ihren Blick bemerkte, und schenkte ein. »Nimm Platz, Lissi. Fühl dich wie zu Hause.«

Die neuesten Nachrichten waren in aller Munde. Die beispiellose Transportleistung der britischen und amerikanischen Flugzeuge während der Berliner Luftbrücke und das erfreuliche

Ende der Blockade durch die Sowjetunion. Sie sprachen über die Verkündung des westdeutschen Grundgesetzes für die neu gegründete Bundesrepublik Deutschland in Bonn. Von der Hoffnung, die beschlossene schwarz-rot-goldene Fahne würde bald wieder das Land vereinen. Ein Meilenstein. Zu dritt teilten sie die Freude darüber und das sichere Gefühl, alles werde nun aufwärtsgehen. Lachend stießen sie mit Tee darauf an. Solche Gespräche war Lissi aus dem Hause ihrer Tante nicht gewöhnt. Außer mit Anna sprach sie mit niemandem über derartige Themen.

Johann brachte sie später zur Straßenbahn. »Meine Mutter hat dich gleich ins Herz geschlossen«, sagte er mit einem Lächeln auf den Lippen.

»Ich mag sie ebenfalls sehr. Richte ihr bitte noch einmal meinen herzlichsten Dank aus für die Einladung.« Gern hätte Lissi seine Hand genommen, während sie neben ihm herlief, aber sie hatte Pauls Ratschlag beherzigt und würde sich mit Vertraulichkeiten zurückhalten. Nur in Anwesenheit anderer würde sie sich mit ihm treffen. Wenn sie ehrlich war, musste Lissi zugeben, dass sie keinerlei Ahnung hatte, was sie erwartete, sobald sie mit ihm allein war. Zweimal hatte er sie geküsst, mehr nicht. Anna hatte sie jedoch gewarnt, sie solle um jeden Preis verhindern, sich zu ihm zu legen. Das könne gefährlich werden. Lissi konnte sich nicht vorstellen, warum, sie würde es aber nicht ausprobieren.

Der Mai in diesem Jahr war kühl, kaum kletterten die Temperaturen über fünfzehn Grad. An der Haltestelle der Elektrischen verabschiedete er sich, nahm ihre Hände kurz in seine und küsste sie auf die Wange. Selig stieg sie ein und winkte ihm durch die Scheibe zum Abschied. Johann warf ihr von draußen eine Kusshand zu.

Als sie nach Hause kam, sah Tante Helene von ihrer Näharbeit auf. Sie gähnte und tupfte sich mit ihrem Taschentuch die Augen.

Lissi zog ihren Mantel aus. »Du siehst erschöpft aus. Soll ich dir ein Tässchen echten Bohnenkaffee machen?« Erstmals hatte sie welchen lose im Laden bekommen. Seit November letzten Jahres war er dank einer Steuerermäßigung wieder halbwegs erschwinglich. Obgleich die lieferbaren Mengen stark begrenzt waren, hatte sie ein Tütchen voll ergattert. Die Nachfrage war enorm, sodass ein reger Schmuggelhandel mit Kaffee betrieben wurde. Es erinnerte an die Schwarzmarktzeiten direkt nach dem Krieg.

Tante Helenes Augen leuchteten, und sie spitzte die Lippen. »Wollten wir den nicht für deinen Geburtstag aufheben?«

»Das reicht sicher noch. Und dies ist ein Notfall, nicht wahr?« Sie zwinkerte ihrer Tante zu.

»Du hast recht, ein Tässchen würde mir guttun.« Helene lächelte dankbar. Sie erhob sich von dem Stuhl vor ihrem Nähtischchen, streckte sich, schritt durch den Raum zum Spülstein und wusch sich das Gesicht.

Lissi band sich die Küchenschürze um. Auf dem Herd stand ein Rest heißes Wasser im Topf bereit. Sie zog ihn auf das vorderste Kochfeld. In der Brennkammer glühten ein paar Kohlenreste vor sich hin. Sie stocherte mit dem Feuerhaken darin herum, bis Flämmchen auflloderten.

Danach nahm sie die Kaffeemühle vom Schrank und gab geröstete Kaffeebohnen hinein.

»Sei sparsam, Kind!«, mahnte Tante Helene.

»Es ist genug da, siehst du?« Lissi zeigte ihr den Inhalt der Kaffeedose aus dem Küchenschrank. Dann klemmte sie sich die Mühle zwischen die Knie und drehte gleichmäßig an der Kurbel. Das kratzige Schleifgeräusch erfüllte die Küche ebenso wie der unvergleichliche Duft. Als sie fertig war, nahm Lissi die weiße Kanne, die weiter hinten auf den Herdplatten bereitstand. Sie hob den Deckel vom Topf. Das Wasser dampfte, Bläschen stiegen auf. Heiß genug, damit der Kaffee nicht zu bitter würde. Den Melitta-Filter aus Porzellan stellte sie auf die Öffnung der Kanne und legte das Filterpapier hinein, beides war derzeit schwer zu bekommen und stammte aus Vorkriegszeiten. Sie gab das Kaffeepulver in den Filter, fegte mit einem Pinsel den letzten Rest aus der hölzernen Schublade der Mühle. Mit der Suppenkelle goss sie das heiße Wasser nach und nach über das Pulver.

»Welch eine Wohltat«, sagte Tante Helene, als sie kurze Zeit später mit ihrer Tasse am Esstisch saß. Sie schloss die Augen und schnupperte. »Ungeheuerlich. Vor zwei Jahren kostete ein Kilo Kaffee über tausend Reichsmark. Möchtest du probieren? Von mir aus darfst du. Immerhin bist du schon so gut wie siebzehn Jahre alt.«

Lissi strahlte und fühlte sich schlagartig erwachsen. Sie stand auf und holte eine weitere Tasse aus dem Schrank. Tante Helene schenkte ein und reichte ihr das Milchkännchen. Nie zuvor hatte sie echten Bohnenkaffee probiert und nippte andächtig. Er schmeckte ungewohnt bitter, aber nicht schlecht. Sie goss ein Schlückchen Milch nach und trank. Wie still es war, sie hörte die Küchenuhr ticken. »Wo sind eigentlich die anderen?«

»Allesamt unterwegs mit Freunden, nur ich halte die Stellung.«

Lissi sah beschämt auf den abgenutzten Holztisch, auf dem Schneiderschere und Maßband lagen. Ihre Tante arbeitete sich den Rücken krumm, um für die Familie zu sorgen, während diese um die Häuser zog. Lissi selbst nahm sich davon nicht aus.

Sie stellte ihre Tasse auf die Untertasse, dass es klirrte, und sagte: »Ab sofort helfe ich dir jeden Tag wieder für ein paar Stunden.«

Zwei Tage später saß Anna neben ihr am Küchentisch. Tante Helene kaufte ein und hatte ihre Nichte in der Zwischenzeit mit den letzten Handgriffen betraut.

Lissi seufzte. »Ich kann keine Knopflöcher mehr sehen. Warum wollen alle Kundinnen Kleider und Blusen mit Knopfverschluss haben?«

Anna blieb stumm wie ein Fisch.

»Was ist denn mit dir los? Sonst quasselst du ohne Unterlass. Hast du Fieber?« Sie ließ die Nadel im Stoff stecken und fühlte Annas Stirn.

»Ich habe etwas herausgefunden«, sagte diese mit Grabesstimme.

Lissi holte Luft und starrte ihre Freundin an. »Ist etwas passiert?«

»Ja!« Anna seufzte auf. »Ich bin gar kein Sonntagskind! Ich bin an einem ganz gewöhnlichen Montag geboren worden. Einem Montag!«

Lissi runzelte die Stirn. »Wie bitte? Kein Sonntagskind? Und deswegen bist du so trübsinnig? Aber das ist doch kein Drama.«

»Und ob es das ist! Damit hat meine Glückssträhne auf ewig ein Ende.«

»Unsinn.« Lissi schüttelte den Kopf und musste grinsen.

»Du hast ja keine Ahnung. Seit ich es erfahren habe, geht mir alles schief. Ich habe vorhin beim Mittagessen den Suppentopf fallen lassen. Das ist mir noch nie passiert. Einfach aus der Hand gerutscht. Der leckere Bohneneintopf war hin. Mutti hat geschimpft, meine Brüder haben im ersten Moment gelacht und dann geheult wie die Schlosshunde, weil das schöne Essen futsch war.«

Lissi schlug sich die Hand vor den Mund und verkniff sich ein Lachen.

Anna funkelte sie an. »Und vorhin bin ich in eurem nassen Hausflur ausgerutscht.«

»Ach je, hast du dich verletzt?« Lissi sah an ihr herunter.

»Das gibt sicher blaue Flecken.« Ihre Freundin hob den Saum ihres Rockes und zeigte auf ihre Beine. Nichts war zu sehen.

»Halb so schlimm, mir passiert all das ständig.«

»Du bist ja auch kein Sonntagskind! Und ich nun auch nicht mehr.« Anna stiegen Tränen in die Augen, sie stützte den Kopf in die Hände.

»Wie bist du überhaupt darauf gekommen, dass du kein Sonntagskind bist?«

»Als ich klein war, hat mein Vater mich immer seinen Sonnenschein genannt, ich sei sein Sonntagskind! Und vorgestern erzählt mir meine Mutter, das habe er nur so dahingesagt, denn ich sei in Wirklichkeit an einem Montag geboren worden. Um kurz nach Mitternacht zwar, aber der Sonntag war eindeutig vorbei.« Sie heulte los. Sicher belastete es sie zusätzlich, dass ihr Vater seit Kriegsende als vermisst galt und sie nun wieder schmerzlich an ihn denken musste.

Lissi nahm sie in den Arm. »Meine liebe Anna, selbst wenn du als Säugling knapp den Sonntag verpasst hast, du bist ein Glückspilz und wirst einer bleiben.« Sie küsste sie auf die Wange und reichte ihr ein Taschentuch.

»Ich bin froh, dass ich dich habe«, sagte Anna und schluchzte.

»Und ich bin überglücklich, dass es dich gibt. Kommst du übermorgen zu meinem Geburtstag? Es gibt zwar keine Torte, aber immerhin Kuchen und echten Bohnenkaffee!«

»Selbstverständlich komme ich! Aber ich mag doch gar keinen Kaffee, höchstens Muckefuck.«

Lissis Ehrentag war ein Samstag. Tante Helene und Ursula rührten am frühen Morgen den Teig zusammen, und zwei

Stunden später stand der Geburtstagskuchen zum Abkühlen am geöffneten Fenster. Es war schwer, sich zu beherrschen, als sich der süßliche Duft in der Küche verteilte.

Alle Nachbarn der Etage waren eingeladen, und jeder bekam ein Stückchen vom Kuchen ab. Paul gratulierte knapp und verschwand nach einer Viertelstunde zu einer seiner Nachhilfestunden. Lissi überraschte es nicht, sie nahm es achselzuckend hin. Sie hatte sich mit ihrem Vetter arrangiert, mehr konnte sie nicht verlangen.

Kurz darauf klopfte es, und Anna kam in die Küche gerannt. »Du glaubst nicht, was passiert ist«, rief sie atemlos, bemerkte die Umstehenden, die sie anstarrten, und sagte mit glühenden Wangen: »Oh, Verzeihung, das hab ich glatt verschwitzt. Herzlichen Glückwunsch zum Geburtstag!« Sie streckte ihr die Hand entgegen.

Lissi lachte. »Raus mit der Sprache, was ist los?«

Anna holte tief Luft. »Gestern Abend um sage und schreibe zehn Uhr hämmert jemand gegen unsere Tür. Mutti wollte schon die Bratpfanne holen, so sehr hat sie sich geängstigt. Und nun ratet mal, wer vor der Tür stand?«

»Wer?«, fragte die versammelte Gesellschaft im Chor.

Sie hob die Hände. »Mein Vater! Sie haben seinen Namen vertauscht und für vermisst erklärt, dabei war er die ganze Zeit in einem russischen Lager. Was für ein Glück!«

»Gibt's ja nicht!« Lissi lachte und fiel ihrer Freundin um den Hals. »Siehst du, ich habe es dir doch gesagt.«

Anna wurde rot. »Au verflixt, vor lauter Aufregung habe ich dein Geschenk auf unserem Küchentisch liegen lassen.« Sie rannte zurück, um es zu holen, und brachte ihre Eltern und ihre Brüder mit. Der Kuchen wurde knapp, aber alle bekamen ein kleines Stückchen.

Am nächsten Morgen erwachte Lissi in aller Frühe und konnte nicht wieder einschlafen. Und das an einem Sonntag. Sie verspürte ein dringendes Bedürfnis, zog sich Strümpfe an und eine Strickjacke über ihr Nachthemd. Geräuschlos öffnete sie die Küchentür und schlich zur Toilette hinunter. Ein gleichmäßiges Schnarchen hallte durch das Treppenhaus. Ein weiterer Kriegsheimkehrer, den niemand eingelassen hatte? Lissi lehnte sich vor und lugte durch das Geländer nach unten. Jemand saß schlafend auf den untersten Stufen im Hausflur. Sie schlich weiter die Treppe hinab. Sie hätte es sich denken können.

»Onkel Fritz«, sagte sie dicht an seinem Ohr. »Aufwachen.«

»Mädel, du bist das«, nuschelte er. Sein Atem roch nach Hochprozentigem.

Hier konnte er nicht sitzen bleiben, wenn die Nachbarn ihn sahen. Oder Tante Helene. Sie half ihm auf und hakte ihn unter. »Komm, ich koche dir erst einmal einen Kaffee.« Gottlob war ein Rest von gestern in der Mühle, den würde sie ihm aufbrühen.

Er leistete keinen Widerstand, tätschelte ihre Hand auf seinem Arm und sagte mit schwerer Zunge: »Bist'n gutes Kind.«

Nach dem Frühstück brachen sie zur Kirche auf. Onkel Fritz hatte Kopfweh und blieb daheim im Bett. Immerhin war er ohne Hilfe ins Schlafzimmer geschlurft.

Die günstige Gelegenheit kam, kurz bevor sie um die Straßenecke bogen. Paul und Ursula liefen ein paar Schritte voraus, sie waren in eine hitzige Meinungsverschiedenheit vertieft.

Lissi hakte ihre Tante unter. »Ich muss dir etwas sagen, Tantchen«, begann sie. »Aber nicht freiheraus, ich habe mein Wort gegeben.«

Helene sah sie verständnislos an. »Was ist denn los?«

»Du fragst mich, und ich antworte dir, indem ich nicke oder den Kopf schüttle, einverstanden?«

»Lass die Albernheiten. Ist was mit Paul oder Ursula?«

Lissi schüttelte den Kopf.

»Mit Onkel Fritz?«

Lissi nickte.

Tante Helene runzelte die Stirn. »Für solche Spielchen habe ich keine Nerven übrig, Kind. Hat es mit Alkohol zu tun?«

Lissi sah zu Boden und nickte.

»Na, er trifft sich mit seinen Kameraden, da brauche ich nicht lange zu raten. Denen fällt nichts als Unfug ein. Wir sprechen später zu Hause weiter. Den werde ich mir vorknöpfen.«

So kannte sie ihre Tante gar nicht, wenn es um ihren Fritz ging, aber womöglich war ihr Geduldsfaden wirklich zum Zerreißen gespannt.

In der Kirche saß Lissi wie auf heißen Kohlen, obwohl es kühl war. Der Gottesdienst dauerte heute doppelt so lang wie sonst, das hätte sie schwören können.

Als sie zu Fuß vor ihrem Haus ankamen, wies Tante Helene die Kinder an, noch eine Runde um den Block zu gehen, und verschwand wortlos hinter der Haustür. Ursula und Paul sahen sich unschlüssig an. Lissi sagte kein Wort, richtete den Blick auf den Gehsteig und ging voran.

Zwei Runden drehten sie und mussten anschließend mit Frau Dreyer am offenen Fenster reden, bis die Tante sie wieder heraufließ.

»Du hast ihm doch nicht erzählt, dass ich es dir verraten habe, oder Tantchen?«, flüsterte Lissi, als sie nach dem Mittagessen neben ihr am Spülstein stand und abwusch.

»Du hast ja kein Wort darüber verloren.« Helene lächelte verschwörerisch.

»Wie hat er denn reagiert?«

»Zum Unterhalt hat er beitragen wollen. Sein lang gehegter Traum sei es, eine eigene Wirtschaft zu eröffnen.« Ihre Tante lachte hell auf.

»Davon weiß ich ja gar nichts«, wisperte Lissi stirnrunzelnd.

»Papperlapapp, der wäre sein bester Kunde! Ich hab ihm gesagt, entweder wird er einem ordentlichen Beruf nachgehen, oder ich ertränke mich in der Wupper.«

Lissi legte das Besteck in die Schublade und musste kichern bei dem Gedanken an das flache Flussbett, das sie von der Wupper kannte. »Und dann?«

»Er wollte seine Kameraden nicht im Stich lassen. Die wandern ins Gefängnis, wenn sie nicht aufpassen, sagte ich ihm. Erst neulich las ich, für Schwarzbrennerei gibt es sieben Jahre Haft und eine hohe Geldstrafe.«

Lissi biss sich auf die Unterlippe. »Wirklich? So viele Jahre Gefängnis stehen darauf?«

Ihre Tante reichte ihr einen tropfenden Teller und flüsterte: »Nun ja, es wäre auch möglich, dass ich mich verlesen habe. Meine Augen haben nachgelassen. Es könnten auch nur sieben Monate gewesen sein. Aber eine hohe Geldstrafe war es in jedem Fall. Ich denke, das wird ihn abschrecken.«

Am Abend blieb Onkel Fritz seit Monaten das erste Mal daheim.

Die heimelige Stimmung im Hause hielt leider nicht lange an. Einige Tage später kam Lissi von einem Spaziergang mit Johann zurück. Anna und Jürgen hatten die beiden selbstverständlich begleitet.

Schon an der Küchentür wurde sie unwirsch empfangen.

»Setz dich an den Tisch.« Tante Helene hatte sich vor ihr aufgebaut und hielt ihr ein Büchlein vor die Nase. »Was ist das?«

Lissi war völlig überrumpelt. Wo hatte sie es zuletzt hingelegt? In ihr Köfferchen? Oder hatte sie es am Abend zuvor unter ihr Feldbett gesteckt?

Ihre Tante war unerbittlich: »Was das ist, hab ich dich gefragt!«

»Ein Gedichtband von Rilke«, antwortete sie.

»Das sehe ich, aber die Widmung vorn auf der ersten Seite. Was soll das bedeuten?«

»Was meinst du?«

»Dein Johann?« Sie betonte beide Worte.

»Aber so heißt er doch.«

»Erlaube dir keine Frechheiten! Das ist dieser Junge, der auf dem Speicher gewohnt hat, nicht wahr?«

Lissi hob die Schultern in einer hilflosen Geste.

Tante Helene tippte mit dem Zeigefinger auf das Inhaltsverzeichnis. »Und dieses Gedicht hier ...« Sie unterbrach sich und hielt die flache Hand vor den gedruckten Text. »Nein, lies den Titel nicht, so einen Begriff sollte ein unschuldiges Mädchen nicht gebrauchen.«

Es war klar, welches sie meinte. Es hieß *Kurtisane*.

»Und hier.« Tante Helene pochte erneut auf die Buchseite. *Der Tod der Geliebten* stand da gedruckt.

»Aber Tantchen, das ist Rilke und kein Schundroman.«

»So ein Wort will ich aus deinem Munde nicht gehört haben!« Sie war rot angelaufen vor Zorn und sah aus, als würde ihr gleich die Hand ausrutschen. »Ein Junge, der einem Mädchen so ein Buch schenkt, was hat der wohl für Absichten?«

Lissi presste die Lippen fest aufeinander.

»Aha, du ahnst es also selbst schon«, sagte die Tante und sah aus, als habe sie ein schreckliches Geheimnis aufgedeckt. »Du wirst diesen Jungen nicht mehr sehen, haben wir uns verstanden?«

Lissi öffnete den Mund, um zu protestieren und ihn zu verteidigen. Aber ihre Tante drehte sich auf dem Fleck um, rauschte ab ins Schlafzimmer und knallte die Tür zu.

30

MAI 1982

In zwei Wochen war es so weit. Fünfzig Jahre. Ein halbes Jahrhundert. Es war der erste Geburtstag seit Johanns Tod, den sie wieder feiern würde. Mit allen Freunden und Verwandten. Und mit Georg.

Lissi lag noch im Bett an diesem Sonntag. Durch das geöffnete Fenster drang munteres Vogelgezwitscher, der Himmel war schon am Morgen tiefblau. Sie atmete tief ein und lächelte.

Ein Maitag wie vor drei Jahren. Wann hatte sie zuletzt an diesen Tag gedacht? Sie konnte sich nicht erinnern. Der Verlust schmerzte noch immer, aber er überfiel Lissi nicht mehr wie ein Sturm. Er kam mit einer Welle, die nach kurzer Zeit wieder verebbte.

Sie überschlug im Kopf, wie alt ihre Eltern heute wären. Ihr Opa hätte in diesem Jahr seinen hundertsten Geburtstag gefeiert. Konnte das sein? Aber ja, Jahrgang 1882. Beim Besuch des Kaisers in Wuppertal im Oktober 1900 war er achtzehn Jahre alt gewesen. Sie sah den Jungen vor sich, wie er seinen Hut schwenkte und dem Kaiserpaar zujubelte. Wie lang all das her war. Ein ganzes Leben.

Schon zehn Uhr. Lissi setzte Kaffee auf. Miriam kam verschlafen in den Flur, hob kurz die Hand zum Gruß und schlurfte ins Bad. Aus ihrem Zimmer schallte rhythmische Popmusik.

Das Telefon klingelte. Barfuß lief Lissi zur Couch und hob ab.

»Mein liebes Kind, wie geht es dir?«

»Tantchen! Ich freue mich, dass du anrufst. Hervorragend – und dir?«

»Nun ja, die Hüfte zwickt und zwackt, ansonsten bin ich wohlauf. Ich wollte dich nur fragen, was du dir zum Geburtstag wünschst, Kindchen.«

»Lieb von dir, aber ich habe wirklich alles, was ich brauche.« Lissi berichtete voller Vorfreude von dem Ereignis, das heute anstand.

»Du meinst, dieser fremde Mann zieht zu dir in die Wohnung?« Helene klang pikiert. »Dabei hast du ihn deiner alten Tante nicht einmal vorgestellt.«

»Ach Tantchen, ich bin doch keine siebzehn mehr! Ich kann beurteilen, was gut für mich ist.«

Helene schnaubte in den Hörer. »Verlierst dein Herz an einen dahergelaufenen Künstler!«

»Ich hab es nicht verloren, vielmehr habe ich es wiedergefunden.«

»Aber du kennst ihn doch kaum!«

»Ich kenne ihn seit dreißig Jahren«, gab Lissi gelassen zurück.

»Und was ist mit seiner Familie?«

»Auch die habe ich inzwischen kennengelernt. Sie sind umgänglich.«

»Papperlapapp, was hat so einer wohl für Absichten?«

Die Worte kamen Lissi zu vertraut vor, dasselbe hatte sie damals über Johann gesagt. Sie holte tief Luft: »Du, Tantchen, ich muss Schluss machen. Wir sehen uns an meinem Geburtstag. Tschö!«

Sie legte auf und deckte den Tisch. Miriam ließ sich auf ihren Stuhl am Esstisch plumpsen.

»Nur Toast mit Marmelade?«, fragte sie beim Anblick des Frühstücks.

Lissi verteilte Butter auf ihrer Weißbrotscheibe. »Mir reicht das, aber du weißt ja, wo der Kühlschrank steht. Käse und Wurst, es ist alles da.«

Miriam winkte ab und schlürfte ihren Kaffee. »Schon gut, ich bin viel zu müde. Bewegung am Morgen schadet nur.«

Nachdem sie fertig waren, sprang Lissi auf, sammelte im Bad die Schmutzwäsche zusammen und lief damit die halbe Treppe nach unten. Vor der Tür blieb sie kurz stehen und musste lächeln, hier war früher das stille Örtchen gewesen. Sie drückte die Klinke herunter, setzte den Wäschekorb ab, befüllte die Waschmaschine und stellte sie an.

Die Mülltüte aus der Küche trug sie in den Hof hinunter. Hier lagen graue Steinplatten, zwischen denen Löwenzahn und Disteln wucherten. Trostlos. Lissi nahm sich vor, ein paar Blumentöpfe mit Stiefmütterchen zu bepflanzen und eine Bank aufzustellen.

Frau Dreyer wackelte durch die geöffnete Hoftür auf sie zu und entleerte einen randvollen Aschenbecher in die Mülltonnen. Der abgestandene Geruch nach Zigaretten stieg auf. Sie nickten einander zu.

»Sagen Sie, wie geht es eigentlich Ihrem Ewald?«, fragte Lissi geradeheraus. »Ich habe ihn lange nicht mehr gesehen, besucht er Sie nie?«

Die Nachbarin senkte den Blick und strich über ihre geblümte Kittelschürze. »Doch, das würde er sicher.«

»Würde er? Tut er es denn nicht?«

Frau Dreyer rümpfte die Nase. »Der arme Junge hat sich niemals etwas zuschulden kommen lassen.« Sie senkte die Stimme und trat einen Schritt näher. »Ich meine, es lag an seinem Vater, er hat Ewald zu hart rangenommen.«

Lissi hob die Augenbrauen. »Hat er?«

»Mein Mann hat ihn zu einem echten Kerl machen wollen.

Sie wissen doch, wie das früher war. Aber mein armer Junge, der wollte sich nie wehren, er war immer zu gutmütig.«

»Gutmütig?« Lissi fragte sich allmählich, ob sie vom gleichen Ewald sprachen.

Frau Dreyer sah aus, als ob sie in Gelächter ausbrechen wollte. »Wegen Körperverletzung, ich bitte Sie. Zu so was ist er gar nicht fähig. Ich kenne ihn doch, schließlich bin ich seine Mutter.«

Lissi nickte langsam. »Ich verstehe. Nun, dann grüßen Sie ihn von mir, falls Sie Ihren Sohn demnächst einmal ... besuchen. Ich muss wieder rauf, mein Freund zieht nämlich heute bei mir ein. Falls Sie es noch nicht wussten.«

Die Nachbarin blieb wortlos mit ihrem Aschenbecher zurück.

Lissi wanderte durch das Haus, stieg die Treppe bis in den dritten Stock empor. Auf allen Etagen waren die einzelnen Zimmer von damals wieder zu Wohnungen zusammengelegt worden. Oskar und seine Frau waren mit ihrer Tochter 1953 vom Ölberg weggezogen. Eine Zeit lang hatten er und Johann den Kontakt gehalten. Irgendwann aber hatten sie sich aus den Augen verloren.

Unter der Treppe zum Dachboden kniete Lissi sich hin und hob die lose Diele ein Stück an. Fast erwartete sie die Ecke eines Briefumschlags darin zu sehen. Aber natürlich war da nichts.

Die Stiege zum Speicher hinauf war steil wie eh und je. Fahles Licht drang durch die Dachluken, und die Luft war stickig. Auf dem staubigen Boden hatte jemand Kartons gestapelt, ein alter Holzstuhl stand krumm auf drei Beinen unter der Schräge. Der Verschlag am Ende des Trockenbodens schien seit Jahrzehnten unberührt. Lissi öffnete die Tür der Dachkammer und hielt unwillkürlich die Luft an. Die Scharniere quietschten wie in einem

Gruselfilm. Der Raum war leer. Der Schemel, das Feldbett, alle Erinnerungen an Johann fort. Nur das Kanonenöfchen stand an seinem alten Platz. Sie lächelte, als sie aus der Kammer trat und die Tür schloss.

Georg öffnete einen Umzugskarton und nahm sein Tonbandgerät heraus. Ein Stapel mit Kassetten folgte. Jede war sorgfältig der Reihe nach nummeriert und beschriftet.

Lissi grinste. »Na so was. Die kommen mir bekannt vor.«

»Das will ich hoffen«, sagte er. »Damit hast du mir anderthalb Jahre meines Lebens versüßt.«

»Dann stell sie gleich in dieses Fach hier zu denen, die mir wiederum mein Leben versüßt haben.« Sie zeigte auf das Regalfach, in dem sorgfältig sortiert seine Kassetten standen.

Er nahm sie in den Arm und küsste sie zärtlich. Georg würde nicht mehr nach Hamburg zurückfahren, er würde bleiben!

Später war er unten am Bus, um weitere Kisten zu holen. Lissi räumte ein Fach für ihn frei, da fiel ihr das schmale Büchlein wieder in die Hände. Rilkes Gedichte. Sie schlug es auf, blätterte darin, las die Widmung: »Weihnacht 1948. Dein Johann.« Seine Worte, mit Bleistift geschrieben.

Lissi lächelte. Wie ähnlich war dieses Gefühl. Die Liebe zu zwei unterschiedlichen Menschen in ihrem Leben.

Ein betörender Duft zog herüber zu ihr. Und sie hörte Georg aus der Küche rufen: »Dein Kaffee ist fertig! Kommst du?«

Lissi strich über den Buchrücken und stellte das kostbare Stück zurück ins Regal.

Sie fuhr rasch mit der Bürste durch ihr Haar und befestigte die Granatbrosche von Georg an ihrer Bluse. Die Wohnung war bereits voller Menschen, als Lissi aus dem Schlafzimmer trat. Sie standen dicht wie die Ölsardinen und redeten durcheinander.

Anna rief: »Da kommt unser Geburtstagskind, es lebe hoch!«

Alle stimmten ein, ließen sie dreimal hochleben und stießen auf Lissis Wohl an. Sie konnte sich nicht erinnern, wann zuletzt so viele Freunde, Verwandte und Nachbarn zusammengekommen waren. Heute gab es gleich zwei Ereignisse zu feiern. Ihren fünfzigsten Geburtstag und Georgs Einzug. Es war ein zwangloses Beisammensein mit Häppchen und Sekt. Auf dem Plattenspieler drehten sich die Schallplatten, die er in seinen Umzugskartons mitgebracht hatte. Eine Auswahl an Jazz und Klassik.

Als sich Kollegen, Bekannte und Nachbarn allmählich verabschiedeten, wurden die Gespräche heiterer. Anna und Jürgen hatten ihre zwei jüngsten Kinder mitgebracht. Mit der Rasselbande von Ursula und Paul spielten sie auf der Straße vor dem Haus. Es war eine ausgelassene Stimmung, es war herrlich. Das pure Leben.

Tante Helene schien ihre Befürchtungen ad acta gelegt zu haben. Sie unterhielt sich angeregt mit Georg. Immer wieder hob sie die Hand ans Herz und lachte aus voller Kehle. Seinem Charme konnte niemand widerstehen.

Lissi plauderte eine Zeit lang mit Paul und Evi. Ihm schien die neue Partnerin an seiner Seite gutzutun. Er hielt sie im Arm, sah sie bewundernd an und war bestens gelaunt.

Am Abend saßen sie mit Tante Helene, Miriam und Anna auf dem Sofa. Jürgen war mit den Kindern nach Hause gefahren. Alle waren erschöpft, der Fernseher lief, und sie knabberten Salzstangen und Chips.

Lissi erhob ihr Glas. »Ich möchte in trauter Runde an dieser Stelle auf jemanden anstoßen.«

Georg und die anderen sahen sie mit gespannten Mienen an.

»Trinken wir auf Frau Busch!«

Miriam schnaubte. »Ernsthaft? Auf diese Schreckschraube aus deiner Buchhandlung?«

Lissi konnte sich ein Lachen nicht verkneifen. »Ganz recht, auf ihr Wohl, möge sie ab August ihren verdienten Ruhestand genießen!« Alle lachten und stießen mit ihr an.

Anna nickte eifrig und sagte: »Siehst du, manche Probleme lösen sich von allein, man braucht bloß Geduld.«

»Oh, ich hab was vergessen«, rief Miriam und flitzte in ihr Zimmer. Sekunden später überreichte sie ihrer Mutter ein Beutelchen. »Für dich, Mama. Kein richtiges Geschenk, sondern mehr eine ... wie soll ich sagen? Ach egal, guck rein.«

Lissi öffnete das Stoffsäckchen und stutzte. »Das ist doch das silberne Medaillon, das du mir zu Weihnachten geschenkt hast, Tantchen.«

Helene nickte.

»Genau«, sagte Miriam. »Bei unserem ersten Heiligabend ohne Papa. Mach es auf.«

Mit dem Fingernagel half sie nach, und der Anhänger ließ sich aufklappen. Auf der linken Seite war ein winziges Foto von Johann, rechts grinste ihr Georg entgegen. Lissi lächelte und hatte keine Worte.

»Das war meine Idee, Mama. So kannst du sie bei dir tragen, wenn du möchtest. Beide.«

Lissi küsste ihre Tochter auf die Wange und umarmte sie. Schon kullerten Tränen. Anna tippte ihr auf die Schulter und reichte ihr ein Taschentuch.

Tante Helene strahlte. »Darauf trinken wir ein weiteres Gläschen. Ist noch ein Rest für mich da, Herr Freese?«

»Georg!«, sagten Lissi und Georg wie aus einem Munde.

»Also gut. Hast du noch ein Schlückchen zum Anstoßen für das alte Tantchen?«

»Selbstverständlich!« Er beeilte sich, ihr nachzuschenken.

»Und nächsten Monat geht es weiter, ihr Lieben«, verkündete Helene. »Da feiere ich meinen Siebzigsten.«

Lissi rechnete. »Stimmt, der ist ja auch bald. Dann ist Georgs Mutter dein Jahrgang, Tantchen. Das ist ja ein Zufall.«

Georg lachte. »Und mein Vater wird wahrhaftig im November achtzig. Witzig, so viele runde Geburtstage in diesem Jahr.«

Lissi wandte sich an ihre Freundin. »Ach, ich habe vorhin ganz vergessen, es euch zu erzählen. Der Gutachter hat sich gemeldet. Ihr hattet recht. Unser Haus hat eine gute Bausubstanz, es wird nicht abgerissen!«

Anna prostete ihr fröhlich zu. »Na, siehst du! Mein Jürgen hat es gewusst! Er ist der beste Mann der Welt.«

Lissi warf Georg einen vielsagenden Blick zu. Er zwinkerte. Später würde sie in seinen Armen einschlafen.

Es war ein lauer Abend im Juli. Sie überquerten den Vorplatz und bewegten sich auf den modernen Gebäudekomplex zu. Das großzügige Foyer des Elberfelder Schauspielhauses war voller Menschen. Ihn zu Pina Bausch mitzunehmen war gewagt. Mit einer klassischen Ballettaufführung war das Tanztheater nicht im Mindesten vergleichbar. Aber wie Lissi ihren Georg kannte, sah er es mit den Augen des Künstlers. Nach und nach leerte sich die Eingangshalle, und das vorwiegend jüngere Publikum strömte in den Theatersaal. Die beiden setzten sich auf ihre Plätze und grinsten über das individuelle Programmheft. Es zeigte die Tänzer auf alten Urlaubsfotos. Das Gemurmel erlosch mit der Beleuchtung im Zuschauerraum und wich einer gespannten Erwartung.

Die Bühnendekoration war schlicht. Wenige Stühle auf dunklem Tanzboden. In einer Reihe bewegten sich die Mitwirkenden im Takt der Musik über die Bühne. Lissi fühlte sich an den Abschlussball ihrer Tanzschule erinnert und schmunzelte. Die Tänzerinnen waren in duftige Abendkleider gehüllt. Ihre Partner traten geschniegelt in Anzug und Krawatte auf. Das

Stück machte seinem Namen alle Ehre, zahlreiche Walzer wurden gespielt. Sie wechselten sich ab mit temperamentvollen Akkordeonklängen und verwandelten die Bühne in einen Tanzsaal. Lissi erkannte Musik von Edith Piaf, Franz Schubert und Robert Schumann. Die Choreografie war eigentümlich. Die Gesten ausdrucksstark und lebendig. Mal interagierten die Paare miteinander, dann wieder tanzte jeder für sich in der Reihe. Sie bewegten sich elegant, schlenderten, stolperten, übten Tanzschritte ein. Wie in Lissis Tanzstunde vor vielen Jahren. Zwischendurch gab es kurze Passagen mit Text wie im Theater, im Saal lachte und gluckste es belustigt. Das Stück war im wahrsten Sinne des Wortes bewegt und bewegend.

Lissi wagte einen Seitenblick, das Bühnenlicht erhellte Georgs Züge. Er lächelte und beobachtete mit leuchtenden Augen das Schauspiel.

Am Ende betrat Pina Bausch die Bühne und nahm einen Blumenstrauß entgegen. Die Tänzer verbeugten sich, ein einzelner Buhruf ging im tosenden Applaus unter. Im Strom der Besucher verließen sie das Schauspielhaus.

Lissi sog die laue Abendluft ein. »Wer sieht sich das Stück denn bis zum Ende an, obwohl es ihm nicht gefällt?«, fragte sie kopfschüttelnd.

»Die meisten Zuschauer waren begeistert, das konnte man ja hören«, erwiderte Georg.

»Und was sagst du?« Gespannt beobachtete sie seine Reaktion.

Er strahlte und machte eine Verbeugung. »Ich sage, das war ein inspirierender Abend! Darf ich bitten, meine Dame?« Er ergriff Lissis Hand und pfiff einen Walzer. Unter seinem Arm wirbelte er sie herum und fasste sie um die Taille. Im Dreivierteltakt tanzten sie über den Vorplatz des Schauspielhauses.

31

JULI 1950

Ein ganzes Jahr war vergangen, und was war seitdem alles passiert. In der sowjetischen Besatzungszone hatte die SED einen sozialistischen Staat aus dem Boden gestampft: die Deutsche Demokratische Republik, kurz DDR.

Im Westen war zum ersten Mal der Deutsche Bundestag gewählt worden. Mit knapper Mehrheit hatte sich Konrad Adenauer als Kanzler der Bundesrepublik Deutschland durchgesetzt.

Und auch Lissi hatte sich gegen ihre Tante behauptet und vehement die Verbindung zu Johann verteidigt. Und dann plötzlich, an einem milden Sommertag, kam die Wende.

Mit ihrem Blick, der keinen Widerspruch duldete, erklärte Helene: »Ich habe zwei Bedingungen, Kind. Erstens wirst du uns diesen Knaben und seine Mutter offiziell vorstellen, bevor ich euch meinen endgültigen Segen gebe. Und zweitens wirst du nicht heiraten, solange du deine Ausbildung nicht beendet hast.«

Lissi strahlte. »Meinst du das ernst, Tantchen?« Die beiden Familien würden sich blendend verstehen, anders konnte es gar nicht sein.

»Um einen eigenen Hausstand zu gründen, benötigt es ein regelmäßiges Einkommen. In diesen Zeiten mehr denn je! Nicht umsonst gilt es, vorab die Aussteuer für eine Ehe zusammenzubringen. Du glaubst ja nicht, was man alles braucht. Von der Wäsche zum Koch- und Essgeschirr bis hin zum Besen.«

Lissi fand das einleuchtend, und sie konnte es kaum erwarten, sich und Johann einen solchen Haushalt einzurichten.

Tante Helene setzte ihren neuen Hut auf. »Ich muss los. Heute stellt sich eine Näherin vor.« Im Gehen wandte sie sich nochmals um. »Es wird höchste Zeit, bei diesen Bergen an Arbeit.«

»Ich bin froh, dass du Onkel Fritz von meiner Idee überzeugen konntest.«

»Dein Einfall war Gold wert, Kindchen. Der Laden brummt. Alle Welt will neue Kleider.« Sie drückte ihrer Nichte einen Kuss auf die Stirn und machte sich auf den Weg.

Es war ein Freitag, Johann und Lissi trafen sich früh am Morgen. Beide hatten sich in dieser Woche ein paar Tage freigenommen und genossen die gemeinsame Zeit. Die Luft war noch frisch, aber der strahlend blaue Himmel versprach einen herrlichen Sommertag. Untergehakt spazierten sie in die Stadt hinunter. Heute würden sie ein paar Geschäfte in Barmen aufsuchen und Besorgungen machen.

Am Schwebebahnhof Döppersberg stiegen sie die Treppenstufen hinauf und wunderten sich, wie viele Leute unterwegs waren. Sie quetschten sich in den pendelnden Wagen Richtung Barmen. Lissi hakte sich bei Johann ein und klammerte sich an ihm fest. Die Türen schlossen sich, die Schwebebahn fuhr quietschend an und schob sich über die Wupper. Die Spuren des Krieges, Trümmer und Ruinen waren noch allgegenwärtig. Alte Fabrikgelände lagen brach. Doch hier und dort schienen Baukräne und Neubauten aus dem Boden zu wachsen. Wuppertal erhielt allmählich ein neues Gesicht.

Je weiter sie nach Barmen kamen und mehr Leute zustiegen, umso eifriger wurde geredet. Lissi schnappte das Wort *Elefant* auf. Auch Johann runzelte die Stirn. Seit vier Jahren gab es wieder eine Elefantenkuh im Zoologischen Garten. Ob sie ausgebrochen war?

Als sie auf die nächste Haltestelle zusteuerten, waren die Ufer links und rechts der Wupper gesäumt von Menschen. Der Bahnsteig Adlerbrücke war brechend voll. Johann und Lissi hielten das Gedränge nicht länger aus und verließen die Schwebebahn. Verwundert beobachteten sie die Menge, liefen zu Fuß an der Friedrich-Engels-Allee entlang in Richtung Alter Markt.

»Was ist denn hier los?«, fragte Lissi eine ältere Dame, die auf der Straße stand, sich umsah und reckte, als warte sie auf eine Attraktion.

»Haben Sie es nicht gehört? Heute soll ein Elefant mit der Schwebebahn fahren.«

»Das kann doch nur ein Scherz sein«, sagte Johann über Lissis Schulter hinweg.

»Doch, doch, junger Mann, ein echter Elefant! Die Nachricht geht wie ein Lauffeuer herum. Ich konnte es zuerst auch nicht glauben.«

»An der Rathausbrücke steigt er ein, hab ich gehört«, mischte sich ein hemdsärmeliger Mann in das Gespräch ein. »Bis Döppersberg soll der mitfahren.«

»Wer kommt auf eine solch irrwitzige Idee?«, fragte Lissi.

»Der ist vom Zirkus. Als Reklame oder weiß der Teufel, was die sich da ausgedacht haben.« Er machte eine wegwerfende Handbewegung.

Sie sah Johann an. Ein ausgewachsener Elefant passte nie und nimmer in die Schwebebahn. Am Wupperufer entlang drängten sich immer mehr Menschen.

»Da kommt die Bahn«, kam es aus dem Gewühl.

Lissi sah zu den Schienen hinauf, langsam, dröhnend und quietschend kam sie angefahren. Sie wirkte wie immer, nur voll besetzt sah sie aus. Vor ihr waren unzählige Köpfe, die ihr die

Sicht nahmen. In diesem Moment gab es ein krachendes Geräusch, ein Schatten sauste nach unten, dann schrien alle durcheinander. Manche schlugen sich die Hand vor den Mund.

»Der ist in der Wupper gelandet«, rief eine Männerstimme.

Johann und Lissi reckten sich, sahen jedoch nichts. Meinten sie etwa den Elefanten? Die Bahn hielt kurz an und fuhr das Stück weiter bis zur Haltestelle Adlerbrücke.

Um sie herum sprachen die Leute aufgeregt kreuz und quer.

»Das ist doch nicht möglich«, sagte eine Frau und schüttelte den Kopf.

Ein Junge vorn am Geländer rief: »Der kleine Elefant ist aus der Schwebebahn gesprungen.«

»Ist er tot?«, fragte wer.

»Nee, er steht da in der Wupper.«

Lissi und Johann standen ebenfalls eine Weile herum. Der Menschenauflauf versperrte die Sicht, und sie gelangten nicht einmal in die Nähe der Brüstung. Sie gaben es auf und schlenderten Arm in Arm in die Stadt weiter, um ihre Einkäufe zu besorgen. Was für ein verrückter Tag.

Am darauffolgenden Montag holte Johann Lissi in Elberfeld vor der Buchhandlung ab. Sie hatte nicht bereut, sich für diese Lehrstelle entschieden zu haben, der Weg dorthin war nicht weit, und mit den Kolleginnen kam sie gut zurecht.

Sie drückte ihm einen raschen Kuss auf die Wange und faltete eine der Zeitungen auseinander, die sie unter ihren Arm geklemmt hatte. »Sieh mal, der Sprung in die Wupper steht drin. Heute schien es kein anderes Thema zu geben, alle sprachen nur von Tuffi.«

»Tuffi?« Er begann zu lesen.

»So heißt das Elefantenmädchen«, erklärte sie ihm.

»Hier steht, sie habe manierlich in der zweiten Klasse Platz genommen. Das hat sie.« Johann lachte. »Und dem Kameramann der *Wochenschau* die Apparatur zertrümmert.«

»Soll das heißen, niemand hat gefilmt, wie der kleine Elefant aus der Schwebebahn gesprungen ist?«

»Das heißt es wohl. Es ist auch kein Bild dabei.«

»Na so was, da standen doch überall Fotografen.« Lissi zuckte ratlos mit den Schultern und klappte die zweite Zeitung auf. »Schauen wir hier rein. Ah, da ist ein Foto! Tuffi am Rand der Wupper. So klein, sieh nur, und ein Geschirr trägt sie um den Kopf.«

Gemeinsam grübelten sie, warum sie aus der Bahn zwölf Meter in die Tiefe gesprungen war. Ob das Pendeln der Schwebebahn oder die Menschenmassen die junge Elefantenkuh erschreckt hatten?

»Ich bin nur froh, dass Tuffi nichts passiert ist.«

Johann gab ihr die Zeitung zurück. »Was für ein Zirkus. Das wird Anna sicher gefallen.«

Lissi hakte sich bei ihm ein, und sie gingen ein Stück. »Wie ich sie kenne, hat sie längst Eintrittskarten für die nächste Zirkusvorstellung besorgt.«

»Na, die Werbung mit Tuffi scheint bestens gelungen, sie sind *das* Stadtgespräch.«

»Ich habe übrigens eine Überraschung für dich. Du weißt doch, da ist dieser Herr Reinhardt, der Textilfabrikant, bei dem meine Tante arbeitet.«

»Ja, du hast mir schon von ihm erzählt.«

»Stell dir vor, wenn du möchtest, dann kannst du in seiner Firma eine kaufmännische Lehre beginnen.« Lissi sah ihn erwartungsvoll an. »Was sagst du?«

»Ist das wahr? Das ist ja großartig! Und vielleicht kann ich das Abitur am Abendgymnasium nachholen.«

Statt ihm zu antworten, umarmte sie ihn fest.

»Komm, lass uns zur Feier des Tages irgendwo einkehren.« Johann drückte ihre Hand. Die Lebensmittelkarten brauchte man dazu nun nicht mehr, im Mai war die Rationierung aufgehoben worden.

»Einverstanden! Das machen wir«, sagte Lissi. »Und dann werde ich nach neuen Schuhen Ausschau halten.« Sie könnte sich bei Götze oder bei Salamander auf dem Wall umsehen, der sich langsam in eine moderne Einkaufsstraße verwandelte. Sie schlenderten um den Jubiläumsbrunnen vor dem Rathaus herum. Neptun mit seinem Dreizack wachte mit strenger Miene über den Neumarkt. Von hier aus hatte damals Lissis Opa dem Kaiser zugejubelt.

»Ich habe auch eine gute Nachricht«, sagte Johann. »Du wirst es nicht glauben, ich habe Nachricht von Georg erhalten. Ich habe dir doch von ihm erzählt.«

»Aber ja, dein Freund, ich erinnere mich. Das ist ja wunderbar! Wie hast du ihn gefunden?« Lissi strahlte ihn an.

»Über den Suchdienst des Roten Kreuzes. Er ist wieder wohlbehalten in Hamburg, ich muss ihm gleich heute Abend einen Brief schreiben.«

»Ich freue mich, dass ihr euch wiedergefunden habt. Was in diesen fünf Jahren alles passiert ist.«

»Da hast du recht. So viel Schlimmes, aber auch Gutes«, sagte er ernst, dann lächelte er und fuhr fort: »Das ist der schönste Tag in meinem Leben, Lissi! Vor Dankbarkeit könnte ich die ganze Welt umarmen!«

Sie lachte. »Dasselbe habe ich heute auch schon gedacht, mein Liebster.«

Johanns Augen strahlten, er beugte sich zu ihr vor und küsste sie auf die Nase. »Der Georg, das ist ein feiner Kerl. Den wirst du ins Herz schließen.«

Sie schlenderten weiter.

»Aber die beste Überraschung kommt noch«, sagte er in ihr Ohr, ließ sie los und griff in seine Hosentasche. Es war ein mehrfach gefaltetes Stofftaschentuch, verschnürt mit einem Bindfaden, der obenauf zu einem Schleifchen gebunden war. Er legte das Päckchen in ihre geöffnete Hand.

»Ein Taschentuch?« Lissi runzelte die Stirn.

»Das ist bloß die Verpackung, falte es vorsichtig auseinander.«

Sie löste die Schleife und öffnete es behutsam. Er machte ein gespanntes Gesicht. Sie entfaltete die letzte Lage, da rutschte seitlich etwas heraus.

»Nein«, rief Johann und hielt beide Hände darunter, doch es war zu spät. Mit einem klimpernden Geräusch wie von einer Münze landete es auf dem Bürgersteig und rollte die Straße hinunter. Lissi war vor Schreck wie erstarrt, aber er lief bereits hinterher. Einige Meter weiter, kurz bevor das Ding in den Rinnstein sprang, trat er mit dem Fuß darauf.

»Uff, das war knapp!«, rief Johann, dann bückte er sich und hob den Gegenstand auf. Mit prüfendem Blick untersuchte er ihn, kam zurück und kniete sich vor ihr auf das Trottoir. Lissi brachte kein Wort heraus, sondern starrte auf das zierliche Schmuckstück in seiner Hand. Es war ein goldener Ring.

32

AUGUST 1991

»Haben wir noch eine Stulle mit Leberwurst im Rucksack?«, fragte Georg.

Lissi prüfte schnuppernd die Päckchen mit Butterbrotpapier und reichte ihm eines davon. »Bitte schön, der Herr, nun gibt es bloß noch Käse oder Kochschinken.«

»Dann mal her mit der Leberwurscht. Es sei denn, Sie möchten, werte Dame?«

Sie spitzte die Lippen. »Zu liebenswürdig, aber ich bevorzuge Käse.« Grinsend packte sie die zwei Thermoskannen aus und füllte die Trinkbecher. Georg nahm seinen dampfenden Tee entgegen und nippte.

Unter ihren Sitzpolstern ratterte es vernehmlich. Am Zugfenster rauschte Mauerwerk vorbei, bevor sich ein weites Stoppelfeld vor ihnen öffnete. Der Himmel strahlte ohne ein Wölkchen in sattem Babyblau.

»Sieh dir diese Gegend an, ich fühle mich wieder wie der Junge von damals«, sagte er mit glänzenden Augen und stand auf, um das Fenster ein Stück zu öffnen. Der Wind pfiff durch den Spalt und fuhr in sein silbergraues Haar. Seine Lachfältchen traten im Sonnenlicht hervor.

»Traumhaft«, sagte Lissi und hatte Mühe, ihren Blick auf die Landschaft zu richten. Er setzte sich dicht neben sie, lehnte seinen Kopf an ihren. Ohne den Blick von der Aussicht abzuwenden, ergriff Lissi seine Hände.

Eine Stunde später stiegen sie aus dem Zug und standen auf dem kleinen grauen Bahnhof. Kein Mensch weit und breit.

»Ich würde ja gern sagen, dass alles noch so aussieht wie früher, aber ich kann mich nicht erinnern, es ist so lange her«, sagte Georg und kratzte sich am Hinterkopf.

»Hoffentlich erkennst du wenigstens den alten Gutshof wieder.« Lissi sah sich um.

»Das kann ich dir leider nicht versprechen, mein Schatz.«

Sie bewegten sich Richtung Ausgang und nahmen ein Taxi zum kleinen Gasthof im Ort. Im Zimmer machten sie sich frisch, und Lissi rief erst einmal Miriam an.

»Hast du sie erreicht?«, fragte Georg, der in der Gaststube an einem Tisch saß.

»Schon, aber es ist fraglich, ob sie mich hören konnte. Der Kleine hat im Hintergrund ein ohrenbetäubendes Gebrüll angestimmt. Er bekommt Zähnchen, sagt sie.«

»Die sind schnell da und fallen ihm schon wieder aus, wenn er in ein paar Jahren in die Schule kommt«, sagte Georg grinsend.

»Papperlapapp, woran du schon denkst.« Lissi machte eine wegwerfende Handbewegung und bestellte sich einen Kaffee. Das Söhnchen von Miriam und ihrem Mann Karsten war erst sieben Monate alt. Seine Einschulung lag in weiter Ferne.

Georg orderte ein Kännchen Tee und dazu zwei Stücke Kuchen.

Sie erkundigten sich bei der netten Wirtin, die gebrochen Deutsch sprach, nach dem alten Gutshof und erfuhren von ihr, dass er wie andere Höfe aus Vorkriegszeiten leer stand. Georg hatte mühsam in Antiquariaten alte deutsche und aktuelle polnische Land- und Straßenkarten aufgestöbert und die Adresse herausgefunden. Die Wirtin rief ihnen ein Taxi.

Der Fahrer war ein älterer Mann im karierten Hemd. Als er anfuhr, war weit und breit niemand auf der Straße zu sehen. Sie passierten eine Reihe von Stallgebäuden, einige Wiesen. Ein altes Gehöft wirkte heruntergekommen und verlassen, doch aus dem Schornstein auf dem Dach stieg feiner weißer Rauch auf.

Eine Frau mit Kopftuch und in Gummistiefeln zog einen Handwagen mit zwei Milchkannen hinter sich her. Ein frei laufender Hund trottete ein Stück entfernt neben ihr her. An der holprigen Straße standen vereinzelt Häuser, sicher hundert Jahre alt, die seit langer Zeit keinen frischen Anstrich mehr gesehen hatten. Lissi musste an ihren Ölberg denken.

Eine kleine Schar Gänse überquerte seelenruhig die Straße. Der Taxifahrer hielt kurz, wartete geduldig, bis die kleinen weißen Gestalten vollzählig auf ihrer Wiese angekommen waren, und gab erneut Gas. Ein verhärmter alter Mann mit Schiebermütze fuhr auf einem klapprigen Fahrrad nebenher. Seine altmodische Kleidung wirkte, als radelte er in ein weit zurückliegendes Jahrzehnt. Dies war eine Reise in die Vergangenheit. In eine Zeit, in der Georg und Johann Kinder gewesen waren und von Lissis Existenz noch nicht das Geringste geahnt hatten.

Unerwartet bogen sie von der Hauptstraße auf einen breiten Feldweg ab. Links und rechts standen alte Linden, sicher einst eine prächtige Allee, heute überwuchert von allerlei Grünpflanzen. Hier war lange niemand entlanggefahren.

»Dieser Weg ist es«, rief Georg aus. »Hier geht es zum Gutshof, ich bin sicher, den sind wir oft barfuß gelaufen, darauf kenne ich jedes spitze Steinchen.« Er grinste.

Das Taxi ruckelte über die unebene Straße. Dann sahen sie das alte Gebäude vor sich aufragen.

»Stopp!«, rief Georg. Der Wagen hielt.

»Ist es nicht das richtige Haus?«, fragte Lissi irritiert.

»Doch, aber lass uns das letzte Stück zu Fuß gehen. Bitte.«

Sie stiegen aus und gaben dem Fahrer ein Handzeichen, dass er warten solle. Dieser nickte und lächelte wissend. Ob er öfter Leute in verlassene Gegenden fuhr?

Der Wind rauschte in den Blättern der Linden. Lissi atmete tief durch. Um sie herum surrten allerlei Insekten. Sie wanderten die Allee entlang.

Das alte Gutshaus tauchte vor ihnen auf wie ein Gespenst. Moos wuchs auf dem eingesunkenen Dach. Zerbrochene Scheiben in jedem Fensterrahmen. Die bleichen Schlagläden hingen schief in den Angeln. Jemand hatte die zweiflügelige Eingangstür mit Brettern zugenagelt.

Georg deutete auf das Gebäude. »Da oben im ersten Stock, das zweite Fenster von links, das war Johanns Zimmer. Und gleich rechts daneben meins. Es gab eine Verbindungstür zwischen den Räumen. Abends haben wir uns gegenseitig besucht und lange geschnackt, bevor uns vor Müdigkeit die Augen zufielen.«

»Geschnackt?«, fragte sie nach.

»Geplaudert.« Er grinste und schüttelte den Kopf. »Du liebe Zeit, ist das lange her.«

Es war ein friedlicher Ort, keine Menschenseele außer ihnen weit und breit. Amseln zwitscherten ihre Melodien in den Sträuchern und Wipfeln der Bäume, eine Elster keckerte. Am Himmel vollführten Schwalben waghalsige Flugmanöver. Tiere und Pflanzen hatten das Stückchen Erde übernommen.

Lissi hatte die glanzvollen Zeiten dieses Landstriches nicht erlebt, und es fiel schwer, sie sich vorzustellen. Die ehemaligen Bewohner hatte man vertrieben, ihre Häuser standen leer und verfielen über die Jahre zu Ruinen. Doch auch hierhin waren Menschen umgesiedelt worden, aus der Ukraine oder aus Weißrussland. Nicht nur hier, überall in der Welt geschah das gleiche Unrecht, um Grenzen einer Landkarte neu abzustecken, wie auf einem Spielbrett.

Lissi legte den Arm um Georgs Hüfte, gemeinsam schlenderten sie um das Grundstück herum. Ein Windstoß fuhr durch ein Meer aus kniehohen Gräsern. Der würzige Duft nach Heu und Disteln wehte herüber.

»Da vorn waren die Stallungen mit den Pferden.« Georg zeigte auf ein rotes Backsteingebäude mit verwittertem Holztor. Vom Dach waren bloß die Sparren übrig.

Lissi versuchte, sich diesen Hof belebt mit Menschen und Tieren vorzustellen. Johann, wie er vor Jahrzehnten über diesen Boden gelaufen war. Der blonde Junge, in den sie sich damals verliebt hatte. Von den Pferden seiner Kindheit hatte er oft gesprochen. Von seinem Wunsch, eines Tages zurückzukommen und den Hof zu übernehmen. Sein Erbe. Die Befürchtungen bei Gründung der DDR waren spätestens beim Bau der Mauer zur tragischen Gewissheit geworden. Es gab kein Zurück. Johanns Traum platzte wie eine Seifenblase. Ihr lang ersehntes Wunschkind Miriam war 1961, also im Jahr des Mauerbaus, geboren worden, und so war ihm Elberfeld zur neuen Heimat geworden.

»Ich habe mich immer gefragt, ob ich dieses Fleckchen noch einmal sehen werde«, sagte Georg in ihre Gedanken hinein.

»Ich dachte dasselbe über Johann. In den ersten Jahren in Wuppertal sprach er ständig von seinem Hof. Er hat lange gehofft, wieder hierher zurückzukommen.«

»Aber er ist bei dir glücklich geworden.« Georg zog Lissi nah an sich heran und küsste sie auf die Stirn. »Und ich ebenfalls.«

Ihre Hand tastete nach dem silbernen Medaillon. In Gedanken war er hier bei ihnen.

Am nächsten Tag standen sie wartend vor dem kleinen Bahnhof. In der Morgensonne erschien er weniger trist.

»Es ist so schade, dass Johann den Mauerfall und die Deutsche Einheit nicht mehr erlebt hat«, sagte Lissi. »Meinst du, er hätte diese Reise unternommen?«

Georg zuckte mit den Schultern. »Hin und wieder hat er davon gesprochen, von den alten Zeiten, und wie glücklich er hier war. Aber ich weiß nicht, ob er den Gutshof wiedersehen wollte. Noch dazu in diesem Zustand.«

Lissi nickte. »Vielleicht, um damit abzuschließen. Er hatte in den ersten Jahren die Hoffnung, eines Tages wieder zurückzukehren. Mit den Zahlungen des Lastenausgleichs hat seine Mutter in den Sechzigern ihr Haus gebaut. Johann hat das Geld nicht haben wollen. Er hätte den Hof niemals freiwillig verkauft.«

»Stimmt. Irmgard hat mich einmal eingeladen, vor meiner Heirat war ich mit Christa bei ihr. Ist sie nicht später auf Weltreise gegangen?«

»Ja, mit ihrem zweiten Ehemann.« Lissi seufzte. »Sie hat das Haus verkauft und war jahrelang auf Reisen. Sonderlich viel hat Johann nicht geerbt, aber das war ihm gleichgültig.«

»Und das restliche Geld hat er ja für Miriam auf ein Sparbuch gebracht.«

»Richtig. Wir wussten beide nichts davon, es sollte eine Überraschung werden. Zu ihrem einundzwanzigsten Geburtstag. Aber den hat er ja leider nicht mehr miterlebt.«

Georg nickte langsam. »Sonst hätte er dir auch einen Teil des Geldes vermacht, meinst du?«

Sie sah betreten zu Boden, das Thema war ihr unangenehm. »Ich habe Miriam das Geld von Herzen gegönnt, für sie war der Verlust des Vaters mit nichts aufzuwiegen.«

»Und ich armer Hungerkünstler kam in dein Leben.« Er lachte.

Sie versetzte ihm einen spielerischen Knuff in die Seite. Georg hatte lange mit sich gehadert. Nach dem Tod seines Vaters vor acht Jahren hatte er zunächst die Geschäfte weitergeführt. Der Anwalt und Freund des alten Herrn Freese hatte ihn dabei unterstützt. Mit seiner Hilfe war ein Geschäftsführer eingesetzt worden, und Georg war eine Zeit lang von Wuppertal nach Hamburg gependelt. Auf Dauer war das kein Zustand, und er war sich treu geblieben, der freiheitsliebende Mensch, wie Lissi ihn kennengelernt hatte. Die Firma und das Haus an der Elbchaussee wurden verkauft.

Seine Mutter war damit einverstanden gewesen und mit Edi in eine hübsche, geräumige Eigentumswohnung nach Eimsbüttel gezogen, in den Stadtteil Hamburgs, in dem Mathildes Freundinnen wohnten. Georg und Lissi besuchten sie regelmäßig und nahmen Tante Helene so oft mit, wie es sich einrichten ließ. Die beiden rüstigen Damen lachten darüber, dass sie im selben Jahr das Licht der Welt erblickt hatten.

1912! Welch guter Jahrgang!, sagten sie bei der Begrüßung und beim Abschied und fielen sich in die Arme.

Hoffentlich würden die beiden im Jahr 2012 noch ihren hundertsten Geburtstag zusammen feiern.

Der Zug fuhr ratternd in den kleinen Bahnhof ein. Georg nahm den Koffer und half Lissi beim Einsteigen. Ihr Abteil hatten sie für sich. Sie öffneten kurz das Fenster und sahen auf den Bahnsteig hinaus.

»Wenn wir zurück in Wuppertal sind, steht gleich die Vorbereitung für meine nächste Ausstellung an.« Er rieb sich die Hände. Seine Galerie in der Marienstraße hatte sich etabliert. Dieses Viertel war das ideale Umfeld für ihn.

Das ursprünglich geplante Neubauprojekt der Stadt war durch die Proteste der Bewohner und vor allem dank der Künstler auf dem Ölberg ad acta gelegt. Georg hatte mit seiner Galerie dazu beigetragen. Es hatte Ausstellungen und Projekte gegeben. Zahlreiche Häuser waren bereits unter Denkmalschutz gestellt und umfassend saniert worden.

Von draußen ertönte ein langer Pfiff, und er schloss das Fenster.

Lissi setzte sich in Fahrtrichtung auf das Polster. Der Himmel erstrahlte in sattem Blau über dem Bahnhofsgebäude. »Ich freue mich auf mein Wuppertal«, sagte sie.

»Ich weiß, du bist und bleibst verliebt in diese Stadt. Solange ich von deiner Liebe auch ein bisschen was abbekomme, ist alles gut.« Georg lachte fröhlich.

»Von meiner Liebe steht dir die allergrößte Portion zu. Immerhin habe ich dich geheiratet!« Lissi küsste ihn zärtlich. Eine Sekunde später setzte sich die Bahn in Bewegung.

NACHWORT & DANKSAGUNG

Figuren und Handlung im Roman sind fiktiv, vieles beruht jedoch auf wahren Begebenheiten. Zur Nachkriegszeit halfen mir Aufzeichnungen meiner Familie und Berichte von Zeitzeugen aus Wuppertal. Mein Großvater erkrankte 1948 an Tuberkulose, ebenso wie sein Cousin, der mit vierzehn in russische Gefangenschaft geriet. Die Flucht aus Pommern ist so passiert, wie ich sie schildere. Pina Bausch findet ebenso Erwähnung wie die Elefantenkuh Tuffi, jede auf ihre Art eine Grand Dame, beide machten Wuppertal bis über die Landesgrenzen hinaus berühmt. Auch der geplante Abriss der Häuser auf dem Ölberg beruht auf Tatsachen. Ich erinnere zudem an den Widerstandskämpfer Otto Böhne, der 1934 ein Opfer der Nazis wurde.

Ich danke meinem Vater für die umfangreiche Familienchronik, meiner Mutter fürs Lesen der Rohfassung, meinem Mann und meiner Tochter für die liebevolle Unterstützung.

Großer Dank gilt meinem Verlag Droemer Knaur, insbesondere meiner unermüdlichen Lektorin Michaela Kenklies. Meiner Redakteurin Antje Steinhäuser danke ich für die gute Zusammenarbeit sowie dem Team meiner Agentur Lianne Kolf für die liebevolle Betreuung.

Der wahre Patenonkel von Lissi heißt Uwe Tönsing. Danke für alles! Manuela Zwist fürs erste ermunternde Feedback. Anja Behrs für ihre Ideen rund um den Hamburger Erzählstrang. Daniel Schmidt für viele motivierende Worte. Ich kann nicht alle aufzählen, die mich unterstützt haben. An meine Community auf Bookstagram mein Dank, ihr seid großartig!